Lugar equivocado, MOMENTO JUSTO

Lugar equivocado, MOMENTO JUSTO

ELLE CASEY

TRADUCCIÓN DE
ANA ALCAINA

Título original: *Wrong Place, Right Time*
Publicado originalmente por Montlake Romance, Estados Unidos, 2016

Edición en español publicada por:
AmazonCrossing, Amazon Media EU Sàrl
5 rue Plaetis, L-2338, Luxembourg
Julio, 2018

Producción editorial: Wider Words
Diseño de cubierta por PEPE *nymi*, Milano
Imagen de cubierta © CURAphotography © Fedor Selivanov
© Volodymyr Krasyuk/Shutterstock; © Yuri_Arcurs/Getty Images

Impreso por: Ver última página
Primera edición digital 2018

ISBN: 9782919801688

www.apub.com

Sobre La Autora

Elle Casey es una prolífica autora estadounidense cuyas novelas aparecen habitualmente en las listas de superventas de *The New York Times* y *USA Today*. Ha trabajado como profesora y ha ejercido como abogada, y en la actualidad vive en Francia con su marido, tres hijos, y varios caballos, perros y gatos.

Ha escrito más de cuarenta novelas en menos de cinco años y le gusta decir que ofrece a sus lectores un amplio surtido de sabores en el género de la ficción. Dichos sabores incluyen la novela romántica, la ciencia ficción, las fantasías urbanas, las novelas de acción y aventura, las de suspense y las de temática paranormal.

Sus libros incluyen las series Rebel Wheels, Just One Night, Love in New York y Shine Not Burn.

Lugar equivocado, momento justo es el segundo libro de la serie Bourbon Street Boys, de la que Amazon Crossing ya publicó la exitosa primera entrega: *Número equivocado, hombre perfecto*.

Para Emilie, que me trajo al redil. ¡Gracias por compartir esta aventura conmigo!

Capítulo 1

Cierro los ojos e inspiro profundamente después de cerrar la puerta de casa. Oigo el alboroto de mis dos niñas hablando a toda velocidad y de mi hijo gritando de alegría a través de la pared de roble que separa el interior de la casa del porche delantero, mientras bajan los escalones de la entrada y se dirigen al vehículo en el que los espera su padre.

¡Aleluya! Miles, mi ex, ha cumplido por fin su promesa de recoger a nuestros hijos y quedárselos el fin de semana, y tengo previsto aprovechar al máximo estas minivacaciones. Solo he de inspirar hondo y exhalar el aire una vez más para relajarme por fin. Así podré olvidarme temporalmente de su comentario de despedida (que me ha susurrado al oído para que los niños no lo oyeran): que los traería de vuelta el domingo temprano porque tiene que ir a un partido de béisbol...

Dios lo libre de llevar a sus hijos a uno de esos eventos con los que tanto disfruta... Menudo imbécil. Él va a partidos de béisbol y a discotecas, disfruta de cenas con adultos y de sexo. A mí, en cambio, me tocan horas y horas de Animal Planet —el único canal de televisión que mis tres hijos se ponen de acuerdo para ver es increíble— y algún que otro cómic de superhéroes de vez en cuando. Intento no amargarme por el hecho de que él tenga una vida y yo no, pero no siempre lo consigo.

De pronto, el teléfono me vibra en el bolsillo. No hago caso, respiro profundamente otra vez y dejo salir el aire despacio. No dejaré que el mundo se entrometa en mi soledad, en mi paz y mi tranquilidad, que tanto trabajo me ha costado ganarme. Por fin voy a disfrutar de todo ese tiempo para mí sobre el que siempre leo en los blogs de madres.

El teléfono vuelve a sonar.

¡Tiempo para mí! ¡Tiempo para mí! ¡Tiempo para mí! ¡Solo pido un poco de ese famoso tiempo para mí, maldita sea! Creo que ya sé cómo se siente el Increíble Hulk momentos antes de destrozar las costuras de sus pantalones. Todo tiene un límite. Ya noto que los vaqueros empiezan a apretarme un poco.

Me temo que, por increíble que parezca, uno de estos días voy a convertirme en Hulk. Voy a hincharme de rabia, a ponerme verde y a arrancarme toda la ropa... Y luego correré por la casa echando humo como una bestia furiosa, rompiendo vasos y platos, desgarrando las cortinas y haciendo agujeros en las paredes con los puños. Sonrío al visualizar la carnicería que se me está ocurriendo. Dios, sería tan, tan apetecible... La única razón por la que no me entrego a esa fantasía es porque, cuando terminara de hacer el bestia por la casa, la única que quedaría para limpiar todo el desaguisado sería yo, y ya tengo bastante con lo que tengo.

Alguien me acaba de enviar un mensaje de texto, y ya adivino quién es sin mirar siquiera la pantalla. Los posibles candidatos son dos: mi jefe y mi hermana. Si es mi jefe, ya puede olvidarse de lo que sea con lo que pretenda molestarme; he trabajado tantas horas extra esta semana que ya tengo acumulado el cupo para todo el mes. Y si es mi hermana, bueno, ella también puede esperar. Necesito un poco de vino antes de hablar con ella. Últimamente, la mayoría de sus conversaciones tienen que ver con historias que hacen que me salgan canas, y solo tengo treinta y dos años. No necesito más canas de las que ya tengo, en serio.

Mi hermana empezó en su nuevo trabajo hace un par de meses, y aunque eso la hace muy feliz, a mí me pone de los nervios. Yo creía que su vida ya era bastante buena antes, así que no veía la necesidad de que hiciese ese cambio tan radical. Sinceramente, sigo sin verla. Después de graduarse en la universidad, volvió al sur para estar cerca de mí y de los niños, y abrió un negocio por su cuenta como fotógrafa de bodas. Estaba soltera y sin hijos, y llevaba una vida perfecta, o eso me parecía a mí.

Tiene muchísimo talento, y aunque con la crisis la economía se hundió y decía que eso había afectado demasiado a su negocio, todavía le salían los números. Sigue llevando vida de soltera, con horarios que no le dicta nadie más que ella misma, dándose baños relajantes sin preocuparse por lo que podría estar sucediendo en la planta baja de la casa.

Cuando yo me doy un baño mientras mis hijos están en casa, más que relajante, es un momento de pánico. En lo único en lo que acierto a pensar es en lo que podría ocurrir en esos instantes al otro lado de la puerta, como por ejemplo, que mis hijos tomasen veneno por accidente, o que mi hijo les arrancase la cabeza a las muñecas, o que mis hijas aterrorizasen a su mascota, un jerbo, vistiéndola con ropa de Barbie. Pues sí.

Sí, mi hermana May lo tenía todo; pero entonces, por alguna extraña razón que todavía no me ha contado a mi entera satisfacción, decidió que no era suficiente. Perdió la cabeza. Conoció a un tipo —el tal Ozzie, un exsoldado—, cerró su estudio de fotografía, se incorporó a la empresa de seguridad de él y empezó a comportarse en plan comando. Ahora mi hermana tiene bíceps y dice cosas como «Objetivo a la vista» y «Charlie Foxtrot» y sabe Dios cuántas cosas más. Cada vez que empieza con esas tonterías, desconecto y punto.

El caso es que no sé por qué necesitaba un cambio tan drástico, pero por lo visto, según ella, lo necesitaba. Bajo la superficie, es la misma May con la que crecí, pero ahí es donde termina la mujer que he conocido toda mi vida. Por fuera, tiene más confianza y seguridad en sí misma. Parece más... adulta. Pero, al mismo tiempo, también es más joven. Camina a paso ligero. Siempre está sonriendo, a todas horas. Dice más tonterías que nunca y asegura estar enamorada de un hombre al que apenas conoce.

Argh. A veces me dan ganas de abofetearla y hacer que se despierte y vea qué es lo que pasa en realidad. Pura química. Lujuria. Es algo potente, lo entiendo, pero a ver, venga ya... Yo vivo en el mundo real, donde puedes enamorarte de un hombre durante un período determinado de años, construir una vida con él y que, aun así, él acabe por abandonarte. ¿Amor a primera vista? No. No es posible. No es real. Es una ilusión alimentada por ver demasiadas películas románticas basadas en ideas equívocas y no en el dolor del mundo real.

No es que esté celosa o no quiera que mi hermana sea feliz; simplemente, me preocupa que llegue el día en que se dé de bruces con la realidad y vea que ha estado viviendo en un mundo de fantasía creado por ella misma, porque estoy segura de que ninguna de las dos está preparada para esa clase de catástrofe.

Sin embargo, ella es feliz... al menos, de momento. Así que no voy a decirle nada negativo sobre su historia de amor. No voy a ser la víbora que intente estropearlo todo. Naturalmente, eso no impide que me preocupe. En todo este asunto, no solo está arriesgando su corazón, sino que también arriesga su vida con ese nuevo trabajo. Y adivina quién va a ser la que tenga que recoger las piezas cuando todo se derrumbe. Sí: voy a ser yo.

Trabaja como experta en labores de vigilancia en la empresa de seguridad de su novio —a pesar de que no tenía experiencia de ningún tipo en esas cosas antes de que la contrataran— y ahora se gana la vida fotografiando a tipos malos. Mi dulce hermanita, antes una estudiante que sacaba las mejores notas, que aún usa diadema para recogerse el pelo y que lleva alpargatas rosas, ahora se pasea por los peores barrios de Nueva Orleans, esquivando balas. Como si necesitara ese tipo de estrés en mi vida.

Vuelvo a respirar profundamente, inspiro y espiro, tratando de rebajar la presión arterial. Relájate, Jenny. Solo es un día más en el que debes intentar no comerte a nadie en plan Hulk. Ánimo, que tú puedes.

Me doy media vuelta, arrastro las zapatillas raídas por el pasillo y doblo la esquina hacia la cocina. Saco media botella de chardonnay de la nevera y me sirvo una copa generosa. Son solo las cuatro, pero a una zona horaria de aquí ya son las cinco, así que empiezo a calentar motores. ¿A quién le importa que, decididamente, estas calorías sean lo último que necesito? No es que vaya a salir con algún hombre pronto. Para salir con alguien se necesita tiempo libre, y yo tengo muy poco.

Vuelve a sonar el teléfono. Tomo un trago de vino como si fuera una cerveza helada y saco el aparato del bolsillo mientras hago una mueca de dolor. Maldita sea, este vino está muy fuerte. Probablemente no debería haberme tomado semejante trago. Dejo escapar un pequeño eructo mientras echo un vistazo a la pantalla. Me esperan cuatro mensajes de texto.

May: Necesito hablar contigo. Llámame.

May: ¿Estás ahí? ¿Ya se han ido los niños? ¿Ya estás bebiendo vino?

May: ¡No te emborraches! Necesito hablar contigo.

May: ¿Me estás evitando? Sé que oyes que te estoy enviando mensajes. El teléfono te está sonando o vibrando, bruja. No juegues.

Niego con la cabeza y tomo otro sorbo de vino, aunque esta vez la dosis es un poco más pequeña que la anterior. De repente, me siento totalmente zen.

Es algo muy curioso que pasa entre mi hermana y yo: cuando ella entra en modo pánico, yo me relajo inmediatamente. Como soy su hermana mayor, mi respuesta automática a su estado de crisis es ponerme en plan fuerte, ser protectora, ocuparme de todo y asegurarme de que el mundo entero no se va a derrumbar con ella. Yo me desmorono después, cuando el peligro ya ha pasado, cuando ya nadie puede verme.

Es el papel que he desempeñado para ella durante toda nuestra vida. Cuando éramos más jóvenes y se armaba la de Dios en casa con nuestros padres, yo siempre estaba a su lado, acariciándole el pelo y diciéndole que todo iba a salir bien cuando ella lloraba y gemía, lamentándose de lo horrible que era nuestra vida. Yo sufría mis propias crisis más tarde, en soledad. Nunca quise que mi hermana sufriera por mí. Es algo que tenemos inscrito en el ADN o algo así todas las hermanas mayores: estamos dispuestas a llevarnos todos los golpes.

Cuando me pongo histérica es cuando está completamente tranquila y relajada y de pronto me suelta noticias horribles. Por ejemplo: cuando conoció a Ozzie, me llamó para contarme la historia. Así, como quien no quiere la cosa, deslizaba en la conversación algún detalle al que fingía no dar importancia, como que alguien le había disparado en un bar de moteros, o que unos trocitos de madera astillada le habían saltado a la cara y le habían producido pequeños cortes. No puedo quedarme tan tranquila cuando escucho historias como esa, y menos aún si pienso que mi hermanita no está reaccionando de forma adecuada. Últimamente no me ha contado más historias locas como esa, pero no me creo que no se haya metido en líos; lo que pasa es que ahora tiene un novio en el que puede confiar, así que me oculta cosas que sabe que desaprobaría. Bueno, esa es mi teoría, al menos.

Ozzie me cae bien, sí, pero en cuanto entró en su vida, puso todo su mundo patas arriba, así que no me fío mucho de él. Puede que su vida fuera un poco aburrida antes, sí, lo entiendo, pero hay una gran diferencia entre aburrirse y querer jugarse el pellejo a cada momento. Con este nuevo trabajo, sus días son un poquitín demasiado emocionantes para mi gusto. Ahora siento que siempre tengo que estar preocupándome por ella, porque ella no se preocupa lo suficiente de sí misma. Está demasiado emocionada con Ozzie y todo su equipo —la empresa privada de seguridad Bourbon Street Boys— para pensar con claridad. Entiendo que su hombre está cañón y que es de los buenos, pero vamos a ver..., ¿balas?, ¿en serio?

Suspiro, pues sé que, probablemente, al menos durante los próximos treinta minutos no voy a poder disfrutar de mi tranquilo fin de semana como yo esperaba: no hay conversación seria entre mi hermana y yo que dure menos de media hora. Dejo la copa de vino, me acerco el teléfono a la cara y escribo un mensaje de texto con los pulgares.

Yo: Por favor, dime que no tiene nada que ver con balas.

May: Nada que ver con balas, pero necesito tu ayuda.

Yo: ¿Consulta amorosa?

La mala hermana que hay en mí está esperando que su relación fracase. Tal vez si no estuviera bajo el embrujo de Ozzie, podría insuflarle un poco de sentido común, convencerla de que la fotografía de bodas es una carrera mucho más segura y práctica que la vigilancia de seguridad.

May: No. Consulta de informática.

Vaya. Menuda decepción. Es lo último de lo que me apetece hablar en este momento. Acabo de terminar una semana de cincuenta horas de programación pura y dura. No, gracias.

Yo: Olvídalo. No estoy en horario de trabajo.

Me suena el teléfono y el nombre de mi hermana aparece en la pantalla.

Lucho conmigo misma; ¿quiero rescatarla una vez más o quiero meterme en la bañera y olvidarme de todas sus tonterías un rato?

El teléfono emite un pitido y aparece un mensaje.

May: Contesta al teléfono.

Siento que una rebelión estalla en mi interior. Dejo el teléfono en la encimera, agarro la botella de vino y la copa, y echo a andar por el pasillo. Pienso darme mi baño, disfrutar de mi fin de semana relajante, y no pienso hacer ningún trabajo informático para nadie, porque si veo otra línea de código en las próximas cuarenta y ocho horas, saldré huyendo, me uniré a una secta, me cambiaré el nombre por el de Feather y me casaré con un hombre tres veces mayor que yo con una barba que le llegue hasta el ombligo y que solo use ropa sostenible. Se llamará Free. La abreviatura de «Freedom», «Libertad», por supuesto.

Al llegar a la escalera, cuando estoy levantando el pie para iniciar el ascenso a la cima de mi felicidad —también conocida como baño de espuma y vino—, el teléfono suena de nuevo desde la cocina. Me quedo inmóvil sobre una pierna, como un maldito flamenco, luchando contra mi conciencia una vez más. ¿Baño o hermana? ¿Baño o hermana?

La niña malvada y rebelde que hay en mí quiere ignorarla, pero la madre divorciada que ha sido rescatada por May en innumerables ocasiones hace una pausa. Después de todo, lo cierto es que May se vino a pasar una temporada a mi casa hace un año, mientras yo me escapaba a la cabaña de mi familia para desconectar de todo y de todos y poner en orden mi cabeza después de que Miles me dejara. Y May volvería a hacerlo en un abrir y cerrar de ojos si yo lo necesitara, porque esa es la clase de hermana que es. A lo mejor solo tengo que responder sus preguntas por teléfono y ya está.

Vuelvo rápidamente a la cocina y levanto el teléfono. Me espera otro mensaje de texto junto con una foto de mi hermana. Bizquea mirando a la cámara y pone la cara de pena más penosa del mundo, como solo ella sabe hacer.

May: ¿Por favor, por favor, por favor...?

Es como si me clavara un cuchillo en el corazón. Sabe perfectamente cómo manejarme. Presiono las teclas que me conectarán con el teléfono de mi hermana y me acerco el aparato a la oreja.

Contesta al segundo timbre.

—Muchas gracias, Jenny. Te lo agradezco de verdad. Necesito tu ayuda.

—Sí —digo con tono seco—, eso ya lo he entendido.

—Sabes que no te molestaría durante tu fin de semana si no fuera realmente importante.

Pongo los ojos en blanco.

—Está bien. ¿Qué es? Venga, rápido y breve, hermana. Tengo una cita con algo caliente y resbaladizo en la planta de arriba.

—¿Eh? ¡Puaj! ¿Qué es? ¿Un vibrador? Es un poco asqueroso que me cuentes eso ahora mismo.

—¡No! ¡No! ¡No es un vibrador! ¡Es mi baño de espuma, idiota!

Tengo la cara al rojo vivo. Como si fuera a contarle una cosa así. Ahora ya sé que está fatal de la cabeza.

—¿Qué necesitas? Vamos, tengo poco tiempo. Solo me quedan cuarenta y dos horas.

Miro el reloj y odio el hecho de estar pensando que ojalá mis hijos se fuesen más tiempo. La peor. Madre. Del mundo. No me van a dar ningún premio a la mamá del año próximamente.

—Mmm... Estooo...

Interrumpo a May.

—No, señora. De eso nada. Nada de «mmm» ni de «estooo»; tú solo dime lo que necesitas muy rápido, yo te respondo y luego cuelgo y me meto en la bañera.

—Uau. ¿Qué ha hecho Miles esta vez?

Me dan ganas de estrangular el teléfono solo de pensarlo. No estoy enfadada con May; me odio a mí misma otra vez por haberme casado con ese hombre, para empezar. Lo único que me impide regodearme en la autoflagelación total es el hecho de que me dio tres hijos adorables. Miles no fue un error absoluto, pero estuvo muy cerca.

—Eh, nada... —contesto, sin disimular el odio de mi voz tanto como debería—. Cuando ha venido a recoger a los niños, me ha dicho que tiene que devolvérmelos el domingo temprano.

May lanza un resoplido de disgusto.

—Claro, cómo no... ¿Esperabas algo distinto?

Tiene razón. Sé que la tiene. ¿Por qué siempre hago lo mismo? Me convenzo a mí misma de que se va a portar bien y va a ser un buen tipo y un buen padre, para variar, y me hago ilusiones. ¿Para qué? Para que se desvanezcan, para eso. Es como si quisiera castigarme a mí misma o algo así.

Los buenos tipos no hacen lo que hizo él y lo que sigue haciendo cada vez que tiene oportunidad. La cabra siempre tira al monte.

Nuestra propia madre lo decía tantas veces que a estas alturas ya debería haberlo interiorizado, pero, por desgracia... He repetido sus mismos errores en mi propia vida, casándome con un canalla y un mujeriego. Creo que esto me convierte oficialmente en una estúpida de manual. Tonta de remate, como solía decir mi padre de la mujer que nos dio a luz. Al menos ese hombre se ha ido de mi vida para siempre. Él causó a nuestra familia dolor suficiente para dos vidas enteras con su alcoholismo y su conducta agresiva hacia las mujeres, sus mentiras y las veces que engañó a nuestra madre. Ahora solo faltaría que Miles se diera un largo paseíto por un muelle muy, muy alto y muy, muy corto...

Vuelvo al presente y ahuyento mis pensamientos asesinos.

—No tengo ni idea de por qué esperaba que se portase como un hombre o como un buen padre. No debería hacerme ilusiones a estas alturas...

—Bueno, no te preocupes, porque tengo buenas noticias para ti. Unas noticias geniales. Como soy una hermana increíble y también bastante clarividente, ya tengo una solución para ti.

Eso no me reconforta en absoluto. Normalmente, a May se le da muy bien encontrar soluciones, pero no puedo confiar en que vaya a ser del todo responsable, ya que es evidente que cree que dejar un buen trabajo para ir a trabajar a una empresa de seguridad en plan comando persiguiendo asesinos es una buena maniobra profesional, y cuando tienes que cuidar a tres niños, necesitas al menos un adulto responsable.

—Miedo me da preguntar.

Hace oídos sordos a mi comentario y sigue hablando.

—Ozzie y yo hemos hecho planes para ir a tu casa un día de la próxima semana. Y ya te he comprado una tarjeta de regalo a tu nombre para que puedas ir al centro comercial después del trabajo ese día y darte un capricho mientras nosotros cuidamos de los niños.

No sé qué decir a eso. Ni siquiera estoy segura de haberla entendido del todo.

—Te has quedado de piedra, ¿a que sí? Lo sabía. —May suena muy satisfecha consigo misma, y debo admitir que yo también estoy muy contenta con lo que acaba de decirme.

—¿Qué he hecho para merecerlo?

—No es lo que has hecho... sino lo que vas a hacer.

Cierro los ojos y vuelvo a respirar hondo.

—No estoy segura de que quiera oír lo que vas a decirme ahora.

—Confía en mí. Te va a encantar.

—¿Me va a encantar el qué?

—Tú solo ven a verme al trabajo. Dentro de una hora.

—¿A tu trabajo? No, no pienso hacer eso.

Estuve allí una vez, y con eso tuve suficiente. No me impresionó el ambiente de club de la lucha que se respiraba ahí dentro. ¿Todas esas taquillas y el equipo de levantamiento de pesas, con vehículos aparcados dentro? No. Definitivamente, no se parece en nada al sofisticado estudio de fotografía que tenía antes como lugar de trabajo. Ni por asomo.

—¿Por qué no? Vamos, solo será una hora, máximo. Te prometo que no lo lamentarás. Ozzie te pagará.

—¿Pagarme? ¡Maldita sea, May! ¡Sabía que esto no me iba a gustar!

Su jefe está tratando de sobornarme, de comprar mi aprobación con dinero, lo sé. Menudo imbécil.

Mi hermana pasa al modo súplica.

—Por favooor, Jenny. ¡No digas que no! ¡Te necesito de verdad!

—¡No me necesitas! ¿Acaso tengo pinta de Bourbon Street Boy? Necesitas a alguien tipo comando.

Se ríe.

—¿Tipo comando? ¿Y qué es eso?

Visualizo perfectamente a los hombres con los que trabaja.

—Ya sabes a lo que me refiero. Personas musculosas y con camisas apretadas que pegan puñetazos a la gente en la cara para ganarse la vida.

—No digas tonterías. Si necesitara a alguien así, ¿para qué iba a llamarte a ti?

—Una muy buena pregunta. —Es absurdo que su respuesta hiera mis sentimientos. Sé que con mis embarazos gané unos cuantos kilos que todavía no he perdido, pero tengo planeado apuntarme a algún gimnasio un día de estos...

—Tú ven y ya está. Te pagará quinientos dólares por menos de una hora de consultoría. Dijiste que querías empezar a hacer trabajos como *freelance*, así que ahora es tu oportunidad.

De pronto, me cuesta respirar.

—¿Has dicho...?

—Sí, he dicho exactamente eso. —Percibo la sonrisa en su voz—. Quinientos pepinos y una tarjeta de regalo. Tienes que estar ahí a las cinco y media. Y trae tu ordenador portátil.

Cuelga antes de que me dé tiempo a protestar, porque es una chica inteligente.

Me vuelvo y veo mi reflejo en el espejo que hay colgado en el pasillo, por lo que no me pasan desapercibidas las profundas bolsas azules que tengo bajo los ojos. Pues qué bien. Ahora parece como si uno de esos miembros de un comando de Bourbon Street me hubiese pegado un puñetazo en la cara.

Necesito urgentemente ese baño y al menos unas horas de relax, pero quinientos dólares son quinientos dólares; y cuando el banco me devuelve los cheques sin fondos de la pensión alimenticia de los niños, cosa que ocurre la mayor parte de las veces, tener un pequeño colchón en la cuenta corriente es algo positivo. Mejor dicho, es un gran alivio. Gracias, May.

Resisto la tentación de tomar otro trago de vino, y me doy media vuelta para ir a mi habitación a ponerme un poco de maquillaje y disimular las ojeras. Ya me bañaré más tarde. Y oye... Puede que incluso tome champán mientras estoy metida en la bañera, ya que pronto me lloverán un montón de billetes en efectivo que no esperaba.

Por fin puedo sonreír mientras subo las escaleras.

Capítulo 2

No puedo creer que esté haciendo esto. Ni siquiera sé qué es esto. ¿Llevo la ropa adecuada para trabajar como consultora informática *freelance* en la empresa de seguridad Bourbon Street Boys? Mientras espero en el semáforo justo enfrente de la entrada del puerto, me doy un repaso: llevo pantalones vaqueros, zapatillas de deporte con flores bordadas, una blusa blanca abotonada y el pelo castaño claro recogido en una cola de caballo. A excepción de los pendientes plateados, me he dejado en casa todas las joyas; no me parecía correcto ponerme demasiado elegante para ir a trabajar al puerto. Aquí el vehículo más habitual es una carretilla elevadora, así que no quiero ponernos en evidencia ni a mí misma ni a mi hermana presentándome ahí como una payasa que no sabe cómo vestirse para la ocasión.

Al mirarme al espejo, noto que el flequillo que tendría que haberme cortado hace un mes se me mete en los ojos. Lo aparto a un lado y me aseguro de que no se me ha corrido la máscara de pestañas. Estoy lista. Mi cansancio no acaba de disimularse del todo debajo de la base de maquillaje. Por suerte para mí, mis ojos azules han tomado el relevo y lucen muy brillantes y frescos, aunque esté mal que yo lo diga. La idea de recibir quinientos dólares extra y una tarjeta de regalo para el centro comercial suele tener ese efecto en mí.

El semáforo se pone en verde, lo que me obliga a salir de mi ensimismamiento y poner rumbo al puerto. Orientándome de memoria, sigo conduciendo y recorro varios edificios hasta que veo el que busco. Me detengo al llegar a la nave industrial y aparco el coche fuera, dejando el motor al ralentí un momento mientras examino el exterior del edificio.

No hay una entrada peatonal obvia, pero he estado aquí antes, así que sé que tengo que acercarme al teclado numérico y presionar el botón de llamada para que alguien me deje pasar por la puerta automática que hay delante de mi automóvil.

Me dan ganas de quedarme dentro del vehículo, con el aire acondicionado, y tratar de adivinar lo que pasa en la empresa entre bastidores, pero eso retrasaría aún más mi cita con la bañera de espuma. Más me vale admitir que estoy nerviosa y acabar con esto de una vez.

Odio ser un animal de costumbres, el hecho de que cambiar de lugar de trabajo me haga sentir tan incómoda. ¿Cómo voy a dejar algún día ese sitio infecto y ganarme la vida como profesional independiente si no puedo hacer algo tan simple como pasar una hora colaborando con mi propia hermana? Argh. No tengo remedio. El miedo me tiene tan atada a mi empleo que nunca lo dejaré. Me haré vieja allí dentro, y al final tendrán que echarme a la fuerza. Es una maldición. ¡Estoy gafada!

Disgustada conmigo misma, apago el motor, agarro el portátil y el bolso del asiento de al lado, y me apeo, dando un portazo al salir. Me chirrían las zapatillas con cada paso mientras me dirijo a la puerta. La cola de caballo se balancea rítmicamente a mi espalda, junto con mi trasero. «Eh, ¿me pones unas patatas fritas con ese batido?». En serio, necesito ir al gimnasio.

Al llegar junto al teclado de la puerta, me inclino y presiono el botón de llamada para hablar. Estoy sudando y me tiembla la mano de los nervios.

—¿Hola?

Cuando lo único que obtengo como respuesta son unas interferencias, empieza a entrarme el pánico. Una carretilla elevadora pasa volando detrás de mí, yendo a toda velocidad, o eso me parece. Me vuelvo y la veo alejarse. El tipo que la conduce gira el cuerpo y me silba, sonríe y me saluda con la mano. Le faltan dos dientes.

«Ay, Dios... ¡Soy una madre de familia con tres hijos! ¡Argh! ¿Qué hago aquí?».

Respiro hondo, miro hacia el teclado numérico y suelto el aire muy despacio, tratando de tranquilizarme. «Tú puedes hacer esto, Jenny. Vamos, mujer. Recuerda: eres un animal. ¿Qué digo, un animal? No, eres un tejón de la miel, el animal más agresivo del mundo. Nadie se mete con un tejón de la miel».

—Vamos, abrid la puerta de una vez, panda de babuinos de Bourbon Street Boys. —Presiono el botón de nuevo y levanto la voz—. ¡Holaaa!

Ahora, el sudor hace que se me pegue la camisa a la piel. Esto se pone cada vez mejor... Con un poco de suerte, el señor Carretilla Elevadora pasará otra vez y me invitará a tomar algo al club de *striptease* local.

No pasa nada durante un rato que se me hace eterno. Siento la tentación de darme la vuelta, irme y decirle a May que no había nadie cuando llegué, pero sé perfectamente que esa táctica no funcionará con ella. Puede ser muy insistente cuando se le mete una cosa en la cabeza: me hostigará y me obligará a darle explicaciones, y no quiero admitir delante de mi hermanita —a quien debo proteger de todas las cosas malas que pasan por la noche— que tenía miedo. Miedo de un conductor de carretilla elevadora sin dientes y de un poco de sudor. Maldita sea. Estoy entre la espada y la pared.

Me acerco otra vez al teclado numérico, imaginando un vídeo que vi de un tejón de la miel atacando a una pitón. El tejón de la miel no le aguanta las tonterías a nadie, ni siquiera a los Bourbon Street Boys.

—¿Holaaa? ¿Hay alguien ahí o no? Como no abra alguien ahora mismo, me voy.

El sonido de la puerta gigante, que empieza a deslizarse de repente, me da un susto de muerte. «¿Tejón de la miel? Y un cuerno...». Me recupero a toda prisa del susto y me aliso el pelo para que nadie piense que soy una gallina, que se espanta de todo. «Solo es una puerta. Tranquilízate, boba».

Estar ahí en el puerto siempre me pone un poco nerviosa. Ahora mismo estoy completamente fuera de mi elemento, lo admito. No entiendo cómo mi hermana puede sentirse tan cómoda aquí. Tal vez son los músculos de su novio los que le proporcionan una extraña sensación de seguridad. Por desgracia, yo no cuento con eso. Lo único que tengo es mi portátil y un bote de espray de pimienta. Sujeto el bolso un poco más fuerte, imaginando la presión del bote de aerosol contra mi cadera.

—¿La hermana de May, Jenny, supongo? —dice una voz masculina desde dentro. No es la voz de Ozzie. No creo haberla oído antes.

Mis ojos tardan unos segundos en acostumbrarse a la luz tenue del interior que llega hasta la puerta, pero cuando lo consiguen, tengo que hacer un gran esfuerzo para evitar que se me caiga la mandíbula al suelo. Hay un tipo más guapo de lo humanamente posible justo delante de mí, dentro de la nave industrial, sonriéndome.

«Tranquila, Jenny, tranquila...».

—Sí, esa soy yo —digo, con demasiada alegría, tratando de ocultar el hecho de que estoy teniendo un cortocircuito cerebral total. No es mi tipo, pero aun así... un hombre guapo es un hombre guapo, y no se puede negar que este lo es. Tomo un poco de aliento para calmarme—. Así me llaman. Soy Jenny. Jenny Wexler. La hermana de May, sí, esa soy yo. La de la informática. Con mi portátil.

«Y... ¡premio para la verborrea nerviosa! ¡Genial! ¡Estás en racha, Jenny!».

Cuando se queda ahí parado, mirándome, algo aturdido, levanto un poco mi portátil apartándolo de la cadera mientras me pongo roja como un tomate.

—Me ha llamado ella. Para decirme que viniera. Con el portátil...

El Guapo me tiende una mano que se supone que debo estrecharle.

—Encantado. Yo soy Lucky.

«¿Lucky? ¿Como Lucky Luke?». Doy un paso adelante con la mano extendida, más confusa que otra cosa, y espero que no note lo sudorosa que la tengo.

—¿Lucky...?

Se encoge de hombros, casi como si estuviera avergonzado.

—Es un apodo que me pusieron cuando tenía diez años.

Ah, ahora lo entiendo todo, especialmente la necesidad de dormir más horas.

—Encantada de conocerte, Lucky.

Su mano es cálida y suave, lo cual no deja de sorprenderme: pensaba que todos los tipos que trabajaban aquí tenían callos de tantas cabezas como deben de abrir a base de puñetazos todos los días.

Miro alrededor mientras separamos las manos, tratando de localizar a mi hermana. Creí que saldría a recibirme, pero no la veo por ningún lado.

—May ha tenido que salir un momento, así que me ha pedido que te acompañara y te pusiera en antecedentes.

Intento con todas mis fuerzas no poner cara de exasperación, pero es imposible. Primero me habla como si estuviera desesperada por traerme aquí, ¿y luego desaparece? ¿A qué viene eso? Será mejor que no sea un truco. O se va a ganar una buena si es así.

—No te preocupes. No muerdo. —El Guapo me sonríe y me guiña un ojo.

—Bueno, pues yo sí, así que ten cuidado.

Ya vuelvo a estar de mal humor. Podría encontrarme en una bañera de agua caliente ahora mismo, terminándome mi botella de vino, y, en cambio, me veo aquí con un tipo que me acaba de guiñar un ojo, probablemente para hacerme sentir mejor por el hecho de que mi hermana me haya abandonado, o porque ve que estoy sudando como una cerda en celo. Más vale que May no haya salido a cenar con su novio, porque se va a enterar.

Se le borra un poco la sonrisa.

—Bueno... Pues nada...

Se produce un silencio incómodo. Yo doy unos golpecitos con el dedo en mi portátil y él se frota las manos. Espero a que haga el siguiente movimiento, porque no tengo ni idea de por qué he venido aquí, pero él se limita a encogerse de hombros.

Un ruido a su espalda me distrae del sudor que siento que empieza a resbalarme por la zona lumbar y por la raja del trasero. Y yo que creía que este día no podía ir a peor...

—¿Vas a dejar esa puerta abierta todo el día? —pregunta una voz de hombre.

Lucky responde girando la cabeza ligeramente hacia un lado y levantando la voz.

—¡Déjate los pantalones puestos! ¡Tenemos visita!

—¿Quién es?

—¡Ven a verlo por ti mismo! —Lucky me hace una señal para que entre—. Vamos, pasa. No te preocupes, mantendré una distancia prudencial.

—¿Una distancia prudencial?

—No me gustaría que me mordieran.

Me guiña el ojo otra vez.

Me pongo aún más colorada. Estoy a punto de disculparme por ser tan bruta, pero entonces pienso que eso solo servirá para dar pie a otro de esos silencios incómodos, así que no digo nada. En cambio, entro en la nave industrial y trato de no dar un bote del susto cuando la puerta comienza a cerrarse detrás de mí. «Maldita sea, cuánto ruido hace esa cosa...».

Cuando la puerta termina de cerrarse con un gran estruendo, un movimiento hacia la izquierda capta mi atención. Un hombre gigantesco emerge de la oscuridad; va completamente mojado, con la camisa y los pantalones cortos pegados a cada centímetro de su cuerpo. «Madre del amor hermoso... No sabía que los hacían tan grandes...». Este debe de ser el tipo del que mi hermana me ha hablado varias veces. Si mal no recuerdo, él incluso la ha atacado en más de una ocasión, aparentemente como una especie de prueba. Creo que es el que está a cargo de los entrenamientos físicos o algo así. Eso explicaría las copiosas cantidades de sudor que veo chorrear de cada centímetro de su cuerpo.

Entrecierro los ojos para mirarlo cuando me doy cuenta de que podría estar lo bastante loco para creer que a mí me va esa clase de jueguecitos. Si se le pasa por la cabeza siquiera atacarme, le aplastaré la cabeza con el portátil y luego haré que me compre uno nuevo. ¿Cómo se llamaba?

—Dev —dice el tipo, como si me leyera el pensamiento. Unas zancadas gigantes para las que un hombre normal necesitaría el doble de esfuerzo lo plantan delante de mí en cuestión de segundos—. Tú debes de ser Jenny. Te pareces a tu hermana.

Su sonrisa es irresistible, sobre todo acompañada de ese hoyuelo que tiene en el lado derecho y esos brillantes ojos azules. Y ese cuerpo... Maldita sea. ¿Ves? Este hombre, en cambio... sí que es mi tipo. Noto que vuelvo a ponerme roja como un tomate una vez más cuando me doy cuenta de lo guapo que es en realidad. Y grande. Sus manos son enormes. Parecen del tamaño de los platos de mi vajilla. La parte de mi cerebro habitada por la mujer soltera y solitaria que hay en mí toma las riendas y se pregunta si ciertas partes de su cuerpo serán también proporcionales a su estatura, y hago un esfuerzo por mantener la mirada por encima del nivel de la cadera.

Tengo que inclinar la cabeza hacia atrás para mirarlo a la cara cuando se planta frente a mí, lo cual es mucho mejor que mirarle la entrepierna. «Madre mía, qué momento más sexy...». Extiendo la mano automáticamente para estrechar la suya y él responde restregándose la palma arriba y abajo por la pierna.

—Es que estoy muy sudado.

Retiro la mano y la apoyo sobre mi pecho. «Se acabó el momento sexy».

—Tranquilo, no pasa nada. Encantada de conocerte. —«¿Unas manos sudadas del tamaño de los platos de mi vajilla? No, gracias, a menos que yo también esté caliente y desnuda, claro...».

Mierda, ¿de verdad acabo de pensar eso? Qué vergüenza... Él se me presenta formalmente en el lugar donde trabaja y yo lo estoy desnudando con la mirada. Hablando de actitudes poco profesionales... May no me pedirá nunca más que trabaje como *freelance* para la empresa de su novio si no consigo controlarme. «A lo mejor debería comprarme un vibrador...».

Tiene toda la cabeza salpicada de gotas de sudor, que le resbalan poco a poco por un lado de la cara. Está completamente calvo, por lo que el efecto es bastante impresionante: es asqueroso y sexy a la vez. Lleva muñequeras y usa una de ellas para limpiarse la humedad salada de los ojos. Es entonces cuando me doy cuenta de que tampoco tiene cejas. Por qué eso me parece aún más sexy es todo un misterio para mí. Maldita sea. Tendré que comprarme ese vibrador...

—¿Estás aquí para ayudarnos con el caso de Blue Marine? —me pregunta.

Me encojo de hombros, alegrándome de que uno de los dos esté pensando en algo serio como el trabajo y no en juguetes sexuales.

—La verdad es que no lo sé.

Entonces interviene Lucky.

—No he tenido la oportunidad de darle una sesión informativa todavía. Acaba de llegar.

Dev asiente.

—Entiendo.

Lucky se da la vuelta para mirar una escalera en el otro extremo de la nave industrial.

—El caso es que necesito el expediente, que está en el piso de arriba. ¿Te importa enseñarle las instalaciones y ponerla al día por mí?

Dev sonríe de nuevo, haciendo que se me acelere el corazón.

—No hay problema. —Echa a andar por la nave industrial—. Sígueme, Jenny. Vamos a conectarte.

Dudo, preguntándome adónde voy, qué estoy haciendo y de qué va todo esto.

—¿Qué es Blue Marine? —le pregunto a Lucky mientras se aleja.

Su voz resuena por toda la nave industrial mientras me responde, subiendo los escalones de metal de dos en dos.

—Es un caso en el que estamos trabajando. Voy a buscar un contrato de confidencialidad para que lo firmes y un registro del trabajo que he hecho hasta ahora. Me he quedado atascado en un punto en concreto y May dijo que podrías ayudarnos.

Asiento, aceptando su explicación perfectamente razonable, y me vuelvo para seguir al hombre calvo, que ahora casi ha atravesado ya toda la nave industrial. Por fin, las cosas empiezan a tener sentido. Mis nervios se calman un poco.

Dev hace una pausa y me mira por encima del hombro, sonriendo de nuevo con ese hoyuelo.

—¿Te vienes?

«¡¿Que si me vengo...?! ¡Dios! ¡Esa palabra!». Me arde la cara otra vez.

—Sí. Ya... voy.

El corazón me late a mil por hora y es como si tuviera plomo en los pies. Esto debería ser muy sencillo, ir al trabajo de mi hermana y hacer un pequeño encargo para ella. Entonces, ¿por qué me parece un momento tan trascendental? Ella confía en estas personas, así que deben de ser buenos chicos, ¿verdad? No tengo nada que temer. Ni siquiera por el hecho de que ha pasado tanto tiempo desde la última vez que tuve relaciones sexuales que ni siquiera puedo mantener una conversación normal con un hombre sin imaginar toda clase de disparates e interpretar insinuaciones sexuales en las frases más simples.

Un enorme estruendo a mi espalda me hace deslizarme hacia Dev más rápido de lo que creía posible. Y estoy tan concentrada en alejarme del foco del ruido aterrador que no lo veo correr hacia mí, y nos chocamos de bruces el uno con el otro. Me quedo sin aire en los pulmones y siento que me caigo.

Extiende sus brazos enormes y me atrapa cuando estoy a punto de caer de culo. Parecemos una pareja de baile en una clase de *swing*. Menos mal que nos ha rescatado a mí y a mi portátil, porque aquí el suelo es de cemento sólido, y no creo que ninguno de los dos hubiésemos escapado ilesos.

Al cabo de un momento me doy cuenta de que ha transferido una buena cantidad de su sudor a mi cuerpo. Puaj. Intento no hacer una mueca, pero es imposible. Ahora huelo a calvo sudoroso.

—Lo siento —dice, poniéndome derecha y apartándose luego—. Te he manchado con un poco de sudor.

Cuando estoy de nuevo en pie, Dev y yo nos volvemos a la vez para mirar a la puerta de la nave industrial. Todavía sigue vibrando en sus rieles y parece que hay una abolladura gigante en ella, con el bulto hacia adentro. El incidente de la transferencia de sudor pasa a un segundo plano en mi cerebro, sustituido por la extrañeza más inmediata.

—¿Qué diablos ha sido eso? —Me sale una voz poco natural y aflautada.

—No tengo ni idea, pero no puede ser bueno.

Me rodea y me empuja un poco hacia atrás, de manera que ahora me tapa por completo.

Intento moverme para ponerme a su lado, pero él me bloquea y se interpone en mi camino.

—¿Qué estás haciendo?

Me abrazo a mi portátil, en parte para protegerlo y en parte para usarlo como escudo. Tengo suficiente sudor de Dev encima para toda una vida. Él vuelve la cabeza y me mira.

—¿Qué te parece que hago? Te estoy protegiendo.

—¿Que me estás protegiendo? —Me inclino a un lado para asomarme a mirar por detrás de él a la entrada de la nave industrial—. ¿De qué? —Me paro un momento a pensar en lo que acaba de decir y luego miro la abolladura en la puerta. Estoy bastante segura de que no estaba allí antes—. Por favor, dime que ese era el ruido de la puerta al cerrarse.

De pronto, otro estruendo zarandea la puerta y la hace sacudirse en sus bisagras y luego se oyen unos gritos que vienen de fuera. No distingo ni una sola palabra de lo que dicen, pero quienquiera que sea parece muy, muy enfadado. La rocambolesca idea de que tal vez sea el tipo de la carretilla elevadora, que está celoso de que yo me encuentre aquí, me flota por la cabeza antes de que el miedo se apodere de mí. Siento que estoy a punto de mearme en los pantalones.

—En serio, ¿qué ha sido eso?

Dev me sujeta del brazo y comienza a arrastrarme hacia la parte más oscura de la nave industrial.

—Venga. Vámonos.

—¿Irnos? ¿Adónde? ¿Adónde vamos? —Mi grado de pánico está por las nubes, como en el nivel diez en este momento. Si fuera una zarigüeya, ahora mismo estaría tumbada de espaldas, completamente rígida y con las patas estiradas en el aire. «¡Aquí no hay nada que ver! Solo una zarigüeya muerta. Vamos, circulen...».

—A un lugar seguro.

Ahora Dev se ha puesto muy serio, ya no sonríe ni me muestra ese bonito hoyuelo.

Noto su mano caliente a través de la tela de mi camisa, y no me gustan nada todas estas prisas y empujones. Hinco los talones en el suelo y aparto el codo para deshacerme de él.

—¿Qué estás haciendo? —pregunta, alzando la voz—. ¡Tenemos que irnos!

—¿Ir adónde? —Doy un pisotón en el suelo; de pronto me siento como mi hijo de tres años, Sammy—. No pienso ir a ninguna parte contigo hasta que sepa lo que está pasando. —Me alejo unos pasos de él—. ¿Esto es una especie de broma? ¿Algún tipo de prueba de iniciación extraña? —Lo señalo—. He oído hablar de vosotros, chicos. Sé que os gusta gastar bromas pesadas a la gente que trabaja con vosotros.

Mi hermana se está ganando un buen pellizco en el pezón por esto. Uno en cada teta.

Él da un paso hacia mí con las manos extendidas. Habla con voz mucho más sosegada que antes. Pero no veo ni rastro del hoyuelo por ninguna parte, así que a mí no me engaña.

—Te lo prometo, esto no es ninguna broma ni ningún tipo de iniciación extraña. Fuera está pasando algo y necesito asegurarme de que estés a salvo antes de investigar de qué se trata.

—Pero ¿y mi hermana?

—Tu hermana está con Ozzie, así que está bien. Venga. —Me toma del brazo, con más delicadeza esta vez—. Por favor, sígueme.

Aunque, para ser el primer día de un nuevo trabajo, es la situación más ridícula que podría imaginarme, está claro que Dev habla en serio. Y parece que quiere hacer lo correcto asegurándose de que estoy bien antes de pasar al siguiente paso, así que decido hacer lo que dice. Pero si resulta que esto es una novatada o alguna especie de ritual de iniciación, aquí van a rodar cabezas...

Capítulo 3

Dev me desliza la mano por el brazo para agarrarme la mía mientras me arrastra por la nave industrial hasta nuestro destino, un destino que aún no conozco. Intento no reaccionar de forma absurda, como una colegiala, por ir de la mano de este extraño, pero es imposible. No recuerdo la última vez que noté los dedos de un hombre alrededor de los míos, y puedo decir que nunca había sentido algo parecido a esto: tiene unas manos enooormes. Esto debe de ser lo que siente Sammy cuando su padre le da la mano. Claro que Sammy tiene tres años y yo, treinta y dos, y debería quitarme estas tonterías de la cabeza. Es increíble la de cosas que se le pasan a una por la imaginación cuando siente que su vida corre peligro.

—¿Estoy en peligro? —Dev no me responde, así que continúo adelante, oyendo el chirrido de las zapatillas mientras casi tengo que correr para poder seguirle el ritmo. Menos mal que no me he puesto pantalones de pana, porque si no, me estaría quemando los muslos con tanta fricción—. Porque yo no firmé nada de correr riesgos cuando le dije a mi hermana que vendría a ayudaros. A mí no va todo eso del peligro, como a vosotros; a mí lo que me gustan son los baños de espuma, el vino y la tranquilidad. La calma. A mí lo que me gusta es la calma. No voy por la vida en plan comando. Siempre llevo ropa interior.

Por lo visto, cuando me entra el pánico, hablo más de la cuenta. Es curioso lo de aprender cosas nuevas sobre una misma cuando se tienen más de treinta años.

Dev hace oídos sordos a mi insistencia y no dice nada mientras pasamos corriendo junto a un grupo de cubículos.

—¿Es aquí donde se supone que debo trabajar? —Miro por encima del hombro, y las sillas y los cubículos de aspecto cómodo desaparecen a lo lejos. Antes me quejaba de tener que programar, pero ya no me quejaré nunca más. «¡Solo dejadme programar! ¡No quiero salir corriendo para huir de ruidos extraños!».

—Más tarde —dice.

Se oye otro estruendo detrás de nosotros, aunque más débil, porque nos hemos alejado. Corro más deprisa, ya no me interesan esos malditos cubículos. «A la mierda lo de programar... Sácame de aquí cuanto antes. Será mejor que salgamos por la puerta de atrás».

—¿Alguien está intentando entrar en la nave industrial? —pregunto, temiendo lo obvio.

—Podría ser.

Llegamos a un pasillo y él gira a la derecha y luego vuelve a girar rápidamente a la izquierda.

—¿Adónde vamos? —Ahora ya estoy lloriqueando. No puedo evitarlo. Juro que cuando vea a mi hermana, la mataré. Nada de retorcerle los pezones; eso es para cosas menores. Esta vez le haré una llave de yudo y la haré suplicar misericordia.

—Ya lo verás.

Se detiene en una puerta con un teclado numérico en el exterior. Marca un código y le sigue el clic que nos permite el acceso.

Empujando la puerta con el hombro, me toma por el codo y me arrastra detrás de él. Una tenue luz cenital ilumina el pequeño espacio del tamaño de un armario en el que hemos entrado. La verdad es que este plan de rescate no me impresiona lo más mínimo.

Pero si hasta hay fregonas en la pared, por el amor de Dios... Estiro el cuello para mirarlo a la cara.

—¿En serio me estás escondiendo en el armario de la limpieza?

Dev no me responde, sino que se acerca y comienza a presionar los botones en un teclado escondido detrás de una de las fregonas de la pared. Cuando introduce otro código, el teclado se ilumina, mostrando tanto los números como una pantalla negra que hay debajo. Este dispositivo parece mucho más sofisticado que el que había en el exterior del armario, lo que debería hacerme sentir más segura, pero, en cambio, me preocupa mucho más. «Exactamente, ¿en qué lío estoy metida ahora mismo?».

Dev termina de introducir el código y apoya sus primeros tres dedos en la pantalla de abajo. El clic que oigo cuando termina es mucho más fuerte esta vez, y eso me lleva a pensar que vamos a entrar en un lugar más seguro; lo cual me parece muy bien, porque este armario en el que estamos ahora solo sirve para proteger los suministros de limpieza. Una parte de la pared que alberga una estantería se separa de la parte posterior del espacio y se desplaza hacia dentro.

Caramba. Una Batcueva oculta supersecreta. No estoy segura de si debería sentirme impresionada o más preocupada por estar a punto de entrar ahí. Dev pasa y enciende una luz. No distingo todo lo que hay detrás de él, pero lo que veo basta para asustarme una vez más.

—¿Qué demonios es eso?

Señalo un espacio que no solo tiene sillas y mesas, sino un montón de ordenadores y una hilera de literas. Allí hay suficiente espacio para diez personas al menos.

Se inclina y me toma de la mano otra vez, atrayéndome hacia la puerta.

—Es una habitación del pánico. Pero se supone que no te debe entrar el pánico cuando estás aquí, porque estás a salvo. Mantén la calma.

Cuando me alejo del umbral, él cierra la puerta detrás de nosotros. Se oye un largo pitido y luego el ruido de las cerraduras encajando en su lugar. En la habitación reina un silencio sepulcral, y ahora percibo el fuerte olor a hierro que emana de su cuerpo, seguramente por la sesión de ejercicio o lo que sea que estuviera haciendo antes de que yo entrara por la puerta de este sitio tan loco y al que a partir de ahora voy a llamar Hotel California. Si me dice que puedo irme cuando quiera, pero resulta que no puedo salir, voy a hacer algo que no le gustará nada. No estoy segura de qué podría ser ese algo exactamente, pero ya se me ocurrirá.

—Tienes que estar de broma —le digo, resoplando con incredulidad—. ¿Que no me entre el pánico? ¿Que mantenga la calma? Amigo mío, tú te has tomado algo...

Me suelta la mano y se dirige a un teléfono que cuelga de la pared. Sin responderme, levanta el auricular y presiona un solo botón. Espera en silencio y yo paso ese tiempo escuchando mi corazón retumbarme en los oídos. Va demasiado rápido. Miro a mi alrededor para ver si tienen algún desfibrilador colgado en la pared. Es posible que necesite uno pronto.

Esto no puede estar pasando. Tiene que ser una broma, pero no se me ocurre por qué mi hermana trabajaría con un grupo de imbéciles que gastan esta clase de bromas a la gente en su primer día de trabajo. Ese tipo, Ozzie, debe de ser realmente bueno en la cama para que ella lo aguante. Ya sabía yo que no me convenía anular mi plan de meterme en la bañera y beber vino. Tonta, más que tonta...

Dev vuelve a colocar el teléfono en su sitio y sacude la cabeza, soltando un suspiro de frustración.

—¿Qué pasa? —Ni siquiera estoy segura de querer oír su respuesta.

—Arriba no me contestan. Tal vez Lucky ya no esté allí.

Busco en mi bolsillo trasero y saco el teléfono.

—Se acabó. Voy a llamar a mi hermana. No pienso seguir jugando a este juego. Ya podéis ir buscando otro profesional independiente que os ayude con vuestro caso marino o como se llame.

Él lanza un suspiro.

—Tu teléfono no funcionará aquí dentro.

Lo miro, recelosa.

—¿Por qué no?

—Pues porque es una habitación del pánico. Las paredes tienen más de un metro de grosor. No entra ni sale ninguna señal.

Inclina la cabeza levemente hacia el teléfono de la pared, dándome a entender que esa antigualla es nuestra única vía de comunicación con el mundo exterior.

Por desgracia, he visto casi todas las películas de acción del mundo, y sé con certeza que lo único que se necesita para inutilizar ese teléfono de pared son unas malditas tijeras para cortar la línea exterior. Estamos perdidos. ¡Perdidos!

Levanto las manos en señal de frustración.

—Bueno, es genial, ¿no? ¿Qué se supone que debo hacer ahora? ¿Quedarme aquí de brazos cruzados y esperar a que alguien venga a matarme?

No me responde. Se limita a mirarme fijamente.

Echo un vistazo alrededor para no tener que mirarlo a la cara. Me está subiendo la tensión arterial de verlo concentrarse en mí de esa manera.

—Estás loco si crees que voy a quedarme aquí sentada en tu habitación del pánico en el Hotel California y relajarme mientras vosotros jugáis a policías y ladrones ahí fuera.

—Esto no es un juego, Jenny. Es muy serio. Y hasta que sepa lo que está pasando, no irás a ningún lado.

Su voz es más suave. Casi hipnotizadora.

Me pongo las manos en las caderas y vuelvo mi atención hacia él, lanzándole mi mejor mirada de madre enfurecida.

—Quiero que sepas que conozco muy bien las leyes de este estado y me consta que no puedes retenerme aquí en contra de mi voluntad. Eso se llama privación ilegítima de libertad, amigo, y no pienso tolerarlo.

Me mira arqueando lo que sería una ceja, solo que, en su caso, no tiene. De todos modos, surte efecto como modo de expresar el desafío que me está lanzando.

—Conque esas tenemos, ¿eh?

Adelanto la barbilla.

—Sí, así es.

Señala la puerta.

—Adelante, entonces. Vete cuando quieras.

—Perfecto. Ahora mismo. —Sí, me da miedo salir y meterme en una situación complicada, pero no tanto como para dar marcha atrás ahora. Yo le enseñaré quién manda aquí. Puedo esconderme en un cubículo. Ningún problema. Allí mi teléfono funcionará, así que marcaré el número de emergencias y haré que vengan agentes de policía de verdad, y no estos aprendices de guardias de seguridad de los Bourbon Street Boys.

Me dirijo a la puerta para abrirla, pero no hay ningún botón, solo un teclado. Me muerdo el labio y lo miro fijamente. ¿Me acuerdo del código que ha introducido antes? No, no me acuerdo. Mierda. Me doy media vuelta.

—Tienes que abrirme la puerta.

—Lo siento, pero no puedo hacer eso.

—¿Qué quieres decir con que no puedes hacer eso?

Se encoge de hombros.

—Tenemos protocolos establecidos para este tipo de escenarios, y el protocolo para la entrada de intrusos mientras hay civiles dentro de la nave industrial requiere que uno de nosotros garantice la seguridad del civil y espere el contacto desde el exterior antes de abrir la puerta. Y yo he sido el afortunado que estaba con el civil cuando se ha presentado la amenaza.

Me sonríe y se le forma ese maldito hoyuelo.

—¿Protocolo? ¿Intrusos? —Me doy la vuelta para mirar la puerta y darle un golpe. Luego empiezo a presionar botones aleatorios en el teclado—. Protocolo, el que tengo en mi trasero grande y gordo. Tengo cosas que hacer y sitios a los que ir, así que vas a tener que olvidarte del protocolo, tipo duro.

—Tampoco tienes el trasero tan gordo...

La mano se me queda paralizada cuando estoy a punto de presionar otro botón. Me vuelvo lentamente.

—¿Me estás tomando el pelo? —¿De verdad se va a poner a hablar sobre mi trasero ahora? Tal vez quiere que lo mate.

Se encoge de hombros.

—Un par de meses conmigo y lucirías unos magníficos abdominales debajo de esa blusa.

Abro mucho la mandíbula, que se queda así, colgando. Me he quedado sin palabras. Y no es nada fácil dejarme sin palabras, en serio.

—¿Por qué no te sientas un rato y esperamos a ver si hay algún contacto?

Lo miro como si estuviera loco, porque es evidente que lo está. Al final, se me abre la garganta y consigo articular mi voz.

—En primer lugar..., ¡no hables de mi trasero! ¡Ni siquiera me conoces! Y, en segundo lugar, ¿crees que voy a quedarme aquí sentada durante horas mientras esperamos a que alguien nos llame? ¿Cómo sabes que ellos sospechan siquiera que estamos aquí? ¡Probablemente estén preguntándose qué diablos hacemos! Probablemente piensen que solo hemos ido a dar un paseo o algo así. Probablemente estén todos sentados esperando a que regresemos.

Cruza los brazos sobre el pecho.

—¿De verdad crees eso?

Me encojo de hombros con irritación y me miro los pies. Está haciendo que me sienta como una estúpida, pero a estas alturas eso ya no tiene remedio. Abro la boca para poner alguna objeción más, pero él me interrumpe.

—Oíste el ruido, sé que lo oíste. Alguien que no tenía el código de acceso estaba tratando de entrar en la nave industrial. Eso me indica que hay un problema. El protocolo estándar requiere que todo el personal se asegure y proteja el edificio cuando ocurre algo así. Entonces, nos enfrentamos a la amenaza si es necesario. Mi equipo está haciendo eso ahora mientras yo garantizo tu seguridad aquí dentro. Tenemos líneas de comunicación establecidas por todo el edificio, así que solo es cuestión de tiempo que alguien se ponga en contacto con nosotros. Lo único que tenemos que hacer es esperar.

Resoplo con incredulidad.

—Por favor, dime que tienes un plan mejor que este. No soy ninguna experta en seguridad ni una chica Bourbon Street, pero hasta yo puedo ver los agujeros en ese supuesto protocolo tan estúpido.

Me mira frunciendo el ceño.

—¿Por qué? ¿Qué pasa con nuestro plan?

Miro alrededor de la habitación con los ojos desorbitados.

—¿Te das cuenta de que lo único que tendrían que hacer los malos es prender fuego a este lugar y nos achicharrarían a los dos hasta dejarnos reducidos a un par de desechos crujientes antes de que alguien tuviera tiempo de llegar hasta a nosotros?

Él niega con la cabeza, como si yo fuera la pobre cabeza de chorlito sin riego en el cerebro.

—Para empezar, tenemos un sistema de extinción de incendios de tecnología punta instalado en toda la nave industrial. En segundo lugar, esta habitación del pánico fue diseñada específicamente para soportar un incendio de hasta seis horas de duración.

Créeme, si alguien nos quiere hacer tanto daño como para intentar prender fuego a nuestra nave industrial, tendrán que traer todo un ejército para tener éxito.

—Entonces, supongo que será mejor confiar en que no van a traer un ejército, ¿eh?

—Supongo.

Nos miramos el uno al otro mientras van pasando los segundos. Siento que comienza una competencia épica de sostenernos la mirada para ver quién aguanta más, y sonrío con alegría siniestra y malvada porque sé que voy a ganar. Hago esto con mis hijos todos los días, así que tengo mucha práctica, y siempre los derroto con una victoria aplastante. «¡Sí! ¡Toma ya, hombretón! Prepárate, porque vas a pringar de lo lindo... Se te van a secar los ojos de tanto aguantar».

Pasan más segundos todavía. Empiezo a tener los ojos un poco resecos. ¿Juega con ventaja alguien que te mira desde dos metros de altura? Debe de haberla, porque él ni siquiera se estremece. Todavía tiene los globos oculares muy brillantes, mientras que los míos seguramente parecen unas canicas con cien años. Secas. Vidriosas. Maldita sea. Creo que ahora se me han pegado los párpados.

—No vas a ganar —dice—. Deberías rendirte.

—Oh, sí voy a ganar, ya lo creo. —Traslado el peso de mi cuerpo a mi otro pie—. Puedo hacer esto todo el día. Tengo tres hijos.

—¿Ah, sí? Bueno, pues yo tengo un niño que vale por cuatro, y no me rindo fácilmente.

Pestañeo, tan sorprendida de oír que él también es padre que pierdo la concentración. ¡Maldita sea!

Me señala con el dedo.

—Has perdido.

Pongo los ojos en blanco, volviéndome para que no me vea pestañear una y otra vez para tratar de rehidratar mis pobres ojos, secos como uvas pasas.

—¿Qué pasa? ¿Tienes diez años? —exclamo.

—No, en realidad tengo treinta y cinco, pero he ganado igualmente.

Se acerca a la pared y vuelve a descolgar el teléfono.

—Será mejor que alguien responda esta vez —murmuro mientras camino hacia uno de los cómodos sillones.

Dejo el portátil en la mesa auxiliar que hay al lado y mi bolso en el suelo, y luego me desplomo en el asiento mientras espero en silencio a que alguien conteste nuestra llamada.

Estoy cansada de pelearme con este hombre. Solo quiero salir de aquí y volver a mi aburrida vida de antes, donde me comporto como una persona adulta y no entro en competiciones de miradas con desconocidos que no deberían tener un aspecto tan sexy cuando están sudados.

Capítulo 4

Sé que alguien contesta al otro lado de la línea porque la cara de Dev se ilumina y abre la boca para disponerse a hablar, pero luego no dice ni una sola palabra. Simplemente se queda allí parado como un maniquí con la cabeza hueca y calva.

—¿Qué pasa?

Me pongo de pie, con la disparatada idea de acercarme a él y acurrucarme a su lado, presionar la cara contra el receptor y escuchar la conversación.

Levanta una mano para darme la señal de alto y me frena en seco.

Arrugo la frente. Yo les hago lo mismo a mis hijos cuando me molestan y estoy hablando por teléfono. Soy una mujer adulta, pero por alguna razón, en la última media hora he quedado reducida a quinceañera adolescente en presencia de este hombre. Tal vez incluso a preadolescente.

Cualquier otro día habría llegado a disfrutarlo, porque siempre me siento más vieja de lo que soy en realidad, pero hoy no. Hoy quiero formar parte del mundo real en el que soy una persona adulta y puedo decidir adónde voy, cuándo y cómo lo hago. Toda esta historia de estar encerrada con un comando sudoroso me está volviendo loca. Me viene a la mente esa película, *El resplandor*.

Ahora mi captor está muy serio, con sus cejas invisibles fruncidas mientras mira la pared.

—Recibido, código Harbinger. —Hace una pausa después de esta misteriosa transmisión, asiente y continúa—. Sí. Está bien. Entendido.

Dev cuelga el teléfono y se acerca para desplomarse en la silla frente a mí. Separa las piernas y apoya los codos en los brazos del asiento. Se lleva los dedos de una mano a los labios. La otra mano cuelga en el aire a la altura de su cintura, como si tal cosa, con toda tranquilidad... como si no acabara de actuar como un sargento del ejército en una película de acción donde alguien intenta asesinar al presidente, la Casa Blanca está llena de terroristas de Uzbekistán, y él es el único agente especial que hay en el interior. Me está mirando como si sopesara comprarme en una subasta o algo.

Trago saliva. «Pero qué calor...». Me siento como un pedazo de carne, y me gusta. ¿Se puede saber qué diablos me pasa?

—¿Y bien?

Me recuesto hacia atrás en el sillón y me aliso las arrugas de los pantalones, tratando de ahuyentar mis alocados pensamientos mientras espero oír las noticias sobre nuestro rescate inminente. Me alegra saber que los malos no han cortado las líneas telefónicas como hacen siempre en las películas. Al menos algo sale bien hoy.

Dev aparta la mano de la cara y se incorpora en el asiento.

—Alguien ha intentado entrar por la fuerza en la nave industrial, pero ya hemos solucionado el asunto. Ahora solo tenemos que esperar hasta que un miembro del equipo o del departamento de policía pueda venir y dejarnos salir.

Eso no tiene ningún sentido para mí. Ignoro la primera parte de su explicación —algo demasiado angustioso para asimilarlo sin procesarlo interiormente un poco más— y me concentro en el segundo punto.

—¿Qué quieres decir con eso de que alguien tiene que venir y dejarnos salir? —Miro hacia el teclado de la puerta—. ¿No tienes que ir ahí, introducir números y poner tus huellas dactilares en la pantalla y ya está?

Me mira avergonzado.

—Normalmente, sí, pero... mmm... Puede que me haya pasado de ansioso por ponernos a salvo cuando entramos.

Hundo la barbilla en el cuello.

—¿Qué se supone que significa eso?

Él baja la cabeza y, cuando responde, noto que tiene la cara un poco más sonrosada que antes.

—Hay dos formas de entrar en esta habitación. Una forma es introducir el código para entrar y salir, y la otra, entrar y quedarte atrapado dentro hasta que venga alguien de fuera para dejarte salir.

Eso no tiene ningún sentido. ¿Se puede saber qué tipo de sistema inútil tienen aquí montado? Pronuncio las siguientes palabras con comedimiento y muy despacio.

—¿Para qué quieres una puerta en una habitación del pánico que no se abre desde el interior?

Sería lógico pensar que unas personas que se dedican única y exclusivamente a tratar con delincuentes y con temas de seguridad serían más avispados a la hora de configurar sus sistemas de bloqueo y cierre. «Genial. Estoy atrapada en la guarida de los Bourbon Street Bobos. Increíble».

Él no parece tan avergonzado como creo que debería estar cuando me ofrece su explicación.

—Bueno, en cierto modo es el mismo concepto que una alarma de hogar. Hay dos códigos diferentes que puedes introducir cuando entras en la casa: un código simplemente lo cierra todo, pero el otro código se usa cuando alguien te está amenazando a punta de pistola. Se cierra todo, pero al mismo tiempo, envía una alerta silenciosa al equipo de vigilancia para avisar de que hay algo sospechoso y que puedan enviar a la policía para que intervenga. Determinados miembros del Departamento de Policía de Nueva Orleans también tienen el código de acceso.

Solo me hace falta darle vueltas a eso unos segundos para detectar los problemas obvios.

—Entonces, lo que pasa cuando usas el segundo tipo de código es que acabas con uno de los malos apuntándote con una pistola y encerrado dentro de esta habitación contigo. —Asiento con la cabeza con aire sarcástico, pensando en lo ridícula que es esta gente—. Ya entiendo. Eso tiene mucho sentido, claro que sí.

Él se encoge de hombros.

—Lo tiene si recibes el tipo de entrenamiento que recibimos nosotros.

Arqueo una ceja.

—¿Y qué tipo de entrenamiento sería ese? ¿La capacidad de hipnotizar a la gente para que suelte su pistola, se tumbe en el sofá y se rinda?

—No. Todos estamos entrenados para arrebatar el arma a otra persona en un corto período de tiempo. Digamos que cualquiera que entre aquí con alguien de mi equipo y un arma no saldrá de aquí con esa arma.

Este hombre se lo tiene bastante creído, pero para ser justa, he visto su físico y el de Ozzie, y ahora hasta mi hermana ha sacado algunos bíceps, algo que nunca antes había tenido. Quién sabe... Tal vez sea un ninja disfrazado de jugador de baloncesto de la NBA. Paso a mi siguiente argumento más lógico.

—¿Por qué no usar solo un código que abra la puerta y permita que la gente entre y salga? No entiendo por qué tenerla bloqueada desde fuera puede servir de algo para alguien que esté aquí dentro.

Suspira como si fuera yo la mema.

—Entonces solo sería una puerta. Pero si está bloqueada desde el exterior, no importa lo que le haga el malo a la persona con la que esté aquí dentro: no irá a ninguna parte hasta que alguien de mi equipo entre por él. No tiene forma humana de escapar. No es solo una puerta; de esa manera, es una cárcel.

—Pero ¿por qué crees que alguien que entre en la nave iba a querer meterse en vuestra habitación del pánico, para empezar? ¿Por qué iba a querer alguien encerrarse precisamente aquí?

—Aquí es donde acudiría alguien que no quisiera pelear o plantar cara. Si alguien entra en la nave industrial buscando a ese otro alguien que no quiere luchar, el primero lo seguiría.

Se encoge de hombros, como si aquello tuviera todo el sentido del mundo.

Respiro profundamente para calmarme. Hoy no va a ser el día en que vaya a hacerme la valiente. No, es hora de que me largue de aquí y vuelva a una vida que no incluya a ninguno de estos payasos de los Bourbon Street Bobos.

—¿Cuánto tiempo falta para que llegue nuestro grupo de rescate?

—El equipo tiene que acabar unas cosas fuera primero. ¿Diez minutos tal vez?

Después de pensarlo unos instantes, decido que diez minutos son tolerables. Y ahora que ya sé que más o menos todo va bien, mi curiosidad natural se apodera de mí.

—Entonces, ¿dices que tienes un hijo?

Asiente con la cabeza.

—Sí. Tiene cinco años y es un terremoto.

—¿Es tan alto como tú?

Dev sonríe levemente.

—Bueno, eso sería un poco raro, teniendo en cuenta que solo está en preescolar...

Pasa de la seriedad más absoluta al tono de broma a una velocidad que hace que la cabeza me dé vueltas. Pero en el buen sentido, como si acabara de apearme tras un viaje en una pequeña montaña rusa. Pongo los ojos en blanco.

—Ya sabes lo que quiero decir.

La sonrisa de Dev estalla con toda su fuerza, y es tan radiante que casi resulta cegadora. Me hace entrar en calor por dentro.

—Es alto para su edad, pero su madre era muy bajita, o debería decir que es muy bajita, por lo que podría acabar en algún punto intermedio.

La sonrisa de Dev se desvanece un poco al final de su explicación, lo que me crea más intriga por saber más sobre qué es lo que le entristece tan súbitamente cuando es obvio que está hablando de su tesoro más preciado.

—¿Y su madre?

Me mira durante largo rato, así que empiezo a preocuparme por si he traspasado ese límite de la cortesía que siempre me resulta un poco borroso. Quizá sea algo impertinente hacerle esa pregunta, pero estamos atrapados en una habitación del pánico, así que entiendo que las reglas sociales normales deberían ser un poco más relajadas. O tal vez sea que, después de verlo sudar tanto en mi presencia, me ha dado confianza para preguntarle por su vida amorosa. Solo hay un lugar en el que haya visto a un hombre tan sudoroso, y era mi dormitorio.

Unos segundos más tarde, ya no puedo soportar el silencio.

—¿Ha sido una pregunta demasiado personal? Lo siento, siempre me vuelvo un poco indiscreta cuando estoy nerviosa.

Vuelve a sonreír, así que mi ansiedad se reduce un poco. Tal vez, en el fondo, no le he parecido tan entrometida.

—No tienes que estar nerviosa —dice—. Estoy aquí.

—¿Y se supone que eso tiene que hacerme sentir mejor?

Inclina la cabeza hacia un lado.

—¿Te pongo nerviosa?

Lanzo un resoplido.

—Sí. Pues claro... —Maldita sea. Ya me comporto como una adolescente otra vez.

Me sonríe.

—¿Por qué habría de ponerte nerviosa? Yo soy de los buenos.

Me encojo de hombros.

—Eso lo dices tú. Pero es el primer día que trabajo aquí como *freelance*, mi hermana no aparece por ningún lado, y estoy encerrada en una habitación del pánico con un hombre al que acabo de conocer y que dice ser una especie de comando karateka que tumba a los malos, les quita sus armas y los encierra en esta cárcel. No sé cómo pretendes que eso me tranquilice. Consigue justo lo contrario, si quieres que te sea sincera.

—Siempre quiero que me seas sincera —dice, perdiendo la sonrisa.

Veo el peso de un doble sentido en sus palabras, pero lo cierto es que no sé de dónde viene ni de qué va eso, así que no le sigo el juego. Estoy cansada de quedar como una idiota delante de este tipo. Vuelvo a pasear la mirada por la habitación. Me da miedo continuar con la conversación, sabiendo que mi curiosidad natural ya me la ha jugado una vez. Por la velocidad a la que me late el corazón, estoy a punto de empezar a hacer preguntas incluso más personales que las que ya he hecho. Es una especie de mecanismo de defensa que tengo: aturdirlos con incredulidad y distraerlos de mi comportamiento nervioso con una batería de preguntas socialmente inaceptables. No es muy elegante, pero suele funcionar. Aunque no tanto con Dev...

Me sorprende hablando como si no hubiera dudado antes.

—Mi hijo se llama Jacob. Su madre no ha estado con nosotros desde el día en que nació. Prácticamente desapareció. —Baja la mirada hacia sus manos—. Sí, eso es más o menos todo. Mi vida en pocas palabras. No hay mucho más que decir.

Se examina las uñas, frunciendo el ceño.

Ahora la cabeza me bulle con preguntas. «¿A quién le importan las reglas sociales? ¡Quiero saber qué es lo que mueve a este hombre!». Sonrío para tranquilizarlo.

—Si creías que compartir esa pequeña información conmigo iba a impedir que te hiciera más preguntas, obviamente no me conoces ni a mí ni a ninguna mujer.

Asiente ligeramente.

—Diría que tienes razón en ese diagnóstico. Se me da fatal interpretar a las mujeres. Siempre me equivoco.

—¿Creciste con alguna hermana? ¿O primas?

—La única chica que tenía cerca cuando era pequeño era Toni, y no apareció hasta bien entrado en la adolescencia. A los dieciséis años, más o menos.

—¿Quién es Toni? ¿Es tu exmujer? ¿Novia? ¿Esa es la madre de Jacob?

—No. Toni trabaja aquí conmigo, y crecimos juntos en el mismo barrio. Ha vivido en Nueva Orleans toda su vida. Toni y su hermano Thibault han sido como otra familia para mí. Junto con Ozzie y Lucky...

Me inclino un poco hacia delante.

—Creo haber oído a May hablar de ella. Es... una tipa dura y guapísima que no se anda con tonterías, ¿verdad?

Dev se ríe y asiente, y su cuerpo se relaja un poco más en el asiento.

—Sí, esa es ella. No hay nadie más duro que Toni.

De pronto, el horizonte se vuelve borroso mientras miro a lo lejos. Me estoy visualizando a mí misma como un pequeño Rambo en versión chica, cargándome a todo bicho viviente, ganándome el respeto que percibo en la voz de Dev.

—¿En qué estás pensando? —pregunta Dev.

Le respondo sin dudarlo.

—Estoy pensando en lo maravilloso que sería ser descrita de ese modo por un tipo como tú. —Las orejas se me ponen coloradas cuando me doy cuenta de que he revelado demasiado mis cartas.

—¿Un tipo como yo? ¿Qué quieres decir con eso?

Me encojo de hombros, tratando de hacerme la indiferente.

—No lo sé... Un tipo como tú. Un tipo al que... —señalo en su dirección— le gusta entrenar y sudar a chorros por todas partes.

Ya no está sudando, pero todavía tiene la ropa mojada y adherida al cuerpo. Se mira.

—Ah. Ya te entiendo.

Mis ojos siguen su mirada y aterrizan en su entrepierna. Aparto la vista rápidamente, pero no antes de que me pille comiéndomelo con los ojos. Empiezo a agitar la mano delante de mi cara. En serio, tienen que instalar un ventilador aquí dentro. «¿No serán los síntomas de la menopausia precoz?».

Sigue un silencio. Los dos intentamos no mirarnos directamente, pero es como si nuestros ojos se negaran a obedecer. Esto es absurdo; estoy roja como un tomate. Me recuerda al instituto.

—¿Sabes? Podrías convertirte en Toni si quisieras.

Arrugo la frente al oír eso.

—¿Qué?

—He dicho que podrías parecerte a Toni si quisieras. Tienes un gran cuerpo; solo necesitas un poco de entrenamiento con pesas para desarrollar los músculos.

No sé por qué eso hace que la cara me arda aún más y que sienta un extendido hormigueo. «¿Me está repasando el cuerpo? ¿Piensa que tengo un gran cuerpo? ¿No me ha visto el pedazo de trasero?».

—Y tampoco te llevaría mucho tiempo, no creas —continúa, ajeno a mi nerviosismo—. Si te pareces a tu hermana, podrías conseguirlo en menos de seis meses. —Se encoge de hombros—. Pero no es que tengas que hacer nada. Solo estoy hablando de entrenamiento de fuerza, sin cambiar tus formas. Tu cuerpo está bien tal como está. —Está a punto de decir algo más, pero entonces se calla y mira hacia otro lado por un segundo.

Me paso la mano por la cara, tratando de ahuyentar sus comentarios y las oleadas de calor que emanan de mi piel. Qué vergüenza. Como demasiados helados de chocolate para parecerme a como creo que es Toni, ni siquiera en seis años, y menos en seis meses.

Solo pretende ser amable cuando dice que mi cuerpo está bien tal como está. Le habrá entrado demasiado sudor en los ojos o algo así.

—No me queda tiempo para eso. Tengo tres hijos y un trabajo...

Se encoge de hombros.

—Podrías arreglar eso. Si hicieras más encargos como *freelance*, seguramente dispondrías de más tiempo libre al instante. Podrías tener tu propio horario, hacer ejercicio cuando los niños estén en la escuela o en la guardería.

Lanzo un bufido; ya no me da vergüenza la conversación ni mis reacciones raras por estar en un espacio cerrado con él.

—Uf, créeme, no voy a hacer más trabajo como *freelance*. Aunque tampoco es que lo haya hecho, para empezar.

—¿Por qué no?

Bajo las manos al asiento, a cada lado de mis piernas. Lo miro fijamente, esperando que llegue a la respuesta por sí mismo.

—¿Por qué me miras así? —me pregunta. Está sonriendo, el muy tonto.

—¿De verdad no lo sabes?

—No, no lo sé.

Abro la boca para decirle lo que pienso, para decirle que no invitas a una posible profesional *freelance* a tu nave industrial, la encierras en una habitación del pánico durante una hora, le dices que algún loco está intentando entrar por la fuerza en el lugar de trabajo, y luego le sugieres que trabaje más horas para ti. Llamarlos Bourbon Street Bobos es darles demasiado reconocimiento. Es más bien como si hubiera entrado en la guarida de los Bourbon Street Burros.

Pero antes de que cualquiera de estas palabras pueda salir de mi boca, oigo un pitido y un clic, y la puerta de la habitación del pánico se abre.

Capítulo 5

La cabeza de May aparece por la puerta.

—¿Jenny? ¿Estás ahí?

Me levanto, recojo el bolso del suelo y me cuelgo la correa al hombro.

—Sí, estoy aquí. Pero no voy a quedarme, puedes estar segurísima de eso.

Echo a andar hacia la puerta mientras se abre del todo. Detrás de mi hermana aparece la corpulenta figura de su novio, Ozzie, que ocupa casi todo el hueco.

Ozzie mira por encima de nuestras cabezas y fija la mirada en algo que hay detrás de mí.

—¿Todo bien aquí dentro?

—Sí, estamos bien —responde Dev—. Solo un poco nerviosos, tal vez.

Miro por encima del hombro y entrecierro los ojos.

—¿Nerviosos?

Sonríe mientras se encoge de hombros.

—¿Cómo lo llamarías tú?

Sinceramente, podría llamarlo de muchas maneras; «nerviosos» incluso podría funcionar, pero ahora mismo estoy demasiado enfadada para debatir el tema. Dirijo la atención a mi hermana.

—Lo siento, May, pero voy a irme de aquí.

Ella extiende las manos hacia mí.

—¡No! ¡No te vayas! Por favor, quédate.

Niego con la cabeza.

—No. Lo siento, pero ya he tenido bastante.

Doy un paso para rodearla a ella y a su novio y salgo por la puerta. Tengo que largarme de esta nave industrial antes de que me encierren en otra habitación sin ventanas. Me muevo rápidamente, pero mi hermana no tiene problemas para darme alcance en un par de zancadas.

—Jenny, no lo entiendes. Nada de esto estaba planeado. ¡Ha sido algo totalmente casual! Ahora ya ha pasado todo; puedes hacer el trabajo en una hora y luego te vas a casa y el asunto habrá terminado. Y conseguirás el dinero y la tarjeta de regalo.

—Puedes quedarte tu dinero y tu estúpida tarjeta de regalo. Yo no tengo nada que hacer aquí.

—¿Por qué estás tan enfadada?

Me detengo tan bruscamente que se da de bruces contra mi espalda y me roza los talones con sus zapatos. Me vuelvo para mirarla.

—¿En serio? No puedes ser tan obtusa, May.

Me mira frunciendo el ceño.

—¿Obtusa? Te has pasado un poco, ¿no crees?

Niego con la cabeza, francamente decepcionada.

—No tengo ni idea de qué te ha pasado desde que entraste a trabajar aquí, pero tu actitud no me gusta nada. Por desgracia, no dispongo de tiempo para hablar de eso contigo ahora porque quedan menos de cuarenta horas para que mis hijos vuelvan a casa, y no pienso dejar que me las estropees.

A May le cambia la cara.

—¿De verdad piensas que te estoy fastidiando el fin de semana?

Levanto la mano y la suelto de golpe para darme una palmada en el muslo.

—¿Hablas en serio, May? ¡Llevo casi una hora encerrada en una habitación del pánico con un ninja gigante y sudado!

—¿Cómo sabes que es un ninja? ¿Te ha enseñado su espada?

Los ojos se me salen de las órbitas. Ni siquiera sé cómo interpretar su pregunta. No puede decirlo en serio. May continúa hablando.

—Oye, Jenny, entiendo que estés molesta, pero es solo porque no sabes qué es lo que ha pasado en realidad. Encerrarte en la habitación del pánico fue un error, pero todo esto solo es una sucesión de pequeños malentendidos. Te lo prometo, no hay de qué preocuparse. Y el trabajo no ha cambiado. Seguimos necesitándote, y creo que esto va a ser pan comido para ti, porque eres muy lista con los ordenadores y todo eso.

—No me vengas con halagos, May. Sabes que eso no funciona conmigo.

—¿Desde cuándo? Siempre te estoy halagando para poder salirme con la mía.

Lanzo un suspiro.

—Tampoco vas a convencerme con tus bromitas. Esta vez no. Tengo que irme. Llámame luego.

Me doy media vuelta y empiezo a caminar en la dirección que creo que me llevará a la puerta de entrada. Después de doblar la esquina de un par de pasillos aparecen los cubículos, lo que me indica que sigo el camino correcto. Cuando paso por el último, alguien se acerca desde la dirección opuesta. Reduzco el paso, pero no me preocupa quién puede ser el desconocido porque siento la presencia de May detrás de mí, y no me está gritando que eche a correr.

—¿May, eres tú? —pregunta el hombre.

—Sí, Thibault, soy yo y esta es mi hermana, Jenny. ¿Ya os habéis conocido?

A medida que el hombre se acerca, puedo verle mejor la cara. Es un poco más alto que yo, con el pelo muy oscuro, y lleva unas botas de *cowboy* negras, vaqueros y una camiseta negra ajustada con las mangas un poco arremangadas. Estoy segura de que no hay ni un solo gramo de grasa en su cuerpo. Es más macizo que Ozzie, pero igual de intimidatorio. Menos mal que sonríe sin parar porque si no, empezaría a pensar que es él el que planea robar cosas de las misteriosas taquillas de la habitación del pánico.

—No, todavía no he tenido el placer. —Se detiene frente a mí y extiende la mano—. Encantado de conocerte, Jenny.

Le estrecho la mano porque no quiero ser grosera, a pesar de que está entorpeciendo mi salida.

—Encantada de conocerte yo también.

Thibault mira por encima del hombro a mi hermana.

—Está enfadada, ¿eh?

—Sí, bueno, solo un poco. Estaba intentando explicarle que en realidad no hay para tanto, y que aún puede hacer el trabajo para nosotros y luego irse a casa a disfrutar de su fin de semana, pero no quiere hacerme caso.

La sonrisa de Thibault se desvanece y su expresión se vuelve seria.

—No estoy tan seguro de que sea una buena idea.

Miro por encima del hombro a mi hermana.

—¿Lo ves? Te lo dije. Me voy a mi casa.

Me muevo para esquivar a Thibault, pero él me impide el paso. Ahora esboza una sonrisa de disculpa.

—Si pudieras esperar un minuto, creo que a Ozzie le gustaría hablar contigo.

Señala con la cabeza algo que hay detrás de mí.

—Bueno, si Ozzie quiere hablar conmigo, puede llamarme por teléfono. Tengo que ir a un sitio.

Cuando doy otro paso hacia delante, Thibault extiende un brazo. Me detengo en seco y miro hacia abajo, hacia su extremidad ofensiva. «Pero ¿qué diablos cree que está haciendo?».

—¡Oye, Ozzie! ¿Quieres venir aquí y discutir la situación con la hermana de May?

Me doy media vuelta y ver a Ozzie y Dev avanzando por la zona más oscura de los cubículos me hace dudar. Parecen dos soldados de las tropas de asalto o algo por el estilo, por la forma en que caminan en tándem, con los hombros balanceándose hacia delante y hacia atrás, adelante y atrás.

«Quédate quieto, corazón mío». Sé que estos tipos están locos, pero creo que empiezo a entender por qué mi hermana ha perdido el seso por ellos. Hacen que algo tan bestia como quedarse encerrada en una habitación del pánico no parezca tan horrible como lo es.

Me dan ganas de darme de bofetadas cuando me doy cuenta de que me he distraído con mis propias hormonas. «Ilusiones. ¡Alerta Hotel California! ¡Todo esto no son más que ilusiones, Jenny! ¡Céntrate!».

—Vayamos arriba —dice Ozzie.

—Buena idea —añade mi hermana.

—¡No! ¡No es una buena idea! No pienso ir a ninguna parte con vosotros. Voy a montarme en el coche para marcharme a casa.

Me doy la vuelta apresuradamente y aparto el brazo de Thibault de un manotazo, empujándolo a un lado. Me niego a escuchar las tonterías que tengan que decirme, y por mi parte, he terminado con este fallido rescate de hermana mayor. May se va a enterar de lo que es bueno, ya lo creo.

El chirrido de mis zapatillas de deporte retumba por toda la nave industrial mientras camino por el gran espacio abierto, en dirección al teclado que abrirá la puerta principal. «Libertad por fin. Ya casi estoy ahí».

Oigo el ruido de los pasos de alguien a mi espalda, pero no me doy la vuelta para ver quién es. Sé que no es mi hermana, porque son pasos pesados.

Ya me he cansado de jugar. Se acabó fingir que soy alguien que no soy: soy una madre con tres hijos y empleada de una empresa de programación de *software* de segunda fila, y solo necesito seguir manteniendo la cabeza agachada y no meterme en problemas durante los próximos cuarenta años hasta poder jubilarme y viajar. Esperaré hasta entonces para tener una vida divertida. «Trabajar de *freelance*... ¡Ja! ¿En qué demonios estaría yo pensando?».

—Oye —dice una voz a mi espalda.

No contesto. Ya casi estoy junto al teclado.

—¿Adónde vas con tanta prisa?

Interrumpo mi huida un momento y me vuelvo.

Dev se para de golpe justo detrás de mí, con los brazos todavía en posición de *jogging*. Me sonríe con aire inocente, de modo que me entran ganas de gritar.

—¿Que adónde voy? Te diré adónde voy: me largo lejos de vosotros. Alguien acaba de intentar entrar aquí por la fuerza a plena luz del día y todos os comportáis como si no hubiera pasado nada.

—En realidad, ya es por la tarde.

—¡Da igual!

Me dan ganas de tirarme de los pelos. ¿Está loco o qué? ¿Será eso su kriptonita? La enajenación mental podría explicar el hecho de que no esté casado, a pesar de lo guapo que es. Junta las palmas de las manos delante de la cintura.

—Nos pasamos todo el día lidiando con actividades criminales de todo tipo. No es nada del otro mundo, de verdad.

—Colega... No sé qué fumáis todos aquí, pero no me interesan ese tipo de alucinaciones. Yo vivo en el mundo real.

Dev levanta una mano y se frota el cuero cabelludo desnudo. Luego aparta la mano, se mira la palma y frunce el ceño. Restriega la mano por la parte delantera de su camisa y me mira con una sonrisa incómoda.

—Odio decirte esto, pero la verdad es que no puedes irte ahora.

Lo miro fijamente, desafiándolo en silencio a que repita eso otra vez. Ni siquiera pestañea.

—Ah, ¿que quieres que juguemos a este juego otra vez? —No pienso volver a perder una competición de a ver quién aguanta más tiempo la mirada.

Él niega con la cabeza, con expresión casi triste.

—No es ningún juego, lo prometo. Hemos llamado a la policía y esperamos que uno de sus agentes pase por aquí para hablar con nosotros sobre lo que ha pasado, y nos gustaría que esperaras hasta que terminásemos con eso antes de irte.

—¿Por qué?

Si no me da una razón realmente buena, me largo de aquí. Me iré y no volveré a mirar por el espejo retrovisor, nunca, ni siquiera una vez. «Adiós, Bourbon Street Boys, y hola, realidad». La idea me entristece un poco, lo cual es total y completamente irracional, por supuesto. No necesito ver a este tal Dev otra vez. No es nadie para mí. A efectos prácticos, un completo extraño. «Pero un extraño muy sexy».

—Porque queremos evaluar la amenaza y averiguar exactamente qué es lo que pasa antes de dejarte salir y que puedas correr alguna situación de peligro.

El corazón me da un vuelco.

—¿Peligro? —Trago saliva; tengo dificultades para engullir el bulto que se ha materializado en mi garganta—. ¿Por qué iba a estar en peligro?

Él se encoge de hombros.

—Porque estabas aquí cuando ha sucedido todo.

Me siento un poco mejor después de su explicación breve y para nada convincente.

—Sí, pero yo estaba dentro. Quien sea que causara el problema estaba fuera. Y no sé si accedieron a la nave industrial, pero sé seguro que no entraron en la habitación del pánico, así que ¿por qué iba a tener problemas?

—No lo sabremos hasta que lo sepamos.

—Eso no tiene pies ni cabeza. —De verdad que me dan ganas de sacarle los ojos en ese momento, de pura frustración.

—¿Te apetece un poco de *jambalaya*?

Su pregunta me parece tan extraña que no sé cómo responder. Abro la boca, pero no me salen las palabras que me salven de parecer un pez fuera del agua.

May, Ozzie y Thibault aparecen desde la zona de los cubículos, hablando entre ellos. May viene directa hacia mí, sin duda con la intención de convencerme de que me quede. Dev continúa hablando.

—Ozzie es un cocinero increíble y antes ha preparado uno de sus mejores platos. Tenemos algunas sobras, y me muero de hambre. ¿Te apetece compartirlas conmigo?

Sé que es una locura y que probablemente debería largarme de aquí cuanto antes, pero cuando dice esas palabras, mi estómago lanza un rugido realmente fuerte, y me doy cuenta de que no he comido nada en todo el día. Y esa copa de vino que me tomé antes de venir parece que me está haciendo un agujero en el estómago.

—Bien. No te has ido —dice May, deteniéndose a mi lado.

—Estoy tratando de convencerla para que coma un poco de *jambalaya* conmigo.

—¡Una idea estupenda! —exclama May con voz exagerada, en plan *cheerleader*.

Me muerdo el labio mientras decido cuál será mi próximo movimiento.

—Te lo prometo... No intento engañarte ni nada parecido —dice Dev, con voz cálida y segura. «Liam Neeson no tiene nada que envidiarle a este tipo, maldita sea».

May me mira con sus ojitos de cachorro otra vez.

Estoy empezando a ceder y me siento impotente para impedirlo.

—¿Cuánto tiempo va a durar esto? ¿Cuánto va a tardar la policía en llegar aquí para que prestéis declaración o lo que sea?

—No más de una hora. —Dev señala hacia las escaleras—. Venga, subamos. Va a ser el mejor *jambalaya* que hayas comido en tu vida. Si no es así, dejaré que me dispares con la pistola Taser de tu hermana.

—La tengo preparada aquí mismo —dice May, asintiendo con la cabeza como una muñeca de resorte.

«Qué argumento tan convincente...». Respiro profundamente antes de responder, tratando de no burlarme de su promesa.

—Está bien. —La adolescente que hay en mí se ríe al pensar que aquello parece una especie de cita; es como si me hubiera invitado a quedar con él en la cafetería del instituto y a sentarme en la misma mesa durante la hora del almuerzo.

Una vez tomada mi decisión y con un plan establecido, ya me siento mejor. Suspiro y niego con la cabeza mientras echo a andar a su lado hacia el pie de la escalera. May se queda hablando con su novio y Thibault.

Debo de estar colocada o algo por haberme dejado convencer para cenar con Dev aquí. Tal vez debería trabajar como *freelance* para estos locos después de todo, porque, visto lo visto, me adaptaría perfectamente, dada la completa incapacidad para tomar decisiones que estoy demostrando en este momento.

«Menos mal que los niños están con Miles», es lo único que puedo pensar. Y entonces caigo en la cuenta de lo horrible que es haber pensado eso. Justo entonces sé que ya me he metido hasta el fondo. ¿Dónde exactamente? No tengo ni idea, pero no puede ser bueno.

Capítulo 6

—Dios mío..., pero ¡qué rico está esto! —digo con la boca llena, y estoy segura de que tengo un par de granos de arroz pegados en el labio, pero no puedo parar. ¡Qué digo! Ni siquiera puedo reducir la velocidad... Me he comido un plato entero de *jambalaya* en menos de cinco minutos. Dev tenía razón: Ozzie es un cocinero increíble.

Todos están abajo, excepto Dev y yo, pero en cuanto aparezca ese grandullón, le diré que soy una fan. Aunque todavía esté enfadada con él y su equipo, un talento tan inmenso en la cocina debería tener su recompensa. Además, tal vez podría convencer a mi hermana de que me invite a cenar más a menudo. En su casa, por supuesto. Porque aquí no pienso volver. Esta será mi última comida en el restaurante de Bourbon Street Boys.

—¿A que sí? —Dev asiente con la cabeza—. Habré comido este plato cincuenta veces, pero nunca me canso.

—¿Cincuenta veces? Uau. ¿Lo prepara todos los días?

Mojo un poco de pan en la salsa y le doy un buen mordisco, sin importarme que eso me equipare a una gorrina. Por suerte, Dev está tan hambriento como yo. Tiene la nariz tan cerca del plato que me sorprende que aún no le haya salpicado la salsa picante en las fosas nasales. Ya va por su segunda ración.

—No. Tal vez una o dos veces al mes. Tiene un repertorio bastante amplio y variado, y le gusta cocinar, por suerte para nosotros.

—¿Tú no sabes cocinar?

—No exactamente. Mi madre siempre intentó enseñarme, pero no fui un alumno muy aplicado. —Me lanza una media sonrisa, y casi me lo imagino de niño. La imagen me recuerda a mi hijo, Sammy, y experimento un cálido sentimiento de felicidad.

Sonrío.

—Bueno, no sé si creérmelo... —Después de decir eso, me doy cuenta de que parece que esté flirteando. Tengo la cara un poco caliente, pero seguro que es por las especias del *jambalaya* y no porque acabe de guiñarme un ojo.

—Créetelo. —Levanta una mano con la que estoy absolutamente convencida de que podría botar una pelota de baloncesto sin ningún esfuerzo—. Es difícil usar cuchillos de tamaño normal con unas manazas como estas. —Usa esa manaza para tomar otro pedazo de pan y sumergirlo en su salsa. Una porción generosa de la enorme barra de pan parece un *crouton* en sus dedos gigantes.

—La verdad es que tienes las manos muy grandes.

«¿Estará pensando lo mismo que yo?». Me remuevo en mi asiento. «Maldita sea, ¡cómo pica este *jambalaya!*». Alargo la mano disimuladamente y me abro un poco el cuello de la camisa.

Él se encoge de hombros.

—Es por naturaleza.

Estoy confusa.

—¿Ser entrenador físico?

Niega con la cabeza.

—No. Los estirones en la etapa de crecimiento.

Bajo la cuchara, intrigada con su historia. Nunca he conocido a nadie más alto de metro ochenta y cinco.

—¿Tuviste más de uno?

Mastica más despacio mientras medita sobre mi pregunta, sin estar seguro de querer responderla. Una vez más, me preocupa haber ido demasiado lejos con mi interrogatorio, pero entonces responde, mientras mira fijamente su plato.

—Creo que di el primer estirón alrededor de los doce años. Crecí dos palmos durante el verano. Luego vino otro cuando tenía unos quince años. El tercero fue más o menos a los dieciocho. —Me mira con una sonrisa irónica—. Digamos que me dejó un montón de estrías en la espalda.

—Uau. Entonces ¿cuánto mides?

—Dos metros diez.

No sé por qué, pero eso hace que mi corazón dé un brinco.

—Madre del amor hermoso...

Agarro la cuchara y hago como si fuera a tomar otra cucharada más, aunque ya no quede nada en el plato. Me temo que lo he insultado con mi reacción, así que me esfuerzo por recoger los pedazos de la conversación mientras reúno los restos de salsa y los aparto al borde del plato.

—Eso es realmente increíble. Apuesto a que siempre llegas a todo en los estantes superiores de la cocina. —Me dan ganas de darme un golpe en la frente con la cuchara. «Qué ocurrente, Jenny». Es como si nunca hubiera hablado con un hombre.

Él se ríe.

—Todavía no he encontrado ningún estante al que no pueda llegar, sin contar los de los supermercados Costco, claro. Pero se me da muy bien la escalada, así que creo que también podría con esos.

Suspiro con envidia.

—Ni te imaginas los problemas que tengo por medir solo un metro sesenta.

—Vaya, ¿en serio? —Baja la cuchara—. Cuéntamelo todo.

Sé que se está burlando de mí, pero yo le sigo la corriente.

—Bien... Tengo un taburete que he de llevar conmigo por la casa a todas horas para poder acceder a la despensa, al armario de la ropa blanca y a mi ropero.

Hago como que arrugo el ceño para asegurarme de que quede impresionado por mi muy triste historia.

—Pobrecilla. Nunca habría sospechado lo difícil que es ser tan menuda.

Su sonrisa se ha torcido hacia abajo en una mueca de dolor muy exagerado.

Sé que no lo ha dicho como un cumplido, pero que me haya llamado «menuda» me hace muy feliz.

—Sí. Esa es mi lucha personal. Aunque no me gusta quejarme. Solo sufro en silencio... Intento ser fuerte por todas aquellas personas con problemas de estatura que se ven reflejadas en mí...

Se ríe y se recuesta en la silla. Luego se limpia la boca con una servilleta que después tira sobre la mesa. Entrelaza las manos y las coloca detrás de la cabeza, echándose hacia atrás para poder mirar el techo.

—Ahhh... —se limita a exclamar.

—Entonces, dices que tu hijo podría ser alto para su edad, ¿eh?

Dev mueve la cabeza a derecha e izquierda, y usa las manos para frotarse el cuero cabelludo. Luego, sin previo aviso, se inclina hacia delante, se levanta y agarra nuestros dos platos vacíos para llevarlos al fregadero.

Estoy aturdida por su súbita reacción, preguntándome si me habré perdido algo. Siento como si debiera disculparme, pero no sé exactamente por qué. «¿Es de mala educación? ¿Preguntar por la altura de su hijo?». Supongo que no estoy acostumbrada a hablar con los hombres sobre sus hijos. Por lo general, solo interactúo con las otras madres mientras esperamos a que los niños salgan de la escuela, y todas parecen estar muy felices de comparar las alturas y el peso de sus hijos. De hecho, es casi como una competición. Dev enjuaga los platos en el fregadero, pero justo cuando estoy a punto de pedirle disculpas, se pone a hablar.

—No estoy seguro de dónde se sitúa mi hijo en cuanto al percentil de altura.

Tengo unas diez preguntas en la punta de la lengua, pero no soy del todo sorda, tonta y ciega ante el lenguaje corporal. Veo que es un tema del que no quiere hablar, por el motivo que sea. Tal vez él piensa que es tarea de la madre preocuparse por esas cosas. Tal vez se sienta mal por el hecho de que la madre de Jacob no está ni tiene pinta de aparecer en escena.

Mi boca pasa al modo de piloto automático mientras él limpia la cocina.

—El caso es que mi hijo es francamente bajito para su edad. Supongo que ha salido a los dos, a su padre y a mí. Mis dos hijas, en cambio, son tan altas que casi se salen de la tabla de percentiles. No sé si se mantendrán en esa altura hasta la adolescencia, pero por si acaso, voy a cruzar los dedos.

—No querrás que tengan que luchar con todos esos problemas de estatura a los que has tenido que enfrentarte tú... —No puedo verle la cara, pero percibo la sonrisa en su voz.

—Exactamente.

Ufff. Me siento aliviada de que no parezca estresado. Espero que eso signifique que no lo he ofendido por completo.

—¿Cómo se llaman? —me pregunta.

—Mi hija mayor se llama Sophie y tiene diez años. Mi hija mediana es Melody, y tiene siete. Y mi hijo Sammy no ha cumplido todavía los cuatro. Su cumpleaños es el mes que viene. Las dos mayores son bastante fáciles, pero él es un terremoto.

Dev regresa a la mesa cuando termina de recoger, da la vuelta a la silla y se sienta a horcajadas sobre ella. Cruza los brazos sobre la parte superior del asiento, dedicándome toda su atención.

—Creo que es porque es un chico. Mi hijo siempre va acelerado, a cien kilómetros por hora. Odio decir esto, pero a veces me muero de ganas de salir de casa e irme a trabajar.

Tengo que reírme.

—Sé exactamente lo que quieres decir. —Miro el reloj y luego se lo enseño—. No dejo de mirar qué hora es para ver cuánto tiempo me queda de mi fin de semana sin niños.

—Ah. ¿Se han ido? Pensé que estaban con una niñera.

—No, no; están en casa de mi ex hasta el domingo por la tarde. —Hago una pausa un momento—. ¿Por qué creías que estaban con una niñera?

Se encoge de hombros.

—No sé. Supongo que tenías tanta prisa por salir de aquí, que pensé que tenía algo que ver con tus hijos.

—No lo entiendo —digo, con una voz sin duda más aguda de lo normal.

—¿No entiendes qué?

—¿Es que aquí dentro estáis completamente disociados del mundo real?

—No lo creo.

Señalo hacia la puerta por la que entramos para acceder a esta habitación.

—Hace media hora, tú y yo estábamos encerrados juntos en una habitación del pánico porque alguien intentaba entrar en vuestra nave industrial en pleno mediodía. —Levanto un dedo para callarlo, sabiendo que está a punto de corregirme la hora del día—. Medio día, media tarde, lo que sea. Todavía hay luz fuera. La gente no irrumpe en las sedes de las empresas de otras personas cuando todavía hay luz.

—Estoy de acuerdo.

No sé qué decir a eso. Se supone que debería ponerse a discutir conmigo.

Toma el control de la conversación.

—No es algo que se vea todos los días, eso seguro. En este punto ni siquiera estamos seguros de que fuera un intento de robo.

Y siento todo el jaleo de la habitación del pánico. Es solo que... no eres parte del equipo y sé que no estás entrenada para ese tipo de cosas, así que me excedí un poco en mis funciones tratando de protegerte.

Ahora me siento mal por ser desagradable con él. Y por pensar que es tonto de remate. Quizá simplemente es un hombre... protector. Como un lobo. Los programas de lobos en Animal Planet son de mis favoritos. Me sale una voz tensa.

—Te agradezco que quisieras protegerme y hacer lo que creías que era mejor en ese momento.

Siento como si estuviera a punto de llorar. Siempre he querido tener un hombre a mi lado con el que poder contar, que nos protegiera a mí y a mis hijos cuando las cosas se pusieran feas. Cierto, a mí no me dio resultado, pero eso no significa necesariamente que tenga que ser así para todo el mundo. Tal vez Dev sea el paquete completo. Tal vez es un buen padre y, además, un buen hombre. Algún día será un gran marido, si se da el caso.

Al pensar eso, me doy cuenta de que me siento muy feliz por mi hermana. A pesar de que tiene que trabajar con estos locos, tiene un hombre a su lado que sé que sería capaz de encajar una bala por ella. Y es genial con su perra, Sahara, y con el perro de May, Felix, así que tal vez también sea un buen padre. Casi estoy a punto de creer que, si una bala lo alcanzara, no le haría daño. Parece un superhéroe. Y ahora, cuando miro a Dev, veo esas mismas cualidades en él.

Él asiente, aceptando mi disculpa tácita.

—Tienes que entender que esta clase de cosas no son normales para mí, eso es todo. Y tampoco es normal para mi hermana. La verdad es que no entiendo por qué trabaja aquí. —Sienta muy bien poder decir eso en voz alta.

Dev se limita a mirarme fijamente y me cuesta leer la expresión de su rostro y su lenguaje corporal.

—¿Por qué me miras así?

—Me pregunto si me estás diciendo la verdad, o si me estás diciendo lo que quieres que sea la verdad.

—Te estoy diciendo la verdad, por supuesto. —«Pero ¡qué impertinente! ¿Se puede saber a qué viene eso?». Ya he vuelto a enfadarme... Intentar hablar de cosas triviales con él es como montar en una montaña rusa.

Pasa a modo silencioso una vez más.

Mis niveles de buen humor están agotándose por momentos.

—¿Quieres hacer el favor de explicarte? —Resisto el impulso de empezar a dar golpecitos con el pie.

Se encoge de hombros.

—La pregunta es, ¿quieres que me explique?

Me cruzo de brazos y me recuesto en la silla.

—Sí, Dev. Me encantaría que me explicaras qué crees que estoy pensando o diciendo. —«Exacto. Él no me conoce».

—Eres la hermana mayor, ¿verdad? —No parece sentirse intimidado por mi actitud desafiante.

—Sí.

No sé por qué estoy a la defensiva por el hecho de ser la primera por orden de nacimiento, pero parece ser un demérito en esta evaluación o lo que sea a lo que esté sometiéndome.

Ladea la cabeza.

—Apuesto a que cuando erais pequeñas, tú eras la protectora. ¿Tengo razón?

Miro alrededor antes de contestar, para ganar tiempo. Realmente me molesta que ya haya adivinado cómo es mi vida. Solo me conoce desde hace una hora, y no tengo la impresión de que May y Dev se hayan sentado alguna vez a compartir confidencias. Odio pensar que soy un libro abierto. Los libros abiertos son aburridos; ser misteriosa es mucho más sexy.

Casi me echo a reír a carcajadas. ¿Sexy yo? ¡Ja! Tal vez hace diez años, pero ahora no, y tampoco en un futuro cercano.

Dev espera mi respuesta. Odio admitir que tiene razón, pero lo que es verdad, es verdad.

—Es posible que fuera la hermana protectora. De vez en cuando.

—No, yo diría que probablemente lo eras con frecuencia.

Pongo los ojos en blanco. «Me ha pillado».

—Como tú digas.

—Tu familia atravesó un momento muy duro para las dos. ¿Quizá teníais un padre con el que era difícil convivir?

Descruzo los brazos y apoyo las manos en los bordes de la silla para ponerme de pie. Creo que estoy experimentando esa sensación que suele describirse como estar en la línea de fuego. Y esas luces del comedor parecen demasiado brillantes. Unos oscuros recuerdos relacionados con los problemas de mi padre con el alcohol y las agresiones que siempre los seguían llaman a esa puerta cerrada de mi cerebro. «¡Sácame de aquí! ¡Estás a punto de derrumbarte!»

—Esa es una pregunta bastante personal, ¿no crees?

—Me has preguntado qué pensaba, y te lo he dicho. Cuando miras a tu hermana, supongo que ves a una chica frívola, irresponsable pero inteligente que aún necesita tu protección... de vez en cuando. —Me guiña un ojo para quitarle hierro a su burla.

Me muero de ganas de llevarle la contraria a este hombre, pero me lo pone muy difícil. Acaba de describir a mi hermana y nuestra relación con una precisión absoluta. «¿De verdad soy tan fácil de leer? Maldita sea. Nunca voy a ir a Las Vegas. Perdería hasta la camisa».

—¿Y qué? —Me encojo de hombros, como si no tuviera la menor importancia que acabara de meterse en mi cabeza y hubiese estado a punto de despertar algunos fantasmas de mi pasado cuando apenas me conoce—. ¿Y qué pasa si la veo de esa manera? No es ningún insulto para ella. Mi hermana sabe que a veces puede ser caprichosa e irresponsable. Y sabe que la quiero de manera incondicional.

—No hay nada de malo en que tengas esa visión de tu hermana, excepto por el hecho de que yo diría que es inexacta.

Lo miro arqueando una ceja.

—Ya. Así que conoces a mi hermana mejor que yo. ¿Es lo que intentas decirme?

—No exactamente, pero te diré una cosa: a diferencia de ti, no tengo ideas preconcebidas de tu hermana basadas en las experiencias que podría haber vivido antes. No sabía nada sobre su pasado antes de que empezara a trabajar aquí. Así que cuando la vi por primera vez y empecé a relacionarme con ella, me formé una opinión basada en quién es hoy como mujer adulta.

Se inclina para acercarse más a mí, pero no retrocedo, a pesar de que está a punto de darme un síncope de tenerlo tan cerca.

—Y lo que veo, en primer lugar, es un gran corazón. También veo que es muy inteligente y que tiene mucha capacidad crítica. Es muy fácil entrenarla y formarla porque tiene una mente ávida y abierta, cosa que es un gran activo en este negocio. Es increíblemente artística y tiene mucho talento detrás de la cámara. Y siente una pasión por la aventura de la que ni siquiera creo que fuese consciente cuando cruzó nuestras puertas.

Debo admitir que estoy bastante impresionada. Se me enternece el corazón al escuchar a este hombre describir a mi hermana de esa forma tan halagadora. ¿Quién no querría ser todas esas cosas? No sé si estoy de acuerdo con todo lo que dice —en especial con eso de que le gusta la aventura— porque en nuestra vida he visto justo lo contrario, pero eso no le resta fuerza a sus palabras.

—Vaya. Qué cosas tan bonitas dices...

—Y es todo verdad. Sin ningún adorno. —Sonríe.

Estoy a punto de decirle la única pega que le pongo a sus argumentos, que, como yo, mi hermana nunca ha querido correr un solo riesgo en toda su vida —al menos hasta hace poco—, cuando la puerta se abre y tres personas entran en la zona de la cocina e interrumpen de golpe nuestra conversación.

Capítulo 7

May es la primera en cruzar la puerta. Detrás de ella está Thibault, y la última persona en entrar es Ozzie. May intenta parecer alegre, pero tiene esa expresión enloquecida en los ojos, así que sé que está ocultando sus verdaderas emociones. Los otros dos tienen cara de ir a un funeral.

Me pongo de pie.

—¿Qué pasa?

Dev habla antes de que alguien pueda responder.

—¿Habéis descubierto qué ha ocurrido?

—No exactamente —responde Thibault.

—¿Por qué no nos sentamos todos para poder discutirlo? —sugiere Ozzie.

Estoy a punto de decirles que me niego, que yo me largo de aquí y que me trae sin cuidado lo que está sucediendo, pero la expresión en la cara de mi hermana me frena. Me mira con sus ojos de cachorro. Maldita sea... Otro intento frustrado...

—Está bien. —Me siento, lanzando un prolongado suspiro de sufrimiento.

May me las va a pagar por meterme en este lío y obligarme a permanecer en él. Y muy pronto, además. Nada de esas tonterías de que la venganza es un plato que se sirve frío. A mí me gusta la venganza bien caliente y fresca, cariño. Humeante, para que queme a rabiar.

Una vez que todos están sentados, Ozzie se inclina hacia delante y apoya los antebrazos sobre la mesa, juntando las manos. Recorre el espacio con los ojos, y nos mira uno por uno antes de hablar. Es una técnica muy efectiva para lograr un silencio total.

—Hemos presentado una denuncia y hemos hablado con un detective del Departamento de Policía de Nueva Orleans. La puerta de la entrada ha sufrido daños por valor de doscientos o trescientos dólares, pero no es tan importante, porque todavía funciona. —Se vuelve a mirarme—. Sin embargo, tu automóvil está aparcado fuera.

Espero a que diga algo más, pero parece que él espera que le responda. Me encojo de hombros.

—Sí, lo está. —Entonces caigo en la implicación de sus palabras y me invade un sentimiento de ira—. ¿Le han hecho algo a mi vehículo también? —Mi seguro es con una franquicia muy baja... «Esto me va a doler».

Sacude la cabeza.

—No, no le ha pasado nada.

Una sensación de alivio me recorre todo el cuerpo.

—Pero me preocupa que el responsable de los daños a nuestra puerta se haya fijado en él.

Abro la boca, con la impresión de que debería decir algo, pero no tengo ni idea de cuál sería una respuesta adecuada. Simplemente no entiendo cuál es el problema. Es un maldito aparcamiento. ¿Dónde si no iba a haber aparcado? Miro a los demás en busca de señales que me confirmen que están conmigo. Esto no tiene sentido, ¿verdad? ¿O soy solo yo?

Cuando mi hermana empieza a hablar, lo hace con voz sosegada y suave. Así es como les habla a mis hijos cuando intenta convencerlos de que se vayan a la cama a su hora y teme que le planten cara y protesten. Se me ponen los pelos de punta y se quedan así, tiesos.

—Jenny, no estamos del todo seguros de quién es el responsable de los daños. Naturalmente, esperamos que haya sido algo fortuito, que algún borracho se haya puesto a hacer trompos como loco en el aparcamiento o algo así, y se haya estrellado contra la puerta por accidente. Pero no podemos ignorar el hecho de que ahí fuera hay gente indeseable a la que le gustaría interponerse en nuestro camino.

La miro como si estuviera loca.

—Pero ¿qué dices, May?

Thibault me dedica una sonrisa tensa.

—Nos dedicamos a la seguridad. También trabajamos con la policía local para ayudar a presentar acusaciones fundadas o encontrar pruebas de causa probable para obtener órdenes de registro y de detención de ciertos criminales prófugos. La mayor parte de nuestro trabajo se realiza de forma confidencial y discreta, pero de vez en cuando, alguien se da cuenta de nuestra participación, y ocasionalmente tenemos que lidiar con amenazas.

—¿Amenazas? —Odio lo débil que suena mi voz.

May habla antes de que pueda hacerlo alguien más.

—Probablemente no sea nada. Solo estamos tomando todas las precauciones posibles, como hizo hoy Dev cuando te encerró en la habitación del pánico.

Lo mira de reojo.

Dev pone los ojos en blanco.

—Ya le he pedido disculpas. Lo ha entendido. —Me mira—. ¿Verdad, Jenny? Entiendes que no fue intencionado...

Todavía estoy procesando toda la parte de la amenaza.

—Sí, lo que tú digas. —Dirijo mi atención a Ozzie—. Entonces, me estás diciendo que solo porque tenía el automóvil aparcado fuera y unos desgraciados decidieron venir aquí y... no sé cómo decirlo... asaltar vuestra fortaleza, ¿ahora estoy involucrada de algún modo en vuestros problemas? —Niego con la cabeza—. No. No lo acepto.

De ninguna manera. —Me pongo de pie, cansada de juegos, cansada de estos obsesos de las conspiraciones y cansada de estar alojada en el Hotel California en contra de mi voluntad.

Dev me mira.

—¿Adónde vas?

Me sale una voz tan fuerte que rebota en las paredes.

—¡Me voy a mi casa! —Miro a mi hermana, parándome un momento para bajar el volumen unos cuantos decibelios—. Lo siento, May, pero esto es ridículo. Puede que esta sea la vida que has elegido para ti, y sabe Dios que no consigo entender por qué, pero esto no es algo en lo que quiera participar. —Miro a Ozzie—. Gracias por la oferta del trabajo como *freelance*, pero me temo que tendré que rechazarla. —Desplazo la mirada hacia las otras personas en la mesa—. Ha sido un placer conoceros a todos. Y sin ánimo de ofender, pero espero no volver a veros a ninguno.

Recojo el bolso del suelo, al lado de la silla, y camino hacia la salida. Agarro el tirador y trato de empujarlo hacia abajo para abrir la puerta, pero no pasa nada. No me doy la vuelta para hablar porque, si les veo las caras, me pondré a gritar otra vez. Sabían que iba a estar cerrada y aun así me han dejado llegar hasta la puerta solo para verme hacer el ridículo. Cabrones.

—Como no venga alguien aquí ahora mismo a introducir el código secreto en este teclado numérico, voy a ponerme a romper cosas a lo bestia.

Oigo el ruido de las sillas y luego unos pasos. Percibo una voz familiar detrás de mí.

—Déjame que te la abra.

Una mano gigante aparece sobre mi hombro y presiona un código de cuatro dígitos en el teclado. Hay un clic que me dice que los engranajes del interior de la cerradura se han movido y que ahora soy libre de irme.

Abro la puerta y entro en una habitación llena de espadas y otras armas de aspecto ridículo. ¿Quién necesita *nunchakus* con bolas con púas? Una luz se enciende automáticamente e ilumina el espacio que me pasó desapercibido al entrar. Hay otra puerta en el otro extremo con otro teclado.

—Joder... Esto es como una cárcel... —Ni siquiera voy a hacer ningún comentario sobre todas las armas tan estrafalarias que me rodean.

—No te preocupes, estoy justo detrás de ti.

Es Dev otra vez. Estoy verdaderamente enfadada conmigo misma, porque quiero estar enfadada con él, y quiero culparlo por todo lo que está sucediendo en este momento, pero es tan amable que me resulta imposible. Decido que Ozzie es un mejor objetivo. Fue él fue quien trajo a mi hermana a este lugar y, de algún modo, la convenció para quedarse. Es él quien dice que debería estar preocupada por haber aparcado junto a la nave.

Llegamos a la siguiente puerta y espero impacientemente a que Dev la abra. Se sitúa junto a mí y apoya la mano en el teclado, pero no hace nada. No lo miro, porque ver esos ojos y ese hoyuelo acabará con mi actitud decidida.

—Tú solo introduce el código y déjame salir.

Se aclara la garganta.

—¿Puedo llamarte alguna vez?

En ese instante, el corazón casi se me para por completo. En realidad, ahora mismo me duele bastante en el pecho. Dev quiere gastarme una broma cuando estoy de lo más vulnerable. Uffff, es peor que el pez león y el caballito de mar. Se parece más bien al rape, que se pega a la hembra y se funde con su piel, hasta que al final solo es un simple bulto repugnante en su lomo.

Me llevo la mano al corazón y me vuelvo para mirarlo.

—¿Es algún tipo de broma? ¿Esto te resulta gracioso?

Niega con la cabeza.

—No. Tal vez no sea el momento más oportuno, pero...

Me río airadamente.

—Sí. Casi es el peor momento que habrías podido elegir. —Señalo hacia el teclado con la barbilla—. Necesito irme a casa. Por favor, Dev.

Tengo ganas de llorar. Me parece que me estaba invitando a salir con él, pero eso no es posible. ¿Por qué iba a hacerlo? Soy una madre que parece una adicta a los helados, y he sido muy, muy desagradable con las personas a las que llama su familia. E incluso si lo dice en serio, yo no podría. Este no es mi mundo. Él es guapísimo y tierno, y seguro que es un buen padre y todas esas cosas, pero también es un Bourbon Street Burro.

Introduce el código en el teclado sin decir nada más y, sin dudarlo, agarro el pomo de la puerta y lo abro para poder salir a la escalera. Me dan ganas de gritar y de tirarme de los pelos cuando veo otro panel de teclas en la puerta principal, pero entonces advierto que Lucky está allí y me saluda con la mano.

—¿Podrías abrirle la puerta a Jenny? —le grita Dev a su compañero.

Lucky parece un poco confundido.

—¿Es que se va?

No espero a que Dev se lo confirme.

—¡Sí! Me voy.

Bajo las escaleras con paso firme, agarrándome a la barandilla con fuerza, porque si me caigo ahora terminaré en el hospital, y no tengo tiempo para esas tonterías. Necesito irme a casa. «Bañera. Dormir. Niños».

Lucky se encoge de hombros y luego se vuelve para introducir el código. Estoy al pie de las escaleras cuando la puerta grande comienza a abrirse. Lo admito, una pequeña parte de mí teme que vaya a haber un tipo malo con una ametralladora plantado ahí fuera, pero cuando lo único que me recibe al otro lado es la noche sofocante con olor a río Misisipi, me relajo. Creo que hoy me ha circulado más adrenalina por las venas que en todo el último año. Me siento como si estuviera bajo los efectos de una potente droga. No me extraña que tenga estos pensamientos ridículos sobre hombres y animales y caballitos de mar...

—Ten cuidado —dice Dev desde algún lugar a mi espalda.

—Sí, no te preocupes.

No me ve poner los ojos en blanco. Esta gente está loca. Pues claro que voy a tener cuidado. Lo único que voy a hacer es subirme a mi coche, conducir hasta casa y meterme en la bañera. Eso es. Ah, y también me voy a beber una botella entera de vino yo sola. Y luego, si tengo suerte, encontraré una buena película romántica en la tele, me comeré unas palomitas de maíz acompañadas de un par de bolas de helado y me quedaré dormida en el sofá. Nunca puedo hacer eso cuando mis hijos están en casa. Abrazar el estilo de vida de los amantes de mantita, sofá y tele, ese es mi único objetivo. «Adictos a los helados, ¡uníos!».

Esta es mi oportunidad de vivir como si fuera una soltera sin hijos de nuevo. Como si no tuviera responsabilidades y las calorías no importasen. No me puedo creer que haya estado a punto de fastidiarlo todo trabajando en mi día libre. ¡Ja! Pero ¿qué chaladura es esa? Puedo irme a casa ahora mismo y fingir que acabo de graduarme de la universidad y que me voy a comer el mundo, y que hay un hombre ahí fuera que es un marido fabuloso y un padre excepcional esperando a robarme el corazón, mirarme a los ojos y decirme: «Jenny, ¿tienes idea de lo increíble que eres? Eres divertida, inteligente, aventurera...».

Mierda. Es la voz de Dev la que oigo resonar en mi cabeza, y casi me echo a llorar cuando me doy cuenta de que no es a mí a quien está describiendo, sino a mi hermana. Hay chicas que se quedan con toda la suerte para ellas.

Abro la puerta del automóvil y subo. Arranca inmediatamente y el climatizador me abofetea en la cara, con un aire caliente y húmedo que hace que la perspectiva de un baño caliente de espuma empiece a parecerme muy mala idea. Sudar dentro de la bañera es asqueroso. De acuerdo, así que ahora la bañera ha quedado oficialmente descartada, cosa que hace que me den ganas de dar un puñetazo a algo. ¿Qué más podría salir mal hoy?

Empiezo a circular y me niego a mirar por el espejo retrovisor a la nave industrial, ese lugar terrible que me ha robado a mi hermana y mi baño de espuma. Cuanto más pienso en las personas de ahí dentro y en lo que hacen, y en lo que está metida mi hermana, más me entristezco. A tres kilómetros del puerto, me echo a llorar. Lloro casi todo el camino a casa, y ni siquiera sé por qué son esas malditas lágrimas. ¿Son por May? ¿Son por mí? ¿Por mis errores pasados, o por el futuro que nunca tendré? Tal vez sean por todo lo anterior. Está claro que tendré que ir a un médico a que me examine la cabeza, porque estoy fatal de la azotea. No hay suficiente helado en todo New Orleans para arreglar esto.

No estoy segura de cómo he llegado a casa. Mi cerebro se hizo cargo de todo y puso a mi yo conductora en piloto automático. Recuerdo que me fui de la nave industrial y luego llegué a mi vecindario. Espero no haber atropellado a nadie con tanto aturdimiento.

Después de aparcar en el camino, entro en casa. Estoy tan cansada que subo directamente al dormitorio y me desplomo boca abajo en la cama. No cruza ni un solo pensamiento por mi cabeza antes de quedarme profundamente dormida.

Capítulo 8

Un sonido vago, procedente de algún rincón de la casa, penetra en la neblina del sueño que me inunda el cerebro. En mi estado de duermevela, me imagino que tengo algo dentro del microondas, y que es hora de que saque el plato. Oigo un nuevo golpe, más fuerte esta vez, o eso parece. Por lo visto, mi microondas tiene vida propia. Me está llamando: «¡Ven a buscar tu comida de una vez!».

Cuando me despierto del todo, me doy cuenta de que no es el microondas el que está hablando conmigo: es el teléfono. Alguien me ha enviado un mensaje de texto. Lanzo un gemido, porque ya sé quién me ha despertado, y me lamento por tener el típico oído de madre de tres críos pequeños. Esta mierda es biónica.

—¡Déjame en paz, May!

Agarro una de mis almohadas y me tapo la cara con ella. Podría volver a dormirme tranquilamente, salvo por el hecho de que me huele el aliento, a rayos, para ser exactos. «Maldita sea... ¿y ese olor? ¿Cómo ha ocurrido eso?». Entonces recuerdo el *jambalaya*.

—Puaj.

Tiro la almohada al suelo y me digo a mí misma que lavaré la funda más tarde. Estoy segura de que he estado babeando con mi aliento apestoso de *jambalaya*. Doble puaj. No pienso contestar a ese mensaje de texto, pero ahora estoy demasiado despierta para volver a dormirme. Me levanto de la cama y me arrastro hacia el baño, demasiado agotada mentalmente para levantar los pies a más de unos milímetros de la moqueta. Una vez allí, me miro al espejo y contemplo el espectáculo de terror que es mi cara.

Se me ha corrido el maquillaje, desde los ojos hasta la mandíbula. Me sorprende no haber provocado ningún accidente de tráfico en el camino a casa con esta pinta; cualquiera que me haya visto habrá pensado que soy una zombi lista para comerme su cerebro. Tengo un enorme enredo en el pelo, por detrás, y llevo el lado izquierdo del peinado aplastado como si lo tuviera pegado con pegamento.

—Pero qué guapa... ¡Estás preciosa!

Me llevó las manos a las mejillas y las empujo hacia dentro, arrugando toda la cara durante unos segundos. Lo cosa no mejora nada.

Cuando Miles anunció que ya no me quería y que me dejaba con tres niños pequeños para poder empezar una nueva vida solo, lloré mucho, y en el proceso se me corrieron montones de kilos de maquillaje. Ya ha pasado un año, así que creía que eso de tener ataques repentinos de llanto en mitad del día había pasado a la historia, igual que lo de vomitar sin motivo en los momentos más inoportunos, y lo de comer cantidades excesivas de helado de Ben & Jerry's. Pero, por lo visto, no es así. Por lo visto, aún tengo algún tema emocional sin resolver en el que debo trabajar. Quién lo iba a decir...

Mi teléfono suena de nuevo. Ahora ya recuerdo dónde lo dejé; está al pie de las escaleras, en el bolso.

Probablemente debería cepillarme los dientes, quitarme el maquillaje y hacer algo con mi pelo, pero, total, ¿para qué? Los niños no están, no tengo vida más allá de ser su madre, y mi hermana va a pasar todo el fin de semana con los Bourbon Street Bobos, así que no he de preocuparme por si se presenta aquí. Ella ya no tiene tiempo para mí. Está demasiado ocupada con su nuevo y estúpido trabajo.

Arrugo la frente solo de pensarlo. Ahora parezco un zombi enfadado. Le siseo a mi reflejo.

Podría ir de compras, aunque sea bastante tarde, pero la verdad es que no tengo unos ingresos tan generosos como para gastarlos alegremente en mí misma. Qué rabia me da que me hayan tomado el pelo hoy, que casi haya tenido en mis ávidas manos una tarjeta de regalo para el centro comercial y quinientos dólares extra para gastar. Eso no es algo que me pase muy a menudo. Suerte tengo si recibo los cheques con la pensión alimenticia de mis hijos a tiempo, y mi jefe no cree en las pagas extra.

Un pensamiento fugaz cruza por mi mente. Podría trabajar como *freelance*. No tiene que ser en la nave industrial; podría ser en cualquier parte. Podría buscar en internet alguna de esas webs de profesionales *freelance* e inscribirme. Y tampoco tendría por qué aceptar cualquier trabajo; podría sondear simplemente cómo está el mercado ahí fuera. Llevo años diciendo que quiero hacerlo, pero siempre estaba demasiado ocupada con los niños. Demasiado preocupada por el riesgo. Una madre soltera no puede darse el lujo de quedarse sin un sueldo, algo que puede pasarle a un profesional independiente. Y trabajar como *freelance* sin dejar mi empleo implica pasar menos tiempo con mis hijos, lo cual, definitivamente, no es una opción, sobre todo con un ex como Miles, que nunca toma el relevo. Mi reloj dice que aún me quedan más de treinta horas antes de que regresen. Es suficiente tiempo para comenzar el proceso...

Se me acelera el corazón solo de pensarlo. «Demasiado riesgo. Olvídalo. Debes tener los pies en la Tierra, Jenny».

Sabiendo que no estoy en situación de alterar todo mi mundo cambiando de trabajo, trato de imaginar cómo podría mejorar un poco las cosas. Me muerdo el labio mientras lo pienso. No tengo que cambiar mi vida laboral. Podría simplemente... intentar salir más. Incluso podría inscribirme en una de esas webs de citas *online*.

Conocer a alguien interesante. Simplemente salir a tomar un café de vez en cuando. Empezar despacio. Arreglarme y sentirme guapa para variar.

Me miro en el espejo otra vez y me río.

—Sí, claro. Adelante, Jenny, hazte un *selfie*. Sube tu foto con esa pinta de zombi al perfil de tu web y a ver cuántas solicitudes recibes.

Maldita sea. Por el aspecto que tengo ahora mismo, no habrá un solo hombre en toda Luisiana que quiera salir a tomar un café conmigo. Ni siquiera esos tipos del pantano que casi no tienen dientes y que consiguen pescar peces porque prácticamente les dejan que se les coman un brazo entero. Hasta tiene un nombre, eso de pescar con las manos: *noodling*, lo llaman. Bueno, pues ni siquiera un *noodler* querría salir conmigo, así de mal tengo el tema.

Me saco la lengua, luego me doy la vuelta y apago la luz al salir del baño. Bajo las escaleras y, haciendo caso omiso de mi bolso y del teléfono que hay dentro de él, voy directa a mi pequeño despacho, a la izquierda de la puerta principal. Solo voy a investigar un poco y ver qué hay en esas webs de profesionales *freelance*. No es nada. No pierdo nada por mirar, ¿verdad? No hay ningún riesgo. Estoy a dos pasos de la habitación cuando me doy cuenta de cuál es mi problema. De mi gravísimo error.

—¡Maldita sea!

Me vuelvo y corro hacia el bolso para abrirlo de golpe, sabiendo de antemano qué es lo que voy a encontrar dentro: nada.

Cierro los ojos y trato de repetir mentalmente los pasos que seguí después de salir de la habitación del pánico. «¿Me llevé el portátil conmigo?». Sé que agarré el bolso, pero no recuerdo haberme llevado el ordenador. Y no recuerdo haberlo metido en el coche, como tampoco recuerdo haberlo dejado aquí dentro de la casa, en alguna parte. «¡Mierda, mierda y otra vez mierda!».

Solo por si mi memoria me falla, agarro las llaves y salgo corriendo. Los vecinos ya me han visto en mis momentos más bajos durante todo este año pasado, así que no me preocupa que alguno de ellos me vea con mi último *look* de zombi chic. Que piensen lo que quieran.

Presiono la cara contra la ventanilla del conductor y examino el interior. Lo único que veo son los restos de porquería habitual que suele estar diseminada por el vehículo que hace las veces de taxi para tres niños pequeños.

Abro la puerta de atrás de todos modos, tratando de no dejarme dominar por el miedo, y me subo al asiento. Mirando a mi alrededor, murmuro enfadada conmigo misma.

—Vamos, maldito cacharro. Tienes que estar aquí. ¡Que estés aquí te digo! —La porquería vuela por todas partes mientras revuelvo la zona del asiento trasero. Casi he conseguido convencerme de que mi portátil está aquí, enterrado debajo de algo. Tiene que estarlo.

Encuentro tres zapatos desparejados, dos cajas de comida rápida con envoltorios vacíos dentro, unas cien patatas fritas petrificadas y esparcidas por todas partes, y el corazón de una manzana podrido metido entre dos asientos. Estoy tan asqueada con mi vida que ahora ni siquiera soy capaz de comprenderla. ¿Cómo he llegado aquí? ¿Cómo he podido caer tan bajo? Soy una zombi loca rebuscando entre los restos de al menos cinco horribles tipos de comida para niños que merecen algo mejor que el desastre de madre en el que me he convertido.

Salgo del vehículo, cierro de un portazo y vuelvo a subir los escalones de la entrada. No me puedo creer que me haya olvidado el portátil en la nave industrial. ¡Mi ordenador es mi vida! Me fui de allí haciendo tantos aspavientos... ¿Cómo voy a volver y tratar de recuperarlo como si tal cosa? Pensarán que me lo dejé allí a propósito. Pensarán que vuelvo para suplicar que me den ese trabajo como *freelance*. La sola idea me pone tan furiosa que me dan ganas de escupir. Y es justo lo que hago, allí mismo, entre mis plantas. Dos veces.

Una vez dentro de la casa, respiro profundamente varias veces en un intento por calmarme. Es evidente que estoy reaccionando de forma exagerada como consecuencia de haber sufrido una situación de «semipeligro». Estar atrapada en una habitación del pánico por fuerza tiene que dejar cicatrices, a pesar de que, técnicamente, no pasaba nada malo, ¿verdad? Pero puedo asimilarlo. No pasó nada. Estoy a salvo. Joder, si hasta seguramente fue ese idiota que conducía la carretilla elevadora el que se estrelló contra la puerta, pero allí todos están tan paranoicos que creen que fue un gángster que fue a liquidarlos a todos con un AK-47.

Da igual. No voy a volver allí. May tendrá que traerme el ordenador. Y tendrá que hacerlo ya, porque lo necesito. A lo mejor me da por apuntarme a una web de citas. A lo mejor encuentro trabajo como *freelance*. Da igual. El caso es que no puedo hacer nada sin mi portátil. Y es culpa suya que me lo dejara allí, así que ahora tiene que solucionar esto.

Rebusco en mi bolso hasta que encuentro el teléfono. Hay tres mensajes de May, todos mostrando preocupación y preguntándome cómo me va.

Mis dedos escriben una respuesta.

Yo: Estoy bien. Me olvidé el portátil en la nave industrial. Por favor, tráemelo cuanto antes. Está en la habitación del pánico.

Hago rechinar los dientes mientras miro el teléfono y espero una respuesta. Pasan los segundos. Empiezo a dar golpecitos con el dedo del pie con impaciencia. Estaba ansiosa por contactar conmigo hace apenas cinco minutos, cuando me despertó de un sueño profundo en mi fin de semana libre, y ahora, desaparece. Genial. Es increíblemente genial para mi vida en este momento.

May: Está bien. Ningún problema. Enseguida voy.

Mi mandíbula hace cosas raras mientras leo el mensaje varias veces. No me fío. Mi hermana nunca contesta de forma tan breve ni tan complaciente. No sé si es que estoy paranoica, si esto es algún truco, o si Dev tenía razón sobre mi hermana y él realmente la conoce mejor que yo.

El solo hecho de pensarlo hace que me entren ganas de arrojar el teléfono al otro lado de la habitación, pero no tengo ni dinero ni suerte con estos estúpidos cacharros, así que no lo hago. Sí que lo devuelvo al bolso y enfilo el pasillo hacia la cocina. Se me acaba de ocurrir una idea.

Ahora tengo un nuevo plan: voy a obligar a May a quedarse aquí conmigo en casa, a tomarse dos o tres copas de vino y a explicarme exactamente qué diablos está haciendo trabajando para esa panda de locos y viéndose con ese tipo, Ozzie. Porque, vamos... Aparentemente, esa gente es un imán para los delincuentes. Es peligroso trabajar ahí, y ella es fotógrafa de bodas, por el amor de Dios... No le hace falta ir por ahí con una panda de aspirantes a policías solo porque pagan bien y tienen muchas ventajas laborales. Antes ya le iban bien las cosas. Y puede que no tenga hijos, pero es la tía de mis tres tesoros, y eso conlleva cierta responsabilidad. Necesita cuidar mejor de su propia seguridad personal. ¿Cómo podría decirle a Sophie que su tía favorita, con la que planea irse a vivir cuando cumpla los dieciséis años, está muerta? No, no, no y no. Esto tengo que solucionarlo.

Satisfecha porque tengo un plan sólido y excelentes razones para ejecutarlo, saco dos copas y me aseguro de que haya una buena botella de vino enfriándose en la nevera para cuando llegue. Se me pasa por la cabeza que debería acercarme al espejo y tratar de adecentarme un poco la cara, pero luego decido que seguramente es mejor si me ve así de hecha polvo. Necesito ablandar ese corazoncito suyo, y Dev acertó en una cosa: May tiene un gran corazón.

En cuanto vea lo mucho que me afecta todo esto y lo preocupada que estoy, tendrá el estado de ánimo adecuado para entrar en razón. Voy a poner toda la carne en el asador con esto. Siento que, en realidad, estoy salvándole la vida al hacerlo.

La aplastante lógica de mi increíble plan hace que se me hinche el corazón y que me sienta como si, por primera vez en mucho tiempo, estuviera haciendo algo realmente importante. Esa soy yo. Jenny la Superhermana Mayor. Id con cuidado, chicos malos, porque nadie va a hacerle daño a mi hermanita; no mientras yo tenga algo que decir al respecto.

Capítulo 9

Oigo el ruido del coche de May al detenerse en el camino de entrada, así que corro a la cocina y saco la botella de vino de la nevera. No voy a preguntarle si quiere, simplemente le serviré una copa y le insistiré para que se sienta culpable si no lo hace.

Suena el timbre cuando estoy tirando del corcho. Me detengo y frunzo el ceño mientras miro hacia el recibidor. ¿Desde cuándo llama al timbre?

—¡Está abierto! —grito, molesta. Ya sabe que no cierro la puerta con el seguro cuando estoy en casa durante el día, y además, tiene llave. Sirvo dos copas de vino casi hasta el borde. Necesito que mi hermana se emborrache para conseguir que entre en razón.

Sí..., es verdad. Estoy dispuesta a drogar a mi hermana para que vea la luz. El código Superhermana Mayor permite medidas extremas en situaciones de emergencia, y esto es, definitivamente, una emergencia. La puerta chirría al abrirse.

—¡Estoy en la cocina! —entono.

No quiero que sospeche nada, así que actuaré como si todo fuera como la seda, como si solo quisiera un rato de sintonía y confidencias con ella. No se esperará mi ataque sorpresa, la bombardearé con consejos de hermana mayor hasta que no le quede más remedio que rendirse.

Los tablones de madera del suelo crujen cuando May avanza por el pasillo. Suelto la botella despacio, con una pizca de confusión primero y miedo después flotando en mi cerebro. Mi hermana no pesa lo suficiente para hacer crujir los tablones del suelo...

—¿May?

No contesta. Ay, Dios... Alguien que no es mi hermana está a punto de entrar en mi cocina... El taco con los cuchillos está en el otro extremo de la habitación; es imposible que llegue ahí a tiempo.

Aferro con fuerza el sacacorchos con el puño derecho y lo subo hasta la altura del hombro, con el brazo levantado hacia atrás. Si es uno de los malos y lleva pistola, entonces no tengo nada que hacer, pero al menos intentaré hacerle un agujero antes de caer, así conseguiré un poco de ADN. Veo la serie *CSI*. Sé que bastan con unas pocas gotas.

Un gigante aparece por la puerta, agachándose para evitar golpearse la cabeza con el marco al entrar en la cocina. Me quedo plantada, olvidándome de mi arma y de toda mi estrategia para recabar muestras de ADN.

—Hola, Jenny. —Sus ojos se desplazan de mi cara hasta mi mano, y luego al arma punzante—. Deduzco que no me esperabas.

Bajo el sacacorchos muy despacio hacia la encimera y lo deposito allí con suavidad. Estoy tratando de controlar las emociones que quieren correr a rienda suelta. Tiene mucha suerte de que no llevara un cuchillo en la mano, porque podría habérselo arrojado sin pensarlo dos veces, de lo furiosa que estoy. No me puedo creer que mi hermana haya enviado a Dev en lugar de venir ella. Se me parte el corazón.

Sostiene mi portátil frente a él como un escudo.

—Vengo en son de paz.

Niego con la cabeza lentamente. Mi hermana ha violado tantas secciones del Código de Hermanas hoy, que ni siquiera sé por dónde empezar mientras intento enumerar mentalmente todas sus transgresiones.

—¿Ese vino es para mí? —pregunta, echando un vistazo a la encimera.

Miro las dos copas.

—No, en realidad, el vino era para mi hermana, pero supongo que estaba demasiado ocupada para traerme el portátil o para sentarse a charlar un rato conmigo.

No sé si llorar o tirar las copas de vino al otro extremo de la habitación. Me planteo hacer las dos cosas. Dev da un par de pasos más hacia la cocina y deja el portátil en la encimera.

—Iba a traértelo ella misma, pero le pedí si podía hacerlo yo.

Lo miro y pestañeo varias veces.

—¿Estás enfadada? —pregunta con cuidado.

Lanzo un suspiro.

—Contigo no.

—No te enfades con tu hermana; pensó que estaba haciendo algo bueno.

—¿Algo bueno? ¿Evitándome?

—No. Enviándome a mí.

—¿Por qué el hecho de que vinieras tú iba a ser mejor que el hecho de que viniera ella?

Se sonroja un poco y se encoge de hombros.

—No lo sé... Tal vez ella... —Se calla y mira el vino.

«Oh, Dios... ¿Mi hermana no...? No estará jugando a emparejarnos a los dos, ¿verdad? ¡Aaargh!».

No puedo mirarlo a la cara; es demasiado embarazoso.

—No importa. Ten, toma un trago. —Le doy una copa y derramo un poco de vino por el camino. Sujeto mi copa y murmuro por lo bajo—. Yo voy a acabarme la copa, eso seguro. —Doy un buen trago.

Dev toma la copa y la sostiene frente a él.

—Salud.

Yo ya he bebido un sorbo enorme, pero también levanto la mía y brindo mientras las dos copas se tocan.

—Salud. —Me sale una voz tensa porque el vino me ha raspado las cuerdas vocales o algo así.

Toma un sorbo y hace una mueca. Intenta sonreír, pero le sale una cara muy rara.

—¿Qué pasa? —pregunto—. ¿No te gusta el vino?

—Sí, sí me gusta. Pero no... el vino blanco.

Resoplo al oír tamaña mentira.

—No, te refieres al vino malo. Lo entiendo. Supongo que no soy de las que derrochan el dinero en alcohol. —Me encojo de hombros mientras miro la copa de la que estoy tomando otro sorbo. ¿Cuántos he bebido? ¡Qué más da! ¿Quién lleva la cuenta?

Él toma otro sorbo muy pequeño de su copa.

—No, no te preocupes por eso. Este vino está genial.

Vuelve a levantar la copa en mi dirección y sonríe con energía.

Niego con la cabeza y hablo en voz baja, tratando de no dejarme encandilar por el hecho de que puedo leer hasta la última emoción que experimenta en su rostro.

—Mientes fatal.

Su sonrisa es tímida.

—Sí, probablemente tienes razón.

Estoy segura de que cree que lo estaba insultando, pero no es así. Estoy muy en contra de los hombres a los que se les da bien mentir. Es refrescante tener delante a alguien al que solo se le da bien decir la verdad.

Me apoyo en el borde de la encimera. Un vistazo al reloj me dice que son casi las diez.

—¿No tienes que volver a casa con tu hijo?

Otro sorbo y mi copa ya está casi vacía, y eso que es una copa grande. Normalmente, me molestaría mucho que me tomaran por una borracha, pero esta noche no. Esta noche estoy sin niños y muy cabreada... una combinación muy potente. ¡Más alcohol!

—Ahora mismo está con mi madre. Ella me ayuda un montón.

Hablar de niños. Eso se me da bien, incluso cuando he bebido.

—¿Viene ella a tu casa o le llevas a tu hijo?

—Viene a mi casa. Mi hijo está... más cómodo.

Asiento con la cabeza.

—Lo entiendo. —Extiendo el brazo a modo ilustrativo, llamando su atención sobre el hecho de que parece que en mi cocina haya vomitado un unicornio; todos los colores del arcoíris están ante nosotros, representados por distintas muñecas, figuras de acción, camiones y juguetes varios—. Mis hijos tienen todos sus juguetes aquí. Por lo general, es más fácil que venga May a cuidar de ellos cuando la necesito.

—Entonces, ¿May te ayuda mucho?

Me encojo de hombros.

—Antes me ayudaba. —Odio sentir como si me estuvieran retorciendo el corazón. Me masajeo junto a las costillas con dos dedos y tomo otro sorbo de vino.

—¿Por qué dejó de hacerlo?

La culpa me invade cuando me doy cuenta de que he inducido a Dev a creer que May nos ha dejado tirados a los niños y a mí.

—Supongo que no debería haberlo dicho de esa manera. No ha dejado de ayudarme, es solo que...

Dev asiente despacio.

—Lo entiendo. Piensas que ahora que está trabajando con Ozzie, ya no la verás mucho.

Es demasiado perspicaz. Adelanto un poco la barbilla.

—¿Crees que me equivoco al pensar eso?

—Tal vez tengas razón por un tiempo, pero creo que May volverá a estar al pie del cañón. Tanto lo de la empresa como lo de

Ozzie son cosas nuevas para ella, pero una vez que lo asimile todo, se centrará de nuevo y recordará qué es lo más importante.

—¿Cómo lo sabes? —Odio estar conteniendo la respiración, esperando sus próximas palabras, pero lo estoy; es absurdo negarlo. Quiero creer que tiene razón. Quiero creer que él es tan perspicaz como parece y que no he perdido a mi hermana en brazos de su colega musculoso.

—Porque eso es más o menos lo que nos pasó a todos nosotros.

Dev deja su copa en la encimera y deposito la mía al lado. Quiero mantenerme sobria esta parte de la conversación, y no confío en mí misma si conservo la copa en la mano y tengo la botella cerca para volver a llenarla. Me cruzo de brazos.

—¿De verdad? ¿A ti también?

—Sí.

Da unos golpecitos con el dedo en la encimera con aire aparentemente distraído mientras me da una respuesta más completa.

—Fui la cuarta persona en incorporarme al equipo. Primero fue Ozzie, por supuesto; y luego Thibault. Lucky vino después, luego yo. Y por último llegó Toni.

—¿Hay alguna razón en particular por la que todos llegarais en momentos distintos?

—Bueno, hubo razones, pero no son importantes. Lo que quiero decir es que cuando te unes al equipo, puede ser algo realmente abrumador. —Me mira, y la satisfacción y el entusiasmo que siente por su trabajo le asoman a los ojos—. Es totalmente diferente de cualquier otro tipo de empleo; más que simples colegas somos como una familia. Ozzie, Thibault y Toni crecieron juntos, son amigos desde que iban a gatas, así que se conocen del derecho y del revés. Lucky los conoció cuando iban a la escuela primaria. Cuando un grupo como ese te pide que pases a formar parte de lo que están haciendo, y hacen algo realmente diferente y emocionante, y a veces un poco peligroso, eso ocupa toda tu atención durante un tiempo.

Pero luego tus tareas acaban adoptando una forma y un perfil concretos y acabas por entender qué es lo que vas a tener que hacer cada día. Entonces se vuelve más o menos como un trabajo normal.

—Salvo por el pequeño detalle de tener que preocuparte de si alguien te va a pegar un tiro...

Sonríe.

—Eso es un poco exagerado. No somos agentes de policía patrullando las calles y enfrentándose a delincuentes. Básicamente trabajamos entre bastidores.

—Entonces, ¿por qué alguien intentó entrar por la fuerza en vuestra nave industrial?

Se encoge de hombros.

—Ni siquiera estamos seguros de que fuera eso. Pudo ser alguien que quisiera entrar a robar en una nave industrial al azar porque pensaba que podía haber algo de valor dentro, y entonces el ataque no iría necesariamente dirigido contra nosotros. Los robos en el puerto son algo que se da casi por sentado. Y como te he dicho, fui extremadamente cuidadoso contigo porque no eres parte del equipo; eres una civil y eres la hermana de May. Me mataría si te pasara algo mientras se suponía que estabas bajo mi cuidado.

Me río.

—¿Y tienes miedo de mi hermana?

Levanta una mano.

—Oye. No te rías. Y hazme un favor... No subestimes a tu hermana como hice yo.

Habla en serio, y definitivamente estoy intrigada.

—Intuyo que aquí hay una historia realmente buena.

Arquea una ceja.

—¿Tienes un par de horas? Porque tengo algunas historias para ti. Cosas que no creerías.

Me encojo de hombros, sintiéndome más despierta y menos interesada en emborracharme que antes, pero no quiero parecer demasiado ansiosa. Al fin y al cabo, este es el mismo hombre que hoy me ha tenido encerrada en una habitación del pánico.

—Bueno... Iba a darme un baño de espuma, pero decidí que no era una buena idea y al final me eché la siesta. Así que esta noche no voy a poder dormir a mi hora. Supongo que podrías quedarte un rato y compartir algunas de esas historias conmigo.

La mirada de Dev se desplaza a mi nevera.

—¿Tienes algo para comer ahí dentro?

Miro la nevera y luego a él.

—Acabamos de comer... como dos platos gigantes de *jambalaya* cada uno hace unas horas. ¿Cómo puedes tener hambre otra vez?

—¿Tú has visto esto? —Se señala desde los dedos de los pies a la parte superior de la cabeza—. Se necesitan muchas calorías para mantener esta máquina funcionando en las mejores condiciones.

Me río, sintiendo cómo las mejillas se me ponen un poco coloradas de vergüenza. Claro que me he dado cuenta de que su cuerpo está en las mejores condiciones; eso es lo que hace que sea tan difícil estar en la cocina con él y sentirme cómoda a la vez. Necesito trasladar esta fiesta al salón, donde podemos tener más espacio entre nosotros. Asiento con la cabeza.

—Está bien, sí, lo entiendo. Por desgracia, vacié la nevera el fin de semana pasado, así que la verdad es que no queda mucha cosa. —No voy a mencionar que mi sueldo y la pensión alimenticia esporádica de Miles no dejan mucho para caprichos gastronómicos. Y tengo una hipoteca increíblemente alta, además.

Saca un teléfono del bolsillo.

—¿Te importa si pido un par de pizzas?

Me choca un poco que piense que va a acampar aquí el tiempo suficiente como para comerse dos pizzas, pero luego pienso: «Qué narices. Tampoco es que tenga que salir a ningún sitio». Señalo su teléfono con la mano.

—Adelante. Pide lo que quieras. —Agarro nuestras copas de vino y me pongo la botella debajo del brazo—. Venga. Vamos al salón, que allí nos sentiremos más cómodos.

—Buena idea. Te sigo.

Salgo de la cocina al pasillo. Una imagen destella por el rabillo del ojo, y dudo un momento. Vuelvo la cabeza hacia la derecha para ver qué es, y veo mi reflejo en el espejo del pasillo. Mierda. Estoy hecha un adefesio.

—Joder... —maldigo entre dientes. ¡Todavía parezco una zombi! ¡Horror! ¡Mi pelo! ¡Mi cara! ¡Qué vergüenza!

Me vuelvo para mirar a Dev por encima del hombro, tratando de deducir, por su expresión facial, si se ha dado cuenta. En la cocina no capté ninguna señal, lo cual es muy, muy raro. ¿Acaso piensa que esta es la pinta que tengo normalmente? ¿Que me he hecho esto a mí misma a propósito? Todavía está absorto en el teléfono, probablemente tratando de encontrar el número de la pizzería.

Corro por el pasillo hacia el salón. Dejo la botella sobre la mesa de café con tantas prisas que casi la tiro al suelo. A continuación, dejo las copas y luego me sitúo un poco alejada de él cuando entra en la habitación. Finjo que mis cortinas necesitan una inspección rigurosa en ese preciso momento.

—Voy a subir un minuto —le digo, dando un paso hacia el pasillo de espaldas a él—. A cambiarme de ropa.

—No tienes que cambiarte por mí.

Intento reír, pero me sale una risa demasiado estridente como para que suene natural.

—¡Ja, ja, ja! ¡No! ¡Está bien! No pasa nada. Es que cuando duermo, sudo y luego huelo mal, y como me he echado esa siesta... —Oh, Dios... Pero ¿qué estoy diciendo? ¿Acabo de decir eso en voz alta? ¿Se puede saber qué me pasa?

Él se ríe.

—¿Has dicho que hueles mal?

—Cállate.

Salgo corriendo de la habitación y subo las escaleras, dando pisotones en los últimos peldaños. Parece como si una manada de elefantes hubiese invadido la casa.

—¿Te gusta la pizza de *pepperoni*? —grita él a mi espalda.

—¡Sí! ¡Lo que sea!

Corro a entrar en mi habitación y me pongo a arreglar el espectáculo de terror que es mi cara y mi pelo, y me visto con unos vaqueros nuevos y una blusa también nueva. Mientras estoy delante del espejo del baño y uso doble dosis de pasta de dientes para tratar de eliminar mi horrible aliento a *jambalaya*, elaboro mi plan.

«No te preocupes, Jenny, tú puedes hacer esto. Puedes hacerle olvidar lo que acaba de presenciar. Solo tienes que distraerlo con respuestas ingeniosas y datos asombrosos que has aprendido viendo cien horas de Animal Planet con los niños, y olvidará que parecías la novia de Frankenstein cuando llegó».

Sí. Con este plan, nada puede fallar. Es un plan increíblemente bueno.

Capítulo 10

Después de inspirar y espirar varias veces en lo alto de las escaleras, bajo con mucha calma. Mi pelo luce un aspecto un poco más decente, llevo suficiente maquillaje para cubrir el peor de mis defectos y he gastado medio tubo de pasta de dientes. Puede que ahora mi esmalte dental sufra las consecuencias, pero estoy decidida a borrar de la memoria de Dev su recuerdo más reciente de mí: con el aspecto y el olor de un zombi que acaba de comerse los sesos de alguien. Ahora que ya me he sometido a mi cambio de imagen ultrarrápido, estoy lista para plantarme frente al hombre que hace que mi corazón lata a mil por hora, y no pienso ponerme histérica imaginando que esto es una cita. Percibo el fuerte olor a *pepperoni* en cuanto llego al último escalón.

—¿Ya han llegado las pizzas?

Dev está sentado en el sofá con tres cajas de pizza apiladas frente a él. Me sonríe cuando entro en la habitación.

—Sí.

—Tendrás que darme el nombre del lugar donde las has pedido. Yo nunca consigo que me las traigan en menos de media hora.

Dev mira el reloj.

—Has estado desaparecida cuarenta y cinco minutos.

Me miro la muñeca y arrugo la frente.

—Nooo... Lo único que he hecho ha sido cambiarme de ropa.

Levanta la tapa de una de las cajas de pizza.

—Como tú digas.

Me quedo plantada en mitad del salón, tratando de decidir si debo seguir librando esta batalla perdida o simplemente admitir la derrota. No parece importarle el hecho de que me haya esforzado en estar un poco presentable. Tiene un trozo de pizza en la mano y la boca ya entreabierta, a punto de engullirla.

—¿Qué te apetece beber? —pregunto, resignándome. Es simple y pura cortesía invitar a alguien a comer pizza en casa y no parecer un murciélago yoda, ¿no?

Hace una pausa con la punta del triángulo de la pizza en el borde de la boca y ladeando la cabeza hacia la cocina.

—También he comprado un par de litros de refresco que he dejado en la otra habitación. Tú misma.

—¿Tú vas a querer?

—Sí. También tomaré un poco de vino. —Me guiña un ojo—. Al final, me va a gustar.

Intento no sonreír.

—¿No tienes que conducir?

Dobla el trozo de pizza por la mitad y se la come de un solo bocado mientras se encoge de hombros. Ahora tiene la boca demasiado llena para responder.

Yo también me encojo de hombros mientras voy a la cocina. A él no parece preocuparle, así que no pienso darle importancia. Si creo que ha bebido demasiado, llamaré a un taxi. Pero el hecho de que mida dos metros y esté a punto de comerse tres pizzas me dice que probablemente no tenga que preocuparme por su tasa de alcohol en sangre. Tendría que beberse toda la botella de vino para que afectara a su capacidad de conducir.

Preparo rápidamente dos vasos de refresco con hielo, saco una segunda botella de vino y luego lo llevo todo al salón para poder sentarme y verlo ingerir más comida de lo que creía que era humanamente posible. Dejo los vasos sobre la mesa junto a las cajas de pizza y decido sentarme a dos cojines de mi invitado. Acercarme más sería casi como estar insinuándome.

Abre la tapa de una de las cajas, de la que faltan ya dos porciones. Este hombre se ha comido tres pedazos de pizza en menos de cinco minutos. Impresionante. Me encanta cocinar para gente a la que le gusta comer. La idea de invitarlo a cenar alguna vez me cruza por la cabeza, pero la descarto de inmediato. No hay necesidad de adelantarme a los acontecimientos. Además, es un Bobo de Bourbon Street.

—Come, anda —dice—. La verdad es que está muy buena.

Tenía la intención de decir que no cuando me la ofreciera, pero cuando el aroma a mozzarella derretida y a los deliciosos y grasientos *pepperoni* me alcanza la nariz, me resulta imposible.

—Bueno, pero solo uno.

—Han pasado horas desde que comimos por última vez. Lo lógico sería que estuvieras hambrienta. Cómete dos o tres trozos.

Hace una pausa y se vuelve para mirarme, esperando mi respuesta. Hurgo en la caja y saco un trozo con cuidado.

—Creo que será mejor que me limite a uno solo. Tengo una especie de pasión enfermiza por los carbohidratos, pero parece que los carbohidratos no me quieren mucho a mí, así que trato de evitarlos cuando puedo.

—Creo que caería en la depresión más profunda del mundo si no pudiera disfrutar de mis carbohidratos —dice Dev.

Dobla la corteza de la pizza y se mete todo el trozo en la boca. Hincha los carrillos al masticar. Después de ver eso, ya no me preocupa tanto como hace dos segundos mostrarme femenina ante él. No creo que sea de los que agradezcan o esperen que alguien coma como si estuviera tomando el té con la reina de Inglaterra. De pronto me siento más cómoda en su presencia.

—Estoy segura de que, con tu programa de ejercicios, puedes comer tantos carbohidratos como quieras y todos se queman en cuanto acaban en tu estómago.

Asiente con la cabeza.

—Probablemente.

—¿Siempre has estado en forma? —Tomo un bocado de mi pizza para evitar decir algo más. Lo que he dicho ya es bastante directo. Para el caso, no sé cómo no se me ha ocurrido soltarle directamente que vaya pedazo de cuerpo que tiene...

—Siempre he practicado deporte, y eso hace que sea más fácil mantenerse en forma. Pero en realidad no comencé a entrenar con pesas y hacer otro tipo de entrenamiento hasta que sufrí una lesión verdaderamente grave y tuve que pasar por rehabilitación. Eso hizo que empezase a darle importancia a trabajar el cuerpo para convertirlo en una máquina cada vez más eficiente.

Mastico despacio, tratando de recordar si he notado en él algún indicio de que hubiese sufrido una lesión anterior. No he percibido signos de cojera ni rigidez en sus movimientos.

—¿Hace cuánto tiempo de tu lesión?

—Sucedió cuando tenía dieciocho años. Un accidente de moto.

Tomo otro bocado de pizza y un sorbo de refresco con la esperanza de que amplíe esa información y no me obligue a someterlo a otro interrogatorio.

—Desde el accidente, me he concentrado en mantenerme fuerte, para que, si alguna vez vuelvo a encontrarme en una situación delicada, pueda superarla y tener una recuperación más corta.

—Supongo que es útil en tu trabajo.

—Para mí, no importa mucho. Pero para los demás, sí, claro. Es una gran ayuda.

—¿Qué quieres decir con que no te importa? ¿Por qué eres diferente de los demás?

No parece muy contento con su respuesta.

—Bueno, en primer lugar, no soy muy bueno moviéndome sobre el terreno. Y, en segundo lugar, tengo otras cosas que me dificultan participar como todos los demás.

—¿Es por tu lesión? ¿Por eso no puedes participar?

Sacude la cabeza mientras introduce la mano en una caja de pizza y separa las cortezas para poder sacar otro trozo. Esta vez saca dos porciones y las coloca una encima de la otra, haciendo un sándwich de pizza. Da un gran bocado y lo mastica durante un rato antes de contestar.

—No, en realidad, eso no tiene nada que ver. El problema es mi estatura. Cuando la gente me ve, sus miradas no pasan de largo y ya está: se me quedan mirando asombrados. Y luego no me olvidan fácilmente. Aunque no hayan hablado conmigo ni sepan mi nombre, siempre se acuerdan del tipo aquel que seguro que debía de ser un jugador de baloncesto famoso que vieron en la tienda, en el centro comercial, en la gasolinera o donde fuera. Simplemente no puedo moverme por ahí y pasar desapercibido, y eso es una desventaja cuando te dedicas a un trabajo relacionado con la seguridad.

—Pues yo pensaba que justo sería una gran ventaja en un trabajo relacionado con la seguridad. Intimida muchísimo. ¿Qué puede hacer que te sientas más seguro que tener a un gigante como tú al lado?

Él hace una pausa.

—¿Yo te intimido? —Su tono parece triste. Me siento mal de inmediato.

—No, no, no. No es eso lo que he querido decir. Quiero decir, antes de conocerte, puede que me resultaras un poco intimidante, pero ahora que te conozco, no me intimidas en absoluto.

Sonríe.

—Estoy seguro de que has dicho eso para que me sienta mejor.

Me inclino hacia delante y le doy un empujoncito en el hombro.

—Para ya. Me estás haciendo sentir mal. Sabes muy bien lo que quería decir.

Se porta bien y se mueve, haciendo que parezca que mi empujón realmente ha tenido algún efecto. Está sonriendo.

—Que sí, que sí. Lo que tú digas.

Ya vuelve a arderme la cara. Podría seguir metiéndome con él y convertir esto en un ejercicio de coqueteo en toda regla, pero no quiero hacer que se sienta incómodo. Sé que solo está siendo simpático conmigo, como hace con todo el mundo. A mi hermana May le cae muy bien, y ahora entiendo por qué. Es algo más que adorable.

Busco una manera de volver a comportarme como una persona normal y no como esta colegiala estúpida que quiere invadir mi cuerpo.

—Y aparte de la estatura, ¿qué otras cosas te impiden participar de forma activa en el trabajo?

Mastica la comida y pasea la mirada alrededor de la mesa, por la habitación, hasta detenerla en las cajas. Se para un momento a empujar hacia dentro los *pepperoni* que se le caen del sándwich de pizza.

—Mis responsabilidades en casa son de mayor envergadura que las del resto de miembros del equipo.

—¿Nadie más tiene hijos?

Niega con la cabeza.

—Ninguno está casado tampoco.

—Pero tú no estás casado, ¿verdad?

Tengo el corazón en vilo mientras espero su respuesta. No veo que lleve ninguna alianza en el dedo, y me dijo que la madre de su hijo se fue justo después de que naciera el niño, pero eso no significa necesariamente que no esté con alguien. Supongo que simplemente di por sentado que no estaba comprometido. Espero no haberme equivocado... Aunque esto no es una cita, claro.

—No, no estoy casado. Pero tener un hijo pequeño es mucho trabajo.

Se encoge de hombros con cierto aire de melancolía.

Asiento enérgicamente, porque siento su dolor. Lo siento, lo vivo y lo respiro.

—Te entiendo muy bien. Es como si tu tarea nunca terminara. Trabajas todo el día y luego vuelves a casa y te espera más trabajo. Incluso cuando los niños duermen, parece como si no se acabara nunca. Trabajo hasta caer desplomada, todas las noches.

Me mira.

—Así es, ¿verdad? —Deja la pizza y aparta las manos de la caja, luego alarga la mano y toma su refresco, se recuesta en el sofá y extiende el brazo que tiene libre sobre los cojines. Levanta la pierna y apoya el tobillo en la rodilla contraria—. Mi hijo puede estar profundamente dormido, y yo estar en mi cama, al final del pasillo, y te juro que lo oigo cuando su respiración se altera, aunque solo sea un poco.

Doy un brinco en el sofá de pura emoción de estar hablando con otro padre sobre algo que conozco tan a fondo.

—¡A mí me pasa lo mismo! Es cosa de locos. Si oigo algo que me suena un poco distinto de lo habitual, me levanto de la cama de un salto porque tengo que ir a ver qué es. No sé qué es lo que creo que va a pasar; no va a entrar un secuestrador por la ventana de la segunda planta a llevarse a mi hija. Por supuesto, en cuanto entro me doy cuenta de que solo ha sido un cambio en el ritmo de su respiración o cualquier cosa parecida, o que una de las figuras de acción de mi hijo se ha caído de la cama al suelo.

Se ríe.

—Yo reviso los pestillos de la ventana de mi hijo dos veces antes de irme a la cama. Cada noche. Tengo la paranoia de que alguien puede intentar entrar o de que Jacob se va a caer por la ventana.

Da gusto poder compartir las paranoias mentales típicas de un padre o una madre con otra persona.

—¡Ja! Y yo aquí pensando que era la única con tendencia a los TOC con respecto a mis hijos.

Niega con la cabeza.

—No. No estás sola. Créeme.

Después de ese comentario, ninguno de los dos dice nada durante un buen rato. El silencio debería ser incómodo, pero no lo es. Simplemente disfruto de estar en la misma habitación con alguien que me escucha mientras le cuento las chifladuras que hago y que no piensa que estoy chiflada por hacerlas.

—Deberíamos juntar a nuestros hijos algún día. —Le sonrío—. Tu hijo y el mío probablemente serían capaces de echar abajo las paredes y lo pasarían en grande.

La reacción de Dev no es en absoluto la que esperaba. En lugar de asentir y sonreír, y decir que sí, que podría ser muy divertido, tuerce el gesto y se da media vuelta para mirar hacia las cajas de pizza. Baja los pies al suelo y se inclina hacia delante, apoyando los antebrazos sobre las rodillas. Al cabo de unos cinco segundos se inclina un poco más, levanta la parte superior de otra caja de pizza y saca otro trozo.

—Sí. Tal vez. Algún día.

Es como si me hubieran clavado un cuchillo en el pecho. ¿Acaso he malinterpretado totalmente la situación? ¿Me he extralimitado de algún modo? ¿Odia a mis hijos sin conocerlos siquiera? Repito el momento en mi cabeza, junto con los momentos anteriores, tratando de averiguar dónde he patinado, pero nada de eso tiene sentido. No creo que haya dicho nada malo. ¿Es solo que no quiere conocerme mejor? Si ese es el caso, ¿qué está haciendo aquí comiendo pizza y bebiendo vino en mi salón?

En lugar de hacer más preguntas y arriesgarme a decir algo aún peor, me concentro en terminar mi trozo de pizza. Me tapo la cara con el vaso de refresco, tomando un sorbo después de cada bocado en un intento de ocultar mi expresión facial. Temo que estoy dejando traslucir muchos de mis sentimientos.

—Es una lástima que no puedas hacer ese trabajo de *freelance* para el equipo —dice.

Parpadeo unas cuantas veces, dándome cuenta de que está cambiando de tema y volviendo a colocarnos en el punto de partida de posibles futuros compañeros de trabajo. No creo que una ducha fría hubiera sido más efectiva para aplacar cualquier tipo de sentimiento ardoroso que pudiera haber albergado por él en mi corazón.

Dejo el vaso y el trozo de pizza sobre la mesa y me pongo de pie. Me limpio las manos en los pantalones y lo miro.

—¿Sabes qué? Me acabo de dar cuenta de que tengo mucho trabajo por hacer.

Me mira y sigue masticando más despacio. Frunce el ceño un poco, pero no responde de inmediato.

Doy un paso hacia mi despacho.

—Voy a encender el portátil mientras recoges tus cosas. —Señalo las cajas de pizza.

Asiente con la cabeza.

—Claro. Adelante. Haz lo que tengas que hacer.

Salgo hacia la cocina para buscar el portátil, triste porque algo se ha roto y no tengo ni idea de cuál ha sido la causa, pero contenta de volver a la normalidad. Tener un hombre en mi casa, compartir una cena con un chico guapo... esto es demasiado extraño para mí. Estoy lista para volver a mi vida normal, aburrida y solitaria, donde mis hijos se van algún fin de semana suelto con su padre y yo me pongo al día con el trabajo en casa. Ni siquiera estoy de humor para hacer palomitas y ver una peli romántica. Esto es una mierda.

Capítulo 11

Me llevo el portátil al estudio, obligándome a no mirar a Dev, que sigue sentado en el salón. Espero que capte la indirecta, que recoja sus cosas y se vaya. Ha habido demasiados momentos incómodos entre nosotros y me preocupa que, cuanto más tiempo se quede, más alimente mi búsqueda de motivos ocultos por su parte para estar aquí.

Es una tarea bastante simple la de dejar mi portátil sobre el escritorio y enchufar los cables. Abro el navegador de internet y miro una página en blanco. La ventana del motor de búsqueda me está llamando, preguntándome qué quiero hacer, adónde quiero ir y qué quiero buscar.

Intento ignorar los ruidos y crujidos procedentes de la otra habitación, dando por sentado que Dev está guardando las pizzas para llevárselas a casa. Debería alegrarme de que haya seguido mis instrucciones de irse, pero no me alegro. Es un hombre muy agradable y parece un padre entregado. Tal vez incluso es un buen padre, una *rara avis* en mi mundo. Como el leopardo del Amur. Algún día volveré a salir con hombres. No será con él, obviamente, pero sucederá. No pienso morirme hecha una solterona.

La ventana de búsqueda sigue mirándome con fijeza. Podría entrar en uno de esos sitios web de citas. Echarle un vistazo...

En el momento en que ese pensamiento me revolotea por la cabeza, siento que empieza a arderme la cara. No, eso sería una tontería. No estoy en condiciones de salir con nadie en este momento. Hace muy poco que me he divorciado. Estoy en una etapa demasiado... maternal.

En vez de eso, visito uno de los sitios para *freelances* de los que he oído hablar a mis compañeros de trabajo. Al parecer, puedo publicar un perfil que enumere todas mis habilidades, y cualquiera que busque una profesional como yo podría encontrarme. Voy al sitio web a echar un vistazo, pero lo único que consigo es deprimirme. Tengo ya tantas cosas que hacer en mi empresa actual, que casi no puedo con el ritmo. Sammy estuvo enfermo la semana pasada y perdí un día entero de trabajo porque la guardería no me dejó que lo llevara, así que ahora debo hacer todo lo que tengo pendiente en la mitad del tiempo. En la empresa funcionan con muy poco personal, por lo que no hay ninguna esperanza de que contraten a alguien para que me ayude.

No, no puedo asumir más trabajo. Mis hijos nunca me verían. No creo que eso les importara, desde luego, porque cuando el gato no está, en esta casa los ratones definitivamente se pasan el rato bailando. La última vez que los dejé solos e intenté adelantar tarea en casa, las chicas untaron a Sammy con un ungüento grasiento para la dermatitis del pañal y luego lo remataron con polvos de talco. Dijeron que querían que pareciese un fantasma para practicar para sus disfraces de Halloween. Desde luego, parecía un fantasma, ¡y tardé dos horas enteras en limpiarle todo aquello! Esa porquería se pega una cosa mala, y lleva una base de aceite de pescado, así que nuestro baño y un par de toallas todavía huelen a anchoas.

Siempre me siento dividida cuando sorprendo a los niños haciendo cosas como esa. No sé si pensar que se trata de puro amor fraternal por el que las niñas invitan a Sammy a formar parte de sus juegos o si, por el contrario, se trata de simple tortura entre hermanos y lo eligen a él porque es la víctima más fácil. Al final he optado por la teoría de que, si fuera algún tipo de juego sádico, Sammy me lo diría, y a él nunca parece importarle, así que me quedo muy tranquila. Además, lo hicieron realmente fenomenal cubriendo cada centímetro cuadrado de su piel. Si decide que quiere salir en Halloween disfrazado de fantasma, al menos ya tengo la parte del disfraz cubierta.

Ese es otro asunto que tengo pendiente. Solo faltan unas pocas semanas para Halloween y los niños ya me están mareando con el tema de los disfraces. Me abalanzo sobre el teclado y hago una búsqueda rápida en Amazon para posibles ideas. Hay al menos cincuenta páginas de opciones, así que cierro la ventana y respiro hondo. A lo mejor consigo que vayan disfrazados de los Tres Chiflados. Eso encajaría perfectamente en mi vida. Escribo una nota al lado de mi ordenador para recordarme a mí misma que les pregunte a los niños de qué quieren ir vestidos y así conseguir los disfraces a tiempo.

Dejo el bolígrafo y, una vez más, me encuentro mirando la ventana del motor de búsqueda. ¿Adónde quiero ir?

Oigo abrirse y cerrarse una puerta fuera de mi despacho, y el ruido interrumpe mis pensamientos. Me da pena que Dev se haya ido, pero no puedo quejarme, ya que fui yo quien le pedí que se fuera. Soy una negada total y absoluta a la hora de relacionarme con el sexo opuesto.

Me muerdo el labio mientras miro el ordenador. Es una locura que el hecho de que un extraño se haya ido de mi casa me cause tanta tristeza. Estoy fatal. Necesito emociones en mi vida, con urgencia...

Es ese pensamiento lo que despierta mi inspiración. Podría echar un vistazo a un sitio web de citas. Eso no significa que vaya a buscar una. Navegar por internet no es lo mismo que buscar desesperadamente un hombre. Solo voy a ver lo que hay ahí fuera, ¿no?

Inicio una búsqueda rápida y hago clic en el primer servicio que aparece. Doy por sentado que, si figuran en el primer puesto de los resultados de búsqueda, o se están gastando mucho dinero para estar allí o son muy populares. Eso significa que habrá muchos más candidatos para elegir, y tener un nutrido grupo de candidatos parece una buena idea. Hago clic con el ratón por todo el sitio, tratando de acceder al área del mercado de carne. «Es hora de que mamá salga a comprar carne de primera calidad. Muajajajá».

Por desgracia, no me deja buscar a nadie a menos que cree un perfil. Sabiendo lo que sé sobre marketing y cómo lograr que los usuarios de sitios web dejen sus direcciones de correo, no me sorprende. Quieren que te quedes, y para hacer eso, piden un pequeño compromiso por tu parte.

Me encojo de hombros. ¿Y qué? ¿Cuál es el problema? Puedo crear un pequeño perfil. No hay nada de malo en eso, y no tengo por qué hacerlo público para que lo vea la gente. Solo lo usaré para navegar un poco.

Comienzo el proceso facilitando mi nombre. Prometen revelar únicamente la inicial de mi apellido. W. Luego llego a la parte donde piden una tarjeta de crédito. Tengo mis reservas sobre dejar mis datos bancarios en cualquier página de internet, porque ser ingeniera informática me coloca en la posición perfecta para saber con qué facilidad pueden acceder a esos datos las personas menos indicadas.

Podría dedicar un rato a probar las vulnerabilidades de este sitio web ante posibles *hackers* informáticos, pero ¿para qué molestarme? Tengo mi propia manera —menos intrusiva y también menos ilegal— de manejar esta clase de cosas. Voy a utilizar mi tarjeta de crédito especial, la que tiene un límite de crédito minúsculo, la que uso para todas mis compras en línea. Si alguien obtiene los detalles de esta tarjeta, no va a llegar muy lejos. Podrían disfrutar de una noche yendo al cine más barato de la ciudad con unas palomitas de maíz y una Coca-Cola. Eso si tienen suerte y he saldado mi anterior deuda de crédito recientemente.

Ahora que he introducido mis datos, tengo acceso completo. Me preguntan si estoy buscando un hombre o una mujer, si soy hombre o mujer, la edad de la persona que me interesa y si me molestan ciertos pecadillos, como fumar o tener sobrepeso.

Lanzo un resoplido. Hay tantas opciones... ¿Qué diablos? Estoy acostumbrada a evaluar a un tipo con solo una mirada antes de decidir si me atrae o no. No estoy segura de que aquí haya algún perfil que me dé como resultado una lista de hombres que sean definitivamente mi tipo. ¿No debería aparecer el apartado de personalidad por alguna parte?

No sé qué es lo que estoy buscando más allá de que, sí, busco un hombre. Escaneo mis opciones. ¿Debería ser una tigresa? ¿Debería buscar a alguien más joven, a quien no le importe jugar con mis hijos porque él también es un niño? Eso parece una mala idea. Lo último que necesito es otro niño en casa. ¿Qué tal un hombre de mi edad? Podríamos estar en el mismo punto en nuestras vidas. Tal vez él también tenga hijos, como yo. Eso podría funcionar. O podría ser un caos total capaz de ponerme al borde de la locura. Tal vez debería buscar un hombre mayor. Un hombre que tenga la vida solucionada en el aspecto económico. Un hombre con experiencia, que haya vivido y que pueda enseñarme cómo funciona el mundo. Un hombre con la presión arterial alta y con descuentos en las residencias para la tercera edad.

Todo este proceso ya es frustrante en sí. Hago clic en la parte del sitio que me permite incluir mi propio perfil, pensando que tal vez tenga más suerte con eso. Se me ofrecen varias casillas, y lo único que tengo que hacer es marcar las que me describen.

Hasta aquí todo bien. Soy mujer, clic, y tengo entre treinta y treinta y cinco años, clic. Ahora el ordenador quiere saber si estoy en forma, si soy una persona atlética o si detecto signos de flacidez en la zona de la cintura.

¡Aaargh! Esto es horrible. ¿Flacidez? Me miro la cintura y me atrevo a correr el riesgo de pellizcarme la parte delantera de la barriga. ¡Dios! ¿Flacidez? ¡Podría llamarme Michelines Wexler! ¿Cómo he podido pensar que esto era una buena idea?

Un ruido en la puerta a mi espalda me sobresalta. Me doy media vuelta y me sorprendo al ver a Dev el gigante ahí de pie.

Hablo antes de pensar.

—Creí que te habías ido.

—Ah. —Ladea la cabeza, confuso—. ¿Me habías dicho que me fuera? Creo que eso me lo he perdido.

Tengo que pensar un segundo en lo que ha dicho.

—Bueno... Supongo que no lo dije así específicamente, con esas palabras, pero sí dije que tenía trabajo que hacer. —Ahora me siento fatal por tener que explicar que intenté echarlo y él no entendió la indirecta.

—Ah. Maldita sea. Je, je. Qué torpe...

Levanta la mano y se frota la calva.

—No, no, no te preocupes. —Además de sentirme mal por hacerle sentirse tan avergonzado, ahora ni siquiera estoy segura de querer que se vaya—. Quédate si quieres. Eso solo que... estoy... Ahora mismo estoy acabando algo.

Da unos pasos por la habitación.

—¿En qué estás trabajando? ¿Algo para tu empleo habitual o es un encargo como *freelance*?

Rápidamente minimizo la ventana de la web de citas. ¡Qué vergüenza! Me acaba de pillar en una web para *singles*, y lo estoy haciendo justo después de comerme una pizza con él. ¿Creerá que ha sido él quien me ha inspirado a hacerlo? Ojalá fuera una de esas tortugas de Animal Planet. Me gustaría meter la cabeza en mi caparazón y no salir hasta que él se fuera.

Por desgracia, no soy una tortuga y no tengo dónde meterme.

—No. No es ninguna de las dos cosas. —Me dan ganas de abofetearme por lo tonta que soy. Podría haberle mentido como una bellaca y desviar su atención, y él me habría dejado en paz. Ahora, en cambio, veo un brillo en sus ojos que me dice que no va a olvidar el asunto así como así.

—¿Por qué estás tan avergonzada?

Exhalo un largo suspiro de derrota. Está sonriendo. ¿Sabe lo poderoso que es ese hoyuelo suyo?

—Está bien. Si tanto te interesa, estaba visitando una web de citas.

Aparto la mirada, tocando la tecla de las mayúsculas una y otra vez con el pulgar para disimular mi vergüenza.

—Ah, genial. ¿Puedo ver tu perfil?

Me quedo boquiabierta. ¿Habla en serio? ¿De verdad piensa que esto es algún tipo de deporte con espectadores? ¿Que quiero que me vea revolcarme en mi soledad?

—Mmm..., no. No puedes.

Tengo la cara roja como un tomate ahora mismo.

Sin inmutarse, agarra una silla y la arrastra para colocarla a mi lado. Le da la vuelta y se sienta sobre ella a horcajadas, con los brazos apoyados en la parte superior del respaldo.

—¿Qué sitio web es?

No digo nada. Solo abro la ventana y lo señalo.

—Ah, pues yo también estoy en ese —dice con naturalidad.

—¿Tú también estás?

—Sí. ¿Por qué? ¿Tan extraño te parece?

—Ah, no, por nada. Supongo que no te imaginaba de ese tipo de gente.

Sonríe, al parecer disfrutando de mi incomodidad.

—¿Cuál es ese tipo de gente?

Intento sonreír, pero me sale más bien una mueca.

—¿Gente desesperada?

Me mira frunciendo el ceño, y me recuerda a una maestra que tuve una vez a la que se le daba muy bien regañar a los alumnos con ese simple gesto.

—Si la desesperación es lo que lleva a las personas a las webs de citas, entonces hay mucha gente desesperada.

—Pues sí. Mira aquí. —Hago clic en algunos botones para que vea algunas estadísticas que están ahí mismo, en el sitio web, para que todo el mundo las vea—. ¿Has visto eso? Tienen más de un millón de usuarios.

—Sí, claro. No es ninguna sorpresa. Hay muchas personas solteras por ahí. El mundo en el que vivimos es muy grande.

Me vuelvo para mirarlo a la cara, a pesar de que está muy cerca.

—Entonces, ¿no crees que es un gesto desesperado inscribirse en una web de citas?

—No. De ninguna manera. Creo que estos sitios web están formados principalmente por personas solteras a las que no les gusta salir a bares y que tal vez tienen hijos o trabajos que les impiden ir a fiestas y a otros lugares donde pueden conocer a otras personas sin pareja. ¿Qué otra cosa van a hacer? ¿Ir al supermercado y buscar candidatos en la sección de productos frescos?

Me gusta la forma en que describe a las personas que están en la web. Gente como yo. Ahora no me siento tan tonta como antes.

—Es realmente difícil conocer gente, sobre todo cuando hay niños de por medio.

—Dímelo a mí...

Parece que tiene algo más que decir sobre el tema, pero luego se calla y mira hacia otro lado.

—Así que estás en esa web, ¿eh?

Se pronto se me ocurre una idea maliciosa. Empiezo a hacer clic con el ratón. Él se asoma a mirar.

—No, no, no, no, no.

Trata de quitarme el ratón de la mano, pero levanto el brazo para impedírselo.

—Fuera. Nadie toca mi ratón.

—No irás a entrar en mi perfil, ¿no?

—Pues claro que sí. —No consigo reprimir la sonrisa en mi voz—. Quiero ver cómo te has descrito a ti mismo.

Se está riendo y protestando al mismo tiempo.

—Dios, ¿por qué quieres hacerme eso?

—Porque sí. Tengo dificultades para confeccionar mi propio perfil. Tal vez si miro el tuyo, me inspire.

Se ríe.

—Aparte de que los dos tenemos hijos, no puedo imaginar que haya alguna otra similitud entre nosotros.

Sé que no pretendía ser grosero, pero me entristece oírlo decir eso. Pensaba que éramos más compatibles. Me encojo de hombros.

—Tal vez.

—Aunque tenemos el mismo sentido del humor —dice.

—Bueno, yo creo que eres gracioso.

—Gracias.

—Que tu aspecto es gracioso. —Me río. Esta es una broma que aprendí de mis hijos.

Se lleva la mano al corazón.

—Oh, vaya, eso ha sido un golpe bajo.

Extiendo la mano, la apoyo en su brazo y lo acaricio.

—Es una broma. —Retiro la mano y hago clic en otras partes de la web—. Lo siento, pero mi sentido del humor es de tercero de primaria en este momento.

—Está bien, tengo otro chiste para ti. —Se inclina y me mira—. ¿Cuál es la peor parte de comerte un vegetal?

Lo pienso unos segundos e incapaz de encontrar algo que suene inteligente, me rindo.

—No lo sé.

—La silla de ruedas.

Me guiña un ojo.

Me llevo la mano a la boca. No me puedo creer que haya dicho eso.

—Oh, Dios mío... Qué chiste tan malo.

Se recuesta un poco hacia atrás, agarrándose a la parte superior de la silla.

—Sí, es un chiste de discapacitados. Mi hijo es un experto.

Eso me parece realmente cruel y no es políticamente correcto, pero no me puedo imaginar que Dev sea el tipo de padre que bromea sobre las personas discapacitadas con su joven e impresionable hijo.

—¿Es que está pasando por alguna etapa crítica o algo así?

—Más o menos.

No da más detalles, y yo no quiero hacer más preguntas sobre el tema. No quiero que piense que estoy juzgando su forma de educar a su hijo, aunque a estas alturas me resulta un poco rara. Centro de nuevo mi atención en el ordenador, donde estoy introduciendo los criterios de búsqueda para tratar de encontrar el perfil de Dev.

—No he puesto mi verdadero nombre, como podrás imaginar —dice—. Como decías antes, hay más de un millón de usuarios del sitio. No me encontrarás nunca.

—No estés tan seguro —le digo—. Lo único que tengo que hacer es describirte, y tu perfil aparecerá en los resultados.

—¿Es que crees que ya me conoces bien? —Definitivamente, me está retando.

—Ya veremos.

Sonrío mientras hago clic.

Capítulo 12

Mis dedos revolotean por el teclado.

—Veamos... Si quisiera encontrar a un chico como Dev, ¿qué características estaría buscando? —Me siento segura al decirlo, como si fuera una chica hipotética cualquiera buscando pareja y no yo. Es una especie de coqueteo furtivo. Soy como una garza negra, engañando a mi presa haciéndole creer que es de noche, con las alas abiertas encima del agua, convenciendo a los pececillos de que es seguro salir a jugar fuera. ¡Ya te tengo, pececito!

—Ten cuidado, nena.

Sigo adelante, haciendo caso omiso de la advertencia de Dev. Creo que en realidad me estimula.

—Antes que nada, tengo que seleccionar la edad correcta. Voy a escoger... entre treinta y cinco y cuarenta años. —Mis dedos vacilan un momento antes de hacer clic en la casilla. Estoy casi segura de que fue eso lo que me dijo en la habitación del pánico—. Eres un hombre. Eso es fácil. Y supongo que buscas una mujer, ¿no?

Miro a Dev para confirmarlo. Se limita a encogerse de hombros, pero ese hoyuelo que le aparece en su mejilla me dice que estoy en lo cierto una vez más.

—Veamos... eres no fumador. —Hago clic en otro botón—. Y yo diría que eres muy atlético. —Otro clic—. Y crees en un estilo de vida saludable, por lo que probablemente solo bebes alcohol de forma moderada.

—No te pases de lista.

Me río.

—Huy, pues esto no ha hecho más que empezar, créeme. —Me detengo a leer detenidamente mis opciones—. Y sigo adelante con... veamos, aficiones... —Hay varias entre las que escoger, y aunque acabamos de conocernos, ya identifico varias. Hago clic en una rápida sucesión—. Deportes. Levantamiento de pesas. Ejercicio. Artes marciales.

—¿Artes marciales? ¿Por qué has escogido eso?

Me doy media vuelta y lo miro para que pueda verme poner los ojos en blanco.

—Era imposible no fijarse en las cincuenta espadas ninja que había en esa habitación, ¿no te parece?

—¿Y quién dice que son mías? Ahí es donde vive Ozzie.

—Sí, pero él no parece de los aficionados a las espadas. Además, mi hermana me dijo una vez no sé qué de que eres un ninja o algo así, así que deduje que tenían que ser tuyas.

—Un punto positivo por tus excelentes dotes de observación.

Siento que me invade una oleada de orgullo cuando vuelvo a concentrarme en el ordenador.

—Exactamente. —Muevo el ratón para despertarlo—. Bueno, vamos a ver, ¿dónde estaba? Ah, sí, estoy a punto de reducir aún más mis opciones. —Hago clic en unas cuantas casillas más—. Hogareño y amante de la vida familiar. Prefiere actividades de grupos pequeños a estar entre grandes multitudes. —De esa no estoy tan segura, pero no quiero que sepa que no estoy segura, así que sigo adelante—. No se inclina por actividades religiosas, disfruta de la cocina de otras personas pero no cocina, no tiene una comida favorita. —Hago clic, clic, clic. Vuelvo la cabeza para mirarlo—. ¿Cómo voy hasta ahora?

Se encoge de hombros.

—Ya veremos.

No suena ni mucho menos tan impertinente como antes, así que me parece que voy bien. Quedan algunas opciones más, y las sopeso cuidadosamente. Yo misma he diseñado sitios web con enormes cantidades de datos, por lo que sé cómo se cuentan y se recopilan los resultados de búsqueda. Este sistema no parece muy complicado. Solo es cuestión de acercarme lo suficiente, y la combinación correcta de entradas acertadas arrojará los resultados que busco.

—Busca...

Ahora tengo la oportunidad de describir a la mujer que creo que Dev está buscando. Esta parte es un poco más complicada, pero creo que puedo hacerlo. Voy a describir a la mujer que creo que se adapta mejor a él. Parece un hombre con la cabeza bien amueblada. Supongo que está buscando alguien que encaje con él, que lo complemente, no creo que sea de los buscan una mujer totalmente inadecuada.

—De acuerdo. Estás buscando una mujer que tenga entre treinta y cuarenta años. Supongo que preferirías que fuera atlética y estuviera en forma, pero diría que estás dispuesto a aceptar a alguien que no estuviera todavía en esas condiciones, porque disfrutas tanto del ejercicio físico que sería algo que querrías compartir con ella y ayudarla a descubrirlo.

—Muy bien.

Lo veo asintiendo por el rabillo del ojo. Animada, continúo.

—Estás interesado en alguien que prefiera las actividades en grupos pequeños. Tampoco te importa salir con una mujer que ya tenga hijos. Y buscas a alguien a quien le guste el aire libre y los deportes y que tenga sentido del humor.

Hay varios criterios más que podría seleccionar en este momento, pero no quiero ir demasiado lejos y excluirlo por accidente. Creo que voy bastante bien con lo que tengo. Lo último que he de hacer es seleccionar una región geográfica.

—¿Dónde vives? —pregunto.

—Ah, no, no, no. Tienes que encontrarme ahí. En la web. Tienes que describirme para encontrarme.

—Sí, pero el lugar donde vives no tiene nada que ver contigo como persona, como candidato para una web de citas.

—Todo lo contrario. El lugar de residencia de una persona dice mucho sobre ella.

Me encojo de hombros.

—Está bien. —Hago clic en la zona geográfica que lo ubica en un radio de ochenta kilómetros a la redonda de la nave industrial. Hecho—. Muy bien, entonces, ya estamos. ¿Listo para saber el resultado?

—Yo siempre estoy listo.

Hago clic en el botón «Buscar», sintiéndome como una tonta porque se me ha acelerado un poco el pulso. Un pequeño icono con forma de corazón gira en la pantalla, transmitiéndonos que se están recopilando los resultados. La búsqueda tarda mucho más tiempo de lo que esperaba, pero es alentador. Creo que significa que la lista será breve. Me vuelvo para mirarlo.

—Sabes que podrías rendirte ahora. Admitir la derrota.

Se ríe.

—Podría decir lo mismo de ti. No es demasiado tarde. Los resultados aún no han salido.

Niego con la cabeza.

—Ni hablar, olvídalo. Voy a ganar.

El icono del corazón deja de girar por fin y aparece una nueva ventana con una lista de perfiles de candidatos. Cada uno es una sola línea con una cita textual de cómo empiezan sus propias declaraciones personales. No hay imágenes ni nombres reales, solo nombres de usuario.

—¡Ja, ja, ja! —exclamo—. Un nuevo nivel de desafío en el juego.

Examino la lista para ver si algo me llama la atención. Hay dos candidatos que parecen particularmente prometedores, pero como el fragmento sobre la persona es muy breve, no hay forma de estar segura hasta que haga clic en los enlaces y lea más. Miro a Dev otra vez.

—¿Quieres elevar la apuesta?

—¿Cuál era la apuesta exactamente?

Tengo que pensarlo un segundo. ¿Hemos apostado algo? Ahora ni siquiera recuerdo qué es lo que nos llevó a estar delante de este ordenador juntos.

—La verdad es que no tengo ni idea.

—¿Una cena?

Estoy confundida por su respuesta.

—¿La pizza? Ya has pagado por ella.

—No, no me refiero a la pizza. Otra cena. El que pierda invita al que gane.

Asiento con la cabeza. Ahora sí que estamos jugando de verdad, y eso me gusta. Me refiero a que ganar está muy bien, pero ganar una cena con un chico guapo está mucho mejor, aunque solo sea como amigos.

—Trato hecho. Entonces, ¿cuáles son las reglas?

Él se encoge de hombros.

—Dímelo tú.

Me gusta ser yo quien decida cómo vamos a jugar. Un gran poder conlleva una gran responsabilidad; lo aprendí de Spiderman.

—Está bien, aquí tenemos una lista de candidatos y sospecho que una de las personas de la lista eres tú.

Aguardo su respuesta, pero, por la impasibilidad de su rostro, es como un jugador de póquer de categoría mundial. Maldita sea. Continúo.

—Lo dejaré así, donde no puedo ver ninguna fotografía, y guiándome solo por estas breves frases, seleccionaré mis tres opciones principales. Estas serán las tres personas entre las que creo que podrías estar tú.

—Pensaba que se suponía que debías elegirme directamente.

Levanto un dedo.

—Déjame terminar. Ahora mismo solo puedo ver una frase, lo que no me da muchas pistas. Así que haré clic en los enlaces de «Leer más» en solo tres de los candidatos, y no miraré las fotos. Y después de haber leído los detalles sobre esos tres candidatos, te diré cuál eres tú.

—¿Cómo puedo evitar que mires las fotos?

Escaneo la web rápidamente y señalo la pantalla.

—Mira. Puedes elegir «navegar sin fotos». De esa forma, no habrá trampa.

—Perfecto.

Parece muy satisfecho consigo mismo. Ya veremos quién sonríe cuando todo haya terminado.

—¿Listo?

Su sonrisa es tan radiante que, de pronto, tengo dudas.

—Oh, sí, ya lo creo —dice—. Adelante. Definitivamente, estoy listo para que me invites a una cena deliciosa. ¿Te he dicho ya que tengo un gran apetito?

Ya hemos llegado a un trato y establecido el desafío. Por desgracia para él, seré yo quien disfrute de una deliciosa cena gratis, y no al revés. ¡Ja!

Me desplazo por las veinticuatro opciones que me han salido, asegurándome de anular la selección de la opción de foto. La mayoría de los perfiles son demasiado cursis para que los haya escrito Dev; al menos el treinta por ciento de ellos mencionan que les gustan las largas caminatas en la playa o leer poesía. Mec. Dev es mucho más original que eso.

En realidad, hay cinco posibilidades sobre las que hacer doble clic. Me muerdo el labio mientras trato de decidir cuáles son más probables. Al final opto por eliminar dos cuando veo que carecen de la vena profundamente romántica que intuyo que podría haber en el interior de Dev. Podría haberme dejado tirada en la nave industrial, pero su prioridad fue convencerme de que lo dejara jugar a ser mi salvador. Tenemos aquí delante un magnífico ejemplar de caballero de brillante armadura.

Ahora me quedan tres candidatos. La primera frase del primer candidato dice: «Todavía estoy buscando a mi alma gemela»; el segundo dice: «Creo en el amor a primera vista», y el tercero dice: «Toma mi mano y caminaremos juntos». Borro todos menos esos tres candidatos de la pantalla y giro la silla para ponerme de cara a Dev.

—De acuerdo, ya casi estoy. Uno de estos tres eres tú.

—¿Tú crees?

Siento un atisbo de duda cuando veo la expresión de su rostro, pero no le hago caso, porque sé que no puedo perder en este juego. O paga él o pago yo, pero vamos a cenar juntos. Me vuelvo de forma que estoy de espaldas al ordenador.

—Anda, haz clic en el primero y asegúrate de que no aparecen imágenes del perfil. No quiero ver una foto de tu cara y que me acuses de hacer trampa.

Levanta la silla y la acerca al escritorio.

—Quieres decir que no quieres ver una foto de un tipo que no soy yo.

—Lo que tú digas.

Me tapo los ojos con las manos e inspiro profundamente cuando se inclina hacia mí. Percibo su olor a suavizante para la ropa o tal vez sea su colonia. Es muy sexy, y demasiado tentador. Me obligo a dejar de respirar para no caer bajo el hechizo y decir una estupidez.

El sonido de mi ratón hace clic, y luego el olor de Dev desaparece. Ya puedo respirar de nuevo, pero no es tan divertido.

—De acuerdo. Estás en la página «Leer más» y no hay fotos.

Abro los ojos y aparto las manos para poder darme media vuelta y leer lo que está en la pantalla del ordenador. Hay un largo párrafo escrito por un hombre misterioso que busca el amor. Está describiendo la cita perfecta. Podría ser Dev, pero de nuevo, no estoy segura. No puedo tomar una decisión hasta que los haya leído todos.

Cuando termino de leer la información, me aparto de la pantalla y me tapo los ojos otra vez. Dev cumple con su parte del trato seleccionando el siguiente perfil y verificando que no haya foto. Probablemente ya no tenga que hacer eso, pero me encanta que se acerque a mí.

Me vuelvo cuando me hace una señal y escaneo rápidamente la página, sabiendo en segundos que este no es él.

—Puedes eliminar este. No eres tú.

—¿Estás segura?

—Sí, y no intentes confundirme. Estoy segura.

—Está bien —contesta—. Si tú lo dices...

Ahora tengo en mi pantalla el tercer y último candidato, con un gran signo de interrogación en el recuadro donde estaría su foto de perfil si no hubiera desactivado esa opción. Este y el primero son muy parecidos, casi no puedo diferenciarlos.

—Esto es muy, muy difícil.

—¿Por qué dices eso?

—Porque sí. Estos dos hombres son como la misma persona.

—Pues yo no lo creo.

Se inclina y entrecierra los ojos delante de la pantalla como tratando de extraer un significado más profundo simplemente por acercarse.

Señalo el segundo párrafo.

—Mira. Los dos dicen que están buscando a una mujer con un espíritu aventurero y un cierto *je ne sais quoi.* —Lanzo un resoplido desdeñoso—. ¿Quién dice eso?

—Vivimos en Nueva Orleans —dice—. Es normal que la gente aderece sus frases con un toque elegante de francés de vez en cuando.

—Pero no un hombre. No de esa manera.

Se vuelve hacia mí.

—Ahora intentas desdecirte de la apuesta, ¿verdad?

—No, qué va. Solo tengo que descubrir cuál de estos dos eres tú, eso es todo. Y solo digo que... es raro que los dos sean tan similares. —Lo miro de reojo—. ¿No tendrás un hermano gemelo del que no me has hablado?

—No, que yo sepa.

Sacudo la cabeza lentamente.

—Estás jugando conmigo. Sé que tengo razón.

Se ríe.

—Pareces muy segura de que uno de estos dos soy yo. Creo que será mejor que te rindas antes de que metas la pata hasta el fondo.

Me encojo de hombros y vuelvo al ordenador, sintiéndome frustrada de repente.

—El caso es que no soy de las que se rinden fácilmente. —Por eso seguí con mi ex tanto tiempo. Debería haberlo dejado después de que naciera Sophie, pero me quedé a su lado. Aunque no todo es malo; tengo dos ángeles más bajo mi ala.

Su voz se suaviza.

—Bueno, eso es algo de lo que deberías sentirte orgullosa.

No se está burlando de mí, aunque probablemente debería hacerlo. No tengo ni idea de por qué me ha salido esa frase tan cursi. ¿Acaso quiero darle lástima o algo así? Aaargh. Mejor será que me dé una ducha fría.

Se aclara la garganta como si fuera a decir algo que va a avergonzarme aún más, pero yo se lo impido.

—Muy bien, ahora presta atención. Estoy a punto de tomar una decisión.

Empieza a tamborilear con los dedos sobre el escritorio, realzando el efecto del tambor con los sonidos de su boca.

—Tachán, tachán... Y el ganador es...

Hago clic en el último, abriendo el perfil por completo otra vez.

—Este eres tú, Dev.

Deslizo el ratón para hacer clic en el enlace que revelará la fotografía, pero la mano de Dev en mi muñeca me detiene.

—Antes de hacer eso, dime por qué no has elegido el primero.

Siento un hormigueo en el punto de la muñeca que me está tocando, y de repente siento mucho calor. Cuando me vuelvo a mirarlo, su cara parece estar a apenas unos centímetros de distancia. Mi voz sale como en un susurro.

—Porque el otro chico parecía triste o algo así, y yo no te veo como una persona triste. Además, supongo que tu hijo es tu persona favorita, así que...

Retira la mano y se aparta, con la cara inexpresiva, un misterio. Hago clic en el enlace del tercer anuncio y encuentro la cara de un extraño mirándome. Me da un vuelco el corazón.

—Vaya, mierda. Realmente pensaba que te tenía.

Se inclina y se apodera del ratón.

—Casi lo consigues.

Cierra ese perfil y abre el primero, el que he rechazado porque me parecía un hombre demasiado triste. Lo primero que veo cuando hace clic en el enlace es la cara de Dev. Se me cae el alma a los pies.

—Oh. Mierda. —Me vuelvo para mirarlo—. Dev, lo siento.

No solo lo he llamado triste, sino que básicamente también le he dicho que como padre es una mierda. ¿Por qué no lo he pensado antes de abrir esa bocaza mía? Pues claro que no iba a incluir a los niños en la pregunta de «persona favorita». ¡No en un sitio web de citas!

Se pone de pie.

—No pasa nada. No te sientas mal. A menos que te preocupe tener que invitarme a cenar.

Lo miro, sintiendo un inmenso alivio de que no me esté echando en cara mis desagradables palabras.

—¿Preocupada? ¿Por qué iba a estar preocupada?

Sonríe y se encoge de hombros.

—No todo el mundo es un buen ganador. He conocido a muchos más malos perdedores que a buenos ganadores en mi vida.

Tal vez mi percepción no vaya tan errada con él después de todo. Ahora veo de dónde viene la tristeza que percibí en esas palabras, y también sé cómo ha sido capaz de ocultarla tan bien. Es un hombre de verdad. No solo se nota en sus músculos sino también en su corazón. Él es uno de los buenos.

Sin embargo, no digo nada de eso en voz alta, sino que trato de mantener el tono festivo.

—No soy una mala perdedora, Dev. Te invitaré a cenar donde quieras e iré cuando tú quieras.

Me da una palmadita en el hombro.

—Estupendo. Es una cita.

Se da media vuelta y sale de la habitación.

Estoy demasiado aturdida por sus palabras para responder de inmediato, pero luego me doy cuenta de que se dispone a irse.

—¿Adónde vas? —grito a la puerta.

—¡Tengo que volver a casa! Mi madre me está esperando. No le gusta quedarse despierta hasta tarde.

Me levanto y me aliso la parte delantera de la ropa, triste de que se vaya, pero consciente de que sería absurdo por mi parte pedirle que se quedara. ¿Qué haríamos? ¿Jugar a la Play? Ha llamado «cita» a nuestra futura cena, pero no estoy convencida de que lo haya dicho en serio. Además, viene con equipaje. ¿Realmente necesito más equipaje en mi vida en este momento? Tengo todo un camión entero yo misma.

Lo espero en la puerta. Se acerca con las manos vacías.

—¿No quieres llevarte las pizzas?

—¿Qué pizzas?

Me asomo a mirar en el salón. Las tres cajas todavía están allí. Las señalo.

Se encoge de hombros.

—Solo son cajas vacías. Podría llevarlas al contenedor de reciclaje, si quieres.

—No, no te preocupes por eso. —Lo miro desde los dedos de sus pies a la parte superior de la cabeza—. Supongo que se necesitan muchas calorías para hacer funcionar esa máquina.

—Y que lo digas. —Sonríe—. Bueno, pues ya te llamaré para quedar para esa cena, ¿de acuerdo?

Asiento con la cabeza.

—Claro. Mi hermana puede darte mi número.

Me guiña un ojo.

—Ya lo tengo.

No sé qué decir para no parecer una colegiala sonrojada y balbuciente, así que me limito a sonreír. Le abro la puerta.

—Buenas noches.

—Igualmente.

Se inclina y me besa en la mejilla tan rápido, que ni siquiera lo veo venir hasta que el beso se acaba. Me llevo la mano flotando hasta la mejilla mientras él sale al porche y baja las escaleras hacia su coche. Es el vehículo más feo que he visto en mi vida. Tan feo que me saca de la nube de felicidad en la que estoy flotando. Me río.

—¿Qué es esa cosa?

Se da media vuelta y camina hacia atrás.

—¿El qué?

Señalo el cacharro destartalado que hay delante de mi casa.

—¿Mi automóvil? ¿Lo dices de broma? ¿No sabes qué es esto?

Tengo la mano pegada a la mejilla donde me ha besado, sonriendo y negando con la cabeza. Abre la puerta, con un fuerte crujido que retumba en todo el patio delantero y también en los jardines de los vecinos.

—Esto, querida joven ingenua, es un Pontiac Phoenix. Un clásico. El coche de un hombre de verdad.

Arqueo las cejas todo lo posible antes de responder.

—Si tú lo dices...

Cierro la puerta despacio en las narices de su expresión ofendida, y luego me muero de la risa en el recibidor. Maldita sea. Me duele la cara de tanto sonreír. No me sentía tan bien ni tan joven desde hacía mucho, muchísimo tiempo.

Capítulo 13

Estoy en la cocina preparando huevos con beicon para el desayuno del lunes por la mañana de los niños cuando Sammy baja las escaleras llorando.

—¿Qué pasa, pequeñín?

Dejo la espátula en la encimera, al lado de los fogones, y me vuelvo para mirarlo, poniéndome en cuclillas para poder situarme a su misma altura.

—Me duele la *bariga.* —Unos enormes lagrimones le resbalan por las mejillas.

Le acaricio la barriga con suavidad.

—¿Estás seguro? —Se lo pregunto porque ha tenido muchos dolores de estómago últimamente, pero el médico no ha encontrado ninguna razón médica para su malestar. Estoy empezando a sospechar que hay problemas en la guardería que Sammy no quiere contarme.

—Cí, eztoy ceguro. Y no tengo caca, ací que no me digaz que vaya al baño a centarme en el *ordinal.*

Tengo que contener la risa. Parece tan ofendido... Asiento con la cabeza.

—Lo entiendo. Pero, ¿sabes qué? No tiene nada de malo sentarse en el orinal un rato, solo para estar seguros.

—Ya zabía yo que ibaz a decir ezo.... —Apoya las manos sobre el vientre, levanta los ojos hacia el techo y gime—. ¡Ayyy! ¡Cómo me dueeeleee!

Dejo escapar un largo suspiro. Ni siquiera ha pasado una hora desde que me levanté y ya se está torciendo el día. A mi jefe le va a encantar.

—¿Te apetecen unos huevos con beicon antes de volver a la cama? —Si es una falsa alarma, se sentirá tentado.

Niega con la cabeza sin dudarlo.

—No. Me duele mucho la *bariga.*

Recojo la espátula y señalo con ella hacia la entrada de la cocina.

—Bueno, pues vuelve a tu habitación o acuéstate en el sofá de la sala de estar y te traeré una taza de nuestra infusión especial.

—Eztá bien, mami —dice con la voz más lastimosa que he oído en mi vida—. Graciaz por cuidarme.

Y mi corazón se derrite allí mismo, en el suelo de la cocina... Este niño sí sabe cómo tocarme la fibra sensible. Es todo un artista.

Sophie entra en la cocina.

—¿Qué le pasa? —pregunta mi hija de diez años, señalando al pequeñín que acaba de pasar arrastrándose como un zombi apático, con los pantalones del pijama tan largos que se le meten debajo de los pies.

—No se encuentra muy bien.

—Vaya, ya estamos otra vez.

Sophie pone los ojos en blanco.

Señalo una silla con la espátula.

—Siéntate. Y sé buena. No puede evitar que le duela el estómago.

Baja la voz para hablar.

—Mamá, sabes perfectamente que está fingiendo.

Niego con la cabeza.

—No, no lo creo. Al menos, esta vez.

Empujo los huevos, preguntándome si alguien se los va a comer. No parecen muy apetitosos, la verdad.

Mi hija lanza un resoplido de incredulidad.

—Lo que tú digas... A mí me da igual.

Podría empezar a discutir con ella, pero necesito ahorrar energías para la excusa que estoy a punto de darle a mi jefe. Tiene el don de hacer que me sienta desesperada y tramposa, incluso cuando le digo la verdad sobre por qué no puedo ir a trabajar. No es como si tuviera resaca y le echase la culpa al falso dolor de estómago de un niño.

A continuación, es Melody quien entra en la cocina, lo cual es lo más normal del mundo: mi hija de casi ocho años es siempre la última en bajar las escaleras, la última en salir y la última en irse a la cama. Y en estos momentos, aún está medio dormida, que también es lo normal.

—Buenos días, tesoro —digo con una voz especialmente alegre.

—Buenos días, mamá —murmura.

Se sube al taburete que hay frente a la encimera de la cocina y apoya la barbilla en las manos. Segundos más tarde, su cabeza se inclina hacia un lado y acaba de despertarse de golpe.

Deposito un gran vaso de zumo de naranja frente a mi muy desorientada y soñolienta hija.

—Toma, bébete esto. Te despertará.

—¿Tenemos que ir a la escuela? —protesta, tomando el vaso y sosteniéndolo mientras espera mi respuesta.

—Sí, tienes que ir a la escuela. ¿Se puede saber qué habéis hecho con vuestro padre este fin de semana? ¿Por qué estáis tan cansados?

Sophie responde con entusiasmo, y parece muy contenta de poder transmitirme la información.

—Nos dejó quedarnos despiertos hasta la una de la mañana.

Dejo la espátula suavemente sobre la encimera, tratando por todos los medios de controlar mi mal genio. Me dan ganas de transformarme en el Increíble Hulk.

—Ah, pues qué bien. Genial —digo con paciencia exagerada—. Y supongo que también os comisteis diez kilos de golosinas y de dulces.

Melody se anima.

—Más bien como una tonelada.

Ella también parece muy feliz por su fin de semana.

«¡Eres un imbécil, Miles! ¡Te mataré!»

—Sammy vomitó —dice Sophie—. Eso fue asqueroso.

Melody hace una mueca, igual que su hermana.

—Sí. Qué asco. La novia de papá se enfadó mucho.

—No me cae bien —dice Sophie antes de que yo pueda intervenir—. Es muy, muy creída.

—¡Sophie! ¡No digas eso!

Sophie se encoge de hombros.

—Bueno, pero es que lo es.

Es la primera vez que oigo que Miles tiene novia. Creía que salía con chicas que acababan de cumplir la mayoría de edad, y que evitaba cualquier forma de compromiso real.

Remuevo los huevos.

—Así que papá tiene novia, ¿eh?

—Sí. Pero nos dijo que no te lo dijéramos y que no era asunto tuyo. —Sophie parece estar regodeándose con esos pequeños datos. Si no la conociera mejor, pensaría que disfruta viéndome perder los nervios.

Sujeto la espátula prácticamente como lo haría el Increíble Hulk. Flexiono algunos músculos de los brazos y las piernas, solo por gusto. Me ayuda a no pensar en el hecho de que, ahora mismo, quiero asesinar al padre de mis hijos. ¿Cómo se atreve a hablarles así de mí?

—Tiene razón —digo, intentando sonar despreocupada—. No es asunto mío y no me importa.

—Pero si tiene novia, nunca volverá a casa —dice Melody.

Dejo la espátula en la sartén, apago el fuego y me doy la vuelta.

—Melody, cariño, tienes que dejar de pensar eso. Tu padre y yo nunca, nunca más volveremos a estar juntos. —«Gracias, Taylor Swift, por recordarme que no soy la única mujer en el mundo en esta situación».

—Y menos, si tiene novia —dice, haciendo pucheros.

—No, aunque no la tuviera, tampoco volveríamos a estar juntos. Simplemente, eso no va a pasar.

—Pero ¿es que no lo quieres? —pregunta Melody, casi llorando. Ahora me miran las dos, aguardando mi respuesta.

¿Cómo les dices a tus hijos que te has planteado seriamente atropellar a su padre con tu coche más de una vez? ¿Que no recuerdas qué te hizo fijarte en él? ¿Que crees que es un cabrón mentiroso que no merece ni siquiera ser su padre?

Lanzo un suspiro. No puedo decir nada de eso. En una situación así, solo se puede mentir o maquillar la verdad. Siempre intento maquillarla primero...

—Niñas... Adoro que vuestro padre me haya dado los tres niños más maravillosos del planeta. Tuve mucha suerte de conocerlo.

—Estás evitando la pregunta —dice Sophie, demasiado lista para su propio bien.

—¿Quién quiere huevos? —pregunto con voz alegre y cantarina, porque esta mañana no estoy preparada para hundirme hasta la rodilla en un charco de mentiras.

—Huelen fatal. Preferiría unas tortitas —dice Melody, tapándose la nariz.

Me vuelvo y empiezo a sacar sartenes.

—¡Pues no se hable más: marchando una de tortitas! —Normalmente no soy la clase de madre que regenta un restaurante a la carta, pero llegados a este punto haré lo que sea con tal de evitar tener que hablar sobre Miles—. Niñas, vosotras vestíos y, para cuando hayáis terminado, las tortitas estarán listas.

Se bajan de los taburetes y se van arrastrando los pies hacia sus habitaciones, metiéndose la una con la otra todo el camino.

Una vez más, soy yo la que tiene que lidiar con las consecuencias de que Miles pase un día y medio con nuestros hijos. Sammy está enfermo por culpa del empacho de azúcar, y las niñas están sufriendo los efectos secundarios después de un pico de glucosa, que se manifiestan en forma de cansancio extremo y mal humor. No me sorprendería nada que llamasen de la enfermería de la escuela luego para decirme que tengo que ir a recoger a mis hijas.

Alargo la mano hacia el teléfono mientras echo un poco de mezcla de tortitas en un cuenco. Voy a llamar a mi jefe. Más me vale quitarme esto de encima cuanto antes.

Capítulo 14

Me quedo mirando boquiabierta el teléfono, sin dar crédito a lo que acabo de oír.

—¿Qué quieres decir con eso de que no hace falta que me moleste en volver?

La risa de mi jefe es decididamente incómoda.

—Lo que quiero decir es que vamos a hacer una pequeña reestructuración en las próximas semanas, así que eso de que te vayas a quedar en casa con tu hijo enfermo es muy oportuno para nosotros. Bueno, para ti, quiero decir.

—Ni siquiera sé qué significa eso. ¿Cómo que «oportuno»? —Tengo la presión arterial por las nubes y oigo un extraño zumbido en los oídos—. ¿Cómo puede mi hijo enfermo ser oportuno para nada ni para nadie?

Entonces dulcifica el tono de voz.

—Vamos, Jenny, sabes que han sido unos últimos seis meses muy difíciles para nosotros. Tuvimos una reunión con nuestros inversores y nos recomendaron que recortáramos algunos puestos. Tuvimos que tomar algunas decisiones realmente difíciles. La buena noticia es que serás una de los afortunados que tendrá una especie de paquete de indemnización. Al final, podrás disfrutar de más tiempo con tu familia, y eso siempre es bueno, ¿verdad?

—¿Suerte? ¿Qué? ¿Más tiempo con mi familia? Pero ¿qué...? ¿Me estáis castigando porque soy una madre sola? Te lo he dicho, mi hijo está enfermo, Frank. Esto no es una broma. No estoy llamando porque tenga resaca, como estoy segura de que George habrá hecho ya esta mañana.

George es soltero, como la mayoría de las personas con las que trabajo, y es famoso por la cantidad de fiestas que organiza y a las que va; siempre es él quien acaba con la pantalla de la lámpara en la cabeza y el trasero peludo en la fotocopiadora en la fiesta de Navidad. Lo he visto. No es una imagen bonita. Eso podría explicar por qué todavía está soltero. Un hombre con tanto pelo en el trasero nunca debería mostrarlo tan públicamente.

—No, esto no tiene nada que ver con tu condición de ser madre separada ni con el hecho de que tu hijo esté enfermo. Jenny, te creo. Ya sé cómo es esto de los niños: están enfermos todo el tiempo. No olvides que yo también tengo dos.

—Sí, Frank, y tienes una esposa en casa que no trabaja, afortunadamente para ti, así que ninguno de nosotros ha tenido que ver cómo tus hijos interferían en tu capacidad de venir a trabajar a las seis de la mañana y salir a las diez de la noche.

Su voz pierde el tono agradable.

—Nadie cuestiona tu dedicación al trabajo, Jenny. Eres una ingeniera fantástica. Sabes mucho de lo tuyo, por eso no estoy preocupado por ti. Encontrarás otro trabajo enseguida.

Siento que algo me oprime el pecho. Ahora estoy asimilándolo por fin: acaban de despedirme. ¡Mierda, acaban de despedirme! ¿Qué voy a hacer? ¿Cómo pagaré las facturas?

—¿Y cómo vas a saber tú si voy a encontrar otro trabajo enseguida o no? —pregunto, al borde de la histeria—. Estamos en crisis, y sabes que las nuevas empresas pagan una mierda en estos momentos. —Genial. Me ha hecho soltar una palabrota.

—¿Y qué? Pues no busques trabajo en una *start-up*. ¿Por qué no te diriges a una compañía eléctrica o algo así?

—¿Quieres que me tire de cabeza al Misisipi, Frank? Porque sabes que eso es lo que haría si tuviera que ir a trabajar a un lugar así todos los días. No podría haber un trabajo más aburrido en todo el planeta.

—Bueno, pues entonces ponte a trabajar por tu cuenta como *freelance*. Sé que siempre has querido probarlo. Con la indemnización tendrás el equivalente a un par de meses de sueldo, para poder relajarte y probar.

Lanzo un resoplido de incredulidad.

—Será mejor que esa indemnización sea el equivalente a más de dos meses de sueldo... —No puede hablar en serio. ¿Dos meses? El último tipo al que despidieron obtuvo nueve. ¡Nueve!

Frank parece nervioso.

—¿Por qué dices eso?

—¿A ti qué te parece? Seguro que, si hiciera un pequeño análisis sobre las personas que se van a quedar y las que se van a ir, son los trabajadores con niños quienes acabarán de patitas en la calle. Las primeras en salir por la puerta serán los padres y madres solteros y las personas mayores de treinta, ¿a que sí? Y no creas que me iré sin rechistar y sin armar un escándalo. Esto es injusto. No está bien. Es ilegal despedir a personas por tener hijos. Solo lo usáis como una excusa para deshaceros de nosotros y contratar a niñatos recién salidos de la universidad por la mitad del sueldo.

—Está bien, Jenny, ya veo que estás disgustada, y lo entiendo perfectamente, porque no esperabas que esto sucediera hoy. Siento mucho haberte dado esta mala noticia, de verdad que lo siento, pero no puedo hacer nada. No está en mi mano.

—No pienso aguantar esto.

Sueno como una auténtica justiciera, pero tanto Frank como yo sabemos la verdad: no soy Linterna Verde. Soy perfectamente capaz de proferir las amenazas más terribles, pero sé muy bien que no voy a poder cumplirlas. Estoy destrozada. Voy a tener que vender la casa. ¿Adónde iremos? ¿Dónde vamos a vivir? La casa de May es demasiado pequeña para todos nosotros, y prefiero vivir en la calle que mudarme a casa de mi madre. Puedo pasar con ella parte de las vacaciones, pero vivir juntas sería un desastre. Estar con ella demasiado tiempo me recuerda cuando teníamos que vivir bajo el mismo techo con el desgraciado de mi padre, cuando una madre mejor se habría largado con nosotras de allí, ahorrándonos todo aquel sufrimiento. Es probable que nunca llegue a perdonarla por eso, sobre todo ahora que tengo mis propios hijos. Al menos aprendí una lección de mi madre: nunca sigas en una relación que convierta a tus hijos en víctimas.

Frank suspira.

—Bueno, podrías enfrentarte a los inversores si quieres, pero no te lo recomiendo.

—¿Por qué no? —Ya me imagino irrumpiendo de sopetón en una sala de reuniones donde sin duda estarán maquinando cómo contratar gente y hacer que trabajen turnos de veinticuatro horas gratis. De hecho, en esa fantasía, hasta llevo una capa.

—Pues porque no. Vivimos en un mundo muy pequeño. Si te echas fama de persona difícil por plantar cara a tus jefes y exigir grandes indemnizaciones por despido, correrá la voz. Nadie querrá contratarte.

Intenta asustarme para que me arredre. Juraría que la piel se me está volviendo de color verde, y que noto los pantalones del pijama cada vez más ajustados.

—Voy a colgar el teléfono antes de decir algo de lo que me arrepienta.

—Bueno. Lo entiendo. Sin resentimientos, Jen. Te deseo la mejor de las suertes. ¿Cuándo crees que podrás pasarte a recoger tus cosas?

Hago rechinar los dientes un par de segundos antes de contestar.

—Tú mete mis cosas en una caja, y vendré a buscarlas cuando mi hijo ya no esté enfermo.

Estrello el teléfono contra la encimera, me agarro el pelo, tiro de él y grito.

Oigo el ruido de unos pies arrastrándose por el suelo y luego aparece mi hijo.

—¿Mami? ¿Eztáz bien?

Suelto el pelo y lucho para mantener a raya las lágrimas y evitar que mi pequeñín me vea llorar.

—Pues la verdad es que... ahora mismo me encantaría transformarme en el Increíble Hulk y ponerme a destrozar cosas. Pero estaré bien dentro de un par de minutos, cuando me calme un poco.

Él sonríe.

—Me guzta el *Increbible* Hulk. ¿Vaz a volverte verde?

Me pongo de rodillas y abro bien los brazos.

—Ven a darle un abrazo a mamá.

Corre hacia mí y se arroja a mis brazos.

—No te preocupez, mami. Todo va a zalir bien.

Le doy una palmadita en la espalda y se me acelera el corazón al imaginar que algún día será un hombre fuerte, consolando a una esposa o a un niño como lo está haciendo conmigo en este momento. Al menos estoy haciendo algo bien.

—Lo sé, cielo. Lo sé. No te preocupes por tu mami. No se va a convertir en Hulk ni a destrozar cosas ni nada de eso. Mami va a estar bien.

Se aparta para mirarme muy serio.

—Pero cería divertido deztrozar alguna cosa, mami.

Me río.

—Probablemente tienes razón.

Lo abrazo más fuerte y entierro la cara en su cuello, aspirando con todas mis fuerzas.

—Me hacez cozquillaz. —Cuando se ríe, suena como si un coro de ángeles estuviera cantándole una melodía tranquilizadora a mi pobre corazón. Respiro hondo y dejo escapar el aire, esperando que parte de la negatividad que Frank ha traído a mi vida escape con él.

No tengo ni idea de lo que voy a hacer ahora. Incluso conservar la calma se me hace muy cuesta arriba. Pero si no lo hago por mí, tengo que hacer esto por mis hijos, porque soy madre, y eso es lo que hacen todas las madres.

Capítulo 15

Bueno entonces... A respirar profundamente: inspirar y espirar. No tengo la piel de color verde, todavía me caben los pantalones del pijama y Sammy está instalado en el sofá con una taza de infusión digestiva y una caja de galletas de animales. ¡Galletas para el desayuno! ¡Premio a la madre del año! ¡Yuju! Con las niñas en la escuela y Sammy viendo alegremente el programa de *Barney*, dispongo de un par de minutos para decidir qué voy a hacer con el resto de mi vida. Nada, un asuntillo sin importancia. Sin presión.

Me siento como un perezoso: no me queda ni una gota de energía en el cuerpo. Podría tumbarme en el sofá e ir metiéndome palomitas de maíz en la boca sin parar mientras miro al vacío y ser perfectamente feliz. Por desgracia, no puedo darme ese lujo. Tengo una hipoteca que pagar, tres hijos que alimentar y un exmarido al que no se le da muy bien asegurarse de que el banco no me va a devolver sus cheques de la pensión.

Obviamente, necesito encontrar otro trabajo. La indemnización por despido, sea cual sea la cantidad al final, no va a dar mucho de sí. La economía muestra indicios de recuperación, por lo que no creo que tenga problemas para encontrar un empleo; la pregunta es si encontraré alguno con un jefe capaz de tolerar que, a veces, alguno de mis tres hijos se ponga enfermo y me tenga que quedar en casa a cuidarlo, algo imprescindible en las madres que crían solas a sus hijos, como yo...

Una vocecilla está cantando en mi cabeza: *freelance*, *freelance*, *freelance*. Eso me produce de inmediato un dolor de estómago de puro estrés, probablemente muy similar al que sufre Sammy. ¡Eso es impredecible! ¡Nunca sabes si vas a tener encargos o si te va a costar pagar las facturas! ¡Si despidieran a Miles, los niños se quedarían sin seguro médico! Lo que he conocido toda mi vida laboral es un sueldo fijo. No sé si puedo soportar todo el riesgo que conlleva el trabajo por cuenta propia. Recojo el teléfono de la mesa y miro los mensajes de texto que mi hermana me ha enviado en los últimos días. Se me encoge el estómago ante la idea de llamarla. Probablemente sea demasiado tarde. Seguro que Ozzie ha contratado ya a otra persona para ese trabajo. ¿Por qué fui tan idiota antes? ¿Por qué tuve que ponerme hecha una furia en esa nave industrial? Esas personas solo intentaban ayudarme proponiéndome ganar un dinero extra a cambio de una tarea que seguramente era muy sencilla.

Tener un trabajo me procuraba una sensación de seguridad, pero debería haberme planteado que el despido era algo que podía pasar tarde o temprano. En este campo, nunca conservas un mismo empleo por mucho tiempo. Siempre hay empresas que compran o absorben otras empresas, van a la quiebra o cambian de objeto social. En este mundo solo sobreviven los más fuertes, y yo soy un simple cachorro, una presa fácil.

Respiro hondo de nuevo. A estas alturas, ya estoy a punto de ponerme a hiperventilar. Me acerco a la mesa de la cocina y me llevo el teléfono. Es hora de afrontar la situación, de tragarme el orgullo y comportarme como una adulta.

—Contesta, May, contesta...

Será mejor que responda pronto, antes de que me eche atrás.

—¿Diga? —contesta mi dulce hermanita. El mero hecho de oír su voz hace que se me salten las lágrimas.

—Hola. Soy yo.

—¿Qué pasa? —Ha desaparecido la voz dulce y ahora aparece el tono exigente. El de preocupación. Y esa es la gota que colma el vaso. Me echo a llorar y se me cierra la garganta. Cuando consigo volver a hablar por fin, estoy hecha un desastre.

—Me han despedido.

—¿Despedido? ¿Cuándo? ¿Por qué? ¡Eres su mejor empleada! ¿Qué ha pasado?

—Supongo que, a sus ojos, no soy tan buena. —Intento reír, pero me sale más bien un sonido como de asfixia—. He llamado para avisar de que hoy no iría a trabajar porque Sammy tiene otro dolor de estómago, y simplemente me han despedido.

—No pueden hacer eso. No pueden despedirte porque tu hijo está enfermo.

—No estoy segura de que tenga algo que ver con eso. O tal vez sí. Llamé varias veces el año pasado porque alguno de los niños estaba enfermo. De todos modos, el resultado final es el mismo. Estoy sin trabajo a partir de hoy.

—¿Te han dado algún tipo de indemnización?

—Eso me han dicho, pero me han hablado también de solo dos meses de paga, así que no me va a dar para mucho. —Me detengo a pensar exactamente cuánta información quiero compartir con mi hermana. Ella ya tiene sus propios problemas, no le hace falta cargar con los míos.

—¿Cuánto dinero tienes ahorrado?

Me río con amargura.

—¿Me tomas el pelo? ¿Ahorros? ¿Qué es eso?

—Está bien, que no cunda el pánico. Ya pensaremos en algo.

—No hay nada que pensar, en realidad. Solo te llamaba para ver si todavía tenéis disponible ese trabajo como *freelance*. —La humillación es grande. De hecho, estoy a punto de suplicarle a mi hermana que me consiga un trabajo con su novio.

Tengo el corazón en vilo, esperando su respuesta, pero por suerte, llega bastante rápido.

—¡Por supuesto que sí! No hemos buscado a nadie más. Además, aunque lo hubiéramos hecho, todavía habría trabajo para ti aquí.

—Lo dices para intentar que me sienta mejor.

—No, no lo digo por eso, créeme. Ahora que estoy con Ozzie, me he enterado de todo lo que ocurre entre bastidores en la empresa. Anoche mismo me dijo que en los últimos años se han duplicado sus encargos relacionados con temas de informática y ordenadores.

—Pero ya tenéis a alguien ahí que trabaja con ordenadores, ¿verdad?

Intento recordar el nombre del chico, pero lo único que me viene a la cabeza es lo guapo que es y lo bonitos y blancos que tiene los dientes.

May completa las lagunas de mi memoria.

—Te refieres a Lucky. Sí, tenemos a Lucky, pero él no es de esa clase de informáticos. No es ingeniero como tú, sino financiero. Puede entrar en las cuentas de la gente y ver qué pasa, pero no puede entrar en carpetas ocultas ni *hackear* los sistemas.

—¿*Hackear*? ¿Quieres que *hackee* ordenadores?

De repente, May suena muy alegre.

—¡No! ¿He dicho *hackear*? No quería decir eso. No seas tonta. —Lanza un resoplido, una señal inconfundible de que está nerviosa y tiene miedo de que sepa exactamente de qué está hablando, pero dejo que continúe sin interrumpirla. Al menos ha captado mi interés—. Por ejemplo, en este caso que queremos proponerte, estamos investigando las cuentas de una empresa porque hay algo que no encaja. Uno de los propietarios sospecha algún tipo de fraude o desfalco. Pero Lucky no puede acceder al contenido de todo el ordenador. O al menos él piensa que no puede. Cree que hay algunos archivos ocultos en alguna parte, pero no tiene los conocimientos técnicos para encontrarlos.

Sin saber nada más, ya estoy segura de poder ayudarlos. Es el único rayo de esperanza que ha brillado en mi mañana hasta ahora, así que voy a guiarme por él. Ya vendrá la realidad más tarde a estropearme el día si es necesario.

—Yo podría ayudaros. Aunque no puedo estar segura hasta que haya visto los archivos o el disco duro en sí.

—Bueno. ¿Entonces necesitas tener el disco duro físicamente? ¿Es eso lo que estás diciendo?

—Siempre es la mejor manera, pero tal vez no sea imprescindible. Puede depender del tipo de encriptación que hayan utilizado, si han protegido cualquier movimiento detrás de un cortafuegos, si han guardado las cosas en el servidor o en las unidades locales. Sería mucho más fácil si tuviera en mis manos el propio servidor y luego los ordenadores individuales que usan los empleados.

—Bien. Genial. Sabía que podías hacer esto. Entonces, aquí está el plan...

Nunca había oído a May expresarse con tanta seguridad en sí misma. Hace que mi mañana sea mucho menos horrible. Mi hermanita está creciendo.

—Voy a hablar con Ozzie para decirle lo que me has contado. Mientras, te vas a vestir, a cepillar esos dientes y a deshacerte los enredos del pelo, para que cuando vengas a la nave industrial, mis compañeros de trabajo no piensen que eres una loca al borde de un precipicio y lista para saltar al vacío.

—No puedo, ¿recuerdas? Tengo a Sammy. No puedo enviarlo a la guardería con dolor de estómago.

—¿Está enfermo de verdad o solo está fingiendo?

Me vuelvo para mirar a mi hijo. Está comiendo galletas de animales tan tranquilo.

—No estoy segura. Probablemente no se encuentra tan mal. Creo que tiene problemas en la guardería con otro niño o algo así... tal vez con algún maestro.

—Está bien. Tráetelo.

Lucho conmigo misma ante ese plan. Soy capaz de hacer el trabajo, ya no tengo que preocuparme por esa parte, pero aún no estoy segura de que deba aceptar la propuesta. Si lo fastidio, no será una metedura de pata solo para mí, sino también para mi hermana. No quiero decepcionarla.

Por otra parte, tampoco es que tenga muchas más opciones. Necesito pagar las facturas, y esta es la solución más fácil en este momento. Ni siquiera he tenido que enviar mi currículum a ningún lado.

—¿Qué pasa? —May parece molesta.

Suspiro, porque siento que estoy entre la espada y la pared.

—¿Necesito recordarte que la última vez que estuve allí hubo una especie de intento de robo y me encerraron en una habitación del pánico durante una hora?

—Jenny, ya te lo dijimos, fue un error. Sí, puede que alguien intentara entrar, pero ese es el tipo de cosas que suceden en la zona del puerto.

—Eso es justo lo que quiero decir. ¿Te parece buena idea que lleve a Sammy a un sitio así? Y una pregunta aún mejor, ¿por qué vas tú?

—Llevo más de dos meses trabajando allí. Voy todos los días, y no hemos tenido nunca ni un problema. —Hace una pausa para soltar un resoplido molesto—. He hablado con los muchachos y con Toni... Esto no había pasado nunca. Ha sido un suceso aislado y aleatorio, y probablemente no significa nada. La policía lo está investigando, al igual que el equipo. Juntos vamos a descubrir qué fue lo que pasó. Incluso si quienquiera que lo hizo es tan estúpido como para intentarlo de nuevo, no importará, porque ahora hay policía fuera vigilando la nave, y tenemos incluso más cámaras que antes.

—¿Tenéis agentes de policía ahí?

Detecto la sonrisa en su voz.

—Sí. Trabajar a menudo para el departamento de policía tiene sus ventajas. Bourbon Street Boys es un gran activo para la ciudad de Nueva Orleans, por lo que la policía no va a permitir que alguien entre aquí y se meta con nosotros.

—¿Y la policía tiene el dinero para pagar los salarios por ese tipo de vigilancia?

—No te preocupes por eso, Jenny. No hace falta que le des más vueltas al tema. Les hemos ayudado a ganar tantos fondos con el trabajo que hemos realizado al aumentar su tasa de casos cerrados, que están encantados de ayudarnos a nosotros cuando lo necesitamos.

Me alegra y me entristece a partes iguales que mi hermana esté involucrada con este grupo y que diga «nosotros» cada vez que habla de ellos. De hecho, puede que me dé un poco de envidia. Nunca he formado parte de ningún «nosotros» antes en un empleo. Siempre he trabajado sola en mi propio cubículo, en mis pequeños proyectos, viviendo mi propia vida, porque las personas que me rodeaban no tenían los mismos problemas ni las mismas motivaciones que yo. En mi campo, o al menos en los lugares en los que he trabajado, no había muchas personas casadas con hijos. Siempre me he sentido la más vieja de la sala, y nunca le he visto la gracia a eso de fotocopiar traseros en las fiestas de la oficina.

—Entonces, ¿no hay ninguna posibilidad de que pueda hacer el trabajo desde aquí, desde casa?

—¿Quieres que todo el equipo venga aquí y hagamos la reunión informativa de la operación en tu salón?

Ahora me siento idiota.

—¿Todo el equipo? ¿Por qué está involucrado todo el equipo?

—Todo el equipo está involucrado en todo lo que hacemos. No es una dictadura, es una democracia. Todos dan su opinión, y luego Ozzie toma la decisión final, teniendo en cuenta todas las aportaciones. Es un jefe muy justo.

Al oír esas palabras, «un jefe muy justo», me vuelvo a echar a llorar.

—¿Qué pasa ahora?

Niego con la cabeza.

—No importa. Es solo que tengo otro momento de debilidad.

La voz de May se suaviza.

—Tienes todo el derecho. Hoy han prescindido de ti. Y deja de decir que te han despedido, por cierto. Han prescindido de ti. A la gente la despiden por meter la pata o por no cumplir con su obligación, y sé que tú no has hecho ninguna de las dos cosas. Trabajabas como sesenta horas a la semana en ese lugar, te llevabas a casa el trabajo que no podías terminar allí, y es posible que no fueras a trabajar algunos días por causa de tus hijos, pero siempre lo compensabas. Te conozco, Jenny. No eres ninguna holgazana.

Sonrío a través de las lágrimas.

—Siempre has sido mi fan número uno. No sé qué haría sin ti. Sabes que es por eso por lo que me preocupo.

—Te quiero, sí, pero digo la verdad. Y tienes que hacerme caso por una vez en tu vida: sé que te preocupas por mí, pero estoy bien. Tengo a Ozzie y a todos los demás para protegerme. Los malos han de pasar por ellos primero para llegar hasta mí.

Ahora no es el momento de recordarle que uno de los malos la encontró muy fácilmente hace solo un par de meses, cuando descubrió dónde vivía la testigo ocular que podía declarar que lo había visto disparar a la gente en un bar. Además, lo cierto es que su equipo apareció justo a tiempo de acudir en su ayuda, y eso le daría un argumento para rebatir el mío. Y se acabó lo de discutir con mi hermana.

—Eh, que normalmente te hago caso.

—A veces lo haces, y otras no. Bueno, ¿a qué hora crees que puedes llegar?

Miro el reloj. Son casi las nueve de la mañana.

—Tardaré unos cuarenta y cinco minutos en prepararme a mí y a Sammy, y luego, si salgo de inmediato, probablemente tardaré otra media hora en llegar allí. ¿Pongamos a las diez y media?

—De acuerdo, a las once entonces.

—He dicho a las diez y media.

—Sí, pero sé cuánto le costará a Sammy levantarse del sofá y dejar esas galletas, así que te doy media hora extra.

Una parte de mí quiere enfadarse con mi hermana y a otra le dan ganas de abrazarla. Da un poco de miedo lo bien que conoce a mi familia.

—Está bien, nos vemos a las once. ¿Tengo que traer algo?

—Lo que creas que puedes necesitar para entrar en el ordenador de alguien, y tu sonrisa. Eso es todo.

—¿Felix está contigo? Porque voy a necesitar algo para distraer a Sammy.

—Por supuesto que Felix está aquí. Es mi chihuahua y mi mano derecha. Pero no te preocupes, te ayudaré con Sammy. —Vuelve a ponerse en modo animadora—. No estás sola, Jenny. Estoy contigo, el equipo está contigo... Aquí somos como una familia, ya lo verás.

Si quería que me derritiera de emoción, probablemente esa era la mejor manera de conseguirlo. Tengo que colgar antes de echarme a llorar de nuevo como una boba.

—Te veo a las once.

—Hasta luego. Te quiero, Jenny. No te preocupes, todo va a ir bien. Te lo prometo.

Capítulo 16

Me da vergüenza el margen de acierto de mi hermana en cuanto a mi capacidad para llegar a tiempo a cualquier sitio cuando hay niños de por medio.

Ya son las once y cinco para cuando aparco enfrente de la nave industrial. La abolladura en la puerta del otro día ha desaparecido, y ahora en su lugar solo hay pintura fresca. Caramba, estos chicos no pierden el tiempo. Supongo que las apariencias son muy importantes para ellos.

—¿Dónde eztamoz? —pregunta Sammy desde el asiento trasero.

—Aquí es donde trabaja la tía May. Y Felix también está aquí y quiere verte.

Mi hijo adora al perro de May. Apago el motor y me vuelvo para mirarlo. Tiene migas de galletas alrededor de la boca.

—Bueno, le prometiste a mamá que serías un buen chico, ¿verdad?

Asiente con la cabeza.

—Te lo *pometo.*

—Bien. La tía May va a jugar contigo, y Felix va a jugar contigo, y tú vas a portarte bien para que mamá pueda trabajar un poco. Y luego, cuando hayamos terminado, iremos juntos a McDonald's. —La madre del año ataca de nuevo.

Una enorme sonrisa ilumina su rostro, y Sammy empieza a golpear el asiento del coche con las manos y las piernas.

—¡McDonald'z, McDonald'z, McDonald'z!

—Pero tienes que portarte bien, ¿eh? En este sitio vive alguien, Sammy. Y además, aquí trabajan otras personas.

Deja de golpear y asiente muy serio.

—Y tengo que ir a trabajar contigo porque eztoy enfermo.

—Bueno, normalmente no me gusta llevar a los niños enfermos al trabajo. Eso no es bueno para los demás, porque podrían ponerse enfermos ellos también, así que tienes que asegurarte de mantenerte alejado de toda la gente que hay ahí dentro.

A Sammy le cambia la cara. Ahora veo una sombra de miedo y me siento culpable por hacerla aparecer.

—¿Ez que zon maloz? —pregunta.

Niego con la cabeza vigorosamente.

—No, no son malos, para nada. En realidad, son muy buenos. Es solo que si tienes un virus que te produce dolor de barriga, no queremos que esas personas que son tan buenas se contagien con tu virus, ¿verdad?

Lo piensa unos segundos, parpadea un par de veces y luego asiente.

—No queremoz que nadie tenga mi viruz.

Le dedico una sonrisa alentadora.

—Exactamente. Nos guardaremos nuestros microbios para nosotros, ¿de acuerdo?

Él se ríe.

—Y también noz guardaremoz nueztroz moquitoz.

—Sí. Eso también.

Pongo los ojos en blanco y me doy la vuelta. Probablemente no sea una buena idea alentarlo a hablar de mocos en este momento, pero necesito que esté tranquilito y cómodo. Lo único que me faltaría sería que Sammy liberase a la bestia que lleva dentro. Entonces sí que sería mi fin. Suele hacerlo cuando intenta impresionar a alguien a quien acaba de conocer. Podría hacer que me despidieran antes incluso de empezar a trabajar.

Me apeo, le desabrocho a Sammy el cinturón de seguridad y le doy la mano para que pueda caminar conmigo. Mi portátil está en la funda, que llevo colgada del hombro junto al bolso.

—¿Recuerdas cómo te tienes que presentar?

—Cí, mamá. Lo cé. Te ezcucho ciempre cuando me lo dicez.

—¿Siempre?

Estamos en la puerta cuando responde.

—Bueno, caci ciempre. A vecez no quiero ezcuchar.

—Bueno, al menos eres sincero —murmuro.

Levanto la mano para pulsar el timbre y hacerles saber que estamos aquí, pero antes de tocarlo, la puerta comienza a abrirse. Sammy da un salto, sorprendido, y mira con ojos llenos de asombro.

—Uala... Qué puerta máz grande...

Le sonrío.

—Sí. Esto es una nave industrial, una especie de almacén. Es un lugar un poco extraño para que mamá trabaje, pero intento verlo como interesante y diferente. No todo lo que es diferente es malo. A veces las cosas diferentes son buenas. —Espero que mis palabras calen en él y que tal vez las aplique a su situación en la guardería. Tengo la impresión de que debe de haber algún niño nuevo que se ha situado en algún lugar del orden jerárquico con el que Sammy no está de acuerdo. Hago una nota mental para llamar a la guardería y hablar con la directora.

May aparece en la puerta tan pronto como se abre lo bastante para que quepa una persona. Primero me sonríe a mí y luego mira a Sammy.

—¡Sammy! ¡Has venido!

—¿Dónde eztá Felix?

May se ríe.

—Vaya, ya veo qué lugar ocupo yo en tu orden de preferencias. —Hace un gesto para que entremos—. Felix está por allí, en la zona del equipo para hacer ejercicio, Sammy. Puedes ir a jugar con él, pero no toques nada de los equipos, ¿de acuerdo?

Observo a mi hermana con dureza, como diciendo: «¿Cuánto tiempo crees que va a obedecer esa regla si ninguna de las dos lo vigila?».

Ella me mira mientras continúa:

—Yo iré enseguida. Y cuando vaya, te enseñaré alguna pieza del equipo si veo que no has tocado nada, ¿de acuerdo?

Sammy sale disparado hacia el gimnasio improvisado, gritando mientras golpea el suelo de cemento con sus pequeños zapatos.

—¡No tocaré nada! ¡Lo *pometo*!

Allí no hay nadie más que May y yo. Me decepciona un poco que Dev no haya venido a saludarme.

—¿Dónde están todos? —pregunto como si tal cosa, tratando de aparentar naturalidad.

—Están arriba. He pensado que no querrías que te atosigáramos en tu primer día, sobre todo después de lo que pasó.

Le hago una seña con la mano para evitar que siga por ese camino.

—Me encuentro mejor, bastante mejor, pero aún sigo vacilando en la delgada línea entre la cordura y la locura, así que si pudieras no hablar de lo que pasó el otro día mientras estamos aquí, te lo agradecería mucho.

—Está bien, ningún problema. Pero cuando hayas terminado, hablaremos de todo un poco, ¿de acuerdo? Sobre tu trabajo, sobre la habitación del pánico, sobre Dev... —me dice, arqueando las cejas.

Hago caso omiso de sus insinuaciones. Todavía no estoy preparada para analizar las posibles motivaciones de Dev con respecto a mí. Por primera vez en mi vida, estoy lista para ocultar un secreto a mi hermana. No sé si eso es una buena o una mala señal.

—Está bien, como quieras.

May me pasa el brazo por los hombros mientras caminamos juntas.

—Entonces, ¿te alegras de estar aquí?

Nos dirigimos hacia Sammy.

—¿Quieres que te diga la verdad o que sea amable y cortés?

—Sé sincera. Podré soportarlo.

—Bien... Yo diría que estoy agradecida de estar aquí. Estoy agradecida por el trabajo, a pesar de que es solo un encargo como *freelance* y que será algo puntual. Si Ozzie pudiera darme una carta de recomendación al terminar, me ayudaría mucho con mi nueva carrera profesional.

—¿Cuál es tu nueva carrera? ¿Ya tienes una nueva carrera? ¿Qué me he perdido?

May se ríe, pero no de mí, así que no me ofendo.

—Mi nueva carrera como profesional *freelance*. —Intento sonreír, pero no sé si acabo de conseguirlo, porque May me está mirando con una cara muy rara. Me da unas palmaditas en la espalda.

—Así me gusta, hermanita. Esa es la actitud. Te va a ir muy bien. —Desvía su atención hacia Sammy—. Hola, hombrecito, ¿estás listo para ver unas cosas supergeniales?

Sammy dirige la mano hacia uno de los artilugios del gimnasio y deja los dedos suspendidos a escasos centímetros de su rostro. Tiene los ojos muy grandes y redondos.

—Cí, eztoy lizto.

—¿Qué tal si vemos ese equipo de gimnasio más tarde? Tengo otras cosas que enseñarte primero que son mucho más geniales.

Sammy apunta a una pila de pesas.

—¿Máz genial que ezo?

—Sí. —May asiente con la cabeza—. Más genial que eso. Como unas supercosas de ninja.

Abro mucho los ojos al oír eso.

—Será mejor que no le dejes tocar... esas cosas que están allá arriba. —No quiero decir «espadas ninja», porque eso solo despertaría aún más su interés.

May pone los ojos en blanco.

—Confía en mí, Jenny. Sabes que no voy a dejar que mi sobrino se corte un dedo...

—¿Puedo cortarme un dedo?

A Sammy prácticamente se le salen los ojos de las órbitas.

May se ríe.

—No. ¿Es que no me has oído? Hoy nadie va a cortarse ningún dedo.

Siento una imperiosa necesidad de enfatizar ese punto.

—Nada de cortarse los dedos, Sammy. Ni dedos de los pies, ni de las manos, ni nada. Nada de cortar nada.

Sammy asiente vigorosamente.

—Bueno. No me cortaré nada.

Ya no estoy tan entusiasmada con este trabajo como hace diez minutos.

—Vamos, chicos —dice May—. Subamos para que mamá pueda hablar con Ozzie y el equipo y averiguar qué es lo que necesitan que haga.

Sammy le da la mano a May y subimos juntos las escaleras. Al llegar a lo alto nos encontramos con otro teclado de acceso. May introduce un código, se oye un clic y empuja la puerta para abrirla.

—Muy bien, Sammy, ahora escúchame bien: no puedes tocar nada de lo que hay en esta sala. Puedes mirarlo todo, pero no puedes tocarlo. Está totalmente prohibido.

—Eztá bien.

—Tienes que prometérmelo, Sammy —insiste May con voz severa—. No puedes tocar nada.

Sammy parece quedarse sin aliento.

—Te lo *pometo*. No tocaré nada. Y no cortaré nada.

—Está bien, hombrecito. Confío en ti. —La tía May apoya la mano sobre su espalda y lo empuja hacia la puerta—. La luz se encenderá cuando entres.

Felix se cuela por delante de nosotros y desaparece en la oscuridad. Ver a ese perro tan pequeño mostrar tanta valentía hace que me dé cuenta de lo tonta que soy por estar nerviosa ante la idea de entrar en la sala de los ninjas y luego en la zona de reuniones o la cocina o como se llame aquello. La última vez que estuve aquí hice un poco el ridículo, y no me entusiasma la idea de enfrentarme a las consecuencias, pero, maldita sea... si ese proyecto de perro puede pasearse por aquí como si tal cosa, yo también puedo. Soy tan valiente como un chihuahua, al menos. Creo.

Se enciende la luz de la habitación cuando entra Sammy, y mi hijo se para tan inesperadamente que me doy de bruces contra su espalda. Por poco le doy con la funda del portátil y lo dejo inconsciente.

—Sammy, ¿qué estás haciendo?

—Uala... ¿Aquí vive un ninja de verdad?

Su comentario me arranca una sonrisa.

—Algo así —decimos May y yo al mismo tiempo.

Ella me mira divertida, probablemente porque mis mejillas se están poniendo rojas al recordar la imagen del dueño de estas espadas. No puedo mirarla a los ojos, así que me concentro en Sammy.

—Lo conocerás luego. Se llama Dev, que es la abreviatura de Devon.

—En mi ezcuela también hay una niña que ce llama Devon.

—No tenemos que decirle eso a Dev el ninja, ¿verdad?

Sammy me mira.

—¿Por qué no?

—Porque... a veces a los hombres no les gusta pensar que tienen nombre de niña.

Sammy vacila un par de segundos y luego asiente.

—Bueno. —Vuelve a centrar su atención en las espadas ninja—. Podría cortar un montón de cozaz con ezaz ezpadaz...

Hago un verdadero esfuerzo por no reír.

—Sí, podrías. Pero no lo harás, porque nos prometiste a la tía May y a mamá que no cortarías nada. Recuerda, no puedes tocar nada en esta sala.

Empiezo a preguntarme por qué demonios tendrán una habitación llena de cosas tan peligrosas cuando Dev tiene un hijo; porque debe de traer aquí a su hijo de vez en cuando, ¿verdad? Aunque claro, es mucho más lógico tener las espadas aquí que en su casa. Cuanto más lo pienso como madre, mejor decisión me parece guardar las espadas aquí. Sin embargo, también como madre, me parece una pésima decisión haber traído a mi propio hijo a este lugar. Definitivamente, ese premio a la mejor madre del año cada vez está más lejos de mi alcance.

Capítulo 17

May entra en la habitación contigua, sujetándonos la puerta para que podamos pasar. Sammy hace ademán de dirigirse hacia una de las espadas, así que corro hacia él y lo tomo por los hombros, moviéndolo en la otra dirección.

—Mejor vamos por aquí, anda. Vamos a ver a Felix. ¿A que va a ser muy divertido? —Estoy tratando de vendérselo lo mejor que puedo: estar con Felix es mejor que comer golosinas. Mejor que las espadas ninja, incluso.

Sammy recuerda a su amigo y eso lo distrae, y echa a andar para seguir a su tía May.

—¿Adónde vamos? —pregunta.

—Vamos a donde tienen galletas —dice May.

Niego con la cabeza y le hablo en un susurro a mi hermana.

—Ya se ha comido una caja entera de galletas de animales esta mañana para el desayuno.

May me dedica una sonrisa maliciosa.

—Estás haciendo méritos a la mejor madre del año, ¿verdad?

—No juzgues, no sea que tengas hijos y seas juzgada. Dios se guarda sus maldiciones de madre más especiales para los jueces más severos sobre otras madres, ¿lo sabías?

—Eh, que a mí me parece estupendo. Sabes que cuando cuido de ellos comen un montón galletas.

La mando callar con la mano.

—Chist, no quiero saberlo...

Bromear con mi hermana sobre sus secretos hace que todo esto sea más fácil de lo que pensaba. Podría estar nerviosa por lo que estas personas piensen de mí, pero en cambio estoy pensando en la regla de Las Vegas aplicada a los niños: «Lo que ocurre en casa de la tía May, se queda en la casa de la tía May». En realidad, las reglas de Las Vegas entran en vigor cada vez que ella cuida de los niños, no importa dónde ni cuándo. Es la mejor manera que conozco de permitir que malcríe a mis hijos sin que eso forme parte habitual de sus vidas.

—Ahí está —dice una voz risueña desde el interior de la cocina. Cuando asomo por la esquina veo al hombre que lo ha dicho: Thibault, con su acento cajún y su simpática sonrisa. Le devuelvo el gesto.

—Hola, Thibault. ¿Cómo estás?

—Mejor que nunca. Bienvenida.

—Gracias.

Miro alrededor de la habitación. Todos menos Dev están allí, incluida una mujer a la que aún no conozco, pero no necesito una presentación porque ya sé quién es: doña Golpes Certeros. La descripción que hizo mi hermana de Toni no podría haber sido más perfecta. No me gustaría hacerme enemiga de esta chica. A pesar de que es más menuda que yo, sin duda podría derrotarme sin problemas.

La mujer se pone de pie y se acerca, taconeando con las botas en el suelo. Cuando la tengo delante, se detiene y extiende la mano con fuerza, con un movimiento casi militar.

—Encantada de conocerte. Soy Toni.

No veo ninguna sonrisa, pero no me da la sensación de que quiera mostrarse antipática conmigo; simplemente no se anda con tonterías. Lo respeto. Soy fan de la Mujer Maravilla. Le estrecho la mano con firmeza.

—Encantada de conocerte yo también. He oído hablar mucho de ti.

Toni levanta la ceja derecha.

—¿Quiero saberlo?

Sonrío con más calidez ante lo que parece un mínimo indicio de inseguridad por su parte.

—Todo bueno, te lo prometo. Realmente impresionaste a mi hermana, así que debes de ser alguien muy especial.

Detecto una leve dulcificación de las facciones de Toni, o al menos eso creo.

—Es bueno saberlo —dice, soltando mi mano.

—Este es mi hijo, Sammy.

Toni lo mira. Un atisbo de sonrisa se dibuja en un lado de sus labios mientras le estrecha la mano.

—Encantada de conocerte, Sammy.

—Encantado de conocerla yo también, ceñorita Toni.

Deja caer la manita e inmediatamente empieza a mirar en el espacio debajo de la mesa, buscando a Felix. Lo tomo de los hombros para que no se ponga a cuatro patas.

Toni se da media vuelta, vuelve a su silla y se sienta. May habla entonces.

—Ya conoces a Lucky y a Ozzie, por supuesto.

Asiento con la cabeza.

—Sí. Me alegro mucho de volver a veros a todos.

Por fin, me atrevo a mirar a Ozzie. Siento que me arde la cara una vez más mientras espero que emita su veredicto.

Me saluda con la cabeza, sin que haya indicios de ninguna clase de que acabe de juzgarme.

—Gracias por venir. Nos estás ayudando a salir de un buen aprieto.

Siempre es agradable sentirse necesitada. Me pregunto si Ozzie cuenta con eso para aprovecharlo en su beneficio. Parece muy tranquilo y relajado, pero creo que es muchísimo más listo de lo que parece. Sin embargo, no le recriminaré que intente darme jabón. Me gusta el jabón.

—Bueno, no estoy segura de si podré ayudaros, pero estoy dispuesta a intentarlo.

Lucky me ofrece la silla vacía a su lado.

—¿Por qué no te sientas y te enseño lo que buscamos?

Tomo a Sammy de la mano y lo acerco a la mesa conmigo.

—Pero yo quiero ir con la tía May... —protesta.

May nos sigue y me detengo, esperando que ella nos alcance. Estoy a punto de decirle que no necesita hacer de niñera, pero ella toma a Sammy de la mano sin dudarlo y se lo lleva.

—¿Qué te parece si vamos a conocer a Sahara?

—¿Eza ez la perrita grande? —pregunta Sammy, entusiasmado ante la perspectiva.

Intento no sentir pánico al pensar que la perra de Ozzie podría merendarse a Sammy como si nada.

—Sí, eso es. Ya la viste una vez, ¿verdad?

Sammy asiente.

—Ez muy grande. Mamá dice que no podemoz tener un perro grande, porque loz perroz grandez hacen la caca muy grande y no quiere recogerla.

Todos se ríen por lo bajo.

Me sonrojo un poco, pero sé que no se están riendo de mi hijo. Su pequeño ceceo hace que parezca que dice las cosas en broma, cundo solo dice lo que necesita decir. Lo cierto es que no culpo a la gente que lo encuentra gracioso.

Me han dicho que irá perdiendo el ceceo a medida que vaya creciendo, pero que, si no lo ha hecho cuando empiece la escuela, irá a terapia con un logopeda. A pesar de todo, no lo presiono, porque forma parte de él y de quién es, y creo que eso lo hace especial.

May lleva a Sammy a una zona de la nave industrial que aún no he visto, y me siento a la mesa. Donde trabajaba antes, el ambiente era muy informal. Las reuniones se celebraban simplemente en un corro de taburetes. Es agradable estar sentada en una habitación llena de adultos que se comportan como verdaderos adultos. Con todos esos músculos a mi alrededor, es casi como si estuviera rodeada por los *Súper Amigos*, allá por el año 1973.

Todos toman asiento mientras Ozzie empieza a hablar.

—En primer lugar, supongo que May te habrá puesto en antecedentes sobre la situación, pero solo para asegurarnos de que tenemos cubiertas todas nuestras bases, me gustaría comenzar pidiéndote que firmes un acuerdo de confidencialidad.

Hace una seña a Lucky con la cabeza y me ofrece uno.

—Por supuesto.

Lo examino para asegurarme de que no les estoy cediendo un riñón ni nada parecido, y luego uso el bolígrafo que me da Lucky para estampar mi firma en el papel. Se parece a casi todos los que he visto. La confidencialidad ha sido un procedimiento bastante estándar en todos los trabajos que he tenido desde la universidad.

—Bueno. Ahora que nos hemos quitado eso de encima, podemos hablar sobre el caso. Está relacionado con una cadena minorista de accesorios de náutica y navegación llamada Blue Marine. ¿Has oído hablar de ellos?

Me encojo de hombros.

—No sigo mucho el mundo de la pesca y los barcos.

—No importa. No hace falta que entiendas de náutica para saber si algo huele a podrido en esta empresa en particular. Nos ha contratado uno de los propietarios del negocio, que también es el principal accionista de la empresa. Los otros accionistas no están al tanto de nuestra implicación en el asunto.

Asiento para darle a entender que sigo su explicación. Hasta aquí todo bien.

—Hay algunas irregularidades en la contabilidad, y Lucky, nuestro experto financiero, ha estado revisando los libros de cuentas. También realizó una visita a la empresa para comprobar algunas de las cosas que descubrió. Dejaré que sea él quien te proporcione más detalles al respecto, pero lo esencial es que sospechamos que se está produciendo un fraude financiero de bastante calado. —Su expresión se nubla al anunciar esa mala noticia—. No tenemos idea de quién es el responsable, no sabemos si hay un solo autor o más de una persona, y no sabemos si los otros propietarios son conscientes de que hay un problema.

La cosa se complica. Odio admitir que empieza a entusiasmarme la idea de trabajar en medio de este lío.

—Al ser un negocio familiar, es una empresa muy cerrada, así que queremos ir con mucho cuidado y no molestar más de lo estrictamente necesario. Se trata de una operación encubierta. Si tenéis que visitar la empresa, iréis como clientes, como supuestos empleados de algún tipo, o incluso como proveedores. Pero, bajo ninguna circunstancia, ningún miembro de nuestro equipo debe permitir que alguien en Blue Marine sepa lo que estamos haciendo. Y eso incluye a la persona que nos contrató, Hal Jorgensen.

Ozzie hace una pausa para que todos asimilemos sus palabras. Parece que todos están de acuerdo, así que yo también asiento con la cabeza.

—Hal estará al corriente si infiltramos a alguien, y también sabrá cuándo, pero esa persona no interactuará con él, y en el caso de que lo haga, será como lo haría un nuevo empleado o un nuevo proveedor con el propietario de un negocio al que no conoce de nada.

Ozzie está esperando algo, y me doy cuenta de que todos vuelven a asentir, así que hago lo mismo y asiento una vez más, aunque no sé de qué demonios está hablando. ¿A quién va a infiltrar allí?

—Lucky, ¿por qué no le haces un resumen de lo que has descubierto? Y si alguno de vosotros queréis intervenir en algún momento, sentíos libres de hacerlo. Queremos darle a Jenny toda la información que necesita para hacer su trabajo.

Levanto la mano y todos me miran. Ozzie arquea una ceja.

—¿Puedo hacer una pregunta primero? —digo, tratando de no parecer dócil, pero fracasando estrepitosamente. Ozzie me hace una seña.

—Adelante. Aquí no nos andamos con formalidades. Si tienes algo que decir, dilo sin más.

—¿Sabemos exactamente en qué va a consistir mi trabajo? ¿O es algo que voy a tener que decidir más adelante, una vez que profundicemos en las cuentas?

Ozzie mira a Lucky.

—Lucky, ¿por qué no respondes a su pregunta?

Me vuelvo para mirar al hombre que me dirá si es un trabajo que puedo hacer o no. Esto es mucho más interesante que programar para una empresa que odio.

Lucky abre una carpeta que tiene delante. Es muy gruesa. Después de hojear unos papeles, saca uno y lo coloca encima del resto.

—Este es solo un pequeño informe que he redactado para ti. Tiene que quedarse aquí con el resto de la documentación, pero esto te dará una idea. —Me acerca la carpeta deslizándola y señala el primer párrafo mientras lee en voz alta—. «Después de revisar los registros financieros de Blue Marine Incorporated, he descubierto algunas irregularidades, no solo en la contabilidad sino también en las cifras publicadas, en especial con respecto a las partidas relacionadas con determinados proveedores de servicios. Por ejemplo, el reciclaje de los aceites usados, un servicio que Blue Marine debe realizar por ley, cuesta un 79 por ciento más que el promedio de la industria». —Hace una pausa para tomar aliento—. «Del mismo modo, los servicios de limpieza para las tiendas cuestan un 159 por ciento más que el promedio. Sin embargo, durante una visita a una de las tiendas, no vi muestras de que se haya utilizado un servicio de limpieza que justifique las cantidades desembolsadas. Por el contrario, me encontré con una tienda que necesitaba urgentemente esos servicios».

Interrumpo su lectura.

—Entonces, ¿sospechas que alguien está creando empresas ficticias y quedándose con el dinero por esos servicios?

—Esa es mi teoría, o al menos mi hipótesis de trabajo, hasta que obtenga más información.

Asiento, animándolo a continuar.

—Tengo acceso al servidor de forma remota, utilizando el nombre de usuario y contraseña del señor Jorgensen; sin embargo, no sé si eso es suficiente.

Me encojo de hombros.

—Puede que no lo sea.

—¿Qué quieres decir?

—Podrían estar usando la unidad local de un ordenador que no está conectado en red o que no se ve a través del servidor. No lo sabría sin entrar físicamente en los propios ordenadores.

—Podríamos entrar en los ordenadores si necesitas ese tipo de acceso —dice Lucky.

Asiento con la cabeza.

—¿Estás pensando en introducir un virus y clonar el disco duro o en ir físicamente allí?

Lucky abre un poco más los ojos.

—¿Podrías hacer eso? ¿Lo del virus?

Me encojo de hombros.

—Por supuesto. Diseñarlo no es lo más fácil del mundo, pero es factible. Probablemente hayas visto algo semejante en *Los hombres que no amaban a las mujeres.*

Thibault interviene entonces.

—Pensaba que eso era ficción. ¿En serio puede hacerse algo así? —Sonríe mientras mira a sus compañeros de trabajo—. Esa chica, Lisbeth, era increíble.

Dirijo mi atención a toda la mesa, tratando de no alentar comparaciones con Lisbeth Salander. Ella era mucho más dura de lo que yo podría llegar a ser jamás. Yo prefiero compararme con alguien como el señor Spock: pasivo y lógico, con las orejas puntiagudas, la piel pálida y un peinado alucinante.

—Claro —digo—. Yo podría hacer eso, y cosas mucho peores, creedme. —Me callo, preocupada porque acabo de describirme como a una psicópata informática—. Aunque no lo llevaría nunca a la práctica, por supuesto.

Toni habla sin perder la calma.

—¿De dónde puedes sacar un virus? ¿Tenemos que comprarlo, como un programa o algo así?

Me encojo de hombros.

—Bueno, yo podría diseñaros uno, o podría hablar con unos amigos. Uno de ellos probablemente ya tenga uno. No costaría nada.

No quiero dar más detalles y decirles que hay gente que diseña unos virus horribles solo por el gusto de aterrorizar a la gente. Eso no es lo que estamos haciendo aquí, y con el permiso de Jorgensen, no es ilegal clonar un ordenador.

—Hablaremos sobre la logística más tarde —dice Ozzie—. Por ahora, vamos a hacernos una idea general de cuál es el problema y cómo creemos que Jenny puede ayudarnos.

Lucky asiente y luego mira el informe de nuevo.

—Si tuviéramos que trabajar sobre el terreno, creo que encontrarías todos los ordenadores conectados en red. Podríamos acceder a los datos de cualquiera de los ordenadores desde una ubicación en la empresa a través del servidor.

—Sin embargo, es posible que antes tengas que entrar en los ordenadores individuales físicamente, para estar seguro de si sus unidades locales están limpias —digo. Ahora sé por qué May me pidió que participara en este caso. Es evidente que Lucky no tiene los conocimientos necesarios para esta parte del trabajo.

Ozzie interviene.

—¿Nos recomiendas cómo deberíamos actuar?

Se me acelera un poco el corazón al saber que todo el mundo me está mirando y que me juzgarán por mi respuesta. Aun así, entiendo que a May le entusiasme formar parte de este equipo. Es una sensación agradable que la gente cuente contigo, sobre todo si son unas personas realmente entregadas y trabajadoras.

Respiro hondo y le doy mi respuesta.

—Bueno, en una situación ideal, y si tuviéramos todo el tiempo del mundo para resolver las cosas, diría que lo mejor sería ir físicamente a la empresa fuera del horario laboral y entrar en sus ordenadores. Si tengo sus contraseñas y no es necesario *hackear* ningún sistema, podríamos entrar allí rápidamente y echar un vistazo. —Hago una pausa y me visualizo en la oscuridad de la noche buscando en los archivos de un extraño. Desde luego, tendré que diseñar algún tipo de algoritmo para buscar y compilar datos más rápido de lo que podría hacerlo yo sola, pero podría hacer esa parte en casa después de clonar los sistemas—. ¿De cuántos empleados estamos hablando? Porque eso podría cambiar mi respuesta.

Lucky responde sin mirar su archivo.

—Hay ocho empleados en la oficina principal y otros veinte o treinta en varias tiendas.

Me muerdo el labio mientras pienso.

—Hmmm... Eso podría llevar mucho tiempo si trabajamos sobre el terreno. Sería mejor si clonáramos los ordenadores individualmente, para poder trabajar fuera de la empresa durante el día. Si tenemos que entrar fuera del horario laboral, va a ser muy difícil para mí. —Me estremezco solo de pensarlo—. Lo siento, pero tengo tres hijos, así que no me sobra el tiempo precisamente, no sé si me explico.

Thibault levanta las manos.

—Eh, estamos aquí para colaborar contigo, de la forma en que a ti te vaya bien. Si es más fácil para ti clonar los ordenadores y trabajar desde casa o desde aquí en la nave industrial durante el día, lo haremos de esa manera. Queremos adaptarnos a ti todo lo posible.

Thibault no tiene ni idea de que acaba de ganarse mi corazón. Es una de esas sensaciones que surgen cuando te das cuenta de que has estado toda tu vida trabajando para las personas equivocadas y que deberías haberte esforzado más en buscar un empleo más parecido a este, para empezar.

Me aclaro la garganta para poder hablar sin el nudo que acaba de formarse allí.

—Te lo agradezco. Y créeme, mis hijos os lo agradecen también. Creo que sería mejor si pudiera trabajar desde casa. Podría venir aquí si me necesitáis, pero todo el tiempo que pase yendo y viniendo es tiempo que podría estar en el ordenador. Esto podría ser una tarea realmente complicada. —Miro a Ozzie, esperando que no se ofenda por mis próximas palabras—. ¿Sabes más o menos cuántas horas esperáis que dedique al caso?

Necesitaré al menos diez horas para hacer lo que acaban de describir, pero probablemente mucho más que eso, y solo me han ofrecido quinientos dólares. Podría ser menos aún que el salario mínimo, cosa que preferiría evitar, pero no quiero decir eso delante de toda esta gente. Por fortuna, Ozzie se da cuenta de inmediato de lo que quiero decir.

—La tarifa que te ofrecimos era solo por tu asesoramiento como consultora, que es justo lo que estás haciendo ahora. Ya te lo has ganado. Si decides hacer el trabajo, te pagaremos tu tarifa por hora, sea la que sea.

—Ah. —Vuelvo a tener la cara roja otra vez. ¿Debo confesar la verdad? ¿Que no tengo ni idea de cuál es mi tarifa por hora? Cuando miro alrededor en la mesa y luego oigo a mi hijo riendo en la otra habitación, tomo rápidamente mi decisión: la verdad es siempre el mejor camino, independientemente de adónde te lleven tus pasos—. En realidad, nunca he trabajado como *freelance*, así que no tengo exactamente una tarifa por hora.

—Pero sabes lo que estás haciendo, ¿verdad? —La pregunta viene de Toni, y la hace con un dejo de desafío, pero esta es su casa, y no puedo contestarle de malas maneras, así que respondo con la mayor humildad posible.

Asiento con la cabeza.

—Sí, estoy perfectamente cualificada como ingeniera informática e ingeniera de *software*. De todas formas, si quieres ver mis títulos y algunas muestras de mi trabajo, estaré encantada de proporcionártelas.

Ozzie parece un poco alterado mientras mira a Toni con dureza.

—No hace falta. Thibault ya ha hecho todas las comprobaciones necesarias.

¿«Todas las comprobaciones necesarias»? ¿Qué significa eso? Decido morderme la lengua al respecto de momento.

Es posible que haya un pequeño destello de rebelión en la mirada de Toni, pero luego mira hacia otro lado, y ya no puedo ver qué siente respecto a la situación. Acaban de ponerla en su sitio, así que no debe de estar muy contenta. May la ha descrito como una persona arisca alguna vez, y ahora sé por qué. Es como un puercoespín brasileño, listo para desafiar a cualquiera por cualquier cosa, para hincarle unas púas bien hincadas en la cara.

No sé si es eso lo que pretende con su actitud, pero me dan ganas de trabajar aún más, para demostrarle que está equivocada. Para demostrarle que sé lo que hago. Lo que me han pedido es difícil y lleva bastante tiempo, pero puedo hacerlo. Todavía no he encontrado ningún problema informático que se me resista. El mundo tiene suerte de que utilice mis superpoderes para hacer el bien y no el mal. Podría ser Lex Luthor si quisiera.

Thibault interviene entonces.

—¿Y si nos cobras una cantidad que te parezca justa, tal vez la tarifa media de mercado o lo que sea, y seguimos a partir de ahí?

—Está bien, puedo hacer eso.

Se me acelera el corazón. Si hago un muy buen trabajo para ellos esta vez, quizá me vuelvan a llamar cuando necesiten algún experto en informática o *software*. Tengo que ser muy justa con mi tarifa y esforzarme al máximo para que esto salga bien. Si pudiera trabajar como *freelance* desde casa, eso sería un sueño hecho realidad. Miles tiene un seguro de salud que cubre a los niños, así que nunca más tendría que preocuparme por si caen enfermos. Podría oír: «Me duele la barriga», y en vez de dejarme dominar por el pánico, me limitaría a sonreír y diría: «Pues vete a la cama o al sofá» y no tendría que preocuparme por tener que llamar a un jefe que me amenazaría con despedirme.

Thibault se pone de pie.

—Jefe, tenemos otro proyecto en el que estamos trabajando con el jefe de policía, y necesito a May para esa reunión. —Me lanza una mirada de disculpa.

—Es verdad. —Ozzie dirige su atención hacia mí—. Voy a dejarte en las manos más que capaces de Lucky. Deja a tu hijo moverse libremente por aquí si quieres, no hay nada que pueda hacerle daño. Aunque tal vez quieras mantenerlo alejado de la otra habitación.

Sonrío.

—Sí. Esos cuchillos son muy tentadores.

Ozzie, Thibault y Toni se levantan. Ozzie se dirige a la puerta y se asoma al pasillo que lleva a donde están Sammy y May.

—¡May! ¡Es hora de irse!

—¡Ya voy! —Felix comienza a ladrar, como si estuviera respondiendo a Ozzie también. Sonrío al pensar que May tiene su propia pequeña familia aquí.

Aparece con Sammy de la mano.

—¿Me quedo aquí? —le pregunta a su novio y jefe.

—No. Le he dicho a Jenny que Sammy puede correr todo lo que quiera por aquí. Trae a los perros y así estará entretenido un rato. No creo que tarde mucho más tiempo con Lucky.

—Muy bien. —May se agacha y mira a Sammy a los ojos—. Necesito que me hagas un favor, Sammy. ¿Puedes cuidar de Felix y Sahara por mí? Tengo que encargarme de un asunto.

Sammy asiente.

—Cí, claro.

—¿Y puedes prometerme algo más?

—Tal vez —dice con cautela—. ¿El qué?

—¿Me prometes que no entrarás en la otra habitación, donde están las espadas peligrosas?

—¿Porque no quierez que me corte algo, como loz dedoz?

Alguien resopla al oír eso. Creo que puede haber sido Toni.

—Sí. Porque no quiero que cortes nada.

—Bueno. —Asiente con entusiasmo—. Te *pometo* que no cortaré ni romperé nada.

Está siendo tan sutil con sus promesas que se me ponen los pelos de punta. El pequeño diablillo cree que puede engañarnos. Estoy a punto de contestarle, pero May se me adelanta.

—Buen intento —dice ella—, pero lo que necesitamos que prometas es que ni siquiera vas a entrar en esa habitación.

Él la mira muy serio.

—Pero podría entrar y no tocar nada. Zolo mirar.

May niega con la cabeza.

—No. Ni siquiera puedes entrar. ¿Quieres saber por qué?

—Cí. Ciempre quiero zaber por qué.

Ella sonríe.

—Claro. Porque eres muy listo, Sammy. La razón por la que no puedes entrar es porque el dueño de todas esas espadas es un ninja de verdad. Y los ninjas de verdad no permiten que nadie toque sus armas.

Sammy abre los ojos como platos, y casi me da miedo saber qué es lo que va a salir ahora de su boca o de la de May. La voz de Sammy es casi un susurro.

—¿Por qué no? ¿Loz matan?

May niega con la cabeza.

—No. Pero les trae muy mala suerte, y la próxima vez que intentan luchar, resultan heridos. Y tú no quieres herir a un verdadero ninja, ¿verdad?

Sammy niega con la cabeza.

—No. Pero cí quiero tocarlo.

Ella le acaricia la cabeza cariñosamente.

—Sí, ya lo sé. Tal vez algún día te deje tocar a uno, pero hoy no. —Se levanta y da la vuelta al niño para que mire hacia los perros, que acaban de entrar en la habitación. Se dirigen trotando a una gran cama para perros y se acurrucan allí—. Ve a jugar con los perritos. Están aburridos.

Sammy sale corriendo para acostarse en la cama con los perros, y May me mira.

—¿Todo bien?

Mi hijo está acostado en la cama de un perro cuando debería estar en la guardería, y yo estoy trabajando en una nave industrial donde el otro día me retuvieron, en contra de mi voluntad, encerrada en una habitación del pánico. Todo está perfecto. Le devuelvo la sonrisa.

—Sí. Todo bien.

—Llámame luego —dice, llevándose la mano a la oreja con dos dedos extendidos, imitando nuestra futura llamada.

—Sí, lo haré. No te preocupes.

Le guiño un ojo para que sepa que no estoy enfadada con ella. Pero tenemos mucho de qué hablar. Y en algún momento, tendré que colar en la conversación una pregunta sobre por qué Dev no ha estado presente en la reunión de hoy. Solo espero que no sea porque se arrepiente de haber coqueteado conmigo y no quiere volver a verme.

Capítulo 18

Cuando el resto se va, nos quedamos solos Lucky y yo. Tiene un bolígrafo y un papel en blanco, y me está mirando atentamente.

—¿Sabes cuándo estarás disponible para hacer una visita nocturna a la empresa en cuestión? —pregunta.

—No lo sé. Supongo que dependerá de lo que haya que hacer y del tiempo que calcules que vamos a necesitar. Como será de noche, es posible que necesite que May se quede con los niños, pero depende de su horario.

—Bueno, pues entonces tenemos que hablar con May.

—Puedo mandarle un mensaje de texto, si quieres.

—Es una buena idea. ¿Por qué no lo haces?

Saco el teléfono del bolso y escribo rápidamente un mensaje a mi hermana. Le pregunto cuándo podría estar libre para quedarse a dormir en mi casa y que yo pueda ponerme a trabajar con los Bourbon Street Boys.

—¿Y ahora qué?

—Estaba pensando que podríamos ir a las oficinas administrativas alrededor de las ocho de la tarde y trabajar hasta las cuatro de la mañana. El señor Jorgensen me ha dicho que el último en salir suele irse a las seis y media y que los trabajadores llegan alrededor de las ocho de la mañana. Supongo que tardaremos pocas horas en revisar todos los ordenadores, pero por si acaso, nos dejaremos más margen de tiempo para asegurarnos de que nadie se presente y nos estropee la fiesta. ¿Te parece bien?

Asiento con la cabeza.

—Sí, suena bien, pero preferiría no comprometerme con nada hasta que llegue a la empresa y me ponga manos a la obra. Es muy difícil saber cuánto tiempo tardaré sin tener más detalles sobre las personas que trabajan allí. Como no tenemos información sobre ninguno de los empleados ni conocemos cuál es el nivel de sofisticación del uso que hacen de sus ordenadores, no sabremos con certeza la magnitud del problema hasta que les echemos mano a sus discos.

Él asiente.

—Sí, tienes razón. —Hace una pausa un momento y me sonríe—. ¿Te he dicho ya lo contento que estoy de que trabajes conmigo en este caso?

Sus palabras me alegran el corazón.

—¿Tal vez? ¿Sí? ¿No? —Me río—. Todos me habéis hecho sentirme muy bienvenida.

—Creo que te va a gustar trabajar aquí, de verdad, a pesar de tus primeras impresiones. Te prometo que normalmente no es como el viernes pasado.

Intento concentrarme en lo positivo y no en el incidente de la habitación del pánico. Seguro que fue un ejemplo de estar en el lugar equivocado, en el momento equivocado. Salvo por la parte de pasar un tiempo de calidad con Dev. ¿No sería más bien el lugar equivocado, pero el momento justo?

—Bueno, a mi hermana May le encanta, así que ha de ser un buen sitio.

—Ya sé que ahora mismo solo tienes previsto estar aquí temporalmente, pero si en algún momento decides que te gustaría trabajar de forma más permanente, dímelo. Ya ha habido varios casos en los que hemos contratado a externos, y hemos tenido que rechazar algunos encargos más porque no estábamos seguros de poder contar con ayuda cualificada. Por lo que me cuentan tu hermana y Thibault, puedes abordar todos los asuntos que nos han asignado hasta ahora.

Me siento halagada pero también estoy un poco preocupada.

—¿Cómo sabe Thibault todo lo que hago?

Lucky se recuesta hacia atrás en su silla.

—Está a cargo de las comprobaciones de antecedentes y de los historiales. Cada vez que nos planteamos trabajar con alguien ajeno al equipo, realiza una investigación muy minuciosa. Las autoridades nos permiten usar sus bases de datos.

Eso me pone una poco nerviosa. ¿Significa que también ha comprobado mi historial de crédito? No tengo la mejor calificación de crédito del mundo, lo cual es un poco embarazoso. La devolución de los cheques de manutención infantil no ayuda, precisamente.

—Supongo que aprobé...

—Sí, aprobaste. Y no te viene nada mal la estupenda recomendación de tu hermana. Eres su heroína, ¿sabes? Y la respetamos muchísimo, así que lo que ella dice, nos importa.

—Tú sí sabes cómo hacer que una chica se sonroje, Lucky.

Soy consciente de que parezco tonta al decir eso, pero no sé de qué otro modo describir lo que estoy sintiendo. Ha pasado mucho tiempo desde que alguien nos dedicó a mi familia y a mí un cumplido como ese. Resulta muy halagador que el mismo día en que te despiden de un trabajo, un nuevo compañero te obsequie con esa muestra de respeto, especialmente cuando se trata de alguien en un equipo de personas que realizan labores de consultoría para el Departamento de Policía de Nueva Orleans. Pero eso no cambia muchas cosas muy importantes para mí.

—Solo es la verdad —me asegura.

—Acaban de despedirme de mi trabajo, pero no estoy segura de estar preparada para formar parte de un equipo como el de Bourbon Street Boys.

Él se encoge de hombros.

—Tú decides. Thibault dice que eres buena en tu trabajo, y lo que has dicho hasta ahora sobre el caso Blue Marine tiene sentido para mí, así que, si te va bien, no hay ninguna razón por la que no puedas, por lo menos, plantearte realizar trabajos de consultoría para nosotros. Si lo que te preocupan son tus hijos, no te apures. Cuando trabajas entre bastidores como hago yo, las exigencias son mucho menores.

—¿Estás diciendo que nunca sales a hacer trabajo de campo? Porque yo creía que eso es precisamente lo que íbamos a hacer para este trabajo.

—Sí, de vez en cuando hago trabajo sobre el terreno, cuando no hay nadie más que yo, o es una misión fácil como pasearse por una tienda o algo así. Pero, como Dev, la mayor parte de mi trabajo lo realizo aquí en la nave industrial.

Me concentro en el teléfono un par de segundos, comprobando si mi hermana ha respondido y disimulando cualquier reacción tras oír el nombre de Dev. Se me acelera el corazón.

No hay suerte con la respuesta de May. Dirijo mi atención de nuevo hacia Lucky.

—Entonces, tu familia debe de estar contenta de que no hagas cosas arriesgadas.

Le sonrío, tratando de disimular el hecho de que estoy hurgando en su vida privada.

—La única familia que tengo nada en una pequeña pecera, así que no importa mucho, pero de todos modos no estoy hecho para el combate cuerpo a cuerpo. Me gusta trabajar con números, no con los chicos malos. —Sonríe de nuevo, sin mostrar la menor señal de avergonzarse de ser un gallina, igual que yo.

Sonrío tanto por el hecho de que me gusta hablar con él como porque lo que acaba de decir es completamente ridículo.

—¿Tu familia nada en una pecera?

Se encoge de hombros y luego vuelve a sumergirse en sus papeles, abriendo la carpeta de nuevo. Habla dirigiéndose a los papeles, como si le avergonzara un poco su respuesta.

—Tengo un pez de colores.

Trato de contener la risa. No sé si está bromeando o no. Le sigo la corriente de todos modos.

—¿Cómo se llama?

Lucky sonríe tímidamente mientras mira sus papeles.

—Sunny.

—Ah, claro, Sunny. —Entonces me río abiertamente, porque es un adulto, pero está claro que dentro de él vive un niño pequeño—. Nosotros tenemos un jerbo en casa.

Lucky vuelve la cabeza para mirarme.

—¿Cómo se llama?

—Harold. Pero preferimos llamarlo Harry, en plan informal.

Lucky se ríe.

—Pues claro que se llama Harry. ¿Cómo iba a llamarse si no?

—Pues no sé. Yo pensaba llamarlo Tyrannosaurus rex, pero los niños hicieron mucha presión para que fuera un nombre más suave.

Lucky se ríe entre dientes y, alentada por su respuesta, sigo con más detalles.

—Lo heredamos de la clase de preescolar de mi hijo.

Arquea las cejas.

—¿Adoptasteis la mascota de la clase? Eso es un gran compromiso.

Pongo los ojos en blanco.

—Y que lo digas. Al muy granuja le salieron los testículos un día y la maestra dijo que estaba interfiriendo en el proceso de aprendizaje, así que Harold tuvo que irse. —Me callo, porque acabo de darme cuenta, horrorizada, de que, una vez más, estoy compartiendo más información de la necesaria. Me pongo tensa, esperando que el incómodo silencio se adueñe de la situación.

Pero resulta que no tenía motivos para preocuparme, porque Lucky continúa con la conversación como si nada.

—¿Y cómo interfieren exactamente los testículos en el proceso de aprendizaje?

Me cuesta mantener una expresión seria llegados a este punto.

—Bueno, al parecer, los testículos distraen mucho la atención. A los niños les gustaba mirar, señalar y hablar de ellos. Mucho. Y no sé si has pasado algún tiempo con niños de tres años, pero tienden a obsesionarse con cosas como las gónadas de los jerbos.

Lucky suelta una carcajada y luego se reclina en su silla.

—El único niño pequeño que conozco es el hijo de Dev, pero entiendo a qué te refieres. He visto esa curiosidad en acción muchas veces. A veces ese niño es como un perro con un hueso.

Me entra una curiosidad inmensa por el hijo de Dev y la relación de este con él, pero ahora no es el momento de profundizar en eso. No puedo interrogar a Lucky sobre el hijo de otro hombre cuando ese hombre no está presente. Es demasiado raro. Demasiado retorcido. Mi curiosidad tendrá que esperar. Tratando de cambiar de tema, señalo la carpeta.

—¿Quieres que revise eso? ¿Hay algo ahí que pueda aprovechar para lo que voy a hacer?

—Por supuesto. Echa un vistazo. —Desliza la carpeta por encima de la mesa hacia mí—. No sé si podrás aprovechar gran cosa, pero puedes hojearlo.

Compruebo mi teléfono otra vez y veo que todavía no hay respuesta de May, así que abro la carpeta. Intento examinar los documentos del interior, pero tengo la cabeza en otra parte. Sigo pensando en Dev y en su hijo, y en el hecho de que por lo visto su hijo se parece mucho al mío. Me pregunto por qué, cuando mencioné que se vieran y jugaran juntos, Dev parecía estar en contra de la idea. Tal vez a su hijo le gusta McDonald's tanto como a mi Sammy. Le prometí que lo llevaría allí, así que ya sé lo que voy a comer para el almuerzo. También sé que luego me dolerá el estómago. Probablemente debería pasar por la farmacia y comprar una caja de Alka-Seltzer de camino a casa.

—Puedo hacerte una copia del archivo si lo prefieres.

Salgo de mi trance al oír la voz de Lucky.

—Perdona, estoy un poco distraída.

Sonríe.

—Ya lo he visto. No te preocupes por eso.

—Vaya. ¿Tanto se me nota? Tendré que pasar al modo escudo, supongo. —Me encojo de hombros, sintiendo que necesito darle una explicación—. Lo siento mucho, de verdad. Hoy me he despertado con la noticia de que me habían despedido. Ha sido un poco impactante.

—Tu hermana lo ha mencionado. Nos dijo que estabas muy entregada a tu trabajo allí, y piensa que tu despido tiene que ver con el hecho de que tengas hijos.

Me encojo de hombros.

—Es imposible saberlo con certeza, pero he faltado al trabajo varias veces por culpa de alguna enfermedad. Nunca por mí, porque cuando caigo enferma, simplemente sigo trabajando y me preocupo de no contagiar a nadie con mis gérmenes. Sin embargo, cuando se trata de mis hijos, no tengo más remedio que quedarme en casa. La guardería no se los queda cuando están enfermos, y lo entiendo. Nadie quiere que el hijo de otro haga enfermar a su propio hijo. Eso no está bien.

—Por supuesto. Y cualquiera que despida a alguien por ser un buen padre para sus hijos no merece tener una empresa. —Su estado de ánimo se ha ensombrecido—. Cuando se trata de la familia, aquí no tienes que preocuparte por esas barbaridades. Eso aquí nunca sucedería. Dev tiene un hijo; yo tengo a Sunny. Todos entienden esos compromisos.

Como lo dice tan serio, no me puedo reír, pero me estoy carcajeando por dentro. Habla de su pez como si fuera su hijo. Quiero preguntarle cuánto viven los peces de colores, porque viendo el apego que siente por él, me preocupa. Según mi experiencia, no duran más de seis meses, y me temo que cuando a Sunny se le acaben esos seis meses, Lucky lo pasará mal. ¿Estará loco? Estoy empezando a pensar que aquí a todo el mundo le falta al menos un tornillo. El único que parece estar completamente en sus cabales es Thibault, pero no apostaría dinero por eso. Estoy segura de que tiene problemas. Todos los tenemos. Creo que encajo aquí más de lo que creía.

—Mami, me aburro.

Miro por encima de la mesa hacia la cama del perro. Sammy está recostado sobre Sahara con los brazos extendidos sobre su lomo. Con la mano derecha acaricia una de sus orejas hacia atrás y hacia delante, mientras pasa la izquierda por la frente de Felix, una y otra vez. Los ojos de Felix están medio cerrados y se mece un poco en una posición semisentada. Es posible que Sammy haya hipnotizado al pobre perro con el dedo. Miro a Lucky.

—¿Me necesitas para algo más? Me refiero a cuando decidamos a qué hora vamos a ir a las oficinas.

Vuelvo a comprobar mi teléfono para ver si hay respuesta de May, pero todavía no la hay. Se va a enterar de lo que es bueno por ignorarme. Otra violación del Código de Hermana. Lucky niega con la cabeza.

—No, no lo creo. Te enviaré una copia del archivo en las próximas horas, para que puedas echarle un vistazo esta tarde. Anota todas las dudas que tengas y las resolveremos la próxima vez que nos veamos. Asegúrate de llevar un registro de tus horas, porque Ozzie querrá pagarte por el trabajo que hagas.

Asiento.

—Muy bien. Eso haré. —Me pongo de pie y recojo el bolso y el teléfono—. Prometí llevar a mi hijo a McDonald's, así que debería irme.

Justo cuando Lucky está a punto de responder, la puerta de la cocina se abre y mi corazón empieza a darme martilleos en el pecho. Es Dev.

Sahara se incorpora y hace que Sammy vuelva a caerse en su cama. Mi hijo se queda allí mirando al techo, riendo y gimiendo al mismo tiempo.

—Eeeh, Zahara, me haz tirado al zuelo...

Dev está de pie en la entrada mirándonos a Lucky y a mí, sonriendo con cara de confusión.

—¿Qué es esto?

Lucky se encarga de responder, lo cual es bueno porque no tengo ni idea de qué decir.

—Esta es nuestra especialista en ordenadores. Ha venido a hacer un proyecto para nosotros, tal como dijimos.

La sonrisa de respuesta de Dev despeja cualquiera de mis dudas sobre cómo se siente. Una oleada de alivio me recorre el cuerpo.

—Qué gran noticia. Bienvenida a bordo. —Mira a su izquierda, captando la atención de Sammy—. ¿Y quién es este? ¿Tenemos otro cachorro?

Sammy sonríe y hace su mejor imitación canina.

—¡Guau! ¡Guau!

Dev asiente.

—Muy bien. Buen cachorro. Siéntate. —Señala a Sammy y lo mira con dureza mientras camina alrededor de la mesa donde Lucky y yo estamos sentados. Luego, con la mayor naturalidad del mundo, se desploma en una silla a mi lado, como si eso no hiciera que se me desbocase el corazón.

—Bueno, ¿y ahora qué? ¿Vamos a empezar a trabajar o tenemos tiempo para almorzar?

Abro la boca para responder, pero Lucky se me adelanta.

—Jenny acaba de decirme que tenía que llevar a su hijo a McDonald's. Y Sunny me está esperando en casa, así que iba a dejar que se fueran.

Dev se frota las manos.

—Me encanta McDonald's. ¿Puedo ir?

Sammy salta de la cama del perro y luego continúa saltando con cada palabra que sale de su boca.

—¡Cí! Puedez venir. ¿Verdad, mamá?

No es raro que se haga amigo inmediatamente de alguien que le cae bien, y tratar a mi hijo como un perro da muchos puntos en la escala de un niño de tres años.

Espero unos segundos, tratando de decidir cuál debería ser mi respuesta. ¿Quiero que venga? Sí. ¿Debería venir? Discutible. ¿Me gustaría tener otro adulto con quien hablar en McDonald's? Por supuesto.

—Sí puede, si realmente quiere.

Dev sonríe.

—Entonces, decidido. Vamos a McDonald's. Yo conduzco.

Todos se levantan y se dirigen hacia la puerta, y yo hago lo mismo. Probablemente no debería estar tan entusiasmada ante la perspectiva de almorzar comida rápida, pero lo estoy. Por suerte, he de concentrarme en Sammy mientras salimos por la puerta, así que no tengo tiempo para comportarme como una colegiala por el hecho de que Dev se haya brindado a acompañarnos.

Capítulo 19

Es curioso, parece que haya espacio para dos personas más entre Dev y yo. Nunca he estado en un vehículo con un único asiento en la parte delantera.

—¿Se puede saber cuántos años tiene este trasto?

Miro hacia el asiento trasero, donde está mi hijo, con el cinturón abrochado en su sillita. Sonríe mientras mira por la ventana, como si estuviese disfrutando de un gran día. McDonald's suele tener ese efecto en él, pero creo que Dev también es responsable en parte. Cuando se subió a Sammy sobre los hombros y este pudo ver el mundo desde dos metros de altura de camino al coche, mi hijo se puso a chillar de alegría, como si estuviera en una montaña rusa.

—Este magnífico vehículo salió de la cadena de montaje en 1975.

—Es más viejo que yo —digo riéndome.

—Sí, pero funciona como si acabara de salir de la fábrica el año pasado.

En ese momento, el automóvil decide dejar escapar un fuerte y ruidoso estallido y una nube de humo negro sale del tubo de escape. Me vuelvo y miro por el parabrisas trasero; la neblina negra se dispersa lentamente por toda la calle a nuestra espalda.

Casi sin poder contener mi regocijo, me vuelvo hacia delante y junto las manos, bajo la cabeza y entrecierro los ojos.

—Voy a ponerme a rezar por el medio ambiente, si no te importa.

Dev alarga el brazo y acaricia el salpicadero.

—No le hagas caso, Bessie. Tiene envidia porque ella conduce un coche típico de mamás y no una máquina de primera como tú.

Podría meterme aún más con él, pero me limito a sonreír. Es divertido ir por la ciudad con Dev al volante. Me siento como si estuviéramos dentro de un tanque y nada pudiera hacernos daño, ni siquiera una manada de rinocerontes negros furiosos. Aun sin ir dentro de esta máquina en la que nos movemos, probablemente me sentiría así de todos modos solo con tener a Dev a mi lado. Su aspecto intimida, sí, pero sé que por dentro es muy tierno y dulce, como un bombón de trufa y chocolate.

—¿Por qué sonríes? —pregunta Dev.

Me limito a negar con la cabeza. No me fío ni de mis propias palabras, porque seguro que empezaría a hablar de lo mono que es y lo mucho que me gusta y de las ganas que tengo de salir con él. Y tenemos planes para hacer algo esta semana, pero no voy a ser yo quien lo mencione. No quiero parecer demasiado ansiosa. En realidad, no es una cita, solo es una apuesta que él ganó y yo perdí. Seguramente se limitará a darme otro de esos besos amistosos y fraternales en la mejilla cuando nos despidamos. Solo de pensarlo, ya soy feliz. Siempre puedo fantasear con que no es un beso fraternal, ¿verdad?

—Ah, así que ahora te ha entrado la vergüenza, ¿eh? —Golpea los pulgares sobre el volante mientras asiente con la cabeza—. Está bien. Ya veo cómo eres. Muy bien, puedo con eso y más.

No voy a darle demasiada importancia a esas palabras. Solo es un coqueteo inocente. Es divertido. Sé que hace poco que nos conocemos, pero por la forma en que se burla y la facilidad con que bromea, me siento como si estuviera con un viejo amigo, como si pudiera ser yo misma.

Sammy se pone a cantar desde el asiento trasero.

—McDonald'z, McDonald'z, McDonald'z...

Dev mira por el retrovisor a nuestro pasajero.

—No estás muy entusiasmado por ir a comer a McDonald's, ¿o sí?

Sammy estira los brazos hacia arriba, muy alto, y alarga todo el cuerpo con su respuesta entusiasta.

—¡Cí, cí que lo eztoy!

Dev finge fruncir el ceño.

—Qué va. No sé, ¿por qué no vamos a otro sitio? Tal vez a un restaurante elegante que le guste más a tu mami...

Sammy arruga la frente, preocupado por que Dev lo diga en serio.

—¡No! No me guztan loz reztaurantez elegantez. A loz reztaurantez elegantez no lez guztan loz niñoz.

Dev sonríe.

—Es imposible que tú no le gustes a alguien. Eres increíble.

Sammy sonríe distraídamente.

—Zoy increíble. Zoy increíble del todo.

Vuelve la cabeza y mira por la ventanilla, balanceando las piernas para que golpeen el asiento. Si estuviera en otro coche, me preocuparía, pero estamos en una cafetera. Sé que a Dev le encanta, pero es que a los asientos traseros se les sale el relleno, por el amor de Dios.

—De acuerdo —dice Dev con un suspiro de derrota—. Entonces creo que será mejor que vayamos a McDonald's.

Sammy no parece oír a Dev, sino que sigue mirando por la ventanilla, y le va cambiando poco a poco la expresión. Dev lo ve por el espejo retrovisor y me mira. Me habla en un susurro.

—¿Qué ha pasado? ¿He dicho algo malo?

Niego con la cabeza, y mi preocupación por mi hijo se hace patente.

—No, no lo creo. Le ha pasado algo en la guardería, estoy segura. Esta mañana tenía «dolor de estómago». —Entrecomillo las palabras con los dedos en el aire para enfatizar mis palabras.

Dev asiente con la cabeza, volviendo a fijar la vista en el parabrisas delantero cuando el semáforo se pone verde. Sigue hablando en voz baja para que Sammy no lo oiga.

—Ya verás como al final lo descubres. Solo tienes que hacer las preguntas correctas y conseguir que hable.

Niego con la cabeza mientras miro el tráfico.

—Ojalá supiese qué preguntas debo hacerle, pero a veces este hijo mío es un gran misterio para mí. Es muy diferente de las chicas.

Dev me da unas palmaditas en la pierna antes de volver a poner la mano en el volante.

—No te preocupes por eso. Lo atiborraremos de hamburguesas y patatas fritas y cantará como un canario.

Sonrío. Al parecer, Dev sabe exactamente cómo funciona el cerebro de un niño pequeño.

—¡Eh! —dice Dev de repente—. ¿Qué es eso de ahí?

Señala hacia delante.

La atención de Sammy vuelve hacia nosotros.

—¿Dónde?

Estira el cuerpo en su asiento para ver por el parabrisas. Dev todavía está apuntando con la mano.

—¡Ahí delante! ¿Qué son esas cosas grandes y amarillas? Parece una eme gigante o algo así.

Sammy se agarra al borde de su asiento y chilla.

—¡Ez McDonald'z! ¡Ya llegamoz!

—¡Aleluya! —exclama Dev—. Estoy hambriento. Ahora mismo me comería ocho hamburguesas.

—Puez yo me comería diez hamburguezaz —dice Sammy, con una sonrisa gigante.

—¿Ah, sí? —replica Dev—. Bueno, pues yo podría comerme cincuenta hamburguesas ahora mismo.

—Bueno, puez yo podría comerme veinte millonez de trillonez de hamburguezaz ahora mizmo —dice Sammy.

Dev niega con la cabeza.

—Madre mía... Pues sí que tienes hambre.

—Cí, ya lo cé. —Ahora habla con voz de lástima—. Mi mamá me hizo comer galletaz ezta mañana para dezayunar. Ezo no ez comida de verdad.

Me río de indignación y me vuelvo para lanzar una mirada furibunda a mi hijo.

—Pequeño traidor... Fuiste tú el que me pidió esas galletas. Dijiste que era lo único que podías comer por culpa de tu dolor de estómago.

—Cí, pero no deberíaz darme todo lo que pido porque entoncez ceré un niño mimado.

Me doy media vuelta y no digo nada más. Esas no son las palabras de Sammy; han salido directamente de la boca de Miles, y no voy a dar mi opinión en este momento. No delante de mi dulce e inocente hijo, desde luego. Maldito Miles.

—Hmmm... —dice Dev en voz baja—. ¿Problemas en el paraíso?

Niego con la cabeza y balbuceo.

—No preguntes.

Dev entra en el aparcamiento de McDonald's y se mete en un hueco en el que habría jurado que su vehículo no cabría si no lo hubiera visto con mis propios ojos.

—Se te da muy bien conducir este tanque.

—Me llaman el as del volante —dice Dev con su voz burlona, entre cursi y sexy.

Me pongo a reír a carcajadas, eso me ha hecho mucha gracia.

Dev apaga el motor, mirándome.

—¿Te parece gracioso?

No puedo responderle, porque todavía me estoy riendo. Simplemente sacudo el brazo y le doy un golpe sin querer en el hombro. Él reacciona como si tuviera que agacharse, como si le hubiese hecho mucho daño.

Tengo que salir de aquí. Necesito un poco de aire fresco para serenarme; ya casi he salido. Agarro el tirador de la puerta y casi me caigo del coche cuando se abre con demasiada facilidad. Extiendo el brazo para no perder el equilibrio mientras me dirijo hacia el otro lado del vehículo para sacar a Sammy de su sillita. Siento que me flaquean las rodillas de toda la serotonina que me flota por el cerebro. Quien dijo que la risa era la mejor medicina sabía de lo que estaba hablando.

Soy tan feliz que es como si estuviera drogada, y eso es todo un logro, teniendo en cuenta dónde estoy: normalmente, McDonald's es sinónimo de dolor de cabeza para mí, y los martilleos en mi cráneo empiezan antes incluso de que llegue a la puerta. Pero ¿ahora mismo? Estoy flotando, y mis pies apenas tocan el suelo.

Cuando Dev sale del coche y veo su enorme cuerpo allí plantado, me doy cuenta de que tiene razón: es un as, pero no solo del volante. Se requiere mucha delicadeza para que un hombre tan grande, que llama tanto la atención, sea tan humilde, sencillo y genial. No había conocido a nadie como él en toda mi vida.

Como ocurre siete días a la semana a esta hora del día, McDonald's es el mismo manicomio de siempre. Cuando vengo aquí un día laborable a la hora del almuerzo pienso que la mitad de la ciudad debe de estar desempleada y tratando de encontrar un lugar para que sus hijos corran y ellos puedan relajarse, respirar y tomarse una taza de café. Las mesas están llenas de padres, y la zona de juegos al aire libre está abarrotada de niños salvajes que no dejan de gritar.

Nos ponemos detrás de una larga cola de clientes. Varios niños pequeños, hermanos, probablemente, se pelean ante la mirada resignada de sus padres, empujando a la multitud desesperada que examina el menú por encima de las cabezas de los empleados. Aaah, McDonald's...

Dev se frota las manos.

—¿Quién quiere un Happy Meal?

Sammy empieza a dar saltos con la mano levantada.

—¡Yo, yo, yo!

Dev me mira desde las alturas.

—¿Y a ti qué te apetece, mamá? ¿Un Happy Meal? ¿Patatas fritas y un batido? ¿Un sedante?

Sonrío, encantada.

—Creo que voy a tomar unas patatas fritas y un sedante, por favor.

Me mira frunciendo el ceño.

—No he oído nada de proteínas.

—Nada de proteína. Con unas patatas fritas tendré suficiente, muchas gracias.

—De eso nada, tienes que comer algo de proteína. ¿Quieres pollo, pescado o carne roja?

No estoy de humor para discutir con él, así que me encojo de hombros.

—Elige tú.

Me lanza una mirada socarrona.

—Lo siento, pero aún no he conocido a una mujer que me deje escogerle la comida y que luego esté contenta con mi elección. Solo dime cuál odias menos.

—La que menos odio es la carne de ternera.

Imita un acento cajún.

—Una excelente elección, *mademoiselle*. Te pediré la hamburguesa más pequeña que haya existido jamás.

Bajo la mirada y veo a mi hijo a punto de estallar de energía, feliz y rebosante del combustible que las galletas de animales proporcionan a los críos de tres años.

—Si no te importa, voy a llevar a Sammy a la zona de juegos para que queme parte de la energía que lleva encima.

Los dos miramos a Sammy girar en círculos y luego caer al suelo de rodillas. Busco en el bolso y saco mi cartera. Dev pone la mano en mi muñeca para detenerme.

—Yo invito al almuerzo.

Su mano es tan cálida que no quiero que la aparte.

—No puedo dejarte hacer eso. Tú compraste las pizzas.

—No llevo la cuenta. Además, yo puedo recuperar el dinero. La empresa pagará la comida si le doy los recibos. Si pagas tú, eso no sucederá.

—¿Debería sentirme mal porque tu jefe pague mi almuerzo y el almuerzo de mi hijo?

—No. Fue él quien me lo sugirió, así que no pasa nada.

Quiero reflexionar un momento sobre eso y decidir si debo aprovechar la generosidad de Ozzie, pero por desgracia este no es el mejor lugar para meditaciones. Sammy se va a marear si sigue dando vueltas.

—Está bien. Gracias. Estaremos ahí fuera. Buscaré una mesa para los tres; no quiero dejar solo a Sammy, a pesar de que comer con el aire acondicionado estaría bien.

Dev mira el menú, pero me responde de todos modos.

—No te preocupes por el calor. Ya estoy acostumbrado.

Tomo a Sammy de la mano y salimos juntos a la zona de juegos. En cuanto le quito los zapatos, sale disparado, gritando como un animal salvaje al que acaban de soltar después de años de cautiverio. Se lanza a la red más cercana a la que puede trepar y que lo llevará al sistema de túneles, que parece un patio de recreo para hámsteres gigantes.

Por algún milagro, una familia se levanta de una mesa justo cuando estoy buscando un sitio, y la ocupo de inmediato, satisfecha de limpiar los restos de sal, patatas fritas y trozos de lechuga que se les han caído al comer. Me siento y el sol me da en plena cara. Normalmente, esto sería motivo suficiente para quejarme, pero hoy, no tanto. Cierro los ojos y absorbo la calidez y la energía. Sí, el calor me va a hacer sudar, pero no me importa. En este momento, mi vida es exactamente como yo quiero, y no es una sensación que experimente muy a menudo. Voy a disfrutarla mientras dure en lugar de cuestionarme de dónde viene.

Capítulo 20

Probablemente no debería dar mucha importancia al hecho de haber pedido que me traigan una minihamburguesa de McDonald's y una ración minúscula de patatas fritas a una mesa de plástico sucia en una zona de juegos diseñada para hámsteres gigantes, pero cuando Dev llega con esa bandeja y el hoyuelo que le sale al sonreír, no puedo evitar sentirme como si acabara de tocarme la lotería.

Todos lo miran boquiabiertos, incluso los niños. Es como si acabara de entrar una superestrella. La gente murmura, y creo adivinar lo que dicen; se preguntan para qué equipo de la NBA jugará.

Finjo que no me doy cuenta de lo increíble que es, como finjo no sentirme orgullosa de que este hombre esté aquí conmigo. La verdad es que no tengo ningún derecho; solo somos compañeros de trabajo y tal vez amigos. Pero ser amigos es increíble cuando se trata de un tipo como Dev, así que me doy permiso para alegrarme inmensamente.

—Aquí tienes. —Deposita la bandeja en mitad de nuestra mesa—. Un poco de proteína, algunos carbohidratos y un poquito de azúcar para que sigas así de dulce.

Me da un batido en miniatura y sonríe.

Tomo el batido de sus manos e intento que mi absurdo sonrojo desaparezca.

—Normalmente no me permito estos caprichos. Es como comer un postre en mitad del día.

No sé cómo, logra doblarse casi por la mitad para poder caber en la silla diminuta y se sienta. Parece realmente incómodo, pero no se queja.

—Yo intento evitar los dulces a toda costa, pero cuando es una ocasión especial, me permito una excepción. —Sostiene un segundo batido y lo agita delante de mí. Entre sus pedazo de dedos, parece del tamaño de un dedal. Dudo que el contenido aumente siquiera sus niveles de azúcar en sangre.

—Pues no debes de salir muy a menudo, si para ti ir a McDonald's es una ocasión especial. —Me río porque me parece un comentario bastante gracioso, pero cuando responde, se me hiela la risa.

—No es solo por ir a un McDonald's. —Toma un sorbo de su minibatido—. Es por ir a un McDonald's con una mujer muy guapa y su simpático hijo. —Dev mira hacia la zona de juegos, así que no ve que me he puesto como un tomate, gracias a Dios—. Por cierto, ¿dónde está ese granuja?

Busco en las zonas transparentes de los tubos de plástico y veo un fogonazo del pelo de mi hijo cuando pasa por uno de ellos.

—Está allá arriba. Parece que persigue a alguien o que le están persiguiendo.

Dev distribuye la comida sobre la mesa, dejando una cajita de Happy Meal para Sammy delante del asiento que queda libre.

—Bueno, ¿y cuáles son las reglas? —pregunta, cuando termina—. ¿Puede comer después de jugar, o tiene que comer antes?

Me encanta que tenga el detalle de preguntarme cuáles son mis reglas como madre.

—Normalmente, le hago comer dos bocados de cada cosa y luego puede ir a jugar durante diez minutos, pero luego tiene que volver para dar otros dos bocados más, y así sucesivamente.

Dev asiente.

—Muy razonable. Eres una madre muy justa.

—Gracias. —No estoy segura de poder comerme lo que me ha puesto delante. No es porque no tenga hambre, es que de repente me está haciendo sentir... extraña. Me dan ganas de salir a correr y dar la vuelta a la manzana un par de veces para quemar toda esta energía nerviosa. Esta emoción me recuerda a cómo me sentía en el instituto o en la universidad, cada vez que me estaba enamorando de alguien. Enamorando... Ay, Dios...

—¿Quieres que vaya a buscarlo? —pregunta Dev.

—No, ya voy yo. —Me pongo de pie y echo a andar hacia el circuito para jerbos gigantes. Llamo a mi hijo—. ¿Sammy?

No me responde, lo cual no es ninguna sorpresa. Ya sabe para qué estoy ahí, y hará todo lo posible para evitar tener que comer cuando prefiere jugar.

—Mira esto —dice Dev, detrás de mí.

Camina hacia una parte de los tubos donde los niños pueden mirar hacia abajo por un agujero cubierto por una red. Se agacha y se sitúa debajo, para luego incorporarse despacio una vez que está directamente debajo del agujero. De pronto, tiene la cabeza cubierta por la red y luego se mete dentro del túnel.

No sé cuántos niños hay allí exactamente, pero a juzgar por los chillidos entusiasmados, hay al menos cinco.

—Sammy, estoy buscando a Sammy —dice Dev en voz alta—. Te necesitan en la mesa de las patatas fritas. Por favor, preséntate en la mesa de las patatas fritas.

El inconfundible sonido de la risa de mi hijo me estremece el corazón. Su pequeño cuerpo sale disparado del túnel, baja un tobogán cinco segundos después y corre a plantarse a mi lado.

—¿Dónde eztán miz patataz, mami? Dev ha dicho que tengo que comérmelaz.

Sigo a mi hijo y a Dev de vuelta a la mesa y me siento. Supongo que Sammy comerá dos bocados y se largará de nuevo, pero en vez de eso, sigue comiendo, tragando como si lo hubiera hecho pasar hambre dos días. Me parece increíble que Dev sea capaz de hacer que McDonald's no represente ningún problema para mí y, al mismo tiempo, lograr que mi hijo se coma toda la comida. ¿Habrá algo que este hombre no pueda conseguir?

Capítulo 21

Después de sentar a Sammy en la parte trasera de mi coche y de abrocharle el cinturón, me quedo fuera del vehículo con el motor encendido y Dev junto a la portezuela del conductor. Con el aire acondicionado funcionando a tope para acabar tanto con el calor como con la humedad sofocante del interior, Sammy se queda dormido al instante.

—Bueno, menuda aventura —dice Dev, sonriendo.

—La vida con Sammy siempre es una aventura.

—Bueno, ¿y qué vas a hacer ahora? —pregunta Dev, tocando la parte superior de la puerta con el dedo índice.

—Volver a casa a ver cómo organizar el despacho para este trabajo de *freelance*. Probablemente, me conectaré a internet y visitaré otras webs para ver si encuentro más cosas.

—¿Webs de citas?

Se me enciende la cara.

—No, no me refiero a webs de citas. Hablo de webs para *freelances*.

—Pues a lo mejor deberías entrar en esa web de citas —dice, sin mirarme—. No deberías quedarte en casa todas las noches a ver la tele tú sola.

De pronto, siento que me pesa mucho el corazón, como si estuviera hecho de plomo. Yo aquí pensando que merecía la pena arriesgarse por él, ¿y ahora resulta que me anima a que salga con otros hombres? ¿Cómo puedo haberme equivocado tanto?

—¿Qué te hace pensar que hago eso? —pregunto, ofendida por la estampa que ha creado de mí, sentada en el sofá y viendo la tele sola como la mujer más patética del mundo.

—Fuiste tú quien me dijiste que hacías eso. Además, te vi en ese sitio web de citas. Estabas justo en el comienzo del proceso. Ni siquiera has tenido una cita todavía, ¿verdad?

Me cruzo de brazos.

—¿Y tú?

Me mira al fin, encogiéndose de hombros.

—No exactamente.

—Bueno, pues si yo tengo que conseguir una cita, entonces tú también deberías hacer lo mismo.

Esta conversación es ridícula. A mí lo que de verdad me gustaría sería salir con él, pero no pienso decírselo ahora.

—Yo lo haré si lo haces tú —dice.

—Muy bien. —Puedo salir con otro chico. Tal vez encuentre uno más guapo que él, incluso. Y más alto, también.

—¿Qué te parece si cenamos juntos...? —Hace una pausa—. ¿Ya sabes, esa cena que tenemos pendiente y a la que tienes que invitarme tú, y hablamos de nuestra estrategia para conseguir citas en el futuro?

¿Que si me entran ganas de salir pitando de allí, derrapando sobre el asfalto y dejando un estela de olor acre a neumático quemado y a sentimientos heridos? Pues claro que sí. Después de todo, soy humana, y ha pasado mucho tiempo desde la última vez que pasé un rato agradable con un hombre interesante, y encima, no, no tengo ningún vibrador en casa. Todavía. Y por supuesto, estoy algo más que triste porque Dev esté pidiéndome que lo ayude a encontrar a la mujer de sus sueños, sobre todo después de las señales que parecían indicarme que estaba interesado en salir conmigo.

Y entonces, de pronto, caigo en la cuenta: tal vez le gusta jugar. Tal vez he malinterpretado todas las señales porque no tengo ni idea de cómo jugar a esto. Levanto la barbilla.

—Está bien. Creo que podría hacerlo.

—¿Cuándo? —pregunta.

—¿Qué tal el viernes? Podría convencer a May para que se quede con los niños un par de horas.

—Perfecto. Le preguntaré a mi madre si puede quedarse con mi hijo. Pregúntaselo a May y dime qué te ha dicho. Si tienes canguro, te recogeré a las seis y media.

—¿Has decidido adónde ir? Necesito saber qué ponerme.

Me guiña un ojo.

—Ya te lo diré.

Se inclina y, una vez más, antes de que me dé cuenta de qué está pasando, me da un rápido beso en la mejilla. Vuelvo a pensar que está de broma. Definitivamente, parece alguna clase de juego, pero, al mismo tiempo, no parece que quiera jugar conmigo en el mal sentido de la palabra. No, después de la forma en que se ha comportado con Sammy. Un hombre que quiere burlarse de una mujer no se tomaría tantas molestias con su hijo, ¿verdad? Estoy tan confundida... Lo veo caminar hasta la puerta de la nave industrial y marcar el código para entrar.

Cuando la puerta comienza a abrirse, me mira y se despide con la mano.

—Hasta pronto.

Le devuelvo el saludo.

—Sí. Hasta pronto.

Subo al coche y me pongo el cinturón. Debería estar exhausta; ha sido un día muy largo. Pero me siento tan ligera como el aire.

Capítulo 22

Por fin ha llegado el miércoles por la noche: mi gran noche trabajando codo con codo con Lucky en la sede de Blue Marine, fuera de las horas de oficina.

Todavía hay luz cuando llega May para cuidar de los niños. Entra sin llamar al timbre, y yo estoy en la sala de estar con el bolso ya al hombro. Se concentra en encontrar a los niños y no me ve.

—¡Estoy aquí! —grita por el pasillo, en dirección a la cocina.

Me aclaro la garganta para que me vea. Vuelve la cabeza y sonríe.

—¡Ahí estás! Uau, y no veas lo guapa y elegante que te has puesto...

—Ah, Dios mío, pareces mamá.

May entra a la habitación y me da un abrazo y un beso en la mejilla. Le devuelvo las muestras de afecto, con la esperanza de que no detecte mi inquietud.

—¿Estás nerviosa? —pregunta, distanciándose y mirándome a los ojos como si fuera una especie de detector de mentiras humano.

Pues sí que se me da bien eso de ocultar mis emociones...

—Sí. ¿Tanto se me nota?

—No. Se te ve superelegante y segura de ti misma.

Niego con la cabeza.

—Mientes fatal. —Dirijo mi atención hacia la escalera—. ¡Niños! ¡La tía May está aquí!

A continuación, oímos un ruido que se parece mucho a la estampida de una manada de ñus, mientras los niños bajan la escalera. La primera en llegar es Sophie, que casi no toca el suelo siquiera para correr a arrojarse a los brazos de su tía.

—¡Tía May! ¡Hacía siglos que no venías!

May abraza a Sophie, que se aferra a su cintura, mientras me mira con cara de exasperación.

—Pero qué dramática eres... Sabes que estuve aquí la semana pasada.

La voz de Sophie suena amortiguada, con la boca pegada sobre la camisa de May.

—Pero ya nunca te quedas a dormir.

—Últimamente me ha salido mucho trabajo, por eso lo tengo más difícil para hacer una fiesta de pijamas. Pero ahora estoy aquí, ¿verdad?

—¡Sí!

Melody es la siguiente en aparecer. Llega a un paso más pausado, esperando a que su hermana se separe de la tía May antes de abrazarla.

—Hola, tía May. Me alegro mucho de que estés aquí. —Sonríe con dulzura, como solo sabe hacer mi pequeña Melody. Me siento muy orgullosa de ella por no hacer a su tía sentirse culpable.

May se derrite.

—Ay, cielo, yo también estoy muy contenta de estar aquí. Creo que ha pasado demasiado tiempo desde la última vez que te di un abrazo.

Sammy llega el último, cargado con un montón de juguetes. Es un milagro que no se haya caído por las escaleras con toda esa pila. Miro furiosa a sus hermanas, porque deberían haberlo ayudado. Yo no estaba con ellos, pero sé exactamente lo que ha pasado: han dejado solo a su hermano pequeño para poder ser las primeras en abrazar a su tía. No tengo ni idea de por qué son tan competitivas.

—¿Necesitas ayuda, Sammy? —pregunto.

—No. Traigo miz juguetez. Zoy muy fuerte.

Está a dos palmos de distancia de May cuando abre los brazos y lo deja caer todo en una pila gigante. Algunas piezas de los juguetes junto con las figuras de acción salen despedidas en todas direcciones, como la metralla de una bomba. Se acerca a su tía y levanta las manos con expectación.

May deja a Melody en el suelo y abraza a Sammy. El niño se aferra a ella como una cría de chimpancé, envolviéndole el cuello con los brazos y la cintura con las piernas, enterrando la cara en su pecho.

Mi hermana lo envuelve con sus brazos. Luego cierra los ojos e inhala el olor de su pelo.

—Te he echado de menos, Sammy. Nadie me da abrazos de niño pequeño como tú.

—Miz *abazoz* zon loz mejorez, ¿a que cí?

—No son mejores que los míos —dice Melody, frunciendo el ceño.

May es demasiado astuta para dejarse dominar por sus juegos.

—Sammy, tú das los mejores abrazos de niño pequeño, y Melody, tú das los mejores abrazos de niña pequeña, y Sophie da los mejores abrazos de niña grande.

Sophie pone los ojos en blanco.

—Sabía que ibas a decir eso.

Intentando evitar una discusión, decido intervenir.

—Muy bien, niños, ¿quién está listo para cenar?

Sammy se separa de los brazos de May y se lanza al suelo, corriendo para recoger sus figuras de Spiderman y Superman.

—¡Eztoy lizto!

Coloca ambas figurillas en posición de vuelo, Superman de cabeza y Spiderman al revés. Sammy me ha dicho muchas veces que así es como Spiderman prefiere moverse, y no soy quién para discutírselo; la verdad es que yo no lo conozco tanto.

Melody levanta la mano.

—¡Yo! ¡Estoy lista!

Sophie pone los ojos en blanco.

—A mí me da igual.

May se acerca y le hace cosquillas a Sophie en el cuello, y la niña se ríe un poco. Sé perfectamente que mi hija preferiría no reaccionar así, pero May conoce sus puntos débiles.

—¿Qué es eso de «a mí me da igual»? —pregunta May a Sophie—. ¿Desde cuándo decimos esas cosas en esta casa?

—¿No te has enterado? —digo—. Es lo último de lo último entre los niños mayores. Y como Sophie ya es mayor, ha decidido que debe formar parte integral de su vocabulario.

—Bueno, pues si lo dice cuando yo esté aquí, se va a enterar.

May lanza a su sobrina una mirada falsamente dura.

Sophie sonríe con malicia.

—Lo que tú digas. A mí me da igual.

May se abalanza sobre ella en broma y Sophie sale corriendo a la cocina, sin dejar de chillar. May me mira y se para entre la sala de estar y el pasillo.

—¿Estamos todos listos? ¿Hay algo especial que quieras que haga?

Niego con la cabeza.

—No, no creo. La cena está ahí en la mesa, hay un poco de sorbete de postre, y ya sabes dónde está todo. Ya se han bañado, y Sophie ha terminado los deberes. Lo único que tienes que hacer es divertirte.

Intento vendérselo con una gran sonrisa.

Pero May no se deja engatusar. Su expresión se suaviza.

—No estés nerviosa, Jenny. Tú puedes. Sabes lo que haces, y Lucky es un buen tipo.

Asiento con la cabeza.

—Sí, es un buen tipo, no es Lucky quien me preocupa, en absoluto. Aunque, sinceramente, May, es un poco demasiado guapo, ¿no crees?

—Lo sé —dice, entusiasmada—. Es raro, ¿verdad? Al principio, cuando lo conocí, me quedé alucinada, pero ahora ya casi ni lo noto. Cuanto más tiempo estás con él, menos te dejas distraer por su físico.

—Eso espero.

—Hmmm..., ¿no habrá algo más, quizá? —me pregunta con tono sugerente.

Niego con la cabeza con energía.

—De ninguna manera. En serio, ni se te ocurra pensarlo. No me interesa.

May me habla entonces en tono entre críptico y burlón.

—Me alegra oír eso, porque creo que alguien se llevaría una buena decepción si descubriera que te interesa Lucky.

Siento que el corazón me da un vuelco doble y luego hace un triple salto mortal.

—¿De qué estás hablando?

Intento ser tan críptica como ella, pero no estoy segura de que funcione.

—No te hagas la tonta. Sabes exactamente de quién estoy hablando: de Dev.

—Ah. ¿De Dev? —Me encojo de hombros, haciéndome la interesante—. Es muy simpático. Nos llevó a Sammy y a mí a McDonald's el otro día.

—Oh, sí, ya me enteré, créeme.

Me invade la repentina necesidad de conocer cada detalle. Me acerco a mi hermana y la sujeto del brazo, lanzándole mi aliento cálido en plena cara.

—¡Cuéntamelo!

Echa a andar hacia la cocina y se zafa de mi llave de yudo.

—Lo siento, hermana, pero tienes que irte a trabajar. Ya hablaremos de esto más tarde.

—Pero es que quiero saberlo ahoraaa —protesto.

Ella se ríe.

—No te preocupes; te contaré hasta el último y sucio detalle cuando vuelvas a casa.

—Pero es que tal vez no regrese hasta las cuatro de la mañana.

Su voz burlona desaparece en un instante.

—Pues no me despiertes. No quiero levantarme antes de las seis. —Vuelve a sonreír—. Pero desayunaré contigo y podremos hablar entonces. Y también podrás contarme tu emocionante noche trabajando con el guapísimo Lucky y vuestras operaciones encubiertas.

Una nube oscura me ensombrece el rostro de inmediato.

—No digas eso.

—¿Que no diga el qué?

—No digas «operaciones encubiertas». Es solo un trabajo. Pertenezco al equipo que no corre riesgos: Lucky y yo no participamos en ninguna de las tonterías esas de comandos.

—Bueno, bueno, no te pongas así, solo era una broma. —Inclina la cabeza hacia mí y entrecierra los ojos—. ¿Estás preocupada por algo en particular?

Dejo escapar un suspiro de irritación. May es una mujer realmente inteligente, pero a veces puede ser muy obtusa.

—Por supuesto que estoy preocupada. —Señalo hacia la cocina—. Tengo tres hijos. No puedo permitirme hacer algo que ponga en peligro mi vida.

May me mira como si estuviera mal de la cabeza.

—Tranquila, Jenny. Solo vas a trabajar con unos ordenadores en una oficina vacía.

—Exacto, pero ¿y si entra alguien? ¿Qué pasa si el responsable del fraude o lo que sea decide ir a trabajar en plena noche? Si están robando tanto dinero como sospecha Lucky, se pondrán furiosos. Tal vez tengan un arma o puede que empiecen a repartir leña a diestro y siniestro. No puedo permitirme tener los ojos morados la próxima vez que Miles venga aquí a buscar a los niños. Me los quitaría.

May se acerca y pone las manos sobre mis hombros, mirándome directamente.

—En primer lugar, Lucky estará allí contigo. Y llevará un arma, por si acaso. ¡No tengas miedo! En segundo lugar... Nadie va a entrar allí a trabajar en plena noche. ¿Quién hace eso? Y, por último, pero no por eso menos importante: Miles no te va a quitar a los niños. Él no quiere esa responsabilidad, ¿recuerdas? Pero si ni siquiera puede cuidar de ellos un fin de semana entero, por el amor de Dios...

Una vocecilla nos habla desde atrás.

—¿Qué quieres decir con eso de que mi padre no quiere esa responsabilidad?

Siento que se me cae el alma a los pies cuando me doy cuenta de que es Sophie quien pronuncia esas horribles palabras. Paso junto a May y me pongo en cuclillas para poder mirar a mi hija a los ojos.

—Cariño, la tía May solo intentaba calmarme porque me estaba comportando como una mamá un poco tonta. Ella no sabe de lo que habla. Pues claro que a vuestro padre le gustaría que fuerais a su casa con más frecuencia. Es solo que está muy ocupado con el trabajo. Pero esta Navidad, ¡os llevará con él dos semanas enteras! ¿A que es genial?

Sophie se encoge de hombros.

—Tal vez. Pero si todavía sigue con esa novia tan creída, tal vez no.

—¿Novia? —Evidentemente, eso ha despertado la curiosidad de May.

Me levanto y la miro, negando con la cabeza.

—No preguntes. Tú disfruta de los niños y pasad una noche agradable y pacífica sin hablar de novias ni nada por el estilo, ¿de acuerdo? —Miro a mi hija y señalo la cocina—. Ve a poner la mesa para que la tía May os pueda servir esos espaguetis tan ricos, por favor.

May me abraza.

—Ya verás como todo va a ir bien. Mejor que bien. Vas a triunfar y a anotar un montón de nombres, y traerás todo eso a Bourbon Street Boys para demostrar lo mucho que vales.

Me aparto de su abrazo porque es demasiado tentador quedarse aquí y acobardarse.

—Gracias. Te llamaré cuando esté de camino a casa.

Me guiña un ojo.

—Genial. Me muero de ganas de que me cuentes tu aventura.

Me deja en el recibidor, gritándoles a los niños a medida que se aleja de mí.

—Por si alguien quiere ser mi sobrina o sobrino favorito... ¡La tía May tiene mucha sed! ¡Quien le traiga un supervaso de agua será su favorito durante los próximos dos minutos!

Los oigo corretear cuando salgo por la puerta, y eso me hace sonreír. Puede que esté nerviosa por el trabajo que voy a hacer esta noche, pero no lo estoy ante el hecho de dejar a mis hijos en manos de mi hermana, como madre sustituta.

Aparto los oscuros pensamientos que quieren enturbiar mi cabeza, los que dicen que, si algo me sucediera, ella se convertiría en esa madre sustituta de forma permanente.

Capítulo 23

Después de reunirme con Lucky en la nave industrial, nos subimos a su SUV y nos dirigimos a la sede central de Blue Marine. Son las nueve y media de la noche, y aunque llegamos más tarde de lo planeado, me siento más cómoda por estar aquí a esta hora. Lucky se para en la parte trasera del edificio y aparca el vehículo junto a la esquina, lejos de la puerta por la que vamos a entrar.

—¿Estás preparada?

Lleva un portátil en una bolsa colgada del hombro y un maletín lleno de expedientes. Se detiene con la mano en la puerta, esperando mi respuesta.

Asiento, tratando de aparentar más seguridad de la que siento.

—No podría estar más preparada.

—Así me gusta. Vamos. Hagamos lo que hemos venido a hacer y luego vayamos a tomar algo.

Lo de irnos a tomar algo, no sé, pero definitivamente estoy decidida a ponerme manos a la obra. Solo quiero hacer mi trabajo y marcharme cuanto antes. Me siento rara entrando aquí a escondidas, en la oscuridad, colándome en la empresa de alguien, aunque tenga el permiso de uno de los propietarios. Me sigue preocupando que otro de los propietarios o que un empleado se presente de forma imprevista y monte en cólera. O algo peor. No quiero ni imaginar qué podría ser eso aún peor.

Salimos del coche y caminamos en silencio hacia la puerta de atrás. La grava del parking cruje bajo nuestros pies, y para mí es como si estuviéramos anunciando nuestra presencia y nuestras malas intenciones a todo el vecindario.

—¿Estás nerviosa? —pregunta Lucky. Me habla en un tono normal en vez de hacerlo en susurros, como creo que sería más prudente.

—Mucho. ¿Se me nota? —Intento reírme, demostrarle que tengo nervios de acero, pero me sale más bien como una carcajada. Eso me recuerda que todavía necesito otra parte de mi disfraz de bruja para Halloween. Queda menos de un mes y solo tengo unos complementos de años anteriores.

—No, no se te nota. Pero me parecería extraño que no estuvieras nerviosa en tu primera noche de trabajo.

—Creo que, aunque lo hubiera hecho otras cincuenta veces, todavía estaría nerviosa por entrar de manera furtiva en una empresa de noche.

—¿Furtiva? No estamos entrando de manera furtiva. Tenemos permiso para estar aquí. ¿Lo ves? —Me enseña un juego de llaves y las hace tintinear.

Levanto la mano y las agarro para que no hagan tanto ruido.

—Creo que me preocupa que algún empleado o uno de los otros propietarios venga mientras estamos aquí. ¿Qué pasa si llaman a la policía? —Suelto las llaves para que pueda abrir la puerta.

—Ya me he encargado de eso.

Usa dos llaves diferentes para abrir.

—¿Qué quieres decir con que te has encargado de eso?

—Ozzie se puso en contacto con la policía y les comunicó lo que vamos a hacer esta noche, así que unos agentes se pasarán más tarde para asegurarse de que todo va bien.

Lanzo un enorme suspiro de alivio.

—No tienes idea de lo mucho que me alegra oírlo.

La mayoría de los fantasmas que me perseguían se esfuman en el aire de la noche. No tengo nada de qué preocuparme. La policía está de nuestro lado. Ufff, menos mal...

Se detiene un momento durante el proceso de accionar el tirador de la puerta para dedicarme una de sus espectaculares sonrisas hollywoodienses.

—Sí, ya imaginaba que eso te haría sentir mejor.

Empuja la puerta, la abre y la aguanta para que pase, pero me quedo inmóvil y lo miro incómoda.

—Sé que eres un caballero y por eso me estás aguantando la puerta, pero ¿te importaría entrar tú primero?

—Ningún problema.

No duda ni un segundo: cruza el umbral y enciende una luz. Al cabo de dos segundos me mira de nuevo.

—Es seguro. Puedes pasar cuando quieras.

Sintiéndome como una perfecta idiota, entro detrás de él. Tengo cuidado de cerrar la puerta a mi espalda. Ojalá pudiera atrancarla con una barra.

Es hora de entrar en acción. Me doy media vuelta y examino el espacio que nos rodea. Estamos en un cuarto trasero con un baño a un lado y un armario de conserjería en el otro.

—Ven, por aquí —dice Lucky—. Las oficinas que buscamos están en el pasillo a la derecha y luego a la izquierda.

Lo sigo, examinándolo todo a un lado y a otro. La cobarde que hay en mí espera que alguien salte sobre nosotros y nos ataque en cualquier momento. Tengo la presión arterial por las nubes, y el corazón me late desbocado. Con este panorama, la única buena noticia es que probablemente estoy perdiendo un montón de peso con todo el sudor que me sale por los poros. Lucky enciende algunas luces más.

—¿Quieres que trabajemos juntos en la misma habitación o prefieres que nos separemos?

Se da media vuelta y me mira mientras espera mi respuesta.

Le ofrezco la mejor de mis sonrisas de madre.

—¿Me estás tomando el pelo?

Sonríe de nuevo y se sube la bolsa con el ordenador un poco más.

—Entonces, en la misma habitación. —Señala a la derecha—. Comencemos por aquí.

Lo sigo y luego me siento a su lado. Estamos ante dos de los ordenadores que usa el personal administrativo, pero todavía no puedo saber quiénes son ni qué hacen.

Lucky deja su portátil junto con el maletín. Deposito mi bolso al lado de sus cosas. Siento la tentación de sacar el espray de pimienta del bolso y dejarlo en el escritorio junto a mí, pero no lo hago. May dijo que Lucky tiene un arma, y sé que Dev y Ozzie le han enseñado a usarla. No tengo nada de qué preocuparme. Los agentes llegarán muy pronto, estoy segura.

Lucky saca algo del maletín y lo despliega. Es más grande que una hoja de papel de tamaño normal.

—Es un pequeño esquema de la oficina y de todos los ordenadores —dice—. He pensado que podríamos empezar por las estaciones de trabajo individuales y luego trasladarnos al servidor.

Echo un vistazo al plano y me sitúo. Señalo el escritorio donde estoy sentada.

—Esta soy yo, y ahí estás tú.

Él asiente.

—Sí, exactamente. Así que estás en la mesa de un contable, y yo también. Perfecto. —Después de dejar una marca en el papel sobre los dos ordenadores, se concentra en el suyo—. Pongamos en marcha estos cacharros y a ver qué encontramos.

Muevo el ratón y se activa el monitor. Me pide un nombre de usuario y una contraseña. Como he leído el archivo que Lucky me envió, sé que tenemos acceso a esta información. Antes de que pueda pensar siquiera en decir algo al respecto, Lucky ya está sacando dos papeles de una carpeta y entregándome uno de ellos.

—Aquí están todos los nombres de usuario y contraseñas. Una copia para ti y otra para mí.

Asiento y empiezo a introducir los datos de inmediato. Cuanto antes pueda recopilar la información, antes saldremos de aquí.

Lucky se pone a silbar, pero no me molesta. Es mejor que trabajar con alguien con ganas de conversación. Con este tipo de tarea, para mí es mejor escuchar un ruido aleatorio o nada en absoluto. Necesito concentrar toda mi atención en lo que hago. Es monótono, pero estoy manos a la obra, soy una máquina. Nadie puede trabajar más rápido que yo.

Me muevo con facilidad en el interior del ordenador. A partir de ahí, es sencillo activar las distintas partes de las diferentes unidades y examinar el contenido para ver si aparece algo interesante. Nos proporcionaron una visión completa de la arquitectura de su sistema y anoche me la estudié detenidamente en casa mientras los niños estaban durmiendo, así que sé lo que debería estar viendo. Cualquier cosa fuera de lo normal me llamará la atención. Aparte del hecho de que este empleado en particular pasa mucho tiempo haciendo compras en línea en el trabajo, no veo ningún motivo de alarma en su ordenador; pero para estar segura, saco del bolso la llave de memoria que he traído, la enchufo en su torre y cargo el virus. Cuando el programa ha terminado de ejecutarse, miro a Lucky.

—Estoy clonando esta máquina. ¿Quieres clonar tú esa también?

Lucky me mira.

—¿Tú qué crees? ¿Debería?

Me encojo de hombros.

—No veo nada extraño en este ordenador, pero para estar segura, voy a clonarlo de todos modos. No creo que esté de más, ¿verdad? Solo llevará un poco más de tiempo.

Me gustaría salir de aquí lo antes posible, pero eso no significa que quiera sabotear la operación. Clonar los ordenadores nos permitirá monitorear lo que ocurra más tarde y profundizar más sin necesidad de estar aquí in situ, sino a distancia. Y si no los necesitamos, podemos eliminarlos y ya está.

—Si crees que deberíamos hacerlo, entonces lo haré —dice Lucky—. ¿Tienes otra de esas unidades de memoria?

Asiento con la cabeza, extendiendo la mano para hurgar en mi bolso. Saco la segunda memoria USB y se la paso.

—Aquí la tienes. Solo debes hacer clic en el archivo ejecutable y él hará el resto.

—¿Y no quedará rastro de lo que hemos hecho?

Vuelvo a mi ordenador y me aseguro de que el proceso haya terminado antes de cerrarlo todo.

—No, no debería quedar ningún rastro. Es un programa bastante bueno. Lo comprobé en casa antes de salir.

—¿Quiero saber de dónde lo has sacado?

Está sonriendo, así que sé que no significa nada malo.

—Digamos que lo obtuve de una fuente fiable.

De hecho, lo conseguí de uno de mis antiguos compañeros de trabajo. Hay unos críos trabajando para mi antiguo jefe que prácticamente acaban de salir del instituto, y que pasan demasiado tiempo libre causando estragos en internet. No son malos chicos, por naturaleza; simplemente carecen de la madurez necesaria para evitar causar problemas por puro aburrimiento. Por suerte para mí, me consideraban una especie de figura materna cuando trabajábamos juntos, así que no fue demasiado difícil convencerlos de que necesitaba su ayuda.

De hecho, les hizo gracia que les pidiera el programa. Les dije que quería clonar el ordenador de mi hija para poder ver lo que estaba haciendo en los chats y esas cosas. Como saben perfectamente la cantidad de basura que circula por internet, estuvieron más que encantados de hacer de hermanos mayores y ayudarme a solucionar mi «problema».

—Está bien, no haré más preguntas.

Lucky introduce su llave de memoria USB en la torre en la que está trabajando y comienza a ejecutar el virus. Miro el esquema.

—¿Y ahora adónde nos movemos?

Lucky está concentrado en el ordenador cuando responde.

—Donde a ti te parezca, a mí me parecerá bien.

Escojo el siguiente punto lógico, tratando de desplazarme por la habitación de forma ordenada. Esto va más rápido de lo que pensaba; tal vez incluso podríamos estar fuera de aquí antes de la medianoche. Espero que sea lo bastante temprano para pillar a May despierta y así poder hablar con ella sobre lo que sea que le haya dicho Dev.

Capítulo 24

Estoy en una de las oficinas terminando de clonar la última unidad cuando oigo un sonido extraño, procedente del final del pasillo, en la zona de la puerta de atrás. Mi mano se queda paralizada sobre el ratón.

Mierda. ¿Qué ha sido eso?

Lucky está en una parte diferente de la oficina, ocupado con otro ordenador. Después de tres horas trabajando juntos, ya me sentía lo bastante tranquila como para aceptar que nos separáramos, pero ahora me arrepiento totalmente de esa decisión.

Toda mi atención se centra en ese pasillo. ¿He oído algo o simplemente es mi imaginación, fruto del cansancio? Quiero llamar a Lucky, pero tengo miedo de que, si entra alguien, me oiga.

Recurro a mi teléfono. Está encima del escritorio, a mi lado. Gracias a Dios, lo he traído conmigo. Por desgracia, dejé el bolso y todo lo demás en la primera oficina donde empezamos a trabajar.

Rápidamente escribo un mensaje de texto a May, maldiciéndome a mí misma por no haber grabado el número de Lucky. Pongo el teléfono en silencio y envío el mensaje. Es la una de la madrugada, por lo que sin duda May estará profundamente dormida, pero tal vez tenga suerte y este mensaje la despierte.

Yo: En Blue Marine. Ha entrado alguien. No tengo el número de Lucky. Él está en la otra habitación.

Más ruidos procedentes del pasillo. Definitivamente, está entrando alguien. Distingo dos voces, y están hablando en voz baja. Empiezan a sudarme las palmas de las manos, y se me acelera el corazón. Mi peor pesadilla se ha hecho realidad. ¡Nos han pillado!

Alargo el brazo y apago el monitor del ordenador, recojo el papel con las contraseñas y lo dejo caer debajo del escritorio. Tengo la tentación de esconderme debajo, pero quiero comprobar si solo son imaginaciones mías, y necesito mirar por encima del escritorio para hacerlo. Me pregunto qué estará haciendo Lucky. ¿Será presa del pánico como yo? ¿Estará enviando un mensaje de texto a Ozzie? ¿Llamará a la policía?

Las voces se oyen con mayor claridad a medida que se acercan, así que ahora distingo que al menos una de ellas es una chica.

—¿Estás seguro? —pregunta ella.

Responde una voz de chico.

—Sí, estoy seguro. ¿Quieres calmarte? Me estás poniendo nervioso.

Podrían ser dos adolescentes o tal vez estudiantes universitarios. Sus voces son demasiado juveniles para tratarse de dos adultos. No estoy segura de si eso me tranquiliza o me da más miedo. Los jóvenes suelen tomar decisiones precipitadas. Lo suyo es cometer estupideces cuando están bajo presión. ¿Llevarán un arma?

—¿Dejáis las luces encendidas? —dice la chica—. Eso es malgastar energía, ¿lo sabes?

Por lo visto, tenemos a una futura ecologista en el edificio. Pues qué bien. Pongo los ojos en blanco. ¿No se da cuenta de que lo que está haciendo es más grave que dejarse las luces encendidas? ¡Esto es un allanamiento de morada! ¿Dónde están sus padres mientras ella infringe la ley?

—¿Cómo quieres que lo sepa? —responde el chico—. Yo no trabajo aquí.

Interesante. El tipo no trabaja aquí, pero parece ser el impulsor de esta pequeña visita. ¿Ha venido para robar algo? ¿Está relacionado con alguien de la plantilla? Ahora me siento como una auténtica espía. Me esfuerzo por escuchar todo lo que puedo. ¿Quién sabe? Puede que me pidan declarar como testigo en un juicio en el futuro.

Me agacho aún más. Ahora solo asoman por el borde de la mesa la parte superior de mi cabeza y mis globos oculares. Unas sombras aparecen al otro lado de las ventanas de cristal de la oficina en la que estoy. Doy gracias a mi buena estrella por no haberme molestado en encender la luz cuando entré. El brillo de la pantalla del ordenador basta para iluminar toda la habitación, sobre todo si las luces de la oficina al otro lado de la sala están encendidas. Si entran, aunque solo sea unos pocos pasos en esa oficina, Lucky está perdido: es demasiado grande para esconderse en algún sitio.

—Vamos —dice el chico—. Está aquí.

Ahora puedo ver las dos figuras claramente. Son jóvenes, pero el chico es grande. Muy, muy grande. Como un jugador de fútbol americano.

Ya he visto suficiente. Me agacho completamente debajo del escritorio y me escondo con mucho cuidado y sin hacer ruido. Rezo para que no me oigan respirar. Casi me da un ataque al corazón cuando se enciende la luz de la oficina.

¿Qué voy a hacer? ¿Qué voy a decir? ¿El grandullón me dará una paliza? ¿Llamará a la policía? ¿Cómo voy a explicar mi presencia aquí? ¿Creerán que soy parte del equipo de limpieza? ¿Que tengo permiso para estar aquí?

Ya sabía yo que no debería haber venido. Sabía que no era una buena idea. ¿Por qué he hecho esto? Es como un allanamiento de morada. ¿Por qué creía que no implicaba ningún riesgo? Me bullen en la cabeza un millar de pensamientos más, y me arden los oídos mientras intento imaginar los diferentes escenarios posibles que podrían darse en los próximos cinco segundos.

Oigo el ruido de unos pasos en el suelo enmoquetado. Cada vez más cerca...

Aquí viene... El momento de la verdad...

De pronto, se oye un fuerte estrépito en otra oficina.

—¿Qué ha sido eso? —pregunta la chica, casi tan asustada como me siento yo.

—Espera. Voy a comprobarlo.

—¡No pienso quedarme aquí! ¡No me dejes sola! ¡De eso ni hablar!

Cuando los oigo salir de la oficina, dejo escapar un largo suspiro de alivio. Lucky ha realizado una maniobra de distracción para salvarme, pero ahora es él quien está metido en un lío. ¿Qué debería hacer? ¡Somos un equipo! No puedo abandonarlo, por mucho que quiera.

Saco el teléfono y le envío un mensaje de texto a la primera persona que pienso que puede salvarme. Dev. No me paro a preguntarme por qué es él quien me viene a la mente y no la policía, que se suponía que iban a ser nuestros refuerzos.

Yo: ¡Socorro! ¡Nos han pillado! ¡Alguien está aquí!

Su respuesta llega de inmediato.

Dev: ¿Puedes salir sin que te vean? ¿Van armados?

Yo: ¡No sé!

Dev: Llama al 911. Dales todos los detalles que puedas. Escóndete. Voy ahora mismo.

Llamo al 911, me pego el teléfono a la oreja y me tapo la boca para amortiguar mi voz todo lo posible. No oigo nada en la oficina de Lucky y no tengo ni idea de adónde se ha ido la pareja, pero no pueden estar lejos.

La operadora del departamento de policía responde a mi llamada.

—Nueve, uno, uno, aquí emergencias.

Hablo lo más bajo posible.

—Hola. Soy de la empresa de seguridad Bourbon Street Boys. Estamos en las oficinas administrativas de Blue Marine haciendo un trabajo nocturno, y ha entrado alguien, creemos que con malas intenciones. ¿Pueden enviar a alguien?

—Señora, ya hemos recibido una llamada desde su ubicación, y los agentes están ya en la puerta de atrás. ¿Puede decirnos si los intrusos llevan armas?

Siento una oleada de alivio. Por supuesto, Lucky los ha llamado. Seguramente es lo que debería haber hecho en primer lugar.

—No estoy segura. Hay dos personas que parecen rondar los veinte años, tal vez, o que podrían ser incluso adolescentes. Una de ellas no está familiarizada con esta oficina, pero la otra sí; sin embargo, no trabaja aquí.

—¿Los ha reconocido? ¿Cómo sabe esta información?

—Oí su conversación. No sé para qué han venido, pero el chico dijo algo sobre mostrarle algo a la chica. Es un hombre muy grande. No he visto ningún arma, pero eso no significa que no las lleven.

—Gracias. ¿Está en un lugar seguro?

—Sí. Estoy escondida debajo de un escritorio en la oficina de la izquierda, la más alejada de la puerta de atrás.

De hecho, me siento muy orgullosa de mí misma por haber recordado mi ubicación y haber podido localizarla con tanta precisión. Me siento como una especie de agente secreto. Ahora que la policía está fuera, mis temores han quedado eclipsados por mi participación en este pequeño escenario. La situación no es ni mucho menos tan horrible como hace dos minutos, a pesar de que la adrenalina me está haciendo temblar de pies a cabeza. Y, además, estoy sudando. ¡A esto lo llamo yo un miércoles por la noche cargado de emoción!

—Entendido —dice la operadora—. Por favor, no cuelgue.

Tengo la oreja y la mejilla sudorosas en el punto de contacto del teléfono con mi cara. Huelo mi propio aliento, y no es algo agradable. Pero no pienso moverme, pase lo que pase. Me quedaré aquí hasta que me entren calambres y se me duerman las piernas. Solo saldré si aparece Lucky y me dice que todo está despejado.

—Señora, ¿sigue todavía al teléfono? —pregunta la operadora.

—Sí, sigo aquí.

—Los agentes van a entrar en las instalaciones. Quédese donde está y no se mueva.

—No se preocupe, no lo haré.

A continuación, oigo un golpe en la puerta y a alguien gritando. He visto suficientes episodios de *Mentes criminales* para saber que están anunciando que van a entrar. Espero que no rompan la puerta. No recuerdo haber oído a los dos intrusos cerrar la puerta con llave tras ellos.

La puerta trasera se abre de golpe y oigo una voz mucho más clara.

—¡Departamento de Policía de Nueva Orleans! ¡Vamos a entrar en el edificio! Si están aquí dentro, han entrado de forma ilegal. Por favor, salgan con las manos en alto. No desenfunden ningún arma.

Oigo el ruido de unos pasos corriendo y luego la chica grita. A continuación, se oye una voz masculina; creo que es el tipo alto.

—¡Eh! ¡No somos intrusos! Mi padre es el dueño de este lugar.

Pongo los ojos en blanco. Mierda. ¿Cuántas posibilidades hay de que la noche en que hemos decidido venir a trabajar aquí el hijo de uno de los propietarios también decida venir a la oficina para meter mano a su novia?

Las luces se encienden e iluminan intensamente el lugar. Aprieto las rodillas contra el pecho. No creo que Ozzie quiera que estos dos críos nos vean a Lucky o a mí. En el archivo constan cuatro propietarios de esta empresa, y doy por sentado que este chico es el hijo de uno de los propietarios que no está al tanto de nuestra operación. El señor Jorgensen sin duda se habría encargado de vigilar a su hijo la noche que sabía que vendríamos aquí.

Hay un agente de policía en medio del pasillo hablando con los dos intrusos. No veo nada, pero, por el sonido de su voz, deduzco que no está en la oficina donde me encuentro yo. Permanezco alerta de todos modos.

—Date la vuelta y pon las manos detrás de la espalda.

—Ya se lo he dicho, esta es la empresa de mi padre. No he entrado ilegalmente, así que no puede detenerme.

—Oye, no voy a discutir esto contigo. No sé quién eres, y no tengo por costumbre creer la palabra de alguien que entra en una empresa privada a la una de la mañana, así que date la vuelta y pon las manos detrás de la espalda. Ya aclararemos todo esto cuando te tenga esposado.

—Jerry, haz lo que dice.

—Cállate, Heather. Él no puede decirme qué hacer. Esta empresa es mía.

Escucho un estruendo y un forcejeo, seguidos de una sarta de palabrotas.

—¡Suéltame, joder!

Más gruñidos, seguidos de un ruido metálico.

—Tiene derecho a permanecer en silencio...

Las voces se oyen cada vez más débiles mientras empujan al intruso por el pasillo. Cuando por fin me atrevo a levantar la cabeza por encima del escritorio, hay un hombre de pie en el pasillo mirándome. Abro los ojos como platos. Gracias a Dios, lleva un uniforme de policía, porque de lo contrario, me habría desmayado de miedo.

Me guiña un ojo, se despide con un gesto y se va hacia la puerta de atrás. Me vuelvo a hundir en la moqueta, con la sensación de estar a punto de vomitar. La cabeza me da vueltas y una capa de sudor frío me cubre el cuerpo.

No me puedo creer que acabe de pasar lo que ha pasado. El ruido de las protestas de la chica y los gruñidos de su novio desaparecen cuando los delincuentes y los agentes que los custodian abandonan el edificio. Se oyen los ruidos de una puerta al cerrarse y luego el silencio.

Espero allí mismo, en la oficina, sentada en el suelo y notando el palpitar acelerado en las sienes. Me asombra que no me haya dado un infarto. Ni siquiera sabía que mi corazón pudiera ir tan rápido. Extiendo las manos frente a mí y me maravillo de lo mucho que me tiemblan. Parezco una drogadicta que necesita urgentemente su dosis.

No tarda en llegar un sonido desde la puerta. Lucky aparece entonces junto a mi escritorio. Me mira mientras extiende las manos.

—¿Te ayudo a levantarte?

Lo agarro de las manos y las uso para apoyar el peso en los pies. Me sacudo los pantalones y me incorporo como puedo. Me entretengo un poco más alisándome el pelo para recomponer mi cola de caballo. Seguramente será inútil, pero necesito esos segundos adicionales para calmarme. Lo que ha pasado no es culpa de Lucky, pero siento una enorme tentación de descargar mi ira sobre él de todos modos.

—Vaya, eso sí que no me lo esperaba.

Me lanza una media sonrisa.

—Ni yo tampoco, desde luego. —No comparto su buen humor al respecto.

Señala hacia mi ordenador.

—¿Has terminado aquí?

Sujeto la silla y le doy la vuelta para sentarme.

—Casi. —El trabajo me tranquilizará y distraerá mis pensamientos de lo que acaba de suceder. Enciendo el monitor y compruebo que la carga del virus se ha completado—. Sí. Ya está. Terminado.

Extraigo la memoria USB del ordenador y me aparto de la torre. Una vez de pie, devuelvo la silla a su sitio.

—¿Y tú? ¿Has terminado?

Me siento muy orgullosa de mí misma. Por dentro, me entran ganas de arrancar cabezas de muñecas o de transformarme en Hulk delante de este tipo, pero por fuera estoy feliz como una perdiz. Lucky no adivinaría nunca por mi expresión tranquila que tengo ganas de descuartizarlo.

—Ahora lo único que nos queda es el propio servidor. ¿Qué tal si lo hacemos juntos?

Asiento con la cabeza.

—Voy a hacer una llamada rápida y me reúno contigo, ¿de acuerdo?

Lucky asiente y se va. Salgo al pasillo y llamo a Dev. Responde al primer timbre.

—¿Estás bien? —Oigo el ruido de fondo del tráfico. Me parece que todavía viene de camino para acudir en mi rescate.

Lanzo un profundo suspiro, aliviada de oír su voz al otro extremo de la línea. Es como si, por arte de magia, el mal trago que acabo de pasar ya no me pareciera tan grave.

—Estoy bien. La policía se presentó y se llevó a los chicos. No me puedo creer que me haya puesto así por dos adolescentes. No hace falta que vengas, de verdad, estamos bien. Reaccioné de forma exagerada.

—Oye, no digas eso. Tenías todo el derecho del mundo a sentir miedo. Y manejaste la situación perfectamente.

—¿Perfectamente? No lo creo. Te llamé a ti, cuando estoy segura de que debería haber llamado a la poli.

—Yo soy tu entrenador, y estoy a cargo de tu seguridad personal. Me alegra que me hayas llamado. Pero la próxima vez, sí, tal vez sea mejor que llames primero a la policía.

Los dos nos reímos.

—¿Qué estáis haciendo ahora? —me pregunta.

—Estamos acabando con el servidor. —Miro a la esquina, pero no veo a Lucky por ninguna parte—. Me parece que tengo que ir a ayudar a Lucky.

—Bueno, pues te dejo. Gracias.

—¿Por qué? ¿Por haberte contagiado mi pánico?

—No —dice, con voz más suave—. Por llamarme cuando tenías miedo.

Lanzo un resoplido burlón.

—¿Miedo? ¿Quién tenía miedo?

Se ríe.

—Esa es mi chica.

Cuelgo sintiéndome como si tuviera el cerebro lleno de helio. Podría flotar, de lo colocada que estoy con el cóctel de adrenalina post ataque de pánico, hormonas del enamoramiento y la sensación de que, cuando las cosas se han puesto feas de verdad, lo he hecho casi todo bien. No me he dejado dominar del todo por el pánico y he salido ilesa. Yo soy el tejón de la miel, así que cuidadito conmigo: tonterías, las justas.

Capítulo 25

Cuando voy de camino para reunirme con Lucky, me llevo el teléfono, en cuya pantalla aún flota un mensaje de texto sin respuesta para mi hermana, y le envío a May otro mensaje diciéndole que todo era una falsa alarma y que ignore el primer mensaje. Mentira.

Entro en un amplio almacén que alberga todo el material de oficina y el servidor de la central administrativa de Blue Marine. Lucky está allí y acaba de conectar su ordenador portátil al sistema principal.

—¿Lista? —me pregunta.

Asiento con la cabeza.

—Sí.

Se pone manos a la obra, siguiendo las instrucciones que le di antes de llegar. Miro por encima de su hombro para asegurarme de que no se salta ningún paso, corrigiéndolo y señalando cosas cuando comete errores menores.

—Me alegro mucho de que estés aquí conmigo —dice mientras espera a que se acabe de ejecutar un comando.

No sé qué decir a eso. ¿Se alegra de que estuviera aquí cuando llegaron los intrusos? ¿Se alegra de que mi vida haya corrido peligro? ¿Está loco?

—Cuando pasan cosas como esas, solo hay que dejarse guiar por el instinto. Obviamente, piensas rápido y actúas con agilidad sobre el terreno.

Intento no tomarme su cumplido muy en serio, pero es difícil. ¿A quién no le gusta que le digan esa clase de cosas?

—Bueno, envié un mensaje de texto a mi hermana y llamé a Dev antes de recurrir a emergencias, así que creo que sí me dejé llevar por los nervios.

Me mira un momento.

—¿De verdad? Eso es genial. Eres mejor incluso de lo que creía.

Me niego a sonreír, a pesar de que, definitivamente, esta vez me tomo su cumplido en serio. No me parece nada del otro mundo haber hecho un par de llamadas. Cualquiera habría hecho lo mismo.

—¿Por qué? No lo entiendo.

—No te quedaste paralizada. No te dejaste dominar por el pánico. Simplemente viste la situación y la manejaste. Hiciste justo lo correcto.

—Me sentí totalmente fuera de mi elemento, y creí que estaba haciéndolo todo mal.

Deja de trabajar para concentrarse en mí.

—No, para nada. Sé que no has recibido ningún entrenamiento en esta clase de situaciones ni en tareas de seguridad de ningún tipo, pero creo que te pareces mucho a tu hermana. Creo que tienes un don natural.

—No entiendo por qué crees que mi hermana tiene un don natural. Quiero decir, es una fotógrafa estupenda, eso nadie lo discute, pero no es ninguna campeona de lucha libre, que digamos.

Señala la pantalla del ordenador.

—¿Ya está todo?

Tecleo un nuevo comando y luego asiento cuando termina de ejecutarse, cinco segundos después.

—Sí. Hemos terminado.

Lucky apaga y cierra su ordenador portátil. Cuando lo desconecta del servidor y lo guarda en la bolsa, me responde.

—Ser campeona de lucha libre es útil de vez en cuando, pero lo que necesitamos en nuestro equipo, lo que consideramos un activo, es una persona capaz de pensar rápidamente, que tenga reflejos y una mente aguda. Una persona observadora, que sepa evaluar una situación y tomar sobre la marcha la decisión correcta sobre cómo enfrentarse a ella. Tu hermana, desde el momento en que cruzó nuestra puerta, demostró ser capaz de eso. Lo cierto es que eso no se puede entrenar ni enseñar. O eres ese tipo de persona o no lo eres. —Me mira con una expresión muy seria—. Podemos trabajar a partir de cierta base y mejorarla, pero si no tienes la base para empezar, no se puede hacer mucho. Tu hermana nació con esa base, y ahora sé que tú también.

Se encoge de hombros mientras se pasa la correa de la bolsa del ordenador por encima del hombro.

—Lucky, no pretendo ser grosera, pero tengo que decírtelo... Casi me muero de miedo cuando entró esa gente. No estoy tan segura de tener esa base para actuar y reaccionar por instinto de la que hablas...

—¿Y qué? Yo también tenía miedo. Es una reacción totalmente natural. Si hubieras reaccionado de otra manera, estaría muy preocupado.

—¿Me estás diciendo que cada vez que os enfrentáis a un conflicto, vosotros sentís miedo?

Lucky apoya una pesada mano sobre mi hombro y me mira.

—Nunca subestimes el poder del miedo, Jenny. El miedo es lo que te mantiene vivo. Y si eres especial, el miedo te ayuda a concentrarte. El miedo ayuda a concentrarse en la solución que hay que ejecutar de inmediato. May posee ese instinto. Y creo que tú también. Pero vamos a dejar que Dev y Ozzie decidan si tengo razón.

Me suelta y se dirige a la salida de la sala del servidor.

Me apresuro a correr tras él. La simple mención de ese nombre hace que me sienta más tranquila.

—¿Por qué lo decide Dev?

—Porque es nuestro entrenador, pero no solo en el aspecto físico. También incluye el entrenamiento mental. Por regla general, Dev es capaz de adivinar desde el principio si alguien posee la fortaleza mental para soportar todos los entrenamientos.

Ahora tengo un montón de preguntas, pero me temo que con cada una de ellas parecerá que estoy buscando que me responda con un cumplido, así que, en lugar de seguir interrogando, me limito a reflexionar sobre lo que acaba de decirme. Recogemos todas nuestras cosas de la primera sala en la que empezamos a trabajar, apagamos las luces y nos dirigimos juntos al pasillo.

—¿Crees que es seguro salir? —pregunto.

—Haré una comprobación doble antes de abrir la puerta.

Lucky saca el teléfono y envía un mensaje de texto. Al cabo de unos segundos recibe una respuesta y asiente.

—Estamos listos para irnos. Sígueme y quédate detrás de mí.

Lanzo un fuerte suspiro. Él se para.

—¿Qué? ¿Qué pasa?

—¿Por qué me dices que me quede detrás de ti si todo está en orden?

Me sonríe.

—Solo estaba poniendo a prueba tus reflejos.

Lo fulmino con la mirada.

—Tienes mucha suerte de que no crea en la violencia física ahora mismo.

Echa la cabeza hacia atrás y se ríe.

—Por eso me llaman Lucky, porque tengo mucha suerte.

Salimos juntos bajo el cielo nocturno y aparecemos en un aparcamiento vacío. Después de cerrar la puerta a nuestra espalda, Lucky se dirige a su vehículo. Espero a que abra las puertas y me subo.

—¿Crees que la pareja se habrá planteado qué estaba haciendo este coche aquí? —pregunto.

—Lo dudo. La gente deja el coche en esta zona industrial a todas horas por diferentes motivos. Y aunque se lo hubieran preguntado, ¿qué? En estos momentos tienen problemas más graves en los que concentrarse.

—¿Crees que los van a acusar de allanamiento de morada?

—Lo dudo. Pero van a tener que dar algunas explicaciones, eso sí. Informaré al señor Jorgensen de lo que pasó dentro, y así podrá abordar el asunto como le parezca. No creo que esos chicos vayan a preocuparse por la presencia en el parking de un coche cualquiera cuando tengan que explicarles a sus padres lo que estaban haciendo en el interior de las oficinas en plena noche.

Realizamos la mayor parte del trayecto de vuelta a la nave industrial en silencio. Estoy absorta en mis pensamientos sobre lo que hemos hecho esta noche y sobre el trabajo que tenemos por delante. Cuando estamos llegando al parque industrial que hay cerca del puerto, Lucky rompe el silencio.

—¿Estás disponible mañana para empezar a trabajar en esto? ¿O vas a necesitar un día para revisar lo que has encontrado?

—Creo que voy a necesitar un día para hacer eso, sí. —Y para recuperarme. Ya me imagino intentando trabajar después de dormir solo cuatro horas—. ¿Podemos empezar el viernes?

Necesito ir a buscar las cosas de mi antiguo trabajo, además de mi último cheque. Será mejor que hayan incluido también la indemnización, o van a rodar cabezas. Estaré lista para empezar de nuevo con los Bourbon Street Boys el viernes. Es emocionante saber que me espera un nuevo trabajo, y es la clase de lugar que me permite la flexibilidad de trabajar con mi propio horario. Ya no tengo que sentir envidia de May.

—El viernes es perfecto —dice Lucky—. Mañana tengo que llevar a Sunny al veterinario. No está muy bien últimamente.

Me muerdo el labio, preguntándome si debería ahondar más en ese tema, pero después de lo que hemos compartido esta noche, decido que puedo hacerlo.

—¿Puedo hacerte una pregunta sobre tu pez?

Nunca he visto a un adulto que tenga un pez de colores como mascota, y mucho menos un adulto tan apegado a su pez de colores como para llevarlo a un médico. Es demasiado cursi como para no preguntar.

—Por supuesto.

—¿Qué hace un hombre adulto como tú con un pez de colores que le preocupa tanto como para llevarlo al veterinario?

Lucky detiene el vehículo en la puerta de la nave industrial y deja la palanca de cambios en posición para aparcar. Apaga el motor y deja escapar un profundo suspiro. Luego se queda mirando el volante.

Vaya, creo que he vuelto a pasarme de la raya con mi indiscreción, pero para ser justos, primero le pedí permiso. Tenía que saber que le iba a preguntar algo así. Ya deben de haberle planteado la cuestión antes. Vamos a ver, no puedo ser la única persona en el mundo que piensa que estar tan pendiente de un pez de colores es un poco raro.

—Sunny era de mi hermana pequeña.

No dice nada más después de eso, así que, naturalmente, me veo obligada a sonsacarle más información. Llegados a este punto, sería de mala educación no interesarse.

—¿Y no se ocupaba de él? —Ya me lo imagino como el típico hermano mayor vengativo, decidido a darle una lección a su hermana. «¡Si no puedes cuidar de tu pez, lo haré yo!».

Lucky niega con la cabeza. Lo tomo como una simple negativa, pero luego amplía su respuesta.

—No es que no quisiera cuidarlo; es que no podía.

Obviamente, aquí hay una historia, y estoy casi segura de que no debería seguir indagando, pero luego siento que sería muy insensible por mi parte dejarlo ahí. Trato de decidir cómo continuar.

—¿Cuántos años tiene tu hermana? —Es la pregunta más segura que se me ocurre.

—Cuando cuidaba de Sunny, tenía quince años.

La siguiente pregunta obvia queda suspendida en el aire entre nosotros. Ha utilizado el pretérito imperfecto. ¿Qué se supone que debo hacer con eso? ¿Seguir adelante? ¿Cambiar de tema? ¿Por qué le habré preguntado nada, para empezar? Debería haber mantenido la maldita boca cerrada. ¿Cuándo aprenderé a dejar de meterme en los asuntos de los demás?

Como pienso que la sinceridad es siempre la mejor política, decido acabar con esta farsa y atacarla de frente.

—Lucky, ¿se encuentra bien tu hermana? Tengo la impresión de que ahora mismo estás muy triste, y siento si he sacado a relucir un tema que te apena.

Niega con la cabeza. Cuando habla, lo hace con una voz áspera.

—No pasa nada. La gente no me pregunta por ella porque tiene miedo de disgustarme, o de que les cuente una historia trágica, pero eso es casi peor, ¿sabes?

Se vuelve para mirarme y las luces del exterior de la nave industrial iluminan sus ojos, que brillan con lágrimas contenidas. Asiento con la cabeza.

—Lo entiendo. Cuando alguien ya no está, a veces lo único que puede hacer que te sientas mejor es hablar de esa persona.

Tuve una amiga en la universidad que perdió a su hermana. Lo único que la hacía sonreír era contarme historias sobre las cosas que hacían cuando eran niñas.

Él asiente, mordiéndose el interior de la mejilla.

Extiendo la mano y la pongo encima de la suya.

—¿Tu hermana falleció?

Asiente con la cabeza.

—¿Y ocurrió hace poco?

Niega con la cabeza.

—Murió hace dieciocho meses.

—¿Qué edad tenía?

—Dieciséis años.

Se me encoge el corazón y siento un dolor indescriptible. Quiero llorar con él, pero creo que en estos momentos necesita una persona serena a su lado. Y puedo ser esa persona cuando tengo que serlo.

—¿Qué pasó? ¿Estaba enferma?

—No. No estaba enferma. No exactamente. Estaba triste. Deprimida.

Le aprieto la mano y trago saliva varias veces, tratando de no derrumbarme. Ya he preguntado todo lo que podía preguntar. Ir más allá, profundizar en los detalles de lo sucedido, no tendría nada de positivo.

—Debíais de estar muy unidos, a pesar de la diferencia de edad.

Habla con una voz desprovista de cualquier emoción.

—Yo creía que estábamos unidos, pero resulta que no lo estábamos lo suficiente.

Le aprieto la mano con más fuerza y me inclino hacia él, forzándolo a mirarme.

—Lucky, si estás sugiriendo siquiera que tú tienes algo de culpa de lo que sucedió, no lo hagas.

—No creo que ella me culpara de nada. Pero yo sí me culpo. Si hubiera prestado más atención…

Niego con la cabeza.

—No. A veces estas cosas son batallas que se libran por completo en el interior de uno mismo. Nadie lo ve. Pasa constantemente. La mayoría de las personas deprimidas también sienten mucho afecto por los demás. No quieren que otros sufran con ellas. Se sienten muy aisladas, pero no porque no haya otras personas que traten de estar con ellas o porque no intenten comprenderlas. Simplemente, no pueden conectar con los demás. Hay una gran sensación de desconexión con el mundo cuando estás deprimido, y muchas veces se necesita la ayuda de un profesional para reconocerlo. —Suspiro con frustración, deseando que lo entienda, pero consciente de que no va a creer mi palabra—. No puedes culparte a ti mismo. Ese tipo de tortura no tiene fin. Destrozará el resto de tu vida, y te lo aseguro, tu hermana no querría eso para ti.

Lucky aparta su mano de la mía y saca las llaves del contacto. Creo que va a salir del coche sin decir nada más, pero entonces deja de mirar por la ventanilla y se vuelve para mirarme.

—Gracias.

—¿Gracias por qué? ¿Por husmear en tu vida privada? ¿Por darte una charla sobre algo que te hace sentirte la persona más triste del mundo? Se me ocurren formas mucho mejores de pasar el rato. Siento haber sido demasiado curiosa. Es un problema que tengo.

Niega con la cabeza e intenta sonreír.

—No, no es eso lo que has hecho. Eres una buena persona. Te has dado cuenta de que me ocurría algo y te has interesado por mí. Me alegra que lo hayas hecho. Ha pasado mucho tiempo desde la última vez que hablé de ella.

—¿Y eso? Siento curiosidad. No tienes que responderme si no quieres.

—Como te he dicho... a la gente le cuesta. Ozzie y los demás saben lo que sucedió. Estaban aquí. Fueron ellos los que recogieron los pedazos cuando me derrumbé. Creo que les preocupa que, si hablo de lo ocurrido, vuelva a desmoronarme. He estado bastante mal durante mucho tiempo.

—Pues a mí me parece que estás muy bien. Tal vez demasiado. —Me río.

Su sonrisa es triste.

—Mi hermana siempre decía que era demasiado guapo. Me decía que debería dejarme una barba bien larga para afearme un poco.

Recoge sus cosas y abre la puerta.

Lo interpreto como una señal de que la conversación ha terminado y salgo yo también. Me alivia saber que Lucky siente que puede hablar conmigo, pero también estoy un poco aturdida por el hecho de haber mantenido una conversación tan profunda e intensa. Y yo que creía que íbamos a trabajar juntos en una misión y eso sería todo. Y que un allanamiento de morada en mitad de nuestra operación era el suceso más estresante al que iba a tener que enfrentarme.

Es increíble cuántas cosas me han pasado en tan poco tiempo. Hace solo unos días llevaba una vida normal, sin novedades ni contratiempos. Ahora voy a salir a cenar con un hombre guapísimo y calvo, de más de dos metros de estatura, que puede querer o no que seamos simplemente amigos; tengo un nuevo trabajo como *freelance*; me escondo debajo de escritorios para llamar al 911, y doy consejos a un hombre sobre lo que deduzco que es el suicidio de su hermana menor. Nunca había vivido una semana tan extraña e interesante.

Capítulo 26

Despertarme a las seis y media y preparar a los niños para ir la escuela es aún más difícil de lo que creía que sería. Estoy agotada por lo que ocurrió ayer noche, y cuatro horas de sueño no han sido suficientes para recuperarme. Pero, al mismo tiempo, me siento muy satisfecha: puedo afirmar, con absoluta seguridad, que en todos los años que llevo trabajando, nunca había tenido un turno de noche como el de ayer con Lucky.

Tenía la esperanza de poder hablar de todos los pormenores con May durante el desayuno, junto con las otras cosas que me rondaban la cabeza, pero la llamaron poco después de despertarse.

Antes de salir por la puerta despidiéndose con un abrazo y un beso en la mejilla, nos prometimos que nos reservaríamos un rato para hablar las dos esta noche.

El tiempo que habría estado chismorreando con mi hermana, lo empleo en una llamada rápida a una vieja amiga de la universidad. Tengo la sensación de que voy a necesitar su asesoramiento legal para mi reunión de hoy con mi antiguo jefe, y por suerte ella podrá decirme exactamente lo que quiero oír en menos de diez minutos. Hoy no va a ser una mierda del todo. Espero.

Después de dejar a las chicas en la escuela y a Sammy en la guardería —me he negado a tragarme la excusa del dolor de estómago otra vez—, voy a mi trabajo anterior para recoger mi último cheque y las cosas que dejé en el escritorio. Si no fuera por mi nuevo empleo temporal con los Bourbon Street Boys, estoy segura de que este viaje sería una de las experiencias más humillantes de mi vida, pero en vez de eso, atravieso la puerta principal con la cabeza bien alta. Solo he estado un día sin trabajo, y ni siquiera me ha hecho falta ponerme a buscar.

¿Y qué pasa si, técnicamente, ha sido mi hermana la que me ha conseguido el puesto? Anoche utilicé mis habilidades para impresionar a un hombre que me consta que es muy inteligente, capaz de defenderse detrás de un teclado, y eso no es poca cosa.

Ahora veo lo que quiso decir mi hermana cuando hablaba de formar parte de un equipo que parece casi como una familia: los Bourbon Street Boys son algo especial. Sin embargo, no debería precipitarme. No es que me hayan ofrecido un trabajo permanente; y aunque lo hicieran, no sé si lo aceptaría. Todavía está lo del riesgo: a pesar de que todos intentaron convencerme de que no iba a enfrentarme a ninguna situación peligrosa, lo cierto es que acabé viviéndola de todos modos. Creo que tuvimos mucha suerte de que los intrusos solo fueran unos críos. Podrían haber sido auténticos criminales armados.

—¡Hola! Cuánto tiempo... —Es Eddie, el chico que me dio el programa del virus, y una de mis personas favoritas en este sitio. Deslizo mi tarjeta identificativa a través de la máquina y luego espero hasta que se enciende una luz roja y el tipo de la entrada me mira.

—Solo he venido a buscar mis cosas —le digo. Asiente y me reconoce como la mujer que le traía café y dónuts a menudo.

—Adelante, pase. Ya me avisaron de que vendría.

Me acerco a mi antiguo compañero de trabajo.

—Hola, Eddie. ¿Qué tal?

Se inclina y me murmura al oído mientras pasamos por unas puertas de cristal en dirección al despacho de mi antiguo supervisor, en el otro extremo de los cubículos.

—¿Te has enterado de lo último?

—No. Ya no trabajo aquí, ¿recuerdas?

Me muevo entre los escritorios, saludando a la gente a mi paso. No tengo ganas de entretenerme y pararme a charlar. Estar aquí ya es bastante embarazoso; no necesito prolongar la experiencia.

—Bueno, al parecer, nos van a inyectar nueva financiación. Y va a haber nuevos inversores que van a examinar con lupa todas nuestras operaciones. Se supone que todos debemos tener una conducta irreprochable.

Lanza un resoplido burlón después de decir eso.

Sé exactamente lo que significa ese sonido. Eddie está a punto de liarla. En general, es difícil que este chico muestre una conducta irreprochable, pero cuando, encima, le advierten que tiene que cumplir con su deber, es tarea imposible. Esa es la forma más segura de que arme una buena. Es peor que mi hijo. Supongo que la dirección lo enviará de vacaciones justo antes de que aparezcan los inversores.

Trato de no exteriorizar la ira que siento por la noticia.

—Tiene gracia que digas eso, porque me aseguraron que eran tiempos difíciles y que iban a tener que echar a gente por la terrible situación financiera.

Eddie se aparta un poco de mí.

—Oye, solo te estoy contando los rumores que he oído por ahí, pero creo que es verdad; han bloqueado algunas fechas del calendario del grupo y no dicen en qué vamos a trabajar durante ese tiempo ni quién va a liderar el proyecto ni nada. Solo insistieron en que nos portásemos bien. Tuvimos que tirar todos nuestros muñequitos de goma, ¿a ti te parece normal? ¿Cómo se supone que voy a programar sin Lionel?

Eddie tiene un hombrecillo de goma que aprieta cuando está estresado, haciendo que se le salgan los globos oculares una y otra vez. Lo ayuda a concentrarse.

—Deberías pedir que hagan una excepción con Lionel.

—¿Verdad que sí? Quiero decir, ¿cuál es el problema? ¿Quién va a venir aquí a escandalizarse porque Lionel esté sentado a mi lado?

Ahora mismo me están pasando muchas cosas por la cabeza, y ninguna de ellas es buena. ¿Se deshicieron de mí porque iba a causar una mala impresión para la compañía, como un muñequito antiestrés llamado Lionel? ¿Estaban alardeando ante los inversores de que podían deshacerse de los empleados menos rentables? ¿Hice algo mal?

La parte más sabia de mi personalidad me aconseja que busque la caja con mis cosas, recoja mi último cheque y me largue de aquí, pero la otra parte —tal vez la más imprudente—, quiere saber qué demonios ha pasado. He trabajado muchas horas para esta gente y me he sacrificado mucho. ¿Por qué no han valorado mi esfuerzo? Parecían valorarlo perfectamente en su momento. Siempre me decían que era una empleada excelente. Mis informes de rendimiento eran impecables.

—¿Vienes por tus cosas? —pregunta Eddie.

—Sí. Y para recoger mi cheque.

—Hay una caja con tus cosas en el escritorio. Todavía no te han sustituido.

Pongo los ojos en blanco.

—Qué sorpresa.

—No quiero que el jefe me pille holgazaneando, así que te dejo. Buena suerte. Dime si necesitas algo más. —Eddie me da unas palmaditas en la espalda.

Me paro para darle un pequeño abrazo, y creo que eso lo sorprende.

—No te metas en muchos líos, Eddie. Me caes bien. Eres de los buenos.

Cuando lo libero, se aparta y me mira con expresión de sorpresa.

—¿Eso crees?

—Sí, por supuesto. —Sonrío al ver su cara de incredulidad—. ¿Crees que te tomaría el pelo con algo así?

Se encoge de hombros.

—Tal vez no. Pero tengo que decirte que no hay muchas personas que estén de acuerdo con esa percepción que tienes de mí.

—Pues mándalos a la mierda. ¿Qué sabrán ellos? —Le guiño un ojo.

Me señala mientras camina de espaldas hacia su cubículo.

—Llámame si me necesitas, Jenny. En cualquier momento, de día o de noche. Tienes mi número.

Se lleva los dedos a la oreja y la boca, articulando la palabra «Llámame» mientras asiente exageradamente con la cabeza.

Me doy media vuelta, sacudiendo la cabeza ante sus payasadas. Dudo mucho que acepte su oferta, pero es bueno saber que un chico con esa mente privilegiada está de mi parte. Una persona nunca tiene suficientes amigos inteligentes, en mi opinión.

He llegado al despacho de Frank, un espacio acristalado que mira hacia el laberinto de cubículos donde yo trabajaba junto con las demás abejas obreras. Está al teléfono, pero cuando me ve acercarme se agacha, habla rápido y luego cuelga, tratando de fingir que estaba sentado allí sin hacer nada.

Lo miro entrecerrando los ojos. Está tramando algo, y aunque no debería importarme porque ya no trabajo aquí, sospecho que tiene algo que ver conmigo. Pongo en marcha la operación Mucho Cuidado Conmigo.

—Hola, Frank.

Se pone de pie.

—¡Jenny! ¡Cuánto me alegro de verte! —Su voz es dulce como la sacarina. Puaj.

Conozco lo suficiente a Frank como para saber cuándo está ocultando algo. No te pasas seis años trabajando a tiempo más que completo con alguien, muchas veces atrapados en reuniones maratonianas que duran horas y horas, sin llegar a dominar su lenguaje corporal. Le preocupa algo; lo sé por la forma en que se retuerce las manos antes de extender una de ellas para estrechar la mía. Y cuando entro en contacto con la palma, sé con absoluta certeza que trama algo turbio: tiene las palmas sudorosas. Puaj.

—Solo he venido a recoger mis cosas y mi último cheque.

Hablo en tono ligero y desenfadado para que no vea venir mi ataque sorpresa. Me alegro mucho de haberme encontrado con Eddie antes de llegar; ahora tengo munición, y planeo usarla. Frank me mintió descaradamente para deshacerse de mí. Pensó que estaría tan enfadada y tan asustada por haberme quedado sin empleo que saldría corriendo a buscar otro trabajo y no cuestionaría nada de lo que me había dicho. Odio cuando las personas que ocupan posiciones de poder se aprovechan de los que son más débiles que ellos. Creo que por eso me gusta tanto leer cómics de superhéroes con Sammy: los buenos siempre ganan y, encima, pueden lucir una capa.

Por desgracia para Frank, sé cómo funciona el mundo del capitalismo de riesgo. No soy uno de estos mocosos que pululan por la oficina, viviendo a base de fideos ramen y preguntándome cuándo voy a tener una noche de sexo con alguien. Tengo cierta experiencia, así que sé que cuando llegan nuevos inversores, una empresa hace todo lo posible para que su balance se vea nítido y limpio. La dirección se deshace de cualquier cosa que los hombres de los maletines consideren un lastre, y se supone que los empleados mayores que les cuestan más en términos de salario y que tienen hijos que se ponen enfermos de vez en cuando lo son.

Probablemente para Frank fue una decisión fácil deshacerse de mí y reemplazarme con una o dos niñatas recién salidas de la universidad. Pero él tampoco va a permanecer aquí mucho tiempo; es como todos los demás, listo para usar y tirar, para obtener su parte del pastel y largarse muy lejos. Ya casi nadie se preocupa por el largo plazo. Lo único que les importa es el dinero, el dinero y el dinero. Cabrones.

Frank abre el cajón de su escritorio.

—Aquí tienes, tal como quedamos. Dos meses de indemnización.

Me tiende un sobre blanco.

Niego con la cabeza, sin apartar la vista de él.

—Lo siento, Frank. Pero eso no me va a servir.

Detiene la mano en el aire y el sobre se le cae de los dedos. Ladea la cabeza, haciéndose el tonto.

—Disculpa, pero... Esto ya lo hablamos por teléfono, ¿verdad? —Arroja el sobre encima del escritorio y aterriza delante de mí—. Como te dije, no podemos conservar tu puesto en este momento. Tenemos problemas de viabilidad con la empresa y necesitamos simplificar las operaciones. No es nada personal, espero que lo sepas.

No muevo ni un músculo, solo pestañeo.

—Pues yo he oído lo contrario.

Abre aún más los ojos.

—¿Qué es lo que has oído?

—He oído que os va a entrar dinero nuevo.

Espero su reacción, y no me decepciona. Su boca se abre y se cierra un par de veces y frunce el ceño, entrecerrando los ojos hasta convertirlos en dos pequeñas rendijas. No podría parecer más culpable aunque lo intentara.

—No sé dónde habrás oído eso, pero es falso. —Extiende las manos con las palmas hacia arriba—. Estamos igual que antes aquí. Nada ha cambiado. Lo único que estamos haciendo, como te dije, es simplificar un poco las cosas. Recortando el exceso de grasa, por así decirlo.

«Vaya, ahora sí que acabas de estropearlo, pedazo de idiota, llamándome gorda».

—Te creo, Frank. Como ambos sabemos, cada vez que una empresa de *software* como esta, por ejemplo, quiere atraer dinero de nuevos inversores, eso es lo primero que hace. Recortar el exceso de grasa. Esa es la primera etapa. La siguiente es darles un pequeño *tour* a los hombres de los maletines. Agasajarlos. Puede que incluso seas tan vulgar como para llevarlos a un club de *striptease*. Pero ese no es mi problema, en realidad. Porque aquí el único que tiene un problema eres tú.

Una nube de tormenta ensombrece la expresión de Frank.

—¿Qué es lo que estás diciendo exactamente?

—Ya sabes a qué me refiero. No serás tan ingenuo, supongo.

—Explícamelo. —Ya no se hace el tonto. Ahora me está desafiando para que continúe, pero debe de haberme confundido con una boba sin cerebro si pensaba que no iba a aceptar ese desafío.

—Verás, hay otra parte de este proceso que conozco perfectamente, ya que he formado parte de él antes, y estoy segura de que tú también la conoces muy bien, lo que explicaría por qué intentas hacerte el tonto conmigo en este momento.

Trata de interrumpirme, pero yo prosigo.

—Cuando los nuevos inversores lleven a cabo las gestiones necesarias antes de aportar capital, te preguntarán si alguien ha interpuesto alguna demanda judicial contra la empresa. Y también te preguntarán si hay alguna amenaza de demanda.

Dejo pasar unos segundos para que asimile esa información. Frank me obsequia una sonrisa maliciosa.

—Si ese fuera el caso, y no digo que lo sea, no supondría ningún problema para nosotros, porque, como todo el mundo sabe, nuestro balance general está limpio. No tenemos ninguna demanda judicial en marcha ni ninguna amenaza de demanda. Todas nuestras patentes están actualizadas y no hemos usado la propiedad intelectual de nadie en nuestro trabajo. Tú precisamente deberías saberlo, ya que dirigiste nuestro comité de integridad en materia de propiedad intelectual.

Nunca me gustó ese título estúpido. ¿«Integridad en materia de propiedad intelectual»? ¿Y eso que significa? Frank habla como si esta empresa estuviera generando ideas nuevas continuamente, pero no sabría distinguir una idea nueva de una vieja ni aunque le aporrearan en la cabeza con ella. Es hora de que alguien le dé un pequeño toque de atención, y no sabe con quién se enfrenta: soy alguien que acaba de frustrar un intento de allanamiento de morada a medianoche sin orinarse encima. Anoche, fui una superespía. Hoy, soy un ángel vengador, y voy a asegurarme de conseguir yo también un buen pedazo de todo este pastel.

Capítulo 27

—Te olvidas de un pequeño detalle, Frank —digo, con las fosas nasales dilatándose mientras trato de contener mi ira.

No quería llegar a este extremo con él, pero no me gusta cómo ha manejado el asunto, y me gusta menos aún que me esté hablando como si fuera estúpida. Y lo que de verdad no me gusta nada de nada, pero nada, es que me haya dejado con el culo al aire, después de prometerme un ascenso hace menos de un mes. Este se piensa que nací ayer...

—¿Te acuerdas del ascenso que me prometiste? ¿Recuerdas que me pediste que trabajara todas esas horas extra, y me dijiste que al final me recompensarías con ese ascenso? ¿El día que me dijiste que tenía madera de directiva?

Me dedica una sonrisa compasiva.

—Jenny, ahora todo eso es agua pasada. Se acabó. Tienes que olvidarlo.

—No te atrevas a mirarme con esa expresión engreída y actuar como si sintieras pena por mí. Por el único por el que deberías sentir lástima en estos momentos es por ti, porque me has subestimado. Te aprovechaste de mí como te aprovechas de todos tus empleados, y creíste que seguirías saliéndote con la tuya. Tal vez lo hayas conseguido durante mucho tiempo, pero eso se acabó. No pienso tolerarlo. Todo el mundo sabe que yo he sido la escogida porque tengo hijos y porque soy una madre sola. No hay otra razón. Tengo los mejores informes de rendimiento de toda la planta.

—¿Quién te ha dicho eso?

No puedo evitar subir el volumen de mi voz. No quería pensar que intentaría acusarme de ser una inútil y una persona que merecía perder su trabajo, pero sospecho que eso es lo que está a punto de suceder, y me hierve la sangre solo de imaginarlo.

—¡No ha tenido que decírmelo nadie! Todos lo saben. Es obvio. Y puede que mi contrato de trabajo te permita despedirme sin motivos específicos, pero eso no significa que puedas despedirme solo porque tengo hijos. Hay leyes que tienes que cumplir en este estado. ¿Y sabes qué? Tal vez lo que hiciste roza la legalidad, pero también roza la ilegalidad. Definitivamente no está bien, lo sé. Esta no es forma de tratar a las personas.

Respiro profundamente y suelto el aire antes de continuar.

—Déjame decirte lo que va a pasar a partir de ahora.

Me siento en la silla frente a su escritorio y hago una seña para que él haga lo mismo. En ese momento, cuando veo el destello de sorpresa en sus ojos, me doy cuenta de que sé defenderme. La aventura de anoche lo demostró. Puede que esta víbora intente aprovecharse de mí, pero yo me la comeré viva. Yo soy la reina de las víboras en este despacho, no él.

Se queda de pie unos segundos, como si quisiera retarme, pero cuando se da cuenta de que eso hace que parezca un niño enfadado, se sienta y apoya las manos en los brazos de la silla.

—Adelante. Di lo que tengas que decir, pero no va a cambiar nada.

—Esto es lo que va a pasar, Frank. Vas a sacar el cheque que hay dentro de ese sobre y vas a romperlo en pedacitos. Luego llamarás a contabilidad y pedirás que me extiendan un cheque nuevo por el doble de la cantidad que tenías en ese primer cheque. —Esbozo una pequeña sonrisa—. Creo que eso es justo. Seis meses serían incluso más justos, teniendo en cuenta que a ese pedazo de gandul de Nick le disteis un cheque por valor de nueve meses cuando se fue, a pesar de que no era ni la mitad de bueno que yo, y a pesar de no trabajó tantas horas para ti como yo. Sin embargo, ya sabemos que aquí el techo de cristal está del todo intacto, y no tengo energías para librar esa batalla, así que voy a seguir adelante y dejar que te deshagas de mí y de mi bocaza por el fabuloso precio de cuatro meses de indemnización.

Parece a punto de hablar, pero lo hago callar levantando un dedo.

—Ahora bien, si quieres seguir insistiendo en tu oferta de dos meses, adelante. Estás en tu derecho, por supuesto, pero entonces me obligarás a hacer algo que no quiero hacer y veremos qué pasa después.

Se encoge de hombros.

—De todo lo que me has dicho, no hay nada que me diga que deba hacer otra cosa con este cheque que no sea dártelo y desearte buena suerte con tu futuro. —Se ríe—. Pero ¿sabes qué te digo? Ni siquiera se te ocurra pedirme referencias. —Se inclina hacia delante y clava un dedo en su escritorio, bajando la voz hasta casi convertirla en un gruñido—. ¿Crees que puedes venir aquí y amenazarme, y luego conseguir buenas referencias? —Sacude la cabeza con gesto de incredulidad mientras se recuesta en la silla con un chirrido—. No me importa cuántos años trabajaste aquí, y no me importa lo buena que fueras en tu trabajo. Eso se acabó. Si de mí dependiera, no encontrarías empleo en esta ciudad nunca más.

Le sonrío con suma paciencia. Como es un hombre que nunca ha tenido que lidiar con un techo de cristal, y como está acostumbrado a arrollar a la gente y salirse con la suya, no entiende lo que está sucediendo en este momento, así que voy a deletreárselo muy despacio y con todo detalle para que lo entienda.

—Frank, escucha atentamente. Ya me he cansado de jugar, así que vas a tener que prestar atención. Hay unos inversores que supongo que están dispuestos a darte varios millones de dólares porque les has dicho que tienes un programa informático revolucionario que va a cambiar el mundo. Tú y yo sabemos que no va a hacer eso, y que es muy probable que los abogados de Vedas Incorporated se te echen encima, porque podrían argumentar que estás usando fragmentos de su código patentado para que el tuyo funcione correctamente. ¿Recuerdas? Yo estaba a cargo de la integridad en materia de propiedad intelectual. —Pronuncio esas palabras con extremo disgusto—. Te advertí, por escrito, de los problemas que ibas a tener con ese código, pero decidiste no hacerme caso. Sin embargo, ese ya no es mi problema. Independientemente de si tus inversores encuentran esa información durante las gestiones, todavía queda la cuestión de las demandas pendientes. —Entrecierra los ojos, dándome a entender que podría estar empezando a captar de qué va esto, pero sigo de todos modos—. Si te niegas a pagarme lo que me debes, cuatro meses de indemnización, te demandaré. Es así de simple. Lo que has hecho es ilegal y moralmente incorrecto. No puedes ir por ahí utilizando a la gente y luego dejarla tirada en la calle para que tus cuentas de resultados queden más bonitas y poder mentir a los inversores sobre el balance. No puedes hacerles eso a los inversores, no puedes hacerles eso a los empleados, y no puedes hacerles eso a todas las personas que van a sufrir por el camino las consecuencias de tus terribles decisiones.

Se ríe, pero su risa no enmascara la preocupación en su tono de voz.

—Estás loca. Nunca ganarás una demanda contra mí. Puedo despedirte cuando quiera, como yo quiera. La ley me ampara.

Me encojo de hombros.

—Puede que tengas razón. No creo que la tengas, pero al margen de eso, ¿cuánto tiempo pasará hasta que un juez tome esa decisión?

¿Esperarán tus inversores? Cuando vean esa demanda en el registro público, ¿crees que te preguntarán al respecto? ¿Les preocupará que algunos de sus fondos se destinen en realidad a la defensa de esa demanda o a llegar a un acuerdo conmigo? Porque estoy bastante segura de que los inversores quieren que sus fondos vayan hacia el desarrollo de la cartera de propiedad intelectual.

Me quedo esperando con paciencia a que junte todas las piezas, que haga la suma y la resta y se dé cuenta de que el resultado final es que tiene que hacer lo correcto.

—Me estás... chantajeando —farfulla, incrédulo.

Estoy segura de que nunca habría esperado una cosa así de la pequeña y dulce Jenny, la madre para todo el personal del equipo de desarrollo de *software*, la chica en la que confiaba para asegurarse de que todos sus productos salían del edificio con todas las de la ley. Si no fuera por mí, ya habría tenido que cerrar la empresa, y los dos lo sabemos. Él tiene que hacer honor a eso. Me siento orgullosa de mí misma, y enderezo la espalda para mostrar mi orgullo.

—Lo siento —le digo—, pero lo he comprobado antes de venir aquí para asegurarme de que no hacía ninguna estupidez con la que pudiera meterme en un lío. Esto no es un chantaje, es una negociación comercial. Tengo el derecho legal de presentar una demanda. Esto no es ninguna frivolidad. Te estoy haciendo un favor al comunicarte qué es lo que dice la ley, cómo funciona el mundo del capital de riesgo y cuáles son mis intenciones. ¿Te había mencionado que mi excompañera de habitación de la universidad es abogada en Hancock y Finley?

Abre la boca para responder, pero lo corto en seco.

—He hablado con ella sobre lo que ha pasado aquí, y dice que mi caso se sostiene. Dice que el código civil de Luisiana apoya mi argumento. Así que esto no va a desaparecer como por arte de magia, Frank. Perdón por aguarte la fiesta, pero eso es lo que pasa cuando intentas destrozarme la vida. Si presento una demanda, aparecerá en el historial de la empresa durante al menos los próximos dos años.

Apoyo las manos en los brazos de la silla y me inclino hacia delante, mirándolo fijamente, enfadada con él por haberme puesto en esta situación y haberme hecho sentir sucia. No me gustan las negociaciones comerciales, aunque sean legales. Prefiero que la gente simplemente me trate de forma justa por propia iniciativa. Pero si quiere bajar al barro y ensuciarse las manos, yo también lo haré. Esta es la nueva Jenny. Jenny, la mujer que participa en operaciones especiales nocturnas e introduce virus en los ordenadores de otras personas mientras sueñan con los angelitos.

—Así que... —digo, usando mi voz más amenazadora—, ¿lo que quieres es bailar conmigo, Frank? Porque entonces, bailaré. Puedo bailar salsa, tango, puedo hacer el chachachá, el can-can, el...

—¡Ya basta! —grita, levantándose e inclinándose sobre el escritorio para lanzarme a la cara su pestilente aliento a café—. Ya he oído suficiente. ¿Crees que tus ridículas amenazas significan algo para mí? Pues no, Jenny. ¿Sabes lo que eres? No eres más que una mujer patética, una fracasada, una chica desesperada y con sobrepeso, que no tiene nada mejor que hacer que trabajar sesenta horas a la semana y descuidar a sus hijos. Siento pena por ti. Eso es lo único que siento. Solo pena, ni más ni menos. —Trata de reír, pero le sale una risa demasiado estridente, incluso para él—. Así que te diré lo que voy a hacer... Voy a pagarte la indemnización de tus cuatro meses e iré riéndome a carcajadas todo el camino hasta el banco, ¿quieres saber por qué? Porque te habría pagado más que eso, si no te hubieras comportado como una desgraciada. Pero me has hecho esa oferta y la acepto. Puedes llamar a tu amiguita del bufete y preguntarle sobre los contratos verbales si crees que me vas a sacar otro puto centavo.

Me encojo de hombros.

—Perfecto. Eso era lo único que quería. —Sus palabras me hieren, pero no voy a darle la satisfacción de llorar delante de él.

Sin embargo, gritaré más tarde, en mi coche cuando esté sola. ¿Sobrepeso? Eso ha sido un golpe bajo. El comentario de Dev de que podría ponerme en forma en seis meses hace que piense que ojalá estuviera aquí para pegarle un puñetazo a este tipo en la cara por mí. Y lo haría, además. Sería como Hellboy, le traerían sin cuidado las normas de cortesía en la oficina. ¡Pum! Todo hecho añicos a nuestro alrededor. Mi ángel vengador, ahí, a mi lado, igual que anoche al teléfono.

Frank levanta la vista y frunce el ceño, y luego gesticula violentamente a alguien detrás de mí. Me doy la vuelta y veo a cuatro personas mirándonos a través del cristal. Seguramente han oído todo lo que hemos dicho. Pero me da igual. Ellos saben que es verdad. Lo más probable es que celebren una fiesta en mi honor en el bar local después del trabajo.

Me vuelvo hacia Frank, sonriendo.

—Adelante, extiende ese cheque para que pueda largarme de aquí.

Frank levanta el teléfono y llama a contabilidad, haciendo las gestiones necesarias para que recoja mi indemnización. Una parte de mí se siente como una triunfadora, mientras que la otra parte se siente sucia. Odio tener que amenazar a la gente para que haga lo correcto. Miles es el único con el que he tenido que hacer eso antes, y siempre me hace sentir como si fuera yo la que debería estar disculpándose.

Frank cuelga el teléfono y comienza a mover papeles en su escritorio.

—El cheque está esperándote en contabilidad. Ve a buscarlo y recoge tus cosas. Y asegúrate de dejar tu tarjeta de seguridad en recepción cuando te vayas.

Me levanto.

—Frank... Solo quiero decir una cosa más. —Espero a que me mire antes de terminar—. Si alguna vez dices algo falso sobre mi labor en esta oficina, lo lamentarás profundamente.

Arquea una ceja.

—¿Me estás amenazando otra vez? ¿En serio?

Niego con la cabeza.

—No, no te estoy amenazando. Solo te estoy diciendo que, por ley, tienes que decir la verdad sobre mi trabajo. Y en todo el tiempo que estuve aquí, no dijiste ni una sola vez nada negativo sobre mí ni sobre el producto de mi labor. Ni a mí ni a nadie, que yo sepa. Todas mis evaluaciones han obtenido las más altas calificaciones. No puedes cambiar la historia; es lo que hay. Así que, si alguien te llama y te pregunta sobre mi rendimiento y mi productividad, será mejor que te ciñas a la verdad. Eso es lo único que digo.

No responde nada, solo finge estar ocupado. Podría obligarlo a que reconozca mis palabras, pero no voy a insistir. Creo que he salido bastante airosa de este asunto, y no quiero tentar al destino para que me recuerde que soy una simple mortal.

Echo a andar hacia la salida, pero dudo al llegar a la puerta. No quiero irme con esta nube negra sobre mi cabeza. Mi vida está cambiando en aspectos trascendentales en este momento, y eso significa que necesito diseñar esta nueva vida de manera inteligente, con luz y no con sombras. Me vuelvo para mirar a mi antiguo jefe.

—Frank, gracias por darme la oportunidad de trabajar aquí contigo y con tu equipo. He aprendido mucho. He conocido a mucha gente estupenda y he disfrutado trabajando para ti.

Él no dice nada. Me ignora por completo, como si ni siquiera estuviera ahí. Me encojo de hombros y me alejo con un peso en el corazón.

Nadie dijo que hacer lo correcto fuera fácil.

Capítulo 28

Recojo a Sammy de la guardería mientras vuelvo a casa después de mi reunión con Frank. Normalmente, el pequeño granuja no quiere venirse conmigo cuando llego a recogerlo porque lo está pasando demasiado bien con sus amigos, pero esta vez me lo encuentro sentado en el despacho de la directora, esperándome. Se me cae el alma a los pies cuando me doy cuenta de que tiene los ojos enrojecidos: ha estado llorando a moco tendido. Supongo que es hora de aclarar las cosas aquí también.

—Hola, Sharon —digo, tratando de disimular la tensión de mi voz—. ¿Qué pasa? ¿Por qué está Sammy aquí contigo?

Sharon, la directora, se levanta y me hace señas para que cierre la puerta.

—Lo siento, intenté llamarte, pero no conseguí contactar contigo.

Saco el teléfono del bolso y veo que tengo varias llamadas perdidas.

—Ay, vaya, lo siento... Estaba tan ocupada con otros asuntos que ni siquiera me he dado cuenta de que me sonaba el teléfono. —Otra vez me voy a quedar sin premio a la mamá del año...

Dejo caer el bolso al suelo y me agacho con los brazos abiertos, mirando a mi hijo con expresión de lástima.

—Ven con mami, cariño mío.

Sammy se baja de la silla de un salto y corre para arrojarse a mis brazos. No dice nada, solo llora.

Me levanto con las piernas temblorosas y prácticamente me desplomo en la silla frente a la mesa de Sharon, con el bolso enredado en los pies. Sammy se aferra a mí como un mono, y lo único que puedo hacer es mirar por encima del hombro de mi hijo e interrogar a la directora con la mirada.

Sharon se sienta con las manos entrelazadas y las coloca frente a ella en el escritorio.

—Hemos tenido algunos problemillas últimamente, y Sammy ha venido a mi despacho a contarme qué había pasado. Después de hablar con él, he decidido que sería una buena idea que tú y yo mantuviéramos una pequeña charla.

«Ay, Dios... Más vale que me prepare». Si me dice que Sammy no puede seguir yendo a la guardería, me va a dar algo. Una cosa es trabajar como *freelance* desde casa, y otra muy distinta es intentar trabajar y vigilar a Sammy al mismo tiempo. Es sencillamente imposible. Soy solo una persona, no tres.

—Sabía que ocurría algo, porque Sammy lleva varios días diciéndome que tiene dolor de estómago antes de ir a la escuela. Y ya sabes cuánto le gusta venir... o cuánto le gustaba. Me parece que ya no está tan contento.

Intento arrancarme a Sammy del cuello para poder mirarlo a la cara, pero cuanto más lo intento, más se aferra a mí. Es evidente que no está listo para hablar del tema, así que dejo que siga dando rienda suelta a su tristeza mientras continúo hablando con la directora.

Ella asiente con la cabeza.

—Sammy ha tenido algunas dificultades con un par de niños. Son niños con los que solía llevarse bien, pero por alguna razón, ahora hay un conflicto. No sé si uno tiene más culpa que otro, pero lo cierto es que hay un comportamiento por ambas partes que no apruebo. Es algo que no podemos consentir en Sunnyside Daycare.

Intento no ponerme a la defensiva, pero me resulta difícil. Tengo la clara impresión de que cree que Sammy es un alborotador. Y aunque sé que es muy activo y le gusta provocar, mi hijo no haría daño ni a una mosca. Normalmente, es él quien está debajo cuando hay un montón de niños tirándose unos encima de otros.

—¿Sabes qué ocurre? —pregunto—. ¿Los detalles?

—Estamos intentando averiguarlo, pero sé que se han dado algunos empujones, y varios niños se han hecho daño.

Obligo a Sammy a echar la cabeza hacia atrás para poder mirarlo a la cara. La verdad es que me da mucha pena, pero no veo ningún hematoma ni ningún corte por ninguna parte.

—Sammy, dime lo que pasó. No te voy a echar la culpa de nada, solo quiero saberlo.

Sammy niega con la cabeza e intenta zambullirse en mi pecho. Creo que se siente culpable, pero intuyo que sucede algo más. Si él fuera el abusón o el causante de todos los problemas, no tendría dolor de estómago; todavía querría ir a la escuela. Va a ser necesaria una buena dosis de delicadeza y mano izquierda para llegar al fondo del asunto, y eso no va a pasar dentro de este despacho. No tan cerca de la escena del crimen.

Lanzo un profundo suspiro.

—Mañana tengo que trabajar, pero luego puedo tomarme unos días de descanso y hablar con Sammy para que me dé su versión de los hechos y averiguar qué está pasando.

Sharon me mira con una mueca extraña en el rostro. Parece de lo más incómoda cuando responde.

—Bueno, verás... Lo que ocurre es que no estoy segura de que puedas traer a Sammy mañana.

Mi cerebro tarda varios segundos en procesar esa pavorosa información.

—¿Por qué no?

En realidad, estoy muy orgullosa de mí misma, de cómo estoy controlando mi mal genio, porque esta mujer está pidiendo a gritos que me suba por las paredes y me transforme en Hulk en su mismísimo despacho.

Es directora de una guardería. Sabe perfectamente cómo funciona el mundo. No se le puede decir a una madre trabajadora que está sacando a sus hijos adelante ella sola, a última hora de la tarde de un jueves, que su hijo no puede ir al día siguiente a la guardería sin avisarla con antelación. ¡Y mucho menos delante de su hijo!

—Los padres de los otros niños involucrados están muy molestos porque alguien ha pegado a sus hijos.

Me pongo en pie y levanto la mano con gesto torpe; Sammy sigue intentando meterse dentro de mi blusa.

—Alto ahí. No sigas. Conoces a mi hijo desde hace más de un año. Sabes tan bien como yo que no es un niño problemático. Nunca le haría daño a otra persona sin ningún motivo. Él no es así.

Sharon asiente y cierra los ojos.

—Lo sé. También sé que le están pasando algunas cosas y que hay algunos problemas que debéis abordar en casa. Son cosas sobre las que no podemos hacer nada aquí en la escuela.

Arrugo la frente. ¿De qué demonios está hablando?

—No entiendo qué intentas decirme. —Tengo la sensación de que se me van a caer los brazos al suelo; Sammy pesa mucho, parece un saco de ladrillos—. ¿Puedes dejar de andarte con rodeos y decirme lo que realmente quieres decir?

Sharon tarda aún unos segundos en responder. Cuando por fin lo hace, se encoge mientras habla.

—Ya sabes que Sammy tiene un defecto en el habla, ¿verdad?

Me quedo boquiabierta. Solo puedo mirarla fijamente, tratando de averiguar si me está tomando el pelo, porque no consigo imaginar con qué propósito me ha dicho eso, aparte de para ser cruel y ridícula. «¿De verdad está echando la culpa de esto al ceceo de mi hijo?».

Supongo que se cansa de esperar a que le responda, así que continúa.

—¿Sabes? Cuando los niños son pequeños, puede producir ternura, pero a medida que se hacen mayores, es un asunto más serio. Y corresponde a los padres hacer algo al respecto.

Niego con la cabeza, impidiéndole que siga sobrepasando la línea que acaba de cruzar.

—No te... No... No sigas por ese camino.

Me pongo de pie y echo a andar hacia la puerta, alargando el brazo para recoger el bolso del suelo. Por desgracia, la correa está enredada alrededor de la pata de la silla, y al intentar desenredarla, tiro la silla al suelo. Al caer, la silla produce un fuerte estrépito y Sammy empieza a llorar otra vez mientras se encarama más alto en mis brazos, prácticamente estrangulándome con la fuerza que hace para seguir trepando.

—No tienes que preocuparte por Sammy mañana ni nunca más. —Me coloco el bolso al hombro y me vuelvo para mirar a una mujer que tiene la caradura de llamarse a sí misma directora de guardería. Debería ser la directora de una maldita prisión—. Nunca me había horrorizado tanto el comportamiento de alguien como el tuyo ahora mismo. ¿Y tú te llamas especialista en atención infantil? ¿Cómo te atreves...?

No quiero oír lo que tiene que decir en defensa de sus horribles y crueles palabras, pronunciadas delante de mi hijo... Unas palabras que deberían haberse dicho en privado entre adultos... Si me quedo aquí, no respondo de mí misma ni garantizo que no le dé una bofetada.

Así pues, salgo de su despacho lo más rápida y dignamente posible mientras mi hijo sigue agarrado a mí como si estuviéramos unidos con el pegamento de Spiderman. Sammy no me suelta hasta que llegamos al coche y estamos de pie junto a la puerta de atrás, donde lo espera su asiento. Entonces habla por fin.

—Mami, no quiero volver aquí nunca máz.

Utilizo la voz más alegre que soy capaz de articular para responderle.

—Muy bien, porque ¿sabes qué? ¡No tienes que volver aquí nunca más! Ya no me gusta esta guardería.

Sammy ya parece más contento.

—A mí no me guzta nada de nada ezta guardería. Eza zeñora ez mala y loz demáz también.

Hablo atolondradamente, sin saber muy bien cómo manejar esta situación, pero estoy segura de que es bueno invitarle a que siga contándome cosas.

—Vaya, pues yo nunca lo había notado hasta hoy. Siempre pensé que eran todos muy simpáticos. Pero resulta que son malos. Y estúpidos.

Mientras le abrocho el cinturón a Sammy, me mira con una expresión seria.

—Mami, no eztá bien llamar «eztúpida» a la gente.

Siento que las lágrimas me asoman a los ojos, pero logro contenerlas parpadeando.

—Tienes razón, cariño. No está bien llamar a la gente estúpida ni siquiera aunque sea estúpida.

Sammy sonríe.

—Erez divertida, mamá.

Extiendo la mano y le aprieto los mofletes, besándolo en los labios regordetes.

—Tú también eres divertido. Me haces reír todo el tiempo. Eres mi niño preferido.

—Zophie dice que zoy tu único niño, ací que ci dicez que zoy tu niño preferido, en verdad no zignifica nada.

Desde luego, luego hablaré con Sophie. Debo hacerle entender que su hermano tiene muy en cuenta todo lo que dice.

—Vamos a ver, Sammy. ¿Y si te digo ahora mismo que eres mi hijo pequeño favorito?

Sammy me dedica una enorme sonrisa.

—Ezo me guzta. Qué bien... Zoy tu favorito.

Le guiño un ojo y no me molesto en corregirlo.

—Pero no le digas a tus hermanas que te he dicho eso, ¿eh?

Sammy apoya los dedos en la boca y luego levanta la mano. Lo miro confusa.

—¿Qué estás haciendo?

—Eztoy cerrando la boca y tirando la llave a la bazura.

—Ah, ya lo entiendo. —Le acaricio la cabeza—. ¿Listo para ir a ver a tus hermanas?

—No. —Frunce el ceño, perdiendo toda su alegría en un instante.

—¿Por qué no quieres ver a tus hermanas? Tus hermanas te quieren.

—A lo mejor ce ríen de mí. —Lo dice con una voz tan lastimera que me rompe el corazón.

—Ellas nunca se burlarían de ti en serio, Sammy. Solo las personas malas hacen eso, y tus hermanas no son malas. Puede que se metan contigo de vez en cuando, pero eso no es lo mismo. ¿Lo entiendes?

Asiente, pero no parece muy convencido. Me quedo allí unos segundos y suspiro. No voy a poder arreglar esto en el aparcamiento de la guardería de las narices.

Cierro la puerta y subo al asiento delantero, mirando a mi hijo por el espejo retrovisor.

—¿Listos para ponernos en marcha?

Asiente.

—Eztoy lizto. ¿Va a venir Dev a nueztra caza?

Lo miro perpleja unos segundos.

—¿Por qué preguntas eso?

Mira por la ventanilla y responde:

—Porque me cae bien. A lo mejor quiere venir y jugar con mi Zpiderman. Ci quiere, ce lo dejo.

—Ah, pues el caso es que voy a cenar con Dev mañana, así que tal vez entre en casa antes de que salgamos a cenar y juegue con tu Spiderman un poco. No mucho, solo un ratito.

Sammy parece contento ante la perspectiva.

—Como una hora. Una hora eztaría bien.

Niego con la cabeza.

—No, más bien como diez minutos.

—Eztá bien, le diré caci una hora, ¿sí?

En lugar de ponerme a discutir la diferencia entre horas, minutos y segundos con mi hijo de tres años, arranco el coche y nos ponemos en marcha hacia casa.

—Ya veremos, Sammy, ya veremos.

Mi pobre hijito, con los ojos hinchados y enrojecidos, se queda profundamente dormido antes de llegar a casa, a las cinco en punto. El autobús escolar se detiene justo al final de la calle mientras lo bajo del coche en brazos, dormido, así que me paro en el camino de entrada y espero a mis hijas. Siento una gran alegría al verlas asomar corriendo por la esquina y cruzar el césped para reunirse con nosotros.

—¿Quién quiere pizza? —pregunto. Probablemente debería cocinar para ellos esta noche, pero estoy agotada. Comer pizza cada dos semanas no va a matarlos. Mi premio a la mejor madre del año tendrá que esperar. Otra vez.

El coro de respuestas exultantes es lo bastante ruidoso para despertar a Sammy, pero cuando descubre por qué sus hermanas están tan emocionadas, comienza a gritar de alegría él también. Todos se van directos al salón e inmediatamente empiezan a jugar juntos a las figuras de acción de superhéroes. Me quedo observándolos un momento, dejando que su alegría me tranquilice. Puede que no sea una madre perfecta, pero soy una buena madre la mayor parte del tiempo.

En ese momento suena el timbre. Sobresaltada, me acerco para mirar por la mirilla. May está allí delante, con Ozzie a su lado.

Abro la puerta con una gran sonrisa.

—¿Qué estáis haciendo aquí?

May me devuelve la sonrisa.

—Se nos ha ocurrido venir a cenar contigo. ¡Sorpresa! ¿Tienes comida suficiente para dos personas más?

Sujeto la puerta, dando un suspiro de alivio por tener compañía adulta esta noche. Adoro a mis hijos, pero creo que esta noche no me vendría nada mal poder tener una plácida conversación con mi hermana. Con un poco de suerte, a Ozzie no le importará que hablemos de cosas de chicas en su presencia.

—Bueno, iba a encargar unas pizzas, así que siempre podemos pedir para dos más.

—Estupendo.

May entra en casa y se dirige inmediatamente al salón, con los niños.

—¡Tía May!

Se abalanzan sobre ella los tres a la vez y la tiran al suelo. Formando una pila, estallan en risas contagiosas.

Me quedo con Ozzie en la entrada de la habitación, contemplando el festival de amor. Mi corazón se vuelve dos tallas más grande y me inunda todo el pecho.

—May adora a esos niños —dice Ozzie.

—¿Y te extraña? Son increíblemente adorables, aunque esté mal que yo lo diga.

Sammy se le sube a la espalda mientras las dos niñas tratan de zafarse de la monstruo de las cosquillas que las tiene inmovilizadas en el suelo. May utiliza su mejor risa de bruja malvada para que sea mucho más emocionante para ellos.

—Sí que lo son. Y ella también será una madre estupenda algún día.

Lo miro y entrecierro los ojos.

—¿Intentas decirme algo?

Me mira fijamente, pero antes de que pueda responder, vuelve a sonar el timbre. Miro a la puerta.

—Pero ¿qué diablos pasa hoy?

Como el hombre de pocas palabras que es, Ozzie se encoge de hombros. Lo señalo con el dedo.

—No creas que vas a librarte de la conversación que estábamos a punto de tener.

Es posible que tuerza la boca en una sonrisa, pero no tengo tiempo para comprobarlo, porque el timbre suena de nuevo.

Me asomo a la mirilla y me da un ataque de pánico.

Es Dev.

Capítulo 29

No estoy preparada para esto. ¿Dev? ¿En mi casa? ¿Con mi hermana y los niños aquí? ¿Y Ozzie? ¡Dios, no...! No, después del día que he tenido hoy. Una parte de mí quiere que se marche, quiere decirle que nos vamos a ver mañana de todos modos, y que necesito trabajar en lo que Lucky y yo sacamos ayer de Blue Marine.

Pero, por supuesto, no voy a hacer eso. He estado pensando en él prácticamente a todas horas desde la última vez que lo vi, y me muero por saber si a él le ha pasado algo parecido conmigo. Probablemente no. Probablemente ya haya visitado esa web de citas y haya encontrado a alguien con quien salir el sábado. El solo hecho de pensarlo me permite mostrarme bastante serena cuando abro la puerta para dejarlo entrar.

—Hola...

Al principio dirijo la mirada a Dev, pero luego la bajo hasta la figura que está a su lado. El tiempo se detiene unos segundos. Sé lo que estoy viendo, pero no acabo de asimilarlo del todo.

Un niño pequeño en una silla de ruedas. Y tiene los ojos de Dev.

Miro al hombre alto, con una sonrisa aún más radiante.

—¡Y has traído a tu hijo contigo! ¡Qué bien! —Miro a su hijo y me agacho. Extiendo la mano—. Me alegro mucho de conocerte. Me llamo Jenny, y tú debes de ser Jacob.

—Sí, soy Jacob. —Sonríe.

No tengo idea de por qué el hijo de Dev está en una silla de ruedas, pero veo que probablemente le resulta muy difícil, si no imposible, caminar. Tiene el cuerpo muy pequeño y está torcido hacia un lado. Es como si tuviera la columna vertebral muy desviada.

Miro a Dev con la esperanza de que mi rostro no deje traslucir la perplejidad que siento. Debo de parecer el personaje del Joker, esforzándome por no poner una cara rara y poco natural cuando, por supuesto, pongo una cara rara y muy poco natural, con una sonrisa demasiado forzada. Imposible evitarlo. Hasta me da un calambre en la mejilla izquierda.

—Hola —dice Dev, casi con timidez—. Ozzie y May me dijeron que iban a pasarse por aquí y que debía venir con Jacob un momento. Les dije que tal vez no era una buena idea, porque nadie te ha avisado de nuestra visita... Traté de enviarte un mensaje de texto, pero no me respondiste. Tendría que haber esperado hasta tener noticias tuyas...

Retrocedo rápidamente y abro la puerta de par en par.

—¡No, no digas tonterías! ¡Pues claro que ha sido buena idea! Me alegro mucho de que lo hayas hecho. Estábamos a punto de pedir pizza. ¡Quedaos a cenar con nosotros! —Miro al hijo de Dev mientras usa un *joystick* para hacer maniobras con su silla de ruedas y franquear el umbral—. ¿Te gusta la pizza, Jacob?

Odio tener que admitirlo, pero ni siquiera sé si puede comer pizza. Tal vez haya cometido un grave error al preguntar. No estaba preparada para esto. Si hubiera sabido que iba a venir y que era discapacitado, podría haber investigado sobre su enfermedad en internet o haber hablado con alguien o algo por el estilo, y así sabría qué hacer o decir sin meter la pata. ¡Aaargh, odio no saber cómo reaccionar!

—Claro, me encanta la pizza —dice, contestando como si yo fuera una persona totalmente normal haciéndole una pregunta totalmente aceptable.

Uf, menos mal. Acabo de evitar un desastre.

Cuando Dev pasa, miro hacia arriba y le doy una palmadita en el hombro, deseando con toda mi alma que mi cara traidora no haya delatado mis pensamientos.

—Gracias por venir.

Veo por su expresión que está nervioso o incómodo, y no me gustaría nada que se sintiera así por mi culpa y mi estúpida reacción. Seguro que se está preguntando si ha hecho bien al venir, y no quiero que tenga dudas al respecto.

Antes siempre me ponía nerviosa cuando entraba en una habitación llena de extraños con Sammy, sabiendo que iban a reírse en cuanto lo oyesen hablar, pero me acostumbré. El pequeño problema de Sammy no es nada comparado con lo que Dev y Jacob deben de pasar, así que quiero que los dos sepan que en esta casa no tienen de qué preocuparse. Pueden ser ellos mismos.

En cuanto formulo esos pensamientos, oigo la voz de Sammy destacando por encima de todas las demás voces mientras las risas se apagan.

—¿Quién ez ece? —pregunta.

Cierro la puerta, seguramente haciendo demasiado ruido, y corro a reunirme con los demás en el salón. Casi empujo a Dev en mi intento por llegar antes de que Sammy pueda decir algo que acabe hiriendo los sentimientos de alguien.

Sin embargo, antes de que me dé tiempo a hablar, el niño en la silla de ruedas responde.

—Soy Jacob. El hijo de Dev.

Llego a tiempo de ver a Sammy caminar y pararse delante de la silla.

—Fui a McDonald'z con Dev. Ez genial.

Jacob sonríe.

—Sí. Tienes razón. A veces a mí también me lleva a McDonald's.

May sujeta a las dos niñas y se las sube al regazo para que puedan sentarse y no se note tanto que están mirando a Jacob. Les hace cosquillas, pero básicamente la ignoran, más interesadas en los movimientos de su hermano. Saben que va a descubrir la historia que hay detrás de esa silla sí o sí, a menos que yo pueda intervenir y detenerlo a tiempo. Solo necesito hacerlo de forma un poco sutil.

Respiro hondo y le rezo una oración al universo pidiendo a los poderes superiores que guíen a mi hijo para que haga lo correcto. Si hubiese tenido tiempo de prepararme, seguramente me habría sentado con él y le habría explicado por qué Jacob va en silla de ruedas, y también le habría dicho que deberíamos hablar del tema cuando él no estuviese delante y que sería mejor guardarnos ciertas cosas para nosotros. Sin embargo, no he tenido oportunidad de mentalizarlo, así que tengo que contar con su inocencia infantil y con mis intentos anteriores de educarlo como madre para salir del paso.

—¿Por qué eztaz en eza cilla? —pregunta Sammy.

—Tengo parálisis cerebral. —Jacob lo dice como si tal cosa, pero, por supuesto, mi hijo no entiende absolutamente nada.

Sammy entrecierra los ojos y mira a Jacob con aire suspicaz.

—¿Puedez andar?

Vaya. Pues menos mal que le he pedido a las fuerzas del universo que me ayudasen... Entro en el salón con la intención de realizar una espectacular maniobra de distracción e interrumpir la conversación ahora mismo, pero Dev me toma de la mano con delicadeza, impidiéndome avanzar, y el contacto con su mano por poco me provoca un ataque al corazón. ¡Me está sujetando de la mano otra vez!

Cuando lo miro, asiente y me hace una señal para que espere.

Lo miro primero a él y luego a su hijo, tratando de decidir si eso es lo correcto, pero al final imagino que él debe de estar mucho más familiarizado que yo con esta clase de situaciones, y después de haber pasado parte de una tarde con mi hijo, desde luego sabe de lo que Sammy es capaz. «Por favor, Dios, no dejes que mi hijo hiera los sentimientos de nadie». Dev me suelta la mano y trato por todos los medios de controlar mis emociones. En un momento estoy en las nubes, volando, y al minuto siguiente, siento que estoy cayendo en picado como Ícaro, a punto de estrellarme.

Jacob responde con naturalidad.

—Sí, puedo andar, pero no me gusta. Voy muy lento y no es cómodo, pero mi padre me obliga.

Sammy asiente.

—¿A cuánta velocidad puedez ir? —Señala la silla de ruedas.

Jacob asiente.

—Bastante rápido, la verdad. Probablemente más rápido de lo que puedes correr tú.

Sammy abre los ojos como platos.

—Hala, ezo ez muy rápido... —Levanta uno de sus pies con las dos manos, para enseñar a Jacob sus zapatillas de deporte de Spiderman—. Miz zapatos corren muy rápido.

Jacob asiente.

—Me gusta Spiderman.

Los ojos de Sammy se iluminan.

—¡A mí también! ¿Quierez jugar a laz figuraz de acción conmigo?

Jacob se encoge de hombros, con la misma naturalidad de antes.

—Pues claro. Pero yo no me he traído ninguna de las mías.

Sammy corre hacia un rincón de la habitación y saca arrastrando una caja llena de juguetes.

—Ningún *poblema*. Tengo un montón. Te dejo loz míoz. —Sammy le enseña la caja a Jacob para que vea la totalidad de su colorido interior—. Juega con el que quieraz. Incluzo puedez jugar con miz favoritoz.

Señala las figuras más maltratadas y queridas del grupo: Spiderman, por supuesto, y también Superman.

Aquello es demasiado para mí. Doy la espalda a la escena y camino hacia la cocina. Las lágrimas me inundan los ojos, y esta vez no puedo contenerlas parpadeando.

Llego a la cocina sin llamar la atención de los niños, pero no estoy sola. Dev viene detrás de mí.

—¿Qué pasa? —me pregunta.

Sacudo los hombros para darle a entender que se vaya y niego con la cabeza.

—Nada. Estoy bien.

Apoya la mano en mi hombro y me obliga a volverme. Intento mantener la cabeza agachada para que no me vea la cara, pero me coloca el dedo debajo de la barbilla y me obliga a levantarla.

—¿Estás enfadada conmigo porque me he presentado aquí sin avisarte antes?

Lo sujeto de los antebrazos y lo aprieto con fuerza, mientras lo miro y niego con la cabeza con mucho vigor.

—No, por favor, no pienses eso. Nunca pienses eso. Estoy muy, muy contenta de que hayas venido, y estoy especialmente contenta de que hayas traído a tu hijo. Es solo que había tenido un día de mierda hasta que habéis llegado vosotros, y cuando he visto a mi hijo comportándose tan maravillosamente, me he dado cuenta de que, por muy malo que fuera mi día, al menos hay algo que funciona en mi vida.

Dev asiente.

—Tienes unos hijos estupendos.

No puedo decir nada porque sus palabras me hacen llorar aún más. Asiento con la cabeza.

Dev me atrae hacia sí y me estrecha entre sus brazos. Mi cara apenas sobrepasa la altura de su ombligo, pero no importa. Incluso ese abrazo torpe basta para inundarme con la felicidad más absoluta.

Apenas conozco a este hombre, a su hijo o incluso a su jefe, pero aquí están, en mi casa, haciendo que toda esta locura que estoy viviendo parezca que vale la pena.

—Debería haberte llamado —dice—. Esto ha sido un golpe, sé que lo ha sido.

Me alejo y lo miro.

—Por favor, no digas eso. Te juro que no ha sido ningún golpe. Tal vez sí me haya quedado un poco sorprendida, pero no en un sentido negativo, en absoluto. Yo solo... —Me aparto de Dev y me abanico la cara con la mano tratando de tranquilizarme—. Si te contara cómo me ha ido el día, entenderías por qué me he comportado como una idiota al abrir la puerta.

Se inclina para mirarme a los ojos.

—Pues cuéntamelo.

—Ahora no. —Me sorbo la nariz con fuerza, tratando de ahorrarle un espectáculo de mucosidad nasal bochornoso—. Además, tengo que pedir unas pizzas.

Rebusco en el bolsillo trasero y saco mi teléfono.

Antes de que pueda localizar el número de nuestra pizzería favorita en mis contactos, Dev me quita el teléfono y lo deja en la encimera. Señala con el pulgar por encima de su hombro.

—¿Oyes eso?

Ahora que lo dice, oigo de nuevo las risas y los chillidos de alegría procedentes de la otra habitación de nuevo. La voz de Jacob forma parte del resto esta vez.

—Es el sonido que hacen las personas a las que les trae sin cuidado si habrá pizza en la próxima media hora o no, así que puedes dedicar cinco minutos a contarme qué ha pasado.

Dejo escapar un largo suspiro de irritación y frustración cuando me doy cuenta de que tiene razón, y lo cierto es que quiero quitarme este peso de encima.

—Bueno, a ver... Volví a mi antiguo trabajo para recoger mi último cheque y mis cosas y acabé yendo a hablar cara a cara con mi jefe para negociar la indemnización.

—Espero que te diera algo.

—Oh, sí, lo hizo. Me dio lo que quería, pero tuve que ponerme en plan bruja odiosa para conseguirlo. No me gusta obrar así, como tampoco me gusta sentir que estoy amenazando a alguien solo para que haga lo correcto. Quiero que la gente haga lo que se supone que debe hacer sin que nadie la obligue, ¿entiendes?

—Claro, pero me alegro de que te hayas hecho valer.

—Sí, bueno, creía que esa iba a ser la peor parte del día, pero por desgracia, no ha sido así. Cuando he ido a recoger a Sammy a la guardería, me he enterado de que había tenido un problema con otros niños.

—¿Un problema? ¿Qué tipo de problema?

Levanto las manos en el aire.

—¡Eso me gustaría saber a mí! Pero lo único que me ha dicho la directora es que algunos niños se empujaron y unos cuantos se hicieron daño. Y ahora, Sammy ya no puede volver allí. —Bajo la voz para asegurarme de que no me oiga nadie en la otra habitación—. Y por lo visto, soy muy mala madre, porque mi hijo tiene un defecto del habla y yo no he hecho nada para solucionarlo.

A Dev le cambia la cara.

—¿Cómo dices?

—Es increíble, ¿verdad? No lo entiendo. Quiero decir, Sammy ni siquiera ha empezado la escuela infantil y esta mujer me dice que tengo que llevarlo a terapia con un logopeda o dejar de pensar que es gracioso cómo habla o no sé exactamente qué es lo que pretende... —Aparto la vista, porque si miro a Dev a los ojos, me echaré a llorar ahora mismo—. La gente es muy mala.

Dev da un paso hacia mí y me pone las manos en la parte superior de los brazos, zarandeándome con delicadeza para que lo mire. Obedezco, estirando el cuello para mirarlo a la cara.

—No toda la gente es mala. Parece que la directora de esa guardería sí lo es, pero la mayoría de las personas que dirigen guarderías son muy agradables y entienden que no todos los niños nacen exactamente como los demás. Las diferencias los hacen únicos y especiales, no deficientes.

—Gracias. Estoy completamente de acuerdo contigo. Y no soy una mala madre, ¿de acuerdo? Claro que me doy cuenta de que mi hijo cecea, sería imposible no darse cuenta. Pero no creo que presionarlo a esta edad sea una buena idea. ¿Acaso es un disparate pensar eso?

Dev me aprieta los brazos otra vez.

—No, claro que no. Estoy seguro de que haces caso de su pediatra y de que sigues sus instrucciones. Además, si hubiera algo realmente grave, tu instinto maternal te lo diría y tomarías cartas en el asunto, así que no tienes que preocuparte por lo que haya dicho esa mujer. Eres una buena madre y estás haciendo lo correcto, sea lo que sea.

No tengo más remedio que sonreír.

—Si ni siquiera sabes lo que estoy haciendo,¿cómo puedes decir que es lo correcto?

Se encoge de hombros y esboza una discreta sonrisa, por lo que se le marca un poco el hoyuelo.

—Porque lo sé. Sé qué clase de persona eres. No vas a hacer nada que pueda dañar a tus hijos, y no eres negligente. Lo sé por la manera en que se comportan estos tres niños y por la forma como tratan a los demás. Son amables, educados y divertidos. Los hijos no salen así si alguien es un imbécil.

No puedo dejar de sonreír.

—Teniendo en cuenta mi conducta de hoy, hay al menos dos personas que no estarían de acuerdo contigo.

Dev me atrae hacia su cuerpo de nuevo y me abraza con fuerza.

—Si alguna vez te comportas como una imbécil en mi presencia, te prometo que te lo diré.

Le doy una palmadita en la espalda.

—Yo también. Lo mismo te digo.

—¿Quieres que pida las pizzas? —pregunta.

Me encojo de hombros, dando un paso atrás para deshacer nuestro abrazo. Un abrazo tan intenso en la cocina probablemente es un poco exagerado para una cena a base de pizza. No quiero que mis hijos nos vean así, porque ni siquiera estoy segura de qué es lo que pasa entre nosotros.

—Adelante. Creo que ya tienes el número.

Dev se saca el teléfono del bolsillo y me lo enseña.

—Sí, aquí lo tengo. Voy a ir ver qué pizza quieren los demás.

Se da media vuelta y sale de la cocina hacia el salón sin decir nada más.

Abro la nevera y saco una botella de vino para los adultos y una botella de zumo de manzana para los niños. Cuando saco unas copas del armario y las pongo en la encimera, no puedo evitar ponerme a tararear una canción. Yo aquí pensando que iba a pasar la noche llorando y bebiendo sola, para luego acostarme preguntándome en qué me habré equivocado y, en cambio, estoy rodeada de personas a las que quiero y que me quieren, a punto de celebrar una cena improvisada. Y mañana saldré a cenar con el hombre más tierno y comprensivo que he conocido en mi vida.

Es evidente que debo de haber hecho algo bien; solo espero no estropearlo todo. Definitivamente, necesito hablar con mi hermana cuanto antes, las dos solas. Antes de que se me olvide, le envío un mensaje de texto. Aunque está en la otra habitación, no quiero que se enteren los demás. No quiero que Dev sepa que estoy analizando o planeando algo que tiene que ver con él.

Yo: Tenemos que hablar, pronto.

Diez segundos después, llega su respuesta.

May: ¿Ahora?

Yo: No. Mañana por la mañana. Café aquí. 8. No llegues tarde.

May: No faltaré, por nada del mundo.

Capítulo 30

Abro la puerta y doy la bienvenida a mi hermana antes de que le dé tiempo siquiera a tocar el pomo. Después de darme un abrazo y un beso, me entrega un sobre.

—¿Qué es esto? —pregunto, examinándolo. Está en blanco, no hay nada escrito en él.

—Es tu tarjeta de regalo y el primer cheque por tu trabajo.

Sonríe de oreja a oreja.

—¿Estás segura de lo de la tarjeta de regalo?

—No digas tonterías. No es un regalo. Te lo has ganado. Y ahora tenemos una excusa para ir de compras juntas.

Me encanta ir de compras con mi hermana, y han pasado años desde la última vez que lo hicimos.

—Muy bien, me lo quedo. —La hago pasar a la cocina y señalo hacia la mesa—. Siéntate. Estoy a punto de sacar unos *muffins* del horno.

May obedece mis órdenes. Se sienta y rodea con las manos la taza de café que le acabo de servir.

—Huele a gloria.

Empujo con el codo la puerta del horno para cerrarla y coloco la bandeja caliente con los *muffins* sobre la encimera.

—Esta mañana me levanté muy temprano y lo preparé todo antes de que se despertaran los niños.

No le digo que no he pegado ojo en toda la noche porque estaba preocupada por Sammy, ni que he tenido que tomar medidas drásticas y llevarlo a la guardería de emergencia, esa que odio porque siempre huele a pañales sucios, pero que resulta que es el único lugar donde lo acogen sin previo aviso cuando es necesario. Encontrarle una nueva guardería es mi máxima prioridad después de presentar mi informe al equipo de Bourbon Street Boys, pero no hace falta que estrese a mi hermana con cosas que no puede controlar.

May me mira arqueando una ceja.

—Uau, veo que alguien está muy motivada. ¿Compraste ese vibrador al final?

—No, no he comprado ningún vibrador, cállate. —Le enseño un *muffin*—. Quieres uno de estos, ¿verdad?

—¿Cagan los osos en el bosque?

—Pues sí. —Dispongo mis creaciones culinarias en forma de pirámide en una bandeja, sintiéndome como una superheroína por conseguir que no se caiga ninguna—. Y como curiosidad... ¿Sabías que puede nacer un roble de los excrementos de los osos? Es porque comen muchísimas semillas.

—¿Te ha dicho alguien alguna vez que ves demasiados programas de Animal Planet?

Lanzo un resoplido antes de responder.

—La verdad es que me lo digo a mí misma a todas horas. No tienes idea... Estoy todo el tiempo comparando a las personas con animales del reino salvaje. Es ridículo. De verdad, necesito emoción en mi vida.

Me siento y pongo dos platos y varios *muffins* entre las dos.

May echa un vistazo a mis creaciones.

—No estoy segura de poder comerme más de uno.

—No te preocupes por eso, que ya me comeré yo lo que tú no te termines. Últimamente como un montón para matar la ansiedad.

May retira el envoltorio de papel de uno de las *muffins*.

—Vamos, he venido para hablar contigo y tengo dos horas, así que empieza. Dime qué está pasando.

Tomo un sorbo de café antes de comenzar.

—Antes de soltarte mis miserias, háblame de Ozzie y de ti. ¿Cómo os va a los dos?

El comentario de Ozzie sobre que algún día May será una buena madre sigue rondándome por la cabeza.

Ella mastica su *muffin* y me sonríe.

—¿Qué quieres decir con que cómo nos va? Nos va bien.

Lanzo a mi hermana la típica mirada que dice: «No hagas que me enfade».

—Cuando estuvo aquí anoche, mencionó algo sobre ti y tener hijos. Me dio la sensación de que estaba tratando de decirme algo, pero luego se armó tal jaleo con los niños que ya no tuve oportunidad de seguir preguntándole. ¿Hay algo que quieras contarme?

Si me dice que está embarazada, voy a tirar este plato al otro lado de la habitación, lo juro. Mi reacción será fruto de dos emociones: felicidad y frustración. Por supuesto, mi hermana va a ser la mejor madre de la historia, pero ¿con Ozzie? ¿Está preparada para eso? ¿Estoy preparada para eso?

May me mira frunciendo el ceño.

—No. ¿Por qué lo dices?

Obviamente, es imposible que Ozzie sepa que mi hermana está embarazada sin que ella lo sepa, pero eso no significa que mi hermanita no esté intentando engañarme. Se ha vuelto mucho más lista desde que empezó a salir con Ozzie.

—Dime solo una cosa: ¿estás embarazada?

May se queda boquiabierta.

—¿Qué? ¡No! ¿De dónde has sacado esa idea? —Mira hacia abajo, hacia su estómago—. ¿Es que me ves más gorda?

Le doy un golpe en el brazo.

—Pues claro que no te veo más gorda. Dios mío, pero si nunca has estado tan delgada... ¿Te dan de comer al menos en esa casa? —Me temo que mi tono de voz deja traslucir mis celos. Por suerte, mi hermana no se siente ofendida.

—No. Trago como una bestia, te lo juro. Ozzie cocina increíblemente bien. Es solo que Dev me programa tantos entrenamientos que quemo todas las calorías y unas cuantas más. —Esboza una sonrisa de felicidad—. La verdad es que yo me veo muy bien.

Asiento enérgicamente.

—Sí, se te ve muy bien. Estás estupenda. Ahora mismo te tengo una envidia horrorosa. Eres una de esas brujas delgadas de las que solíamos burlarnos.

May me guiña un ojo por encima de la taza de café.

—Dev se muere de ganas de ponerte las manos encima. Va a ser muy emocionante.

Me mira moviendo las cejas, dándome a entender que sus palabras tienen un doble sentido.

No me puedo creer que haya dicho eso. ¿Cómo se puede tomar mi vida amorosa tan a la ligera?

—¿Por qué me miras así? —pregunta, bajando la taza—. ¿Es que te has atragantado con un trozo de *muffin*? ¿Necesitas que te haga la maniobra de Heimlich? —Se lleva las manos al cuello—. Esta es la señal de la asfixia. Hazme la señal si te estás ahogando.

Niego con la cabeza; menudas tonterías dice.

—No me estoy ahogando, tonta. Es solo que no sé cómo puedes decir lo que has dicho así, tan alegremente.

May inclina la cabeza como un perro confuso.

—¿Qué he dicho?

Abro mucho los ojos con expresión enfática, esperando que ella misma lo deduzca. Casi la veo presionar el botón de rebobinado en su cerebro. Su rostro se relaja y sonríe.

—Ah, ya entiendo. Eso ha sonado un poco raro, ¿no?

—Tal vez un poco.

—Lo que quería decir es que Dev está entusiasmado ante la idea de asignarte un programa de entrenamiento. Lucky me dijo que te estabas planteando venir a trabajar con nosotros, así que, si lo haces, comenzarás a ejercitarte con Dev, como hice yo, y verás los mismos resultados. Te lo prometo.

Ha tocado tantos temas que no sé por dónde empezar. ¿Dev? ¿El trabajo? ¿Hacer ejercicio? ¿Lucky? Dejo que mi cerebro se ponga en modo automático y escoja por sí mismo.

—¿Cómo sabes lo que quiere Dev?

Se encoge de hombros, tratando de actuar con indiferencia, pero a mí no me engaña.

—Pues no sé... Hablamos a veces, cuando estamos trabajando.

—¿Sobre mí?

Menea las cejas.

—¿A que te gustaría saberlo?

La agarro del brazo y lo aprieto.

—¡Sí! ¡Por eso te estoy haciendo estas preguntas! Por favor, no me hagas suplicarte. Me da mucha vergüenza...

Escojo un *muffin* y retiro el envoltorio con mucho cuidado; así puedo concentrarme en algo que no sea mi hermana y su mirada de lo que parece lástima.

—La situación es muy tierna: los dos os gustáis, pero ninguno quiere ser el primero en decirlo.

Desvío la atención de mi *muffin* y miro a mi hermana.

—Pero ¿tú cómo lo sabes? ¿Te lo ha dicho él?

—No hace falta que me lo diga. Eso se ve.

Niego con la cabeza, decepcionada. Mi hermana es muy inteligente, pero eso no significa que pueda leer la mente de un hombre. En mi experiencia, los hombres son demasiado introvertidos para sea factible leer sus pensamientos.

—Bueno, a mí me parece un tipo genial, pero no estoy segura de que yo le guste de verdad. Creo que se siente atraído por mí, sí, pero no como para empezar una relación conmigo. No una relación seria. Podría querer jugar y punto.

—¿Por qué dices eso?

—Porque estuvimos mirando juntos una web de esas de citas en el ordenador y me dijo que debería encontrar un hombre y salir con él. Era la situación perfecta para que él mismo se hubiese ofrecido a ser ese hombre, pero en vez de eso, me sugirió que saliera con otra persona. Quiero decir, eso no es lo que haría un hombre que estuviera interesado por mí.

May frunce el ceño.

—Qué raro... Me ha hecho muchas preguntas sobre ti, incluso cuando hablábamos de otras cosas. Simplemente te mencionaba por casualidad, varias veces. Pero ¿por qué iba a decirte que salieras con otros chicos si le gustas tanto?

—Eso es justo lo que estoy diciendo.

En este momento me siento muy triste. Dios, qué mala pinta tiene esto... Me voy a quedar sola el resto de mi vida.

—Tal vez lo he malinterpretado. Tal vez he leído mal las señales o algo así.

Asiento con la cabeza.

—Probablemente solo está siendo amable. Te pregunta por mí porque sois compañeros de trabajo y te aprecia mucho.

May no parece muy convencida.

—No lo sé. Parece estar interesado en algo más que una simple amistad. Pero con Dev nunca se sabe. Es bastante reservado con esas cosas, supongo.

—¿Por qué dices eso?

—Bueno, por su hijo, para empezar...

—¿Jacob? ¿Qué quieres decir?

Doy un gran bocado a mi *muffin* para evitar hablar durante un rato; quiero escuchar todo lo que pueda decirme May sobre ese tema.

—No supe lo de Jacob hasta hace poco. Quiero decir, sabía que Dev tenía un hijo, pero no que su hijo tenía necesidades especiales, o que era un padre solo y que se encargaba él de todo.

—¿Cómo es posible que no supieras cuál era su situación? Estás saliendo con su jefe, y ves a Dev todos los días...

Es evidente que mi hermana necesita un poco de entrenamiento sobre cómo ser una buena chismosa. Y yo que creía que le había enseñado todos los trucos...

Se encoge de hombros.

—Ozzie no suele compartir detalles personales de terceros conmigo. Si pregunto por algo específico, generalmente me contesta, pero nunca me da más detalles ni amplía la información por propia voluntad. —Se encoge de hombros de nuevo—. Supongo que nunca se me ocurrió preguntarle por la vida familiar de Dev.

Niego con la cabeza.

—A veces ni siquiera estoy segura de que estemos emparentadas.

Me señala con el dedo y luego se señala a sí misma.

—Tú siempre eras la psicoanalista y yo siempre era la paciente, ¿recuerdas?

—Supongo que sí. Estoy empezando a pensar que debería haberte dejado ser el médico más a menudo.

May se acerca y pone la mano sobre la mía, apretándola suavemente.

—Siento no haberte preguntado más por tu vida. Debería haberme interesado más por lo que pasaba con Miles y los niños.

Entonces pongo la mano libre sobre la de ella, formando así una torre de apoyo entre hermanas.

—No digas eso. No has hecho nada mal; eres la mejor hermana del mundo. En serio. No quería hablar contigo hoy para hacerte sentir culpable, porque no tienes nada de lo que sentirte culpable.

Ella se recuesta hacia atrás, aparentemente más tranquila.

—Entonces, ¿qué vas a hacer con Dev?

—Bueno, vamos a salir a cenar esta noche, y luego ya veremos. Supongo que lo decidiré sobre la marcha.

La expresión de May se ilumina.

—¿Vais a salir a cenar? ¡Eso es genial!

Da un mordisco gigante a su *muffin*, haciendo que caiga una pila de migas y aterrice en su regazo. Se las cepilla y las arroja al suelo y luego se queda paralizada cuando se da cuenta de lo que está haciendo.

—Oh, *mieffda*. Fee no *efftá* aquí —dice con la boca llena.

Hago caso omiso de su alusión al hecho de que su perro no está aquí para limpiar el estropicio. Ya pasaré el aspirador más tarde; tengo problemas más importantes en este momento.

—No es una cita —le aclaro—. Hicimos una apuesta y la perdí, y el perdedor tenía que invitar a una cena. Y en esta cena o lo que sea lo de esta noche, se supone que vamos a seguir hablando de nuestra estrategia de citas.

La boca de May todavía está demasiado llena de migas de *muffin* para responder, pero lo intenta de todos modos.

—¿*Vuefftra efftrategia* de citas?

Salen más migas disparadas de su boca.

—Sí. Nuestra estrategia para salir con otras personas. —Niego con la cabeza, decepcionada conmigo misma. ¿Por qué no tengo agallas para decirle lo que siento?—. Es tan absurdo...

May logra al fin tragarse su trozo de *muffin* y habla con voz tensa.

—¿Y de quién fue la brillante idea?

—No me acuerdo. La mayoría de las veces, cuando estoy con él, me siento muy, muy cómoda, como si estuviera con alguien que conozco desde hace mucho tiempo, con un buen amigo, ¿sabes? Y entonces hace o dice algo que me hace ver lo maravilloso, lo agradable o lo divertido que es, y entonces todos esos buenos sentimientos de amistad desaparecen y me pongo a babear por él y empiezo a comportarme como si solo tuviera medio cerebro. —Voy levantando la voz a medida que mi incapacidad para llevar una vida de soltera adulta queda cada vez más patente—. Y luego, al cabo de un minuto, no sé por qué, resulta que estamos hablando de salir con otras personas. Es muy frustrante, de verdad. He perdido totalmente la práctica con toda esta historia de ligar con hombres. Acabo de empezar y ya tengo ganas de tirar la toalla. Y odio que a Miles se le dé mucho mejor que a mí.

May niega con la cabeza.

—Aquí el problema no eres tú. Y ni se te ocurra compararte con ese pedazo de mierda, Miles. Puaj. Él es un idiota y tú no, ¿de acuerdo?

Las dos sonreímos. A mi hermana siempre se le han dado bien las palabras.

—Todo esto con Dev... no dejes que te deprima. Creo que es un hombre complicado. De hecho, creo que todos los miembros de Bourbon Street Boys son personas especialmente complicadas. Tuvieron una infancia difícil aquí, en Nueva Orleans. Nosotras creíamos que lo habíamos pasado mal, pero lo nuestro no fue nada comparado con lo que tuvieron que vivir ellos, créeme. Ozzie me contó algunas historias... —Sacude la mano, ahuyentando ese pensamiento antes de que pueda dar más detalles—. El caso es que juntos sufrieron muchas desgracias y eso los unió. Son una gente especial, sin duda, y se tarda más tiempo en llegar a conocerlos, pero cuando llegas ahí... cuando te aceptan en su grupo... merece la pena.

Ansío la clase de aceptación que está describiendo. Ojalá fuese distinta y pudiese dejar de preocuparme por todo.

—Me alegro mucho por ti, porque hayas encontrado a Ozzie y su equipo. Para mí es difícil, pero es evidente que para ti es una suerte.

Es una buena sensación poder admitirlo al fin en voz alta. Todos los riesgos que corre mi hermana se desvanecen un poco en mi mente cuando veo la expresión de felicidad en su rostro y oigo la confianza que rebosa su voz. Ha encontrado su lugar en el mundo, y eso es algo a lo que aferrarse. Joder, yo tengo treinta y dos años y todavía no he llegado ahí; y estoy empezando a dudar de que llegue algún día.

—Gracias —dice ella—. Me preocupaba que no lo aprobaras.

—La verdad es que no lo aprobaba. Si te soy sincera, estaba histérica por tu cambio de rumbo. Sé que Ozzie es un buen tipo, pero tu vida ha cambiado radicalmente desde que lo conociste, y me preocupan los riesgos que corres saliendo a tomar fotos de criminales.

—Pero sabes que recibo entrenamiento para eso, y cuento con el apoyo y la protección de todo el equipo. Nunca hago el trabajo yo sola, y casi todo lo que hacemos ocurre entre bastidores.

Asiento con la cabeza.

—Lo sé. Pero aun así, en mi primer día allí... ¿Recuerdas? Hubo ese... incidente o lo que sea. ¿Sabes ya qué fue eso?

May asiente y se pone muy seria de repente.

—Tenemos una idea.

La miro arqueando las cejas.

—¿Es ultrasecreto, información confidencial, o puedes darme algún detalle?

No me responde inmediatamente, lo que solo hace que sienta aún más curiosidad. Subo la apuesta dándole otro *muffin* y luego me recuesto de nuevo en la silla. Si me dejo guiar por la expresión de mi hermana, la cosa promete.

Capítulo 31

Mi hermana parece un poco incómoda.

—La verdad es que no estoy segura —dice—. Técnicamente, no eres una empleada de Bourbon Street Boys, al menos que yo sepa. ¿Te han ofrecido ya trabajo de forma oficial?

—No. Lucky insinuó que podría haber trabajo para mí, pero no tengo la impresión de que sea él quien deba hacer la oferta.

May niega con la cabeza.

—No, debería venir de Thibault o de Ozzie. Pero sé que hay una vacante. Supongo que solo habrías de comunicarles que estás interesada. Todo el mundo ha tenido la impresión de que no estás del todo convencida, y nadie quiere presionarte.

Asiento con la cabeza.

—Han dado en el clavo. No estoy convencida del todo. Veo las ventajas, y la verdad es que necesito un trabajo ahora, pero todavía existe ese elemento de riesgo... Total, que he decidido pensarlo un poco más. —Me callo unos segundos y luego trato de actuar con despreocupación—. Entonces, ¿sabes a qué vino la abolladura de la puerta? ¿Quién lo hizo?

May asiente.

—Supongo que puedo decírtelo. Has firmado un acuerdo de confidencialidad y estabas presente. —Lanza un suspiro—. Creemos que lo sabemos. Teníamos un dispositivo de vigilancia alrededor del edificio y captamos algunas imágenes en vídeo. Ozzie y Thibault lo están investigando ahora mismo... junto con Toni.

La forma en que ha mencionado la participación de Toni me hace prestar más atención.

—¿Tiene algo que ver con ella? ¿Con Toni?

—Creo que sí. Ozzie no está seguro, pero a juzgar por algunas de las cosas que hemos visto, y algunas de las cosas que ha dicho Toni, creo que tiene algo que ver con su pasado. Con su ex.

—Oooh..., chismes... Cuéntamelo todo. —Tengo la sensación de que cualquier cosa que tenga que ver con el ex de Toni será una historia interesante. De hecho, no puedo imaginar nada sobre la vida de Toni que sea aburrido. Estoy segura de que hasta sus rutinas diarias harían palidecer las mías: seguro que se cepilla los dientes mientras hace girar *nunchakus* y se pone máscara de pestañas mientras lanza estrellas ninjas al centro de una diana en el otro extremo de la habitación. Espero con ansia a que May cante como un pajarito.

Normalmente, mi hermana aprovecharía sin dudarlo cualquier oportunidad de compartir conmigo los chismes sobre personas interesantes, pero ahora se está mordiendo el labio, actuando como si no estuviera segura de querer hacerlo.

—¿Qué pasa? ¿A qué esperas? Vamos, hermana, o me veré obligada a requisarte los *muffins*. —Agarro uno y lo levanto a la altura de mi hombro.

—Ozzie me ha contado algunas cosas sobre el pasado de Toni, pero estoy segura de que no querría que se lo dijese a nadie.

De todo lo que que May ha dicho o hecho desde que conoció a Ozzie, esto es lo que me deja más impresionada. Hasta la fecha, que yo sepa, nunca jamás me ha ocultado un secreto. Hasta ahora. Eso me produce tristeza y felicidad al mismo tiempo.

May me lanza una enorme miga de *muffin*.

—¿Por qué me miras así? Parece como si te acabara de dar una bofetada en la cara o algo así.

Recojo la migaja de mi camisa y se la tiro a ella.

—No, solo estaba pensando en lo mucho que jode cuando tu hermanita crece y abandona el nido.

—Oh, qué tierno... —dice en tono burlón, justo antes de ponerse seria—. ¿De qué diablos hablas?

Desenvuelvo el *muffin* lentamente mientras le respondo.

—El otro día, mientras Dev y yo charlábamos, me dio su opinión sobre ti, y la verdad es que me hizo pensar en muchas cosas.

—¿Como por ejemplo...?

—Por ejemplo, que siempre te he visto como a mi hermana pequeña e indefensa, como a alguien a quien debía proteger, y en cambio, ahora que somos mayores y tenemos nuestras propias vidas, esa no es una imagen precisa de quién eres tú o quién necesito ser yo.

—Ajá...

Lanzo un suspiro de frustración.

—No sé si Dev es una especie de gurú o algo así, pero cada vez que hablo con él, siento que tengo una idea más clara de quién soy y de cómo es mi vida.

Me entristezco al pensar en lo que viene a continuación. Admitirlo en voz alta es más difícil que pensarlo simplemente.

—Y no siempre me gusta todo lo que veo. Siento que he tenido miedo de demasiadas cosas durante demasiado tiempo, y básicamente me he convertido en una tortuga escondida en un caparazón, dejando pasar una vida emocionante y llena de aventura. Supongo que por eso ahora me siento tan confundida con respecto a Bourbon Street Boys, a los niños, a todo el tema de salir con hombres...

—Parece que tengas la crisis de los cuarenta o algo así.

Niego con la cabeza.

—No, no creo que sea eso. No tengo ganas de comprarme un Corvette o salir con un chico de dieciocho años o algo así. Pero

¿estoy preparada para ser una profesional *freelance* para una empresa de seguridad? No lo sé. Este trabajo realmente te ha cambiado, May, y supongo que tú también lo ves.

Asiente con la cabeza.

—Así es. Pero creo que todos los cambios han sido para bien. ¿Y qué tienen que ver mis cambios contigo? Tendremos papeles distintos. Podrías trabajar desde casa la mayor parte del tiempo. No es lo mismo.

—Estoy de acuerdo en que son cambios positivos para ti. Bueno, al menos ahora. No pensaba lo mismo la semana pasada, pero después de conocer un poco mejor al equipo y de verlos en acción, me doy cuenta de qué es lo que ves en ellos. Entiendo por qué estás entusiasmada al ir a trabajar por la mañana, y también veo por qué encuentras a Ozzie tan atractivo. Tiene seguridad en sí mismo, es un hombre inteligente y es muy leal.

—Y es increíble en la cama. No te olvides de esa parte. —No puede dejar de sonreír.

—Tú y yo sabemos que esa no es la razón por la que estás con él, pero es una ventaja añadida.

May tiene un brillo ausente y soñador en los ojos que me produce mucha envidia. Rápidamente cambio de tema para no pensar nada negativo. Estoy encantada de que sea tan feliz.

—De todos modos, ha estado muy bien hablar con Dev, y creo que realmente podría divertirme con él como amigo, así que, aunque solo sea eso lo que haya entre nosotros, una amistad, seré feliz.

—Yo también me alegro por ti. —May sonríe—. Podríais formar una buena pareja.

Niego con la cabeza.

—No nos anticipemos. Nos conocimos la semana pasada.

—¿Y qué? El amor a primera vista es real. Créeme, lo sé.

Me río.

—Me dijiste que cuando conociste a Ozzie, pensabas que era un hombre horrible y una bestia, con esa barba. Dijiste que era feísimo. Eso no fue amor a primera vista, de ninguna manera.

May me mira frunciendo el ceño.

—Esa impresión duró solo unos diez minutos. Una vez que se afeitó y vi lo guapo que era, fue suficiente. Me enamoré de él como una loca.

Pongo los ojos en blanco.

—Lo que tú digas.

May arruga el papel de su *muffin*.

—Entonces, ¿encontraste algo importante en los archivos de ordenador de la otra noche?

—Bueno, probablemente debería guardármelo para la reunión de hoy, pero anoche, después de que los niños se fueran a la cama, encontré algunas cosas interesantes en las unidades clonadas.

May se sienta con la espalda erguida en la silla.

—¿De verdad? Cuéntamelo.

Me inclino hacia delante, entusiasmada por lo que descubrí después de trabajar hasta altas horas de la madrugada.

—En Blue Marine hay una empleada que se sienta en la estación número tres, llamada Anita, que ha estado maquillando las cuentas. Aún no se lo he contado todo a Lucky.

—¿Y qué? Cuéntamelo de todos modos.

Estoy demasiado emocionada con mis hallazgos como para callármelos.

—Creo que puedo probar la existencia de al menos dos empresas falsas que esa mujer ha creado para desviar fondos a una de sus cuentas.

May se queda boquiabierta y tiene que hacer un visible esfuerzo para hablar.

—Oh... Dios mío. Eso es... increíble. ¿Cómo lo descubriste?

Me encojo de hombros.

—Bueno, esa mujer es una experta en temas informáticos muy sofisticados, eso tengo que reconocérselo.

—Pero no tanto como mi hermana —dice May, apretándome el brazo.

Sonrío.

—Exacto.

Aprovecho esta oportunidad con mi hermana para explicar lo que he hecho de forma que un lego en la materia pueda entenderlo, sabiendo que bizqueará en cuanto diga algo demasiado técnico.

—Utilizó un *software* de ocultación de archivos que tenía una matriz de cifrado AES 256 bastante difícil...

May se pone a bizquear prácticamente en cuanto empiezo con mi explicación.

—Oh, Dios mío, eres una *nerd*.

—Soy una friki de la informática, no una *nerd*. Hay una gran diferencia. —Intento explicárselo de nuevo—. Digamos que ella tenía una contraseña superdifícil en el sistema, pero yo la descubrí. Y quizá haya accedido a algunos documentos legales en internet que se suponía que no debía ver y que me han permitido seguir el rastro de esas empresas hasta llegar a ella. Creo que pagó mucho dinero a un abogado para mantenerlo todo en secreto, pero debería haber contratado también a un ingeniero informático. —Sonrío como el Gato de Cheshire.

May se inclina para darme un abrazo espontáneo.

—Eres tan increíble... Sabía que podrías hacerlo. Pero hazme un favor: no se lo expliques a ellos como me lo has explicado a mí. Usa toda esa jerga tan rara.

Me río.

—¿Por qué?

De repente, parece desesperada.

—¡¿Que por qué?! ¡Pues porque quiero que te ofrezcan el trabajo! Si actúas como si no fuera gran cosa, pensarán que pueden contratar al primer tontaina que pase por la calle para que lo haga.

Eso me sorprende un poco.

—¿Quieren contratar al primer tontaina que pase por la calle?

May niega con la cabeza.

—No, claro que no. Quieren contratarte a ti, pero Toni suele ser muy negativa con la gente que se incorpora al grupo, así que me da miedo que haga extender la idea entre el equipo de que en el fondo no quieres trabajar allí. Pero si puedes demostrarles que lo que haces es muy especial y que no puede hacerlo ningún payaso informático, creo que habrá más posibilidades de que no hagan caso a Toni.

—Uau. No sabía que le cayese tan mal.

May niega con la cabeza vigorosamente.

—No es que le caigas mal. Te lo prometo. Es solo que es muy arisca, todo el tiempo. Incluso cuando es amable conmigo, sospecho que me la está jugando. Así que no te lo tomes como algo personal.

Parece como si fuera a decir algo más, pero se calla. Recelo al instante.

—¿Qué ibas a decir?

—¿Qué? ¿Qué quieres decir? No iba a decir nada. —Está hablando con un tono demasiado despreocupado y alegre para estar diciendo la verdad.

La fulmino con una mirada de madre furiosa.

—No juegues, May. Estabas a punto de decir algo sobre Toni. ¿Qué era?

May juguetea con el envoltorio de uno de los *muffins* durante un rato antes de responderme.

—No debería decírtelo, de verdad.

Le quito el papel para que no se distraiga.

—No, tienes que decírmelo.

May abre la boca para responder a mi pregunta cuando le suena el teléfono. Mira la pantalla y levanta el dedo hacia mí.

—Tengo que responder. Es Ozzie.

Intento no enfadarme cuando contesta la llamada y me pongo a limpiar la mesa y las migas mientras intercambia una breve conversación con su novio. Quiero saber de veras qué iba a decirme sobre Toni. Tal vez si la conociera mejor, podría arreglar lo que sea que haya hecho mal. No me gustaría trabajar en Bourbon Street Boys si Toni me odia; sería demasiado incómodo.

Estoy enjuagando las tazas de café en el fregadero cuando May se levanta.

—¿Te vas? —pregunto.

—Sí. Ozzie necesita que haga algo inmediatamente.

Qué oportuno...

—¿Vas a acabar de decirme lo de Toni antes de irte?

—Tal vez en otro momento. —Se echa la correa del bolso al hombro y guarda el teléfono—. Estarás en la nave industrial hoy a las once y media, ¿verdad?

—Sí. Voy a terminar de escribir el informe sobre lo que averigüé esta mañana, me vestiré e iré hacia allá.

May me da un abrazo y un beso en la mejilla.

—Estupendo. Te veré luego. Gracias por los *muffins*. —Toma otro de la fuente de la encimera y se dirige hacia la puerta principal—. Voy a llevarle uno a Ozzie. ¡No te sorprendas si te pide la receta!

Niego con la cabeza mientras camino hacia el recibidor y veo a mi hermana salir por la puerta principal. Ya casi me veo haciendo algo tan absurdo como intercambiar una receta con ese gigante de hombre, el hombre del que se enamoró después de verlo solo en una ocasión. Nuestras vidas son una locura absoluta en este momento, pero, por primera vez, empieza a gustarme la locura.

Capítulo 32

Probablemente debería ser más responsable y terminar de escribir mi informe para el equipo primero, pero estoy ansiosa. Tanto hablar sobre Dev y sobre una posible relación amorosa con él me ha hecho darme cuenta de lo mucho que necesito salir y dejar de fingir que tengo ochenta y cinco años y que las citas con hombres son cosa del pasado. Solo tengo treinta y dos años, me queda mucha vida por delante. Me queda mucho sexo por delante. Y si no va a ser con Dev, tendrá que ser con otra persona. No puedo dejarlo todo en manos de las buenas vibraciones que mi hermana percibe sobre nosotros.

Cuando estoy segura de que May se ha ido, entro en mi despacho y enciendo el ordenador. Todavía voy con la sudadera, con el pelo totalmente despeinado, pero no importa. Mi futuro novio nunca me verá así. Si las historias que he leído en internet son ciertas, probablemente elegiré al peor tipo de toda la ciudad para salir en mi primera cita, y tendré una historia increíblemente divertida que contarles a mis amigas después.

Entro en la web de citas y miro la pantalla de inicio. Todavía estoy conectada desde que Dev y yo visitamos la página juntos. ¿Qué debería hacer ahora? ¿Comenzar una nueva búsqueda, o usar la que ya realicé cuando estaba buscando a Dev?

Como no me decido, decido completar mi propio perfil. Eso me lleva diez minutos largos, y luego vuelvo a estar atascada otra vez al principio. ¿Cómo encuentro una cita?

Los resultados de mi búsqueda para encontrar Dev siguen ahí: una lista de casi treinta nombres con frases textuales sacadas de sus anuncios. Intento imaginar qué aspecto tendría mi candidato potencial, y lo que le gustaría hacer en su tiempo libre, pero lo único que me viene a la cabeza es un hombre que se parece a Dev y que tiene sus mismas aficiones. Debería admitir de una vez que estoy colada por él.

Hago clic en los resultados de búsqueda para actualizarlos. Ahora hay veintinueve nombres.

—Bueno, qué demonios... Podría empezar por estos tipos y ver adónde me lleva.

Examino los perfiles y me sorprendo reduciendo los candidatos a los mismos tres que había elegido antes. Sé que el que dice que todavía está buscando a su persona favorita es Dev, así que, obviamente, no lo selecciono a él. Eso sí sería un acto desesperado, escogerlo de forma deliberada y luego fingir que se me había olvidado que era él. Ufff, qué vergüenza...

En vez de eso, hago clic en el que dice «Toma mi mano y caminaremos juntos». Cuando hago clic en el enlace «Leer más» y examino su perfil más detalladamente, me sorprende una vez más lo mucho que me recuerda a Dev. Sin embargo, Nueva Orleans es una ciudad bastante grande, así que supongo que no debería extrañarme que haya más de un tipo que cumpla mis criterios y se parezca a otro. Sin pararme a pensar qué estoy haciendo, continúo y hago clic en el botón «Enviar mensaje» y escribo uno rápido.

He visto tu perfil en la web. ¿Te gustaría quedar para tomar algo?

El mensaje se firma automáticamente con mi nombre de usuario: salu2desdnola.

Espero un momento antes de hacer clic en el botón «Enviar». No tengo nada que perder, ¿verdad? Puede que parte de mi orgullo, pero no me queda mucho de eso. Por lo visto, no necesito mucho orgullo para sobrevivir.

Me quedo un momento preguntándome qué hacer a continuación, y luego percibo mi pestilente aliento.

—Puaj.

Mi próximo paso está muy claro. Es hora de prepararme para el trabajo. Siento una punzada de emoción cuando me doy cuenta de que, de hecho, tengo un trabajo al que ir. No está nada mal para una chica a la que despidieron el lunes.

Justo cuando estoy a punto de cerrar sesión en la web, oigo un pitido y aparece una pequeña ventana. Dentro de ella hay un corazón que parece estar latiendo. A mí también se me acelera el corazón cuando me doy cuenta de que alguien ha respondido a mi mensaje. Leo la respuesta a medida que aumenta mi ansiedad.

¡Eso sería genial! ¿Dónde?

Respondo sin pensar.

No sé por dónde vives, pero ¿qué te parece el Harry's Harborside Tavern?

No estoy segura de qué hacer a continuación. ¿Cuál es el protocolo para una primera cita a través de una web? ¿Le doy las gracias? ¿Le pregunto qué va a llevar? Me siento como una perfecta idiota. Es él quien pregunta:

¿El sábado? ¿A las 19.00?

Le contesto que sí, dando por sentado que mi hermana accederá a cuidar de los niños cuando se entere de que tengo una cita de verdad.

Está bien.

Perfecto. Hasta entonces. Seré el hombre de la camisa azul.

¿Debo decir algo sobre mi atuendo? Ahora mismo, no tengo ni idea de qué voy a ponerme. ¿Eso me hará parecer rara? Vaya. Será mejor que cuente con la sinceridad como mi mejor aliada en este momento. Si me toca la lotería y elijo a un hombre maravilloso desde el principio, no quiero que se enamore de alguien que no soy. No soy una de esas chicas increíbles que siempre saben qué decir en el momento justo. Opto por una respuesta concisa.

De acuerdo. Hasta entonces.

Satisfecha por haber cumplido con los términos de mi trato con Dev, me voy al baño para arreglar las terribles consecuencias que el intento fallido de dormir ha tenido sobre mi pelo y mi cara. Con suficiente maquillaje, tal vez pueda ocultar los estragos sufridos por esta pobre madre angustiada.

Capítulo 33

No debería estar nerviosa. Conozco a la gente con la que estoy a punto de mantener una reunión, al menos un poco. Estuve trabajando con Lucky en una operación nocturna. ¡Y esta noche voy a salir a cenar con Dev después de navegar con él por una web de citas! Y pese a todo, aquí estoy, en el aparcamiento, con las palmas sudorosas, mi pequeño maletín al lado y el ordenador portátil en su funda, preparado.

¿Y si mi informe es demasiado *amateur*? ¿Y si no les he dado suficientes detalles? ¿Y si les he dado demasiados detalles? Es imposible saber si lo he preparado correctamente, porque nunca he hecho algo así en mi vida. Sí, claro, he asistido a muchas reuniones con ejecutivos de alto rango, pero siempre conversaba con personas que hablaban el mismo idioma que yo.

Me preocupa ser demasiado técnica con mis compañeros, legos en informática, pero también temo no ser lo bastante técnica. No quiero que piensen que he simplificado demasiado mi informe solo para que puedan entenderlo. Mi objetivo es lograr el equilibrio perfecto entre el lenguaje especializado y el habla normal.

Un vehículo se detiene a mi lado y la puerta de la nave industrial empieza a abrirse, por lo que deduzco que quienquiera que conduce el coche tiene un mando a distancia. La ventanilla del lado del conductor del SUV oscuro se abre y veo a Toni. Primero me señala con la cabeza y luego indica la puerta. Aunque no estoy segura de lo que quiere decirme. ¿Es un saludo de chicas? ¿Quiere que salga del vehículo? ¿Me está invitando a que pase yo primero? No quiero equivocarme y quedar como una auténtica estúpida.

Pone los ojos en blanco ante mi inacción y gesticula para que baje la ventanilla.

Cuando la he bajado, sus palabras me llegan en voz alta y clara.

—Deberías seguirme. Aparca dentro.

—¿Y eso? —Estar detrás de una puerta cerrada cuyo código de acceso desconozco me dificultará mucho más la tarea de irme cuando esté lista. Seguramente querrán discutir sobre mi informe cuando me vaya, y será una molestia que alguien tenga que acompañarme para introducir el código y dejarme salir.

—Porque —empieza a decir, con irritación— aquí nos gusta trabajar de incógnito. Si alguien aparca fuera, todo el mundo puede saber que ese alguien está aquí.

—Ah. De acuerdo. —No tengo nada que decir a eso, pero ya vuelvo a sentir el fantasma del peligro acechándome, y eso me deja la conciencia muy intranquila. ¿Seguro que ha sido buena idea venir? ¿Hago bien en plantearme trabajar para ellos de forma más permanente?

No tengo tiempo para decidirlo ahora mismo. Toni se ha detenido y espera que la siga. Mientras avanzo con el coche, adentrándome en la oscuridad de la nave industrial, me doy cuenta de que no somos las primeras en llegar: hay varios vehículos aparcados dentro, incluidos los de May y Dev. Cuando apago el motor, oigo unos ladridos. Sahara y Felix bajan por las escaleras para saludarnos.

No sé qué tiene esta pareja de adorables perritos, pero me tranquilizan inmediatamente. No hace falta que me preocupe de dónde he aparcado o qué significa eso ahora mismo. Puedo abrazar a los cachorros, darle mi informe al equipo y luego irme al centro comercial. Ese es mi viernes ideal. Nada de miedos absurdos ni de ponerse histérica.

May baja las escaleras después de los perros a un ritmo más tranquilo, lo que significa que no aterriza en una maraña de patas y pelo al llegar al pie de escalera, a diferencia de los animales. Felix se vuelve loco, tratando de desenredarse de su novia. Sahara lo mira aturdida mientras él corretea alrededor, ladrando como si lo estuvieran electrocutando con una Taser o algo así.

—¡Has venido! —exclama mi hermana.

—¿Se encuentra bien? —pregunto, señalando a Felix.

—Ah, sí, está bien. Es que no le gusta nada cuando Sahara lo tira al suelo. Ahora mismo la está regañando.

Es una escena divertidísima. ¿Será ese el aspecto que tengo cuando les grito a los niños? Cierro la puerta del automóvil y me dirijo al lado del pasajero para recoger mis cosas.

—Sí, he llegado a tiempo. Es un milagro.

Mira dentro del coche.

—¿Sammy está bien?

—Sí, de momento. Todavía tengo que encontrarle una guardería fija para el resto del curso, pero hoy estará bien.

Me apunto mentalmente que tengo que hacer unas llamadas cuando salga de aquí.

—Hola, Toni —saluda May a su compañera de trabajo.

—Hola. ¿Todo bien?

—Sí, perfecto. Con muchas ganas de oír lo que Jenny tiene que decirnos sobre lo que encontraron Lucky y ella.

Al parecer, Toni no tiene nada que añadir a eso. Sube las escaleras delante de nosotras, sin mirar atrás.

Es un hueso duro de roer, pero, por lo que decía mi hermana, preocuparse por caerle bien a Toni es un esfuerzo inútil.

Probablemente, lo único que puedo esperar es respeto mutuo. Con un poco de suerte, después de ver mi informe, me ganaré su aceptación.

May baja la voz para que nadie nos oiga mientras miramos hacia arriba.

—¿Estás nerviosa?

—¿Cagan los osos en el bosque?

—Sí. Porque los osos producen un abono estupendo, ¿no lo sabías?

—¿El qué?

May me sonríe mientras sube las escaleras de lado.

—Que plantan bellotas y siembran cosas con sus excrementos.

Pongo los ojos en blanco.

—Ja, ja, ja. Muy graciosa. —Me inclino y le susurro con la voz más amenazadora posible—. No te atrevas a hablarle a nadie sobre mi obsesión con Animal Planet.

—Se me puede sobornar, ¿sabes?

—¿Quieres venir al centro comercial conmigo? Tengo una tarjeta de regalo que gastarme... —La miro arqueando las cejas de manera elocuente.

—¿Animal Planet? ¿Quién ve esa tontería de canal? Mi hermana no. —Sonríe—. Ahí estaré. ¿A la hora del almuerzo?

Asiento con la cabeza. Hemos llegado a lo alto de la escalera y Toni introduce el código que nos dará acceso a la sala de las espadas. Empuja la puerta lo bastante fuerte para que se abra del todo, pero no se molesta en sujetárnosla.

En cualquier otra circunstancia, la consideraría una maleducada, pero el hecho de que May me haya advertido de antemano me convierte en una mujer más tolerante. Además, no puedo permitirme el lujo de pensar que alguno de los miembros del equipo es mala gente. ¿Qué pasa si me ofrecen un trabajo? ¿Qué voy a decir? ¿Me echaré atrás porque me preocupa que haya una chica mala entre nosotros? Espero no ser esa clase de persona, alguien que se asusta tan fácilmente.

Los perros pasan corriendo por mi lado y a punto están de tirarme al suelo con su entusiasmo por volver a la zona de reuniones.

—¡Maldita sea! —exclamo, tratando de agarrarme a algo para no caer, sujetando el tirador de la puerta con todas mis fuerzas. Mi maletín se balancea y me golpea en el estómago—. Dios, sí que tienen prisa.

Me quedo ahí de pie, doblada sobre el estómago para tratar de recobrar el aliento y rezando para que no me haya visto nadie. Cuando miro hacia arriba, veo que Toni me mira con cara rara. Genial.

—Alguien tiene que entrenar a esos perros —dice May con aire gruñón.

La miro con los ojos abiertos como platos.

—Desde luego, alguien tendría que hacerlo...

—¡Oh, mira! ¡Espadas! —dice May, obviamente en una maniobra de distracción para que me olvide del tema del adiestramiento de perros, pero le hago caso y examino las espadas de todos modos. Son impresionantes, a pesar de que ya las he visto un par de veces. Y son todas de Dev. No sé lo que daría por verlo manejar una de ellas...

Las voces de la habitación contigua me impiden hacer algún comentario o avanzar en esa línea de pensamiento. La conversación con May me ha ayudado a relajarme un poco, pero ahora que oigo a sus compañeros, vuelvo a estar nerviosa de nuevo. ¿Me sentiré cómoda aquí alguna vez?

Capítulo 34

May me da un suave empujón en la espalda.

—Date prisa. No quiero llegar tarde.

Entro y saludo a Lucky, que está al otro lado de la habitación. Él gesticula señalando el asiento vacío a su lado. También hay un asiento vacío junto a Dev, de espaldas a nosotras, pero me falta valor para sentarme ahí. Me dirijo al otro lado de la mesa para sentarme al lado de mi compañero de fechorías nocturnas, mi amigo el clonador de ordenadores Lucky. Cuando me siento, Dev me mira y sonríe, y su cálida mirada me calma los nervios al instante.

Ozzie habla y todas las voces se callan para escucharlo.

—Parece que ya estamos todos, así que podemos empezar.

Consulto disimuladamente el reloj, asegurándome de que no he llegado tarde. Siento alivio al ver que son las once y media clavadas.

—Me gustaría comenzar con Blue Marine.

Ozzie nos mira a Lucky y a mí. Por suerte, Lucky toma la iniciativa.

—Como todos sabéis, Jenny y yo fuimos a las instalaciones de Blue Marine el miércoles por la noche, clonamos todos sus ordenadores y obtuvimos acceso a su servidor. Analicé algunos de los datos que sacamos, pero estoy seguro de que Jenny tendrá más información.

Gira la silla para mirarme de frente.

Intento hablar con naturalidad al responder, pero tengo que aclararme la garganta un par de veces para que me salga la voz, porque mis primeros dos intentos recuerdan al croar de una rana más que a una voz humana.

—Sí, bueno, como ha dicho Lucky, hicimos una labor de recopilación de datos el miércoles por la noche. Teníamos un plano de la oficina y de los distintos sistemas informáticos que había allí, y lo clonamos todo. Estuve un buen rato examinando los sistemas clonados para ver qué podía encontrar, y había una estación en particular que me llamó la atención. —Busco en mi carpeta de archivos y saco el informe que he redactado, avergonzada por haber imprimido solo tres copias. Le doy una a Lucky y la otra a Ozzie, y me quedo con la tercera para usarla como referencia—. Lo siento, pero no tengo copias para todos.

—No te preocupes por eso —dice Thibault—. Danos simplemente la información más relevante. Podemos leer el informe detallado más adelante si es necesario.

Menos mal que está Thibault; tiene un don especial para hacer que me sienta más relajada. Sin embargo, ahora mismo ni siquiera puedo mirar a Dev; seguro que se me olvida hasta mi propio idioma si veo ese hoyuelo.

—Bueno. Entonces, como he dicho, había una estación que me llamó la atención. Lo he detallado en el primer párrafo.

Miro a Ozzie y Lucky y compruebo que miran con mucha atención lo que he escrito para ellos en el informe. Hasta ahora no veo ninguna expresión rara, así que creo que voy por buen camino con el primer párrafo. ¡Un hurra por mí misma!

—La empleada que trabaja en ese ordenador se llama Anita.

Lucky levanta la vista en ese momento y lanza un fuerte silbido. Thibault está sacudiendo la cabeza.

—Vaya, vaya... —dice, lo que me lleva a pensar que es una mala señal. ¿He hecho algo mal?

Ozzie resuelve el misterio.

—¿Anita? ¿No es la mujer de uno de los propietarios?

Thibault responde.

—Sí. Creo que sí, ¿no es así, Lucky?

Él asiente con la cabeza.

—Eso es lo que tengo entendido. —Me mira—. Sigue.

Asiento con la cabeza antes de proseguir.

—Bueno... ¿por dónde iba...?

Utilizo el dedo para encontrar el punto y luego paso a la siguiente página del informe para acordarme de lo que viene después. Hago una pausa de unos segundos para decidir qué nivel de tecnicismos voy a emplear. No quiero simplificar mi trabajo, como dijo May, pero tampoco quiero que parezca que estoy alardeando de mis conocimientos. Es fácil para mí ponerme en plan genio de la informática y que los demás se lleven la impresión equivocada. Miro el papel mientras continúo.

—Sí. Bueno. Podéis echar un vistazo a las capturas de pantalla más detalladas que he incluido al final del documento, y los detalles más técnicos, pero básicamente, la empleada había escondido en su disco local algunos archivos usando un *software* especial con una herramienta de encriptación bastante sofisticada. En esos archivos y a través de otras fuentes en línea, encontré documentación que parece indicar que ha creado varias entidades, que he verificado a través del Departamento de Estado. Cada una de ellas la identifica como la única propietaria de las cuentas. Hice una referencia cruzada con los pagos que Lucky clasificó como sospechosos en el sistema, y todos están relacionados. Absolutamente todos. Se ha estado pagando a sí misma por servicios que, muy probablemente, no se han prestado o, si se han prestado, ha sido a cambio de mucho menos dinero de lo que se pagó a sí misma.

Me callo para darles unos segundos para asimilar la información, antes de continuar.

—Trató de ocultar su identidad, y podría haberse salido con la suya, pero... no lo consiguió.

—No lo entiendo —dice Toni—. ¿Qué quieres decir con eso?

—Lo que quiero decir es que es muy probable que alguien la ayudara: o ella o alguien que conoce es un experto en ordenadores con conocimientos bastante avanzados, y también fueron necesarios ciertos conocimientos en materia legal para ocultar las diversas entidades y su propiedad. La información que necesitaba encontrar no estaba disponible en los registros públicos. Pero la encontré. Simplemente, ella tuvo mala suerte, supongo. La mayoría de la gente lo habría pasado por alto o no habría podido acceder a esa información. —Sí, soy una bestia de la informática y no me da miedo admitirlo. Frank no debería haberme despedido.

—¿Has *hackeado* el ordenador de alguien? —pregunta Toni con aire escéptico.

—Sería mejor que no compartiera todos los detalles públicamente. —Me encojo de hombros—. Por razones relacionadas con hechos refutables, tú ya me entiendes... —No es que nadie pueda rastrear lo que he hecho, pero aun así. Es mejor que el número de personas conocedoras del asunto se mantenga en un círculo muy reducido, y estoy segura de que ella no es quien toma las decisiones aquí dentro.

Toni frunce el ceño, pero Thibault sonríe, y lo tomo como una buena señal. La expresión de Ozzie es tan indescifrable como siempre. Dev y Lucky asienten. Por la cara que pone, May parece como si acabara de ver a su hijo dar el primer paso. Creo que se contiene para no ponerse a aplaudir. Tengo el pecho henchido de orgullo, con el corazón a punto de estallar.

—¿De cuánto dinero estamos hablando? —pregunta Thibault.

Me vuelvo a Lucky para que sea él quien hable. Yo encontré todas las conexiones e hice el recuento, pero no quiero pisarle su terreno. Él es quien se encarga de las finanzas, no yo. Sé trabajar en equipo.

—Casi un millón de dólares en cinco años.

Dev lanza un silbido al oír la escandalosa cantidad, y el silbido me hace levantar la vista hacia él. Nos miramos a los ojos y me empieza a arder la cara. Tengo que apartar la vista. No me puedo creer lo estúpida que me siento, con el estómago revuelto y el corazón desbocado de solo mirarlo. Es como el calamar, hipnotizándome con su adorable poder de persuasión.

Ozzie vuelve a centrarse en mí.

—Sé que esto es más bien un asunto legal, pero ¿qué sabes sobre el delito por fraude financiero? ¿Crees que tenemos pruebas suficientes?

En ese momento se me acelera el corazón, pero por una razón completamente diferente.

—Pues... No tengo ni idea. Lo siento.

Vaya. ¿Se suponía que tenía que investigar eso?

Lucky retoma la conversación.

—No te preocupes, no es tu área de especialización. Este informe es fantástico. Muy minucioso. Debes de haber tardado horas en redactarlo. —Lo hojea para dar más énfasis a sus palabras y enseña una captura de pantalla a Thibault para que la vea.

—Sí, tardé bastante, pero tomé un montón de café y los niños estaban dormidos, así que...

Me encojo de hombros, agradeciendo el intento de Lucky de hacerme sentir mejor, pero frustrada por no haber pensado en los aspectos legales. Claro, no es mi área de especialización, pero sabía para qué estábamos haciendo el trabajo.

—Ya os dije que era buena —dice mi hermana, radiante de felicidad.

Cuando Ozzie termina de hojear el informe, se lo entrega a Thibault y es este quien lo examina, asintiendo cada vez que pasa una página. Dev asiente con la cabeza y me guiña un ojo antes de estudiar la expresión de Thibault.

—Tienes razón, Lucky. Esto está muy bien. Muy buen trabajo. Ni siquiera entiendo la mayor parte.

Entonces habla Dev y su voz hace que me sonroje de nuevo.

—Así que, ¿cuál es el plan? ¿Cuál es nuestro siguiente movimiento?

No puedo mirarlo a la cara, tengo miedo de que mi expresión delate lo colada que estoy por él. Lucky responde.

—Bueno, voy a sentarme con Jenny para que me enseñe todo esto en el ordenador, y luego tenemos que invitar al señor Jorgensen a que venga y mostrarle lo que hemos descubierto. Llegados a este punto, supongo que querrá involucrar al departamento de policía. —Lucky me mira—. ¿Te parece bien? ¿Te importa reunirte con el cliente y exponerle lo que has encontrado? Creo que eres la única que realmente puede explicar los detalles.

Estoy impaciente por colaborar y que sigan las buenas vibraciones.

—Por supuesto. Quiero ayudar tanto como pueda. Me contratasteis para este trabajo, así que haré lo que sea necesario para terminarlo.

—Eso nos lleva a nuestro siguiente punto en el orden del día —dice Ozzie. La sala se calla y Thibault deja el informe sobre la mesa, volviendo a centrar su atención sobre mí.

Los miro a todos, pero el único que me da alguna pista sobre lo que está pasando es Dev. Me sonríe y luego me guiña un ojo. Tengo que mirar a otro lado porque la cara se me está poniendo roja como un tomate. Siento como si mi cuerpo acabara de prender fuego.

—Basándome en el informe que tenemos delante y en los comentarios que me hizo Lucky sobre el terreno y también Dev, por no hablar de la información que recabó Thibault y, por supuesto, de la recomendación de May... —Ozzie hace una pausa para mirar a su novia, haciendo que se sonroje—. Me gustaría pasar al tema de nuestra conversación anterior, si os parece bien a todos los miembros del grupo.

Todos en la mesa a excepción de Toni asienten a la vez con la cabeza. Ella no dice nada, sino que se limita a mirar fijamente al vacío. Ozzie dirige su atención hacia mí.

—Sé que la semana pasada empezamos con el pie izquierdo contigo, pero todos nos hemos quedado verdaderamente impresionados con tu trabajo y tu rendimiento en general. Thibault, Lucky y yo hemos realizado un análisis de nuestra empresa y hemos llegado a la conclusión de que hemos rechazado muchos encargos porque en nuestros servicios actuales nos faltan una serie de habilidades concretas. Creemos que tu podrías suplir esas carencias.

Hace una pausa para dejar que asimile sus palabras y tal vez para observar mi reacción. Yo mantengo una actitud lo más serena posible dadas las circunstancias. Tener a Dev al otro lado de la mesa me ayuda a recordar que sé reaccionar bien bajo presión. Solo he de pensar en la otra noche en la oficina y en que no salí corriendo por la puerta gritando presa del pánico. Me enfrenté a eso, me enfrenté al imbécil de Frank y, desde luego, puedo enfrentarme y manejar esto también.

—Entonces, si tú quieres, nos encantaría que te incorporaras al equipo. Empezaríamos con un período de prueba de noventa días, para ver si el acuerdo funciona, tanto para ti como para nosotros, pero si todo sale como pensamos, podríamos contratarte a jornada completa y tú tendrías derecho a todos los beneficios que conlleva esa opción.

Trago saliva un par de veces tratando de encontrar mi voz. ¿Debería hacerlo? ¿Debo correr el riesgo? ¿Debo dejar de preocuparme por todas las cosas malas que podrían suceder y centrarme en todas las cosas buenas que podrían suceder?

Miro a Dev, al otro lado de la mesa, y él me observa con expresión seria. Asiente con la cabeza, como si tuviera toda la confianza del mundo en mí, como si realmente pudiera ser un miembro de aquel equipo de superamigos. Siento una mezcla de alegría y orgullo inmensos en el corazón. Asiento con la cabeza.

—Sí, me gustaría. El período de prueba parece una buena idea.

Esa es mi vía de salida; si resulta que odio el trabajo, no pasa nada; decidiré no continuar y no tendré que romper ningún compromiso con nadie. May, por su parte, no sufrirá las consecuencias ni la ira del resto de su equipo. Prefiero no pensar dónde encaja Dev en ese escenario.

Ozzie asiente.

—Estupendo. —Mira alrededor de la mesa—. ¿Algún otro asunto que discutir en este momento?

Estoy segura de que a partir de entonces continúan la reunión y hablan sobre otro cliente, pero no escucho ni una sola palabra. Permanezco sentada en la mesa en una nube de aturdimiento, sin poder creer mi buena suerte. ¿O es mi desgracia? Imposible saberlo ahora mismo. Lo único que sé es que estoy sentada a una mesa con mi hermana —que podría decirse que es la mejor amiga que he tenido—, y con un hombre con un hoyuelo mortal que me está lanzando la mirada más adorable que pueda imaginar, y que acaban de ofrecerme un trabajo a jornada completa. Creo que en este período no se va a poner a prueba solo mi trabajo, sino también mi corazón.

¿Sobreviviré? es la pregunta. Y si no lo hago, ¿dónde estaré entonces? ¿Qué pasa si resulta que este es como mi último empleo, donde trabajé mucho para luego acabar destrozada y en la calle?

No quiero ni pensarlo en este momento. Mirar siempre por el espejo retrovisor no es la manera de avanzar hacia delante. «¡Arriba, arriba y fuera!», como dice Superman. Me voy a centrar en mi futuro y no en los errores del pasado.

Capítulo 35

Bueno, ya ha llegado: el ansiado momento en el que he llevo días pensando. Devuelvo a su sitio la cortina del ventanal delantero. Dev está en la entrada, bajándose de su vehículo. Tiene un aspecto muy elegante, con pantalones de color caqui y una camisa de algodón con botones.

Me doy un repaso de arriba abajo yo también, satisfecha de haber tirado la casa por la ventana en el centro comercial y de haberme comprado este vestido cuando fui de compras con May. He pasado tantos años vistiendo ropa cómoda y aburrida, yendo a trabajar en zapatillas de deporte y vaqueros, que casi había olvidado lo que se siente al ir arreglada.

Los niños están felizmente instalados en la casa de la tía May. Para ellos es toda una ocasión especial poder quedarse a dormir allí. Por lo general, May prefiere ver a mis hijos aquí, pero cuando se ofreció a llevárselos a su casa, estoy segura de que lo hizo porque estaba pensando que esta cita podría salir muy, muy bien. Sin embargo, es imposible que vaya tan sumamente bien; no pienso acostarme con un compañero de trabajo en nuestra primera cita. Además... no es una cita de verdad. Perdí una apuesta, eso es todo.

Suena el timbre y se me acelera el ritmo cardíaco. Me examino el maquillaje de los ojos y repaso los dientes en el espejo de la entrada antes de acudir a abrir la puerta. Intento aparentar un aire de despreocupación que no siento cuando me apoyo en el marco de la puerta.

—Hola, Dev.

—Hola. —Está plantado en el porche de mi casa, mirándome desde arriba, y si no me equivoco, parece un poco nervioso—. ¿Estás lista? ¿O prefieres que nos tomemos una copa aquí primero?

Tengo una botella de vino en la nevera, pero me preocupa que nos quedemos sin conversación si permanecemos en la casa vacía y silenciosa mucho tiempo.

—Podemos irnos ya, si quieres. A menos que hayas reservado para más tarde...

Niega con la cabeza.

—No. Podemos irnos.

Agarro mi bolso de la consola del recibidor, comprobando dos y hasta tres veces que tengo mi teléfono y la billetera. Como la cena de esta noche me toca pagarla a mí, me aseguré de pasar por el cajero automático para sacar algo de efectivo. De vez en cuando, mi tarjeta de débito no funciona, y no quiero sufrir esa clase de vergüenza esta noche. En realidad, no quiero sufrir esa vergüenza nunca, pero como a veces Miles me da cheques sin fondos, es inevitable. Por alguna extraña razón, al banco no le gusta adelantarme dinero.

Después de cerrar la puerta, bajamos juntos los escalones de la entrada.

—¿Adónde vamos? —pregunto.

Me acompaña al sitio del copiloto y me abre la puerta. Estoy encantada. Ya sé que es un gesto pasado de moda, pero no puedo evitarlo. Miles nunca hacía eso, ni siquiera cuando estábamos saliendo.

—Ya lo verás. No te preocupes, te gustará. Lo prometo.

Me siento y me aliso el vestido mientras él cierra la puerta. Tengo unos segundos para admirar su increíble cuerpo mientras pasa por la parte delantera del vehículo y llega al asiento del conductor. Me siento realmente afortunada de estar con él esta noche, aunque solo sea una cena de amigos. También me siento muy afortunada por el hecho de formar parte del equipo, porque si nos quedamos sin temas de conversación en la cena, siempre podemos hablar del trabajo. Estoy muy intrigada por las historias de la vida de sus amigos, así que, ya solo por eso, esta cena es una magnífica oportunidad para conocer un poco mejor a mis compañeros.

Dev pone en marcha el trasto que es su automóvil y sale a la calzada dando marcha atrás, usando la parte inferior de la mano para darle vueltas y más vueltas al volante. Salimos del vecindario en dirección norte y no tardamos en incorporarnos a la carretera principal, que sé que nos llevará a una zona de la ciudad que no frecuento muy a menudo. Pero no voy a preocuparme por eso, porque confío en este hombre. Sé que nunca me pondría en peligro.

—Muy buen trabajo lo de hoy —me felicita.

—Gracias. No ha sido para tanto.

Nunca se me ha dado bien aceptar los elogios sobre mi trabajo. Las evaluaciones de desempeño no me suponen ningún problema, porque son sobre todo en papel, pero cuando la gente me felicita a la cara, siempre me hace sentir incómoda. Miro por la ventanilla, esperando que se me pase la sensación embarazosa.

—Bueno, a Ozzie sí le ha parecido que era un trabajo excepcional. Y a mí también.

—Pues a Toni no. —Intento que mi voz no transmita amargura.

Dev niega débilmente con la cabeza.

—No te preocupes por Toni. Ya se le pasará. Es muy obstinada y protectora.

Miro a Dev.

—¿De verdad piensa que sería capaz de hacer algo que os perjudicara?

—No lo creo. Bueno, no creo que piense que puedas perjudicarnos deliberadamente, pero le preocupa que tener a personas en el equipo sin formación o entrenamiento específicos pueda resultar perjudicial. Y no anda desencaminada con respecto a eso.

Quiero defenderme, pero probablemente ella tiene razón. Este no es un trabajo normal en el que entras y trabajas ocho horas y luego te vas. Es una empresa de seguridad que maneja información realmente sensible, y yo soy todo lo contrario a alguien especializado en seguridad.

—Pero no te preocupes por eso —dice—. Te pondremos en forma enseguida.

—¿Lo dices literalmente o en sentido figurado?

Me río un poco, pero él no se ríe conmigo.

—Las dos cosas. Yo me encargo de tu entrenamiento físico, así que no tienes nada de que preocuparte.

Me mira y me lanza una sonrisa elocuente.

—Suena emocionante. —Lo digo con una absoluta falta de entusiasmo.

Se acerca y me da un golpecito en la pierna.

—Ten cuidado. Ahora soy tu entrenador, así que no me hagas enfadar.

—Vaya, vaya, eso suena a amenaza. A ver cómo tengo el pulso... —Apoyo los dedos en la muñeca con gesto exagerado—. Hmmm, no. Lo siento. No me has asustado.

—Pronto lo haré. Te lo prometo.

Sé que está bromeando, pero siento un cosquilleo de emoción en la espina dorsal al oírlo decir eso. Me gusta cuando pasa de bromear a hablar en serio. Hace que parezca casi peligroso, y aunque soy más bien alérgica al peligro real, el peligro sexy es algo a lo que podría acostumbrarme.

Realizamos el trayecto en un plácido silencio, escuchando la radio y disfrutando de la temperatura un tanto fresca, que nos permite conducir con las ventanillas bajadas, para variar. Cuando «Boys Don't Cry», una de mis canciones favoritas de los años ochenta, suena por los altavoces, Dev y yo nos ponemos a cantar juntos. Al llegar al estribillo, cantamos a voz en grito. Para cuando llegamos al aparcamiento del restaurante, prácticamente nos desgañitamos entonando las últimas frases de la canción. Las hormonas de la felicidad bombean por mis venas mientras él encuentra una plaza de aparcamiento cerca de las puertas delanteras y apaga el motor.

—¿Estás lista para una ración de bagre? —me pregunta. Miro al letrero que hay encima de nosotros.

—En el cartel dice «El Pollo Frito». Creo que se supone que debería estar lista para una ración de pollo.

Definitivamente, voy demasiado arreglada para comer en este restaurante, pero no me importa, porque él también lo está. Es toda una aventura, y podría pasar cualquier cosa. Cosas divertidas. Cosas sexys, tal vez. ¡Yupi! ¡A por mi ración de bagre!

—Quédate ahí.

Abre la puerta y sale del coche, la cierra y luego corre a mi lado. Me abre la puerta y él se planta allí con la mano extendida. Deslizo la mía y me ayudo de su mano para apearme. Me siento como una princesa. Una princesa en la puerta de El Pollo Frito, la capital de la comida frita de Nueva Orleans, a juzgar por el olor.

—Confía en mí —dice—, este será el mejor bagre frito que hayas comido jamás.

Me lleva a la puerta de entrada. El olor a grasa se vuelve más penetrante.

—¿Y si no me gusta el bagre? —pregunto, mirándolo de soslayo.

Él agarra la puerta y la abre, mirándome con una expresión muy seria.

—Si no te gusta el bagre, me temo que ya no podemos ser amigos.

Le doy un golpecito en la barriga al pasar.

—Pues menos mal que me gusta ...

Pues sí, estoy coqueteando, a pesar de que ha dicho «amigos». ¿Y qué? Es demasiado guapo, con ese hoyuelo suyo. Estoy segura de que sabe perfectamente que me derrito cada vez que sonríe y me lo enseña.

Varias personas saludan a Dev por su nombre cuando entramos en el restaurante. Una mujer corpulenta de unos sesenta años nos conduce a un reservado en la parte de atrás.

—¿Lo de siempre? —pregunta.

—Por supuesto. Tráeme una ración doble para que pueda compartirlo con esta encantadora señorita.

La mujer me mira y me guiña un ojo.

—Ya decía yo que algún día traerías a alguien especial.

¿Significa eso que soy la primera? Me arde la cara por el cumplido.

—Te presento a Jenny. Es una amiga del trabajo.

La voz de Dev ha adquirido un distintivo acento cajún. Me gusta. Mucho. La mujer asiente con la cabeza.

—Jenny, me alegro de conocerte. Yo soy Melba, y aquí eres bienvenida cuando quieras, aunque no traigas a este soso contigo.

Señala a mi compañero a pesar de que no es mi pareja sentimental.

—Me han dicho que aquí se come el mejor bagre de la ciudad —le digo sonriendo y en el tono desenfadado y agradable del ambiente del lugar.

—Te han informado bien, pero dejaré que lo juzgues por ti misma. —Mira a Dev—. ¿Un té dulce?

Él le guiña un ojo.

—Tráenos dos.

No voy a protestar por todas las calorías de ese té, probablemente tan dulce como una Coca-Cola de verdad. Esta noche voy a cometer toda clase de excesos. Voy a comer bagre y beber té dulce hasta que mi estómago pida clemencia.

Cuando la camarera nos deja a solas en la mesa, los ruidos de los comensales satisfechos nos rodean con un murmullo de felicidad. El olor a comida grasa y frita flota en el aire, y probablemente me va cubriendo el pelo y la ropa, pero no me importa. Esta ya es una de las mejores citas que he tenido en mi vida.

—Entonces, ¿te gustó trabajar con Lucky?

Asiento con la cabeza.

—Sí. Pasamos un poco de miedo cuando entraron aquellos intrusos mientras estábamos en la oficina, pero aparte de eso, fue divertido.

Al decirlo me doy cuenta de que me divertí de veras, mucho. Sospecho que este empleo va a ser muy parecido a un embarazo: parece algo horrible, difícil y aterrador, pero luego, al mirar atrás, solo recuerdas las cosas buenas. El miedo se desvanece en un simple destello de la memoria, y los detalles se vuelven borrosos y difíciles de recordar.

—Lucky dice que lo hiciste bien. Y no tendrás que preocuparte por ese tipo de cosas en el futuro. Las operaciones sobre el terreno son algo excepcional para Lucky, y ocurrirá lo mismo en tu caso.

—Me dijo que trabaja en la nave industrial la mayor parte del tiempo y, a veces, desde casa.

—Sí. Tú lo has dicho. Lucky suele ser muy hogareño.

Juego con el tenedor; me gustaría hablar más sobre Lucky y su vida, pero no quiero parecer entrometida. Es solo que es una persona interesante, un verdadero misterio, y me encantan los rompecabezas. Tal vez por eso soy tan buena en mi especialidad. Y tal vez por eso este trabajo con los Bourbon Street Boys empieza a entusiasmarme de verdad. Con ellos, podría resolver acertijos todos los días.

—¿Conoces a su pez, Sunny? —pregunto, tratando de parecer despreocupada, lo cual no es fácil, teniendo en cuenta que estoy hablando de un pez para dar pie a una conversación.

Dev niega con la cabeza.

—No. Lucky se mudó a otra casa hace un tiempo, y no sé si alguien ha estado allí todavía. Tal vez Thibault. Sunny se fue a vivir con él un tiempo después de que cambiara de apartamento.

—¿Cómo es que no has estado allí? ¿No le gustan las visitas?

Dev mira a lo lejos.

—Lucky es una persona... reservada, por decirlo de algún modo.

Contemplo la mesa, dibujando líneas imaginarias en la superficie con la yema del dedo.

—Me habló de su hermana.

Miro a Dev para observar su reacción, y veo que parece muy sorprendido.

—¿De verdad? Eso... no me lo esperaba.

—¿Por qué? Quiero decir, ya sé que es algo muy personal, pero simplemente surgió en una conversación.

No quiero que Dev piense que sonsaco secretos íntimos a la gente el primer día que trabajo con ellos.

—Lucky no habla de eso con nadie. Quiero decir, es algo que sucedió y, por supuesto, hablamos de ello en su momento, pero nadie ha vuelto a sacar el tema.

—Me dijo que no habla de ello porque incomoda a la gente cuando lo hace. No es que él no quiera.

Dev se encoge de hombros.

—Bueno, es incómodo, pero eso no significa que no se deba hablar del tema. Supongo que yo no lo menciono porque no quiero que se sienta mal. Pensé que él querría dejarlo atrás.

Asiento con la cabeza.

—Sí, lo entiendo.

—¿Te dijo algo sobre eso? ¿Sobre el hecho de que nosotros no hablásemos nunca de lo ocurrido?

Me encojo de hombros, pues no quiero meterme en su relación y causar problemas; yo aquí soy la recién llegada. Sin embargo, si puedo ayudar a Lucky, me gustaría hacerlo. Decido obrar con delicadeza y medir mis palabras. Si Dev empieza a parecer molesto o incómodo, cambiaré de tema. Me pondré a hablar sobre el pichiciego pampeano. Eso nunca falla: seguro que le quita a su compañero de trabajo de la cabeza en un pispás. Personalmente, los encuentro unos animales fascinantes, y son los favoritos de mis niñas.

Continúo, observando atenta a Dev mientras hablo para asegurarme de que no lo hago sentirse incómodo.

—Sí, mencionó que parece que nadie quiera hablar de su vida, pero lo atribuye a que todos se sienten mal por él y no quieren verlo regodearse en el dolor, como dijiste. No es que esté enfadado con nadie por eso.

—¿Estás diciendo que quiere hablar de su hermana y de lo que le pasó?

—Pues sí. Creo que sí. Creo que todavía está en fase de duelo, y podría ayudarlo a recordarla de una forma positiva. Como, por ejemplo, que la gente lo escuchara hablar sobre ella, sobre sus recuerdos de ella. Se culpa a sí mismo, ¿sabes?

—Eso sí lo sé. Siempre se ha culpado por todo lo que sucede en su familia. Si debería o no hacerlo es irrelevante. Él es así.

—Hay una gran diferencia de edad entre Lucky y su hermana. O la había. —Odio hablar en tiempo pasado cuando alguien muere. Casi me parece irrespetuoso con la vida que tuvieron. Tampoco importa que no llegara a conocer a la persona en particular.

—Sí, es una familia dividida. Su padre se volvió a casar con una mujer mucho más joven, y crearon una segunda familia que incluía a su hermana. Lucky está muy unido a todos ellos, pero sobre todo lo estaba a su hermana. Pero, aun así, él tenía que trabajar, ¿sabes? Todos tenemos que hacerlo.

Me acerco y pongo mi mano sobre la suya. Sé exactamente lo que está pensando en este momento; se está torturando por ser un padre que está ausente muchas horas.

—No es fácil trabajar y ser responsable de los miembros de la familia al mismo tiempo. Siempre sientes que estás descuidando algo.

Suelta un resoplido y niega con la cabeza con frustración, mirando nuestras manos en la mesa, la mía minúscula en comparación con la suya.

—Dímelo a mí...

—¿Cómo está Jacob? —pregunto, forzando un cambio de tema.

Necesitamos darle la vuelta a esto o acabaremos los dos tan deprimidos al final de la cena que nunca más querremos salir juntos. Y realmente me gusta pasar el rato con Dev, así que no quiero que eso suceda.

—Él es increíble. —Dev sonríe, apartando por un momento la tristeza sobre Lucky y su situación—. Lo pasó muy bien en tu casa con tus hijos. Sammy le parece muy divertido.

Pongo los ojos en blanco.

—Sammy es muy, muy divertido. Yo siempre me muero de la risa con él; el problema es que eso hace que sea difícil educarlo con disciplina.

Dev le da la vuelta a mi mano y me toca la palma con el pulgar. Lo hace con tanta naturalidad que no debería darle importancia, pero hace que un cosquilleo me recorra el brazo y el pecho. Ahora, cada pequeño contacto con su piel me produce una oleada de placer. Las cosas parecen distintas entre nosotros.

—Parece que no necesita mucha disciplina —comenta Dev—. Es un niño muy educado, y es evidente que se preocupa por los sentimientos de los demás. Es compasivo. Eso es un gran problema para un crío de su edad. La mayoría de los niños pequeños son unos sociópatas totales.

Me río.

—Eso que dices es cierto, pero de vez en cuando tengo mis dudas. Su pasatiempo favorito es arrancar la cabeza a las muñecas de sus hermanas.

—Si Jacob tuviera hermanas, apuesto a que haría lo mismo.

—Nooo, Jacob seguro que no. Es muy tierno.

—Créeme: cuando echa a rodar con su silla por la acera, la maneja específicamente para poder atropellar a las hormigas. Dime que no es un comportamiento sociópata.

—Muy bien, así que no va a ganar ningún premio al Ciudadano Cívico del Año, pero apenas tiene cinco años. Dale tiempo.

Nos miramos a los ojos, sonriendo por lo tontos que somos. Dos padres, felicitándose el uno al otro por sus respectivos hijos... ¿Se puede ser más cursi? Probablemente no. Por suerte, la llegada de nuestros tés impide que sigamos por ese camino. Retiro mi mano de la de Dev, agarro mi vaso y tomo un sorbo. Es tan dulce como esperaba, con un leve toque de limón. Perfecto.

Dev toma un largo sorbo, traga el líquido y luego suspira con satisfacción. Cierra los ojos de felicidad.

—El mejor té dulce de toda Luisiana.

Melba ya se ha alejado de nuestra mesa, pero lo oye y se ríe. Y entiendo por qué Dev viene mucho por aquí. Lo tratan como si fuera alguien especial, y lo es. Me alegro de no ser la única que se ha dado cuenta. Los chicos como él merecen que los traten bien. Tengo que mirar hacia abajo para no sonreír como una idiota.

Capítulo 36

—Bueno, ¿y qué vais a hacer Jacob y tú para Halloween? —pregunto.

Dev abre los ojos y se inclina un poco hacia delante.

—Halloween es todo un acontecimiento en casa de los Lake.

—¿Ah, sí?

—Pues sí. Tengo que ser muy creativo con el disfraz. Cada año ponemos el listón un poco más alto. Para cuando mi hijo esté en sus últimos años de «truco o trato», tendré que reclutar gente de Hollywood para sus disfraces.

Me inclino, intrigada.

—¿De verdad? ¿De qué se disfrazó el año pasado?

—De tiburón.

Parpadeo un par de veces, tratando de imaginarlo.

—¿De tiburón?

—Sí. De tiburón. De tiburón sarda, para ser exacto: el tiburón más feroz y más malvado del mundo.

—Solo superado por el gran tiburón blanco —digo, repitiendo los datos que he oído en mi canal de televisión favorito.

—Discrepo —dice Dev—. El mordisco del tiburón blanco no es tan fuerte, puesto que su dieta está basada en su mayoría en animales de carne blanda, como las focas, mientras que el tiburón sarda tiene que perforar con los dientes las conchas de las tortugas marinas.

Intuyo haber descubierto a un compañero amante de Animal Planet y me inclino hacia delante, lista para hacerle frente.

—Tal vez, pero si realmente quieres ir de animal mortífero, te sugiero que no sigas buscando y optes por el cocodrilo de agua salada.

—Estoy de acuerdo. —Dev se inclina y me guiña un ojo—. Creo que acabas de resolver mi problema con el disfraz.

—¿Cómo vas a hacer un disfraz de cocodrilo?

—No tengo ni idea. —Toma su vaso y da un sorbo—. Cualquier sugerencia es bienvenida.

Hace crujir el hielo con los dientes mientras espera mi respuesta.

Me muerdo el labio y pienso en eso unos segundos.

—Tal vez deberías hacer algo más fácil, porque no tienes mucho tiempo. Como Batman y Robin.

—Eso ya lo hice. Hace dos años.

—¿Qué tal algo... más tradicional, como un fantasma, una bruja o un vampiro?

—Eso es para aficionados. Hicimos eso cuando Jacob tenía dos años.

—Yo iba a ir de bruja, pero ahora que lo dices...

—Puedes superarte. —Dev me mira fijamente—. Apuesto a que tienes un montón de ideas creativas flotando en esa cabeza tuya tan inteligente.

—Tal vez tenga algo de creatividad, solo tal vez, pero no dispongo de tiempo para hacer nada con eso. Ese es mi mayor problema. Siempre salgo en el último momento a buscar un disfraz barato en algún supermercado.

—Bueno, ahora que trabajas con nosotros, tendrás más tiempo libre, ¿verdad?

Me encojo de hombros.

—Supongo, ya veremos.

Dev se pone serio.

—¿Estás contenta? ¿Estás contenta de haber conseguido el puesto?

Parece que realmente quiere saber mi respuesta, pues se inclina y me mira con atención.

Quiero ver esa sonrisa iluminar su cara y ese hoyuelo hundirse en su mejilla, pero también sé que debo ser sincera con él, igual que debo serlo conmigo misma. Respiro hondo antes de responder.

—Estoy contenta. Pero también un poco preocupada.

—¿Qué es lo que te preocupa? —La preocupación en su voz me hace más fácil pensar en mi respuesta y asegurarme de que lo expreso de forma coherente.

—Solo... me preocupa no poder cumplir. Y creo que también me preocupa el peligro.

—El peligro es mínimo, te lo prometo. No querría que trabajases allí si pensara que puedes corres peligro de verdad.

La forma en que lo dice me produce curiosidad, como si tuviera algún tipo de responsabilidad personal hacia mí.

—¿Qué quieres decir?

Se encoge de hombros y se recuesta hacia atrás en su asiento. De repente, vuelve a actuar con despreocupación.

—Eres una madre sola. No puedes permitirte correr riesgos que otras personas sí podrían correr, así que no querría que trabajases en un lugar que no fuera adecuado para ti.

Me encanta que me entienda tan bien. Es como si hubiera reconocido mis sentimientos o algo así.

—¿Y crees que Bourbon Street Boys es el lugar adecuado para mí?

Asiente.

—Sí.

Seguramente podríamos hablar sobre este tema toda la noche, pero nuestro bagre frito aparece junto con algunos *hushpuppies* y un montón de ensalada de col, así que dedicamos los siguientes veinte minutos a sumergirnos en la comida y disfrutar de hasta el último bocado, que —Dev tenía toda la razón— está absolutamente delicioso.

A decir verdad, no soy la fan número uno del bagre, pero el plato del que estoy disfrutando aquí podría hacerme cambiar mi opinión. El rebozado es crujiente pero quebradizo, y el bagre en sí, tierno y fresco. Ni siquiera sabe a pescado.

Dev toma un largo sorbo de su té dulce y luego se recuesta en la silla, dejando escapar un largo suspiro mientras se frota la barriga.

—¿A que tenía razón cuando te dije que estaba buenísimo?

Me limpio la grasa de los labios con la servilleta de papel y la coloco sobre la mesa junto a mi cesta de pescado vacía. También me apoyo en el respaldo. Confío en que no espere que coma postre, porque no me queda espacio.

—Sí, estaba increíblemente bueno. Muchas gracias por traerme. —Miro alrededor y veo muchas caras felices en el restaurante—. ¿Cómo encontraste este sitio?

—Vengo aquí desde que era niño. Todos en el equipo venimos. Nos tratan bien, y nos gusta apoyarlos en la medida en que podamos.

Melba se acerca a la mesa y se lleva nuestras cestas, interrumpiendo la conversación. Cuando se va, bajo la mirada a la mesa. Joder... Lo único que queda son dos manteles individuales, el mío y el de Dev. El aspecto del suyo es impecable, pero el mío está cubierto de una muestra de cada bocado de comida que ha pasado por mis labios. ¿Pescado? Sí. ¿Rebozado? Sí. ¿*Hushpuppies*? Sí. ¿Ensalada de col? Por supuesto. Es como si una bomba de El Pollo Frito hubiera explotado en nuestra mesa, pero solo hubiese dejado metralla en mi lado. Pero ¡qué vergüenza! ¡Ahora sabe que como igual que una cerda!

Dev no dice ni una sola palabra. En lugar de eso, sustituye su mantel por el mío. Ahora el cerdo es él y yo soy la princesa que no se atrevería a dejar caer una pizca de rebozado en ningún lugar que no fuera su servilleta.

Sé que es absurdo, pero las lágrimas me asoman a los ojos. Tiene que ser la cosa más caballeresca y encantadora que un hombre haya hecho jamás por mí. Nada de sujetar la puerta y arrojar la chaqueta sobre los charcos. Cuando un hombre me encubre, asumiendo él la culpa de mis horribles modales en la mesa, se gana mi lealtad de por vida.

Cuando Melba regresa con más té, mira hacia la mesa y sonríe. No tiene que decir nada: solo me mira y me guiña un ojo. Siento que mi corazón se está inundando de tanta felicidad que me parece que va a explotar.

—¿Ya tienes disfraz? —le pregunta a Dev.

—Tal vez. Puede que haya encontrado mi inspiración esta noche.

Me lanza una mirada elocuente. Casi me da un ataque al corazón. ¡Aaargh, ese hoyuelo!

—¿Has visto las fotos? —pregunta la camarera.

Niego con la cabeza.

Señala a Dev.

—Tienes que enseñárselas. Debes esforzarte más para impresionar a esta chica. Me gusta.

Se aleja sin decir nada más, y bajo la mirada hacia la mesa, avergonzada de que me hayan hecho un cumplido tan grande.

—¿Tienes alguna idea para los trajes de tus hijos? —me pregunta Dev.

—No, todavía he de ir a la tienda. Mi vida es un desastre. —Suspiro, imaginándome una vez más comprando una caca de disfraces y las protestas de mis hijos—. Siempre espero al último minuto tratando de hacer que todo funcione.

—Si necesitas ayuda, dímelo.

No estoy segura de cómo funcionaría eso en la práctica, pero me gusta la idea de que participe en mi celebración de Halloween.

—Está bien. Gracias.

—¿Salís a hacer el «truco o trato» en tu vecindario?

Asiento con la cabeza.

—Sí, los vecinos se portan bastante bien. Casi no hay nadie que dé manzanas.

Sonríe brevemente antes de continuar.

—Mi barrio no es el mejor. Jacob siempre se queja de que hay muchas luces apagadas, así que tiene que gastar toda la batería de su silla de ruedas para moverse por el vecindario en busca de golosinas.

Me da vergüenza decirlo, pero parece ser la solución perfecta para mí.

—Podríais venir y hacer el «truco o trato» con nosotros si queréis. Casi todas las luces están encendidas todos los años. Jacob arrasaría con su impresionante disfraz de cocodrilo.

Dev asiente como si se lo plantease en serio.

—Hablaré con Jacob y veré qué le parece.

El hecho de que haya aceptado mi oferta con tanta naturalidad me emociona. Es casi como un compromiso en cierto modo. Hacer juntos «truco o trato». ¿Los amigos hacen eso o es cosa de parejas?

—Bueno, ¿y has escogido ya a alguien de esa web para quedar para una cita? —pregunta, y es como si me acabara de arrojar un cubo gigante de agua helada por encima.

Yo estoy aquí fantaseando con que seamos una pareja y él pensando en que quiere salir con otras personas. Argh... Se me da fatal esto de interpretar a los hombres. Supongo que no puede deprimirme tanto que haya sacado el tema de las citas; al fin y al cabo, yo misma visité esa web y busqué una.

¿Es posible que los dos seamos unos negados para esto del coqueteo y ninguno tenga las agallas de decirle al otro cómo nos sentimos realmente? Quiero creer que eso podría ser cierto, pero en realidad es más probable que simplemente quiera mantener abiertas todas sus opciones. No lo culpo. Me consuelo con la idea de que lo último que debería buscar es una relación seria. Apenas tengo tiempo libre tal como están las cosas.

Me aclaro la garganta para deshacer el nudo.

—La verdad es que sí, tengo una cita. ¿Y tú?

—Sí. De hecho, tengo una cita mañana.

—¿Ah, sí? ¿Y cómo es ella?

—No tengo ni idea.

Arrugo la frente.

—¿Por qué no?

—Porque he hecho una búsqueda sin fotos. Quiero sentirme atraído por una persona por lo que es, no por su aspecto físico.

—Eso no es muy... propio de un hombre. —Lo digo y luego gruño sin querer. Ay... se me ha escapado. Ha vuelto la cerdita. Pero maldita sea... ¿De verdad es así este chico?

Se encoge de hombros.

—Bueno... He pensado que es mejor dejarse de tanta tontería. De todos modos, la gente no es sincera acerca de su aspecto. La mitad de las fotos que hay en esas webs están retocadas, y las otras son fotografías de hace diez años. ¿Qué sentido tiene eso? Al final, Es la persona que hay dentro de ti la que cuenta, no el envoltorio.

—Tu explicación tiene mucho sentido... pero solo si eres mujer. Los hombres no piensan de esa manera, ¿no? ¿Quién te dijo que buscases sin fotos? —Sé que no ha sido nadie del equipo. De ninguna manera me imagino a Lucky o Thibault aconsejando a Dev que busque a una chica basándose únicamente en su personalidad.

Su sonrisa es tan culpable que se nota a la lengua que lo he pillado.

—Mi madre —admite al fin.

No puedo dejar de reír.

—¿Y tú?

Mi risa se apaga.

—Debo admitir que soy superficial. Miré su foto.

—La opción fácil, ya veo —dice, burlándose de mí.

Ahora me parece un desafío.

—¿Adónde vas a ir con tu cita misteriosa?

—Quieres saberlo, ¿eh? —Se inclina hacia delante y me guiña el ojo con un gesto muy sexy.

Reacciono como si tal cosa, con la frescura de una lechuga que ha estado en el cajón del frío de mi nevera durante toda una semana. Hielo. Frío.

—Pues no, la verdad. Estoy segura de que no es tan interesante como el lugar al que voy a ir yo.

Se ríe.

—¿A qué hora has quedado con él?

Su pregunta me desconcierta.

—¿Por qué? ¿Qué importancia tiene eso?

—Porque la hora del encuentro lo dice todo sobre las intenciones de la persona.

Me incorporo en la silla, preocupada de repente por mi supuesta cita o encuentro o lo que sea.

—¿De verdad? ¿Por qué?

—Bien, veamos... ¿Es a la hora del almuerzo? ¿Una merienda a media tarde? ¿Una noche? ¿Cena? ¿Una película? ¿Una copa? Todo significa algo, ya sabes.

Lo miro fijamente, tratando de descubrir si me toma el pelo. Al principio no detecto ninguna pista, pero luego aparece ese pequeño hoyuelo.

—Oh, vaya. Ya veo que solo estás bromeando.

Tomo mi té y doy un sorbo para tener las manos ocupadas. Me siento como una idiota. No tengo ni idea de por qué me he metido en este lío de las citas por internet.

Él se encoge de hombros, tratando de hacerse el interesante.

—Si tú lo dices.

—Supongo que eres una especie de maestro ninja experto en citas, pero esta es mi primera vez, así que estoy descubriendo cómo funciona todo esto sobre la marcha. Pero no creo que pueda ser muy complicado.

No recuerdo haber visto una lista de reglas en el sitio web. ¿Cómo sabe la gente cuáles son las reglas? ¿Están escritas en alguna parte? Tendré que buscarlo cuando llegue a casa.

—Maestro ninja experto en citas..., dice... —Se ríe—. Yo tampoco he hecho esto, al menos últimamente. Esta es mi primera vez en años. Solo espero que no sea un absoluto desastre.

—Apuesto a que tendremos unas historias muy jugosas que compartir después de mañana —digo, tratando de verle el lado positivo al asunto.

—Te llamaré el domingo y podremos intercambiar anécdotas.

Me parece increíble que la simple idea me haga tan feliz. Está sugiriendo una simple llamada telefónica, no otra cita conmigo. Todo esto es tan confuso... Es triste pensar que me cuesta tanto descifrar a los hombres ahora como cuando tenía veinte años. Me encojo de hombros, porque me lo tomo con frescura. Como esa lechuga de mi nevera. Fría como el hielo.

—Por supuesto. No tengo ningún plan más que pasar el rato con los niños.

Él mira a Melba. La camarera está de pie detrás del mostrador, cerca de una caja registradora.

—¿Quieres postre? —pregunta.

—Dios mío, no. No me queda espacio en el estómago. Ni siquiera para un bocado.

Dirige una seña a Melba y luego hace un gesto con el dedo, girando y tocando el aire con él, algún tipo de lenguaje de signos de restaurante que no entiendo en absoluto. Cuando termina, vuelve su atención hacia mí.

—¿A qué venía todo eso? —pregunto.

—Le he dicho que me envolviera un postre y que me trajera la cuenta.

Asiento con la cabeza, un poco triste porque nuestra cita esté a punto de terminar. Aunque no es que fuera una cita. Somos solo dos amigos saliendo a cenar un bagre. Eso es. Voy a seguir repitiéndomelo hasta que me lo crea de verdad.

—A Jacob le va a entusiasmar lo de Halloween.

Vuelvo a sonreír. ¿A quién le importa qué es esto nuestro? Es divertido, y eso es lo único que necesito saber.

—A mis hijos, también. Les encantó jugar con Jacob el otro día. Creo que Sammy está atravesando una fase de adoración al héroe: Jacob es un niño mayor y tiene una silla de ruedas muy rápida, así que...

Dev sonríe.

—Eso hará feliz a Jacob. No se lo diré, por supuesto, pero no puede interactuar con otros niños muy a menudo, así que está bien que hayan empezado con buen pie.

Inclino la cabeza hacia él.

—¿No va al parvulario ni a la escuela?

—A veces, durante un par de horas, va a un jardín de infancia. El año pasado era demasiado pequeño para el parvulario. Es muy difícil encontrar un lugar capaz de cubrir sus necesidades, por lo que pasa mucho tiempo con mi madre y conmigo. También por eso no trabajo a tiempo completo en la nave industrial. Trabajo allí tantas horas como puedo, pero también tengo que estar con mi hijo.

Asiento con la cabeza.

—Lo entiendo. ¿Haces fisioterapia con él?

—Casi siempre. Hacemos sesiones con su fisioterapeuta y luego continuamos el trabajo en casa. A él no le gusta, así que es una batalla, pero hay que hacerlo.

—Le dijo a Sammy que tiene parálisis cerebral. No estoy muy familiarizada con esa discapacidad. ¿Qué significa para él y para ti?

Rezo para no haber sobrepasado los límites del decoro social al hacerle estas preguntas tan personales, sobre todo porque lo hago por razones casi egoístas. No quiero hacer suposiciones y decir o hacer algo estúpido la próxima vez que estemos juntos. Dev no duda en contestar.

—Hay diferentes tipos de parálisis cerebral. Le diagnosticaron parálisis cerebral espástica, lo que significa que sus músculos sufren muchos espasmos y se tensan hasta ponerse muy rígidos. La causó la falta de oxígeno en el momento del parto. También le duelen las articulaciones. Es muy, muy difícil para él. Tengo que mantener su cuerpo siempre estirado, y hacemos un montón de masajes para tratar de evitar que sus músculos le deformen el esqueleto con malas posturas y desgasten el cartílago de sus articulaciones. Como los músculos y los tendones siempre le tiran en direcciones que resultan perjudiciales para su estructura ósea, sus huesos no siempre crecen como deberían. Por eso es posible que te parezca que está un poco torcido.

Se me encoge el corazón al pensar en Jacob.

—Parece muy doloroso.

—Lo es, pero es un auténtico valiente. Es un niño muy fuerte. Lo ha sido desde el día en que nació. Podías verlo en sus ojos cuando solo tenía un día. Incluso cuando siente dolor, él sigue adelante. Es mi héroe.

Dios, y también es el mío. ¿Ser tan pequeño y llevar una carga tan pesada? Ni siquiera puedo imaginar... No acabo de formular mi pensamiento, pero dentro de mi cabeza, en lo único que pienso es en lo estúpida y superficial que he sido, lloriqueando sobre lo dura que es mi vida. ¿Cuánto tiempo he desperdiciado preocupándome por el ceceo de mi hijo? Un ceceo no es nada en comparación con los problemas de Jacob.

—Todo el mundo tiene que llevar a cuestas su propia carga, y suele ser una carga que somos capaces de soportar. Cuando miro a mi hijo, veo un superhéroe. Veo a un ser humano que se enfrenta a algo tan difícil que acabaría por aplastar a la mayoría de nosotros. Pero a él no; él puede con todo. Admiro su valentía y, al mismo tiempo, estoy allí para ayudarlo a levantarse cuando empieza a olvidar lo increíble que es.

Me entran ganas de llorar de la emoción. Ahora mismo este hombre me ha conquistado...

Me da un vuelco el corazón cuando mi mente formula ese pensamiento. ¿Es posible que esté enamorada de él de verdad, y no solo que me haya conquistado con su actitud? Argh, pero qué patética soy... Me ha dicho claramente que para él no soy más que una amiga, y aquí estoy, babeando por él y esperando que algún día decida ser mi novio.

Podría pasar días, semanas o incluso meses dándome de cabezazos contra la pared por esto, pero no voy a hacerlo. Cualquier chica sentiría lo mismo, y no creo que ninguna mujer en el mundo me culpe por estar tan confundida y llena de esperanza. No solo es un gran tipo, sino que también es un magnífico padre. ¿Por qué no me casé con un hombre como él en lugar de con un desgraciado como Miles? Qué forma de desperdiciar diez años...

Me consuela el hecho de que tengo tres hijos estupendos... y la idea de que Dev es probablemente pésimo en la cama. Tiene que serlo, ¿verdad? Ningún hombre puede ser todo: un buen padre, un maravilloso compañero de trabajo, un gran amigo, un fiera en la cama...

—Te juro que me encantaría saber qué te pasa por la cabeza en este momento —dice.

Abro mucho los ojos.

—¿Por qué?

¿Acaso llevo escrito en la cara que me estoy enamorando de él? ¿Que me lo estoy imaginando desnudo y encima de mí?

Esboza una sonrisa casi malvada.

—Porque... Parece algo muy sexy.

—Bah, cállate. —Me ha pillado, totalmente. Tengo la cara ardiendo, de un rojo brillante. Por suerte, aquí la luz es muy mala. Tal vez tengo suerte y no se da cuenta—. No sabes lo que dices.

Miro a cualquier parte menos a él.

—Bueno. Tú sabrás...

Está claro que no me cree. Se me da fatal lo de disimular mis sentimientos. Soy tan discreta como un pavo real en celo. ¡Mírame! ¡Estoy aquí! ¡Lista para ponerme a tono y para ser la madre de tus hijos!

Melba viene con la cuenta y con una caja grande dentro de una bolsa de plástico con las asas atadas.

—Aquí tienes. Un *brownie* de chocolate caliente con todos los extras y unas cerezas encima.

Dev se mete la mano en el bolsillo trasero, pero lo freno, con la mano extendida.

—No, no, pago yo. Perdí la apuesta, así que invito yo.

Dev sacude la cabeza mientras saca la billetera.

—Lo siento, pero tengo una política personal: nunca dejo que una mujer pague las comidas. Mi madre nunca me perdonaría si hiciera una excepción solo porque perdiste una apuesta conmigo.

Lo miro frunciendo el ceño.

—No es justo. Pusiste tú las reglas.

Él se encoge de hombros.

—Puedes pagar la siguiente.

Quiero argumentar que esto infringe sus supuestas reglas, y que según su razonamiento siempre terminaría pagando, pero no quiero estropear la posibilidad de una segunda cita que tal vez, por casualidad, podría convertirse en una cita de verdad. No soy tan estúpida.

—Está bien. Pero no creas que podrás acogerte a esta política personal en nuestra próxima... cena.

Dev da a Melba varios billetes y le dice que se quede con el cambio. Ella se va muy contenta.

—¿Lista? —me pregunta. Asiento con la cabeza, pero no estoy segura de adónde vamos a ir.

¿Me dejará sola o querrá ir a tomar una copa a mi casa? No tengo ni idea de lo que estoy haciendo. Soy una auténtica novata en toda esta historia de citas no amorosas o pseudoamorosas. La última vez que salí con alguien, era prácticamente una adolescente.

Siento la tentación de enviarle un mensaje de texto a mi hermana, pero no quiero que vea lo perdida que estoy. Reprimo el impulso de sacar el teléfono y en su lugar me concentro en recoger mis cosas y alisar las arrugas imaginarias del vestido.

Sigo a Dev hasta el aparcamiento y, por el camino, decido que basta con que continúe haciendo lo que hago, es decir, seguir su ejemplo y ver adónde nos lleva. Conociéndolo como lo conozco, confío en que me conducirá a buen puerto. Es demasiado bueno para hacer lo contrario.

Capítulo 37

No sé si Dev está tan nervioso como yo en el trayecto de vuelta a mi casa, pero me da la sensación de que sí. Charlamos durante tal vez cinco minutos en todo el camino de regreso, y luego llegamos a la entrada.

¿Dejará el vehículo en marcha? ¿Supondrá que voy a invitarlo a entrar? ¿Me preguntará si puede entrar y quitarme la ropa? Estos son los pensamientos que cruzan alocadamente por mi imaginación, confusa y sexualmente ávida, mientras él aparca en el camino de entrada. Se para sin apagar el motor, mirando por el parabrisas. Ojalá pudiera meterme en esa cabeza suya y leerle el pensamiento.

Pone la mano sobre la llave de contacto y se vuelve para mirarme, con una expresión indescifrable.

—Te acompañaré a la puerta, si te parece bien.

Asiento con la cabeza.

—Por supuesto. Te lo agradezco.

Fingiré que vivo en un barrio peligroso y que necesito un hombre grande y fuerte que me proteja. ¡Sálvame, Spiderman! No es la invitación sexy con la que estaba fantaseando, pero tal vez pueda robarle un beso de buenas noches. Por alguna razón, me siento envalentonada. Tal vez sea un efecto secundario de comer bagre frito.

Apaga el motor y rodea el vehículo para abrirme la puerta una vez más. Resulta un gesto igual de encantador la tercera vez que la primera. Mientras caminamos juntos hacia mi casa, la colegiala que llevo dentro está sudando la gota gorda. ¡Quiero que me tome de la mano y me pregunte si quiero ser su novia! ¡Tengo quince años otra vez! ¡Yupi!

Ojalá pudiera caminar hacia el porche en cámara lenta y hacer que el momento se prolongara más, pero sus zancadas son las de un hombre de dos metros de estatura. Nos plantamos en la puerta de entrada en un abrir y cerrar de ojos.

Busco las llaves en mi bolso y luego, cuando las encuentro, sostengo el bolso contra el pecho mientras lo miro.

—Lo he pasado muy bien esta noche, a pesar de que hiciste trampa.

Su sonrisa se dibuja lentamente.

—¿Trampa? ¿Quién ha hecho trampa? Yo he jugado limpio.

—El trato era que debía invitar yo. Cambiaste las reglas para que se adaptaran a tus propósitos.

—¿Y qué propósitos serían esos?

Esto no parece una conversación entre dos amigos, pero no quiero estropearlo presionando para conseguir algo que no puedo tener. Pero ¿acaso me impide eso flirtear? No, esta noche no. Y menos cuando utiliza ese hoyuelo suyo para hacer que el corazón me palpite a mil por hora.

—No tengo ni idea —respondo, sonriendo—. Deberías decírmelo tú, en lugar de obligarme a adivinarlo.

¡Oh, Dios mío! Había olvidado lo divertido que puede ser el coqueteo. Todavía me está sonriendo mientras trata de encontrar la respuesta perfecta.

Hago tintinear las llaves, dándole a entender que, si no se le ocurre algo rápido, voy a abrir esa puerta y desaparecer. ¿Querrá que haga eso? ¿O querrá que me quede aquí en el porche con él y este calor pegajoso, mientras las cigarras cantan a nuestro alrededor?

Juro que podría quedarme aquí fuera toda la noche. Lo único que tendría que hacer él sería pedírmelo.

—¿Tienes prisa? —dice.

Me encojo de hombros.

—La verdad es que no. ¿Y tú?

—No diría que no a una copa de vino.

El corazón me martillea con fuerza en el pecho. Espero que Dev no pueda oírlo.

—Vamos. Tengo una botella en la nevera.

Me tiemblan tanto las manos que no puedo meter la maldita llave en la cerradura. ¡Qué vergüenza! Conque fresca como una lechuga, ¿eh? Pues mi lechuga ahora mismo está mustia y pasada, como si la hubiera dejado en la encimera durante días y días...

Él no dice ni una palabra; simplemente me quita las llaves y desliza con suavidad la que necesitamos en la cerradura.

—¿Tienes frío? —me pregunta cerca de la oreja.

Me río con timidez.

—Pero si estamos como a treinta grados en este momento...

—Entonces, supongo que eso significa que estás temblando por otra razón.

Empuja la puerta y me hace un gesto para que pase yo primero.

Lanzo un suspiro, molesta porque no me deja que lleve en secreto mi vergüenza.

—Simplemente estoy nerviosa, ¿de acuerdo? —Odio admitirlo. Por un momento, vivía en una ilusión en la que sabía lo que me pasaba y lo estaba haciendo sudar a él.

Ahora sonríe de nuevo. Juro que parece el mismísimo diablo en persona, y muy satisfecho de serlo, además.

—¿Por qué estás nerviosa? —pregunta—. ¿No estarás preocupada por estar sola en la casa conmigo, o sí?

Lo miro frunciendo el ceño, sintiéndome mal porque pueda creer eso realmente.

—No digas tonterías. De hecho, me siento más segura contigo aquí en casa que cuando estoy sola.

—Hmm, eso es muy interesante… —dice, siguiéndome hasta el recibidor—. Entonces, si no estás nerviosa porque estoy aquí a solas contigo, ¿por qué es?

Lo miro batiendo las pestañas.

—No me hagas decirlo.

Echa la cabeza hacia atrás y se ríe con ganas.

—¿El qué?

Lo aparto de mi camino y echo a andar por el pasillo.

—No puedes ser tan obtuso.

Él me sigue a la cocina, todavía riendo. Estoy convencida de que va a continuar burlándose de mí, y por eso grito de sorpresa cuando sus brazos me rodean por detrás. Él se inclina y acerca la boca a mi cuello.

—No tengas miedo. No te haré daño.

Unos escalofríos me recorren todo el cuerpo, haciendo que se me erice la piel. Apenas puedo hablar, y mi voz suena en un susurro.

—Sé que no lo harás.

De repente, es como si fuera de gelatina por dentro. Apenas puedo sostenerme en pie.

Miro dentro de la nevera, pero no veo nada; ni el vino ni las otras cosas que compré para cenar los próximos días. Se me ha nublado la vista, con todo mi cuerpo centrado en las sensaciones que Dev me provoca con sus manos. ¡Son tan grandes!

Tiene la mano derecha abierta y apoyada en mi estómago; lo cubre todo, creando la sensación de que soy muy pequeñita en sus brazos grandes y fuertes. ¡Me encanta! Tiene la otra mano sobre mi cadera, y presiona con los dedos ese pequeño espacio justo delante del hueso… Un gesto tan íntimo… Dios, cuánto lo deseo…

—Si no te gusta esto, dímelo —dice con voz ronca.

Niego con la cabeza vigorosamente pero no digo nada. No confío en mis propias palabras; es probable que suelte lo primero que me pase por la cabeza, algo que sin duda será demasiado para esta ocasión. Solo nos estamos divirtiendo. Somos dos padres separados y, por una vez, solos sin sus hijos, tonteando en una casa vacía. Es casi como si fuéramos adolescentes de nuevo y nuestros padres se hubiesen ido el fin de semana. Dev ha logrado retrasar el reloj. Es un regalo en más de un sentido.

Usa la presión de sus manos para darme la vuelta. Tengo miedo de mirarlo, pero lo hago de todos modos. Es increíblemente alto, e increíblemente guapo. No puedo creer que esté aquí conmigo.

—Eres tan hermosa... —dice.

Sonrío, hechizada por la expresión casi inocente de su rostro.

—Creo que ese té dulce se te ha subido a la cabeza.

Espero que sonría, pero no lo hace. Se queda sumamente serio.

—Oh, no. Tengo todas mis facultades intactas, y la vista perfecta. Esta noche me siento muy afortunado.

¿Quién se siente como si fuera millonaria? Yo misma. Desde luego.

—Y yo también.

Apoyo las manos sobre sus brazos mientras me atrae hacia sí y deslizo los dedos alrededor de sus bíceps, deleitándome en las protuberancias de debajo de su camisa. Me encantaría ver a este hombre desnudo. ¿Eso está mal por mi parte? Ni siquiera hemos tenido todavía una cita de verdad.

Él se inclina y levanto la cabeza para que le resulte más fácil. La diferencia de más de dos palmos de altura entre nosotros no es la más adecuada para propiciar los momentos sexys y románticos; tiene que doblarse casi por la mitad para besarme.

Cuando nuestras bocas se encuentran, me llevo una sorpresa; sus labios son más suaves de lo que esperaba. Los empuja contra los míos, primero con suavidad y luego ejerciendo más presión. Estoy increíblemente emocionada. Esto no es un beso de amigos: es un beso de alguien que quiere ser algo más que un amigo. No voy a preguntar por qué me anima a salir con otros cuando está dispuesto a besarme así; voy a tratar de disfrutar del momento.

Sin embargo, cuando nuestras lenguas se incorporan al juego, empieza a entrarme el pánico. Me doy cuenta de que no ni tengo idea de lo que estoy haciendo. No he besado a un hombre en casi un año, y antes de eso, el único hombre al que besé durante diez años fue a Miles. La sensación de incomodidad hace que aparte la cabeza y rompa el contacto. Se me hace muy raro estar aquí con él. Es una sensación agradable, pero extraña. Como si hubiera hecho algo que no debería haber hecho. Cientos de preguntas se me agolpan en la cabeza, y la más importante es: «¿Quieres jugar conmigo hasta romperme el corazón?».

—¿Pasa algo? —pregunta.

—No. Solo... —Niego con la cabeza y miro hacia abajo. Me siento avergonzada y muy decepcionada conmigo misma. Tengo al hombre más guapo de la ciudad delante, en mi cocina, ¿y no puedo besarlo sin convertir esto en una telenovela? ¿Qué me pasa? ¿Acaso tengo un encefalograma plano?

Me levanta la barbilla con el dedo, obligándome a mirarlo.

—¿Voy demasiado rápido?

Me río con amargura.

—Dios, espero que no.

Él sonríe.

—Es una buena noticia. Creo...

Niego con la cabeza.

—Lo siento, me estoy comportando como una tonta. Es solo que... Llevo sola un año, y de repente me he dado cuenta de que no tengo nada de práctica. Creo que se me ha olvidado cómo besar.

Se inclina de nuevo, hablando en voz baja mientras se acerca.

—No te preocupes, es como montar en bicicleta. Solo necesitas subir y comenzar a pedalear.

Levanto la boca hacia la de él mientras se acerca.

—¿Comenzar a pedalear?

—Sí —dice con una sonrisa en su boca susurrante—. Sube y pedalea.

Bah, qué narices... ¿Por qué no? ¿Por qué no puedo dejarme llevar sin más y dar un salto al vacío, en un acto de fe? Se me acelera el corazón al darme cuenta de lo que estoy haciendo. Voy a darnos una oportunidad. Voy a besar a este hombre y ver adónde nos lleva eso.

Nuestros labios se unen con mucha más confianza esta vez. Ambos nos rendimos a la pasión que se ha ido acumulando entre nosotros. A la mierda eso de ser solo amigos. Esto es demasiado bueno para mantenerlo en una simple amistad.

Noto el contacto de sus manos por todo mi cuerpo. Con una me agarra el trasero y me lo aprieta, mientras apoya la otra en mi espalda, atrayéndome hacia él. Nuestros cuerpos se tocan en todas partes. Tengo los brazos casi en el aire, envolviéndole el cuello y tirando de él hacia abajo para intensificar nuestro beso. Vaya, parece que no he olvidado del todo cómo se besa...

Cuando gime en mi boca, la temperatura aumenta unos cuantos grados. No me consideraba capaz de experimentar este tipo de pasión en tan poco tiempo. Hace dos minutos estaba convenciéndome a mí misma de que era su amiga; ahora intento adivinar cuánto tiempo tendremos que estar así antes de que pueda llevarlo a mi dormitorio.

Desliza una de sus manos y me acaricia el pecho, y lo único que pienso es: «¡Métete debajo de mi camisa! ¡Quítame el sujetador! ¡Vamos, no te cortes!».

Nuestros cuerpos se frotan con frenesí, pero estamos en una posición muy incómoda. Si su estatura fuera normal, podría haber funcionado, pero con él, es como si alguien me estuviera presionando un martillo contra el estómago. Hablo entre besos, y mis palabras salen en jadeos.

—¿Quieres que vayamos a mi habitación?

Se detiene de repente y se separa, inclinándose hacia atrás para poder mirarme a los ojos.

—¿Tú quieres?

Me entra el pánico. ¿Por qué me está preguntando eso? ¿No quiere ir tan lejos? ¿He malinterpretado su pasión? Me encojo de hombros.

—Solo si tú quieres. No tenemos por qué hacerlo. No pasa nada si prefieres que nos quedemos aquí en la cocina. —Miro a mi izquierda—. Delante de la nevera.

A continuación, lo único que sé es que mi mundo está patas arriba. Dejo escapar un grito antes de darme cuenta de lo que está pasando: me ha tomado en sus brazos y, con sus largas zancadas, ya estamos en la mitad del pasillo. Me pongo a reír como una loca.

—¿Qué haces? —Mi pelo se balancea en el aire, colgando por encima de su brazo, y pataleo con las piernas cuando intento ponerme derecha.

—Me estás volviendo loco. ¿Crees que no quiero ir a tu habitación? No tienes ni idea.

Giramos cuando llegamos al pie de la escalera y, sin querer, me golpeo la cabeza en la esquina de la barandilla. Por suerte, el pelo ha amortiguado el golpe, pero el ruido que hace es horrible.

—¡Mierda! ¡Lo siento mucho! —Me suelta las piernas y acuna la parte superior de mi cuerpo en sus brazos mientras me mira—. ¿Estás bien? No me puedo creer que acabes de darte un golpe por mi culpa. Qué torpe soy.

Alarga el brazo y me frota tanto el pelo que me lo enreda. Me echo a reír de nuevo y dejo caer la cabeza hacia atrás.

—Vaya, esa sí es forma de cortejar a una mujer, dejarla inconsciente y llevarla a su dormitorio al más puro estilo cavernícola.

Me toma en sus brazos de nuevo, abrazándome como a un bebé pero apretándome más fuerte esta vez. Ahora los dos nos reímos mientras corre escaleras arriba en diagonal para evitar que vuelva a golpearme la cabeza con la barandilla. Se detiene al llegar a lo alto.

—¿Por dónde?

—Izquierda.

Dejo de reír y empiezo a susurrar. No puedo creer que estemos haciendo esto. Mi corazón está totalmente a favor, pero mi cerebro se resiste. ¿Y si estoy cometiendo un error? ¿Y si lo estropeo todo?

Las puertas de mi habitación se abren de golpe y Dev entra sin dudarlo. A un metro de la cama, me lanza y salgo volando por el aire. Grito y me río antes de aterrizar. Apenas acabo de entrar en contacto con el colchón cuando él ya está saltando a la cama a mi lado.

Durante dos segundos, parece un verdadero superhéroe: Superman, brazos extendidos y volando hacia mí. Por desgracia, no tengo el armazón de cama más robusto del mundo, porque lo compré en un mercadillo de barrio antes de casarme con Miles. Cuando su cuerpo gigante se desploma en el lado izquierdo, el armazón se rompe y se derrumba bajo su peso. El colchón se desplaza y caigo rodando de lado directa hacia él.

Grito de miedo y sorpresa, y él grita a la vez. Él también se resbala. Somos una maraña de brazos y piernas, y vamos directos al suelo.

—¡Ay! —exclama cuando aterriza de espaldas en la moqueta.

Me precipito sobre él y le arranco un gemido.

He oído un crujido mientras nos caíamos. Al levantar la vista desde donde estoy, sobre su pecho, lo veo frotarse la cabeza.

—Eso me va a dejar marca. —Al parecer, se ha dado un golpe bastante fuerte contra mi mesita de noche.

—Oh, Dios mío... No me puedo creer que me hayas roto la cama.

Él me mira, yo lo miro y los dos nos echamos a reír. En cuestión de segundos estoy riéndome a carcajadas. Tengo que apartarme de él y cruzar las piernas para no hacerme pis en el suelo.

Me recuesto de espaldas, mirando al techo con las piernas cruzadas y sujetándome la entrepierna con las manos. Siguen saliéndome algunas risitas mal contenidas, así que no confío en soltarme la entrepierna todavía. No me acuerdo de la última vez que me dio un ataque de risa como este. Tal vez nunca lo he vivido.

Dev vuelve la cabeza para mirarme y yo hago lo mismo. Nos miramos el uno al otro durante un buen rato mientras nuestra risa se va desvaneciendo.

—Esta debe de ser la cita más sexy que has tenido en tu vida, ¿a que tengo razón?

Me mira meneando las cejas.

Empiezo a reír de nuevo. No puedo evitarlo. ¡Ha llamado a esto nuestro una cita! Y es un loco como yo. Se apoya en un costado y me mira un momento. Luego abre la boca para decir algo, pero un zumbido lo interrumpe y pierde la feliz expresión de su rostro.

—¿Qué es eso? —pregunto, y la risa muere en mis labios de repente.

—Mi teléfono.

Mueve la mano y saca el aparato del bolsillo.

Lee un mensaje de texto y se incorpora inmediatamente.

Me invade un mal presentimiento.

—¿Pasa algo?

Suspira con los hombros encorvados.

—Es mi madre. Tengo que irme.

Otra vez me viene a la cabeza la imagen de que somos una pareja de adolescentes, robando momentos que no merecemos tener.

—¿Jacob está bien?

—Creo que no. Me parece que tiene dolores. De lo contrario, mi madre no me pediría que volviera a casa. —Me mira con expresión de tristeza—. Lo siento mucho.

Me levanto de golpe y extiendo la mano.

—Por favor, no te disculpes. Lo entiendo perfectamente. Si me llamara mi niñera y me dijera que les pasa algo a mis hijos, me iría de aquí corriendo como The Flash.

Dev me toma las manos y se pone de pie.

—Lo que pasa es que esto ocurre bastante a menudo. Probablemente para ti no sea algo tan cotidiano.

Me suelta y comprueba el teléfono de nuevo.

Lo miro y niego con la cabeza.

—No importa. Somos padres. Hacemos lo que tenemos que hacer, ¿verdad? —Le doy una palmadita en el brazo y luego le tomo de la mano, sin preocuparme por lo que pueda pensar de que me conceda a mí misma esas libertades—. Vamos. Te acompaño fuera.

Tira de mi mano y me impide salir de la habitación. Dejo que me arrastre contra él. Nos abrazamos y me mira a los ojos.

—En serio, iba a hacer una maratón de sexo contigo, así que, o bien has tenido mucha suerte, o la has tenido muy mala.

No puedo evitar sonreír.

—Tal vez lo descubramos algún día.

—Tal vez sí.

Me da un beso tan aséptico que parece más un beso de despedida, pero voy a seguir teniendo fe y esperar que sea un beso de «volveremos a intentarlo más adelante». Bajamos las escaleras hacia la puerta y se la abro. Ahora, en lo único que pienso es en que mañana tengo una cita con un extraño a la que no me apetece ir.

Dev se separa de mí y sale por la puerta principal. Cuando llega al coche, abre la puerta y me dice sus últimas palabras.

—Tienes que llamarme el domingo.

—Ah, muy bien, pero ¿por qué? —Quiero oírle decir que no soporta estar lejos de mí, que espera escuchar mi voz, que quiere que seamos algo más que amigos.

—Porque tienes una cita el sábado y quiero que me lo cuentes todo.

Y así, se me caen el corazón y el alma a los pies. Intento aparentar alegría, porque ya no soy una adolescente, y él es un padre con cosas que hacer y que nada tienen que ver conmigo. Ya me han hecho trizas el corazón otras veces, y ya sé cómo funciona el proceso. Puedo ser valiente. Puedo soportarlo. Incluso podría tener una aventura sin compromiso con este hombre, porque insiste en que yo salga con otras personas.

Ahora recibo el mensaje alto y claro. Hemos salido juntos en una cita, pero no tenemos una relación. Una especie de cita sin cita. Supongo que se supone que tenemos que salir con otras personas y luego contarnos mutuamente cómo nos ha ido. Este tipo de sistema debe de ser algo nuevo en el mundo de los solteros, algo que me perdí durante los diez años que estuve casada. Tendré que adaptarme, si quiero que Dev forme parte de mi vida. Y la verdad es que eso es lo que quiero.

—¡Muy bien! —grito, con el entusiasmo de una animadora—. ¡Ningún problema! ¡Yo también quiero que me lo cuentes todo sobre tu cita!

Levanta el pulgar y se sienta al volante.

Cierro la puerta de casa y me apoyo en ella, deseando que las lágrimas desaparezcan, pero por supuesto, las lágrimas no obedecen. Subo las escaleras despacio y me regodeo en mis sentimientos heridos. Esta noche, lloraré hasta quedarme dormida una vez más.

Capítulo 38

Prepararme para esta noche es un momento agridulce para mí. Esta es una cita de verdad, no una de broma como la que tuve con Dev, pero no me entusiasma nada la idea. Me miro en el espejo, tratando de animarme ante la perspectiva de un acontecimiento tan importante.

—Solo vais a tomar algo —digo en voz alta—. Ni siquiera tiene por qué ser una bebida alcohólica. Un café, si quieres. Solo necesitas salir y perder tu virginidad en cuanto a las citas con hombres.

Pienso entonces en mi virginidad, la auténtica, que perdí con Miles hace mucho tiempo, y en el hecho de que, por un momento, anoche creí que estaba viviendo mi primera cita de verdad en años, y eso me entristece de nuevo.

Arrugo la frente ante mi reflejo.

—Déjalo ya. ¡No puedes colarte por un hombre con el que, simplemente, lo pasaste muy bien! ¡Eso es ridículo! Dev será un muy buen amigo para ti. Maldita sea, hasta podría acabar siendo un amigo con derecho a roce si juegas bien tus cartas. —Respiro profundamente y dejo escapar el aire despacio—. Tranquilízate. Eres una mujer sola, libre para disfrutar de la vida. Has tenido dos noches seguidas para salir sin niños. Esta noche es especial, y no puedes estropearla preocupándote por tonterías.

Después de la merecida reprimenda, fuerzo una sonrisa y me miro en el espejo.

—Así me gusta. Recuerda: eres la mejor, Jenny. La mejor. La Mujer Maravilla.

Me he puesto el mismo vestido que llevaba anoche con Dev. Probablemente no debería, porque aún huele un poco a comida frita, y me recuerda a sus manos sobre mi cuerpo y la imagen de los dos rodando por el suelo de mi habitación, pero mi presupuesto no me permitía dos vestidos nuevos, y mi ropa de siempre está demasiado vieja para ponérmela en una cita de verdad. Ayer le compré un suéter a May y este vestido para mí, junto con un par de zapatos baratos que me llamaron la atención y un conjunto muy sexy de ropa interior. El resto fue a mi cuenta de ahorros. Solo estoy en período de prueba con el nuevo trabajo, y todavía no sé si seguiré trabajando allí en el futuro, así que necesito controlar los gastos. Además, un poco de perfume enmascarará el olor a bagre frito en un santiamén. Doblo mi dosis habitual, rociándome con perfume suficiente para asfixiar a un gusano, y me obligo a abandonar los confines de mi baño.

Compruebo la hora. Tengo treinta minutos antes de que empiece oficialmente esta cita. No he recibido ningún mensaje, así que doy por sentado que la cosa sigue en pie. ¿Estará tan nervioso como yo? ¿Se preguntará en qué dirección va esto? ¿O será uno de esos tipos que solo busca un rollo rápido de una noche?

Había un lugar en el perfil para decir qué es lo que estás buscando, y estoy segura de que no puse en ningún momento que buscaba un encuentro pasajero. Por supuesto, no soy tan tonta como para pensar que un hombre no aceptaría esa opción si se la ofrecieran, pero no voy a ofrecerle eso. ¿Y lo de anoche con Dev? ¿Cuando lo invité a mi habitación? Eso fue una anomalía. No volverá a suceder. No soy esa clase de chica. A menos que Dev quiera que suceda. Podría hacer una excepción para él.

Obligo a mi cerebro a ahuyentar esos pensamientos, negándome a seguir por ese camino otra vez. Necesito concentrarme, poner mi mejor cara. Tengo una cita de verdad con un perfecto desconocido que me recuerda tanto a Dev que parece cosa de locos. Releí su perfil y eso no hizo más que confirmar mis impresiones.

No quiero aparecer antes de tiempo, pero quedarme en casa, regañándome a mí misma frente al espejo y soñando con lo que pudo haber sido y no fue con Dev, no me está llevando a ninguna parte. Siento la tentación de cancelarlo todo, así que sé que debo irme de una vez. Además, es mejor que me marche antes de que May regrese del parque con los niños. Llorarán cuando me vean salir y luego, encima, tendré un sentimiento de culpa tremendo.

Me siento al volante y conduzco hacia el bar. Estaré allí en veinte minutos, si el tráfico me lo permite. Por el camino, dejo volar mi imaginación, rememorando los acontecimientos de la noche anterior. Me pregunto si Dev y yo habríamos llegado al final de no haber llamado su madre. ¡Y si él no hubiera destrozado mi cama con su salto de superhéroe! He tenido que dormir con el colchón en el suelo... No sé qué explicación voy a darles a los niños cuando me pregunten.

Dev debe de pesar cien kilos, tal vez incluso ciento diez, de músculo puro. Probablemente tenga una cama especial en su casa: extralarga y extrafuerte. Me entra mucho calor y me pongo muy nerviosa solo de pensar en eso. Larga y fuerte. Cama grande. Hmmm...

—¡Para ya!

Miro a mi alrededor, casi esperando ver un letrero de neón en una tienda que diga: «¡Aquí tienes tus vibradores! ¡Oferta especial! ¡Anonimato garantizado!»... Es evidente que llevo demasiado tiempo sin sexo, pero qué narices... Vamos a ver, soy una mujer sana, estoy prácticamente en mi mejor momento, médicamente hablando. ¡Debería tener una sesión de sexo todos los días! Este tipo de frustración es normal.

Se me enciende la bombilla. ¡Ese es mi problema! ¡Por eso me estoy enamorando de un tipo al que apenas conozco! ¡Necesito más sexo! Estoy obsesionada con el coito. Es casi una enfermedad. Lo llamaré «coitus queremus muchus» y está entorpeciendo mis procesos cognitivos normales. Eso lo explicaría todo.

Quizá el hombre al que voy a conocer esta noche sea interesante. La foto que colgó en su perfil estaba bastante bien. Dev dice que todo el mundo usa Photoshop con sus fotos o sube las antiguas de cuando eran más jóvenes, pero aunque este hombre sea mayor de lo que parecía, probablemente es el tipo de persona que mejora con la edad. Tal vez haya química entre nosotros y él me proponga algo. Entonces yo diré: «Claro, me encantaría acostarme contigo esta noche. Soy libre, estoy abierta a probar cosas nuevas. Soy una mujer arriesgada, aventurera, que vive para disfrutar del momento». ¡Ja! Me sudan las palmas solo de imaginarlo. Es imposible que esto salga bien.

Cuando entro en el aparcamiento del bar, me siento bastante segura de mí misma, a pesar de todo. Me miro el vestido, apreciando la manera en que se adapta a mi cintura y me resalta las caderas. Mi pelo también pone de su parte, enmarcando mi cara con sus ondas naturales, y mi maquillaje es perfecto, ni mucho ni poco, con un acabado un tanto difuminado. Dev me encontró bastante irresistible con este modelito... Tal vez tenga más opciones de las que pensaba. Salgo del coche con una enorme sonrisa en la cara. La negación puede ser tremendamente poderosa cuando se emplea con moderación.

Compruebo el teléfono solo para asegurarme de que no hay mensajes de texto de May. Va a tener una recompensa muy especial por hacernos de niñera dos noches seguidas, porque sé que mis hijos la están volviendo loca. Hasta a mí me vuelven loca después de dos noches seguidas, y eso que fui yo quien parió a esos pequeños granujas.

Le envío un mensaje de texto rápido, solo para hacerle saber cuánto le agradezco sus esfuerzos.

Yo: Muchas gracias. Eres mi heroína.

Responde de inmediato.

May: ¡Diviértete! ¡No hagas nada que yo no haría!

Sonrío, pero no respondo. Su mensaje deja mucho espacio para la imaginación. He oído las historias sobre ella y Ozzie y sus escapadas. Es hora de ponerte en plan sexy, Jenny. Camino hacia la entrada del bar, contoneando las caderas un poco más de lo habitual. Me siento despampanante. Voy a ser la dueña del lugar.

La puerta de madera de la entrada está llena de marcas y un poco combada, y me da la bienvenida a un lugar en el que, tiempo atrás, disfruté de muy buenos momentos. Aquí era donde veníamos Miles y yo, antes de tener hijos, a disfrutar de una cerveza y ver los partidos en el televisor de encima de la barra. Guardo muy buenos recuerdos de este lugar, así que experimento una sensación especial y buenas vibraciones cuando agarro el pomo y tiro de él.

El aire acondicionado y el olor a cerveza rancia es lo primero que me llega. Puede que vaya demasiado arreglada esta noche, pero por una vez, voy perfectamente maquillada y por primera vez en mucho tiempo me he pintado las uñas y llevo un sujetador y unas bragas a juego. Espero que este hombre valore todos mis esfuerzos, porque mañana todo se acabará y volveré a ser una mamá experta en informática en vaqueros y zapatillas de deporte, con ropa interior de lunares de algodón y un sujetador deportivo de tirantes anchos. Pero ¿esta noche? Cuidado. Soy una mujer muy, muy peligrosa; una auténtica tigresa.

Como premio especial, en este preciso instante decido llevar a los niños a un pícnic en el parque mañana. Han sido muy pacientes conmigo y no se han quejado ni una sola vez de que no estuviera con ellos dos noches seguidas. Eso es un gran cambio para ellos, y con Miles y su nueva novia en escena, debo mantener a toda costa la estabilidad en la vida de mis hijos. Este ha sido mi fin de semana egoísta, pero mañana todo girará en torno a ellos.

Ahora mi mente se ha liberado de toda culpa y estoy lista para jugar. Examino la espalda de las personas sentadas en los taburetes alrededor de la barra, con la esperanza de que el hombre con la camisa azul esté ya allí y no tener que quedarme esperando demasiado rato.

Al principio no lo veo, pero luego, entre las sombras de la parte trasera del local, percibo un destello de azul. Creo que está allí, con una jarra de cerveza en la mano. Me mira como si me conociera. Y es muy, muy alto. Monstruosamente alto.

El corazón me da un vuelco y luego una voltereta. Empiezo a temblar cuando mis ojos se detienen en los detalles del hombre de la camisa azul. Empiezo a susurrar para mis adentros cuando resulta más que evidente que mi noche está a punto de irse al garete. Oh, Dios mío... ¡No me puede pasar esto!

Es Dev, y está aquí para ser testigo de mi vergüenza.

Luego aflora un pensamiento aún más horrible: ¿y si mi cita es él?

No, no puede ser. Estaba sentado junto a mí en el ordenador cuando hice clic en su perfil. Vi su foto, y vi la foto del hombre con el que he quedado aquí, y definitivamente, no era la imagen de Dev.

Dejo unos instantes para asimilar la gravedad del asunto. Hemos quedado en el mismo lugar, así que cada uno verá la cita del otro... ¡Qué desastre! Cuando me preguntó adónde iba a ir, ¡debería habérselo dicho! ¿Por qué decidí que flirtear y jugar fuerte era una buena idea?

El destino realmente me la ha jugado; es la única explicación para lo que está sucediendo. Hay más de mil bares en esta ciudad, y podría haber elegido cualquiera de ellos, ¡pero está aquí! ¡En mi bar! ¡Maldita sea!

Reconozco la expresión de su rostro como la que probablemente se refleja en el mío. Está confundido, pero al mismo tiempo, parece que le hace gracia.

Me muero de vergüenza. ¡Se está riendo de mí! Supongo que se ha dado cuenta de que llevo el mismo vestido que anoche. ¿Qué dice eso sobre mí? Nada bueno, desde luego. Él lleva otra camisa. Tal vez se ha puesto los mismos pantalones, pero la camisa es definitivamente azul, y la que lucía anoche era amarilla.

Mis ojos escanean de nuevo la multitud. Hay otro hombre con una camisa azul, pero debe de rondar los setenta. No creo que sea legal cambiar tanto tu imagen con Photoshop.

Dev echa a andar a través del bar. Me encuentro con él a mitad de camino. Él habla primero, ahorrándome el problema de tener que inventarme algo simpático y ocurrente, una hazaña que soy incapaz de lograr en este momento.

—Supongo que ahora ya sé dónde has quedado con tu cita.

Mi sonrisa seguramente parece más bien una mueca horrorizada que otra cosa. Nivel de humillación: ocho sobre diez.

—Sí, supongo que sí. Parece que tenemos el mismo gusto en cuanto a bares.

Asiente con la cabeza y mira alrededor, por encima de mi hombro y luego a los lados. Consulto el reloj. Es la hora exacta.

—Entonces, ¿tu cita no ha llegado todavía? —pregunto.

—No lo creo. Es difícil saberlo, porque no llegué a ver su foto.

Lo miro y niego con la cabeza.

—¿Por qué no la miraste? ¿Cómo vas a reconocerla si no sabes cómo es?

Se encoge de hombros.

—Pensé que ya me reconocería ella.

Asiento con la cabeza, sintiéndome incómoda pero satisfecha por la conversación. El silencio sería peor.

—Supongo que es una buena estrategia. Resulta difícil que pases desapercibido.

—Además, así no hay ninguna presión. Ella puede mirarme y decidir, sin llegar a conocerme, si realmente quiere hablar conmigo o no.

—Eso es muy considerado por tu parte. —Lo miro más de cerca, entrecerrando un poco los ojos. No parece en absoluto preocupado por el hecho de que le den plantón—. ¿Cuánto tiempo tienes previsto quedarte para ver si aparece?

Se encoge de hombros.

—No lo sé. ¿Media hora?

Asiento porque no se me ocurre otra cosa que hacer, y examino otra vez a los clientes del bar. En ese momento, la puerta se abre y entra un hombre con una camisa azul. Definitivamente es más recio de lo que esperaba a partir de su perfil, pero tiene el pelo castaño como el hombre de la foto. Aguardo a ver qué pasa. Parece estar buscando a alguien.

Dev señala con la barbilla.

—Tal vez ese sea tu hombre. Debería irme, darte espacio.

—Está bien —digo, sin prestar realmente atención a Dev.

Estoy concentrada en el hombre que acaba de llegar, tratando de averiguar si es el que vi en la foto. Aunque no creo que lo sea. Su nariz es totalmente diferente. ¿Alguien utilizaría Photoshop para ponerse una nariz distinta? Debería haber mirado la foto más detenidamente. Debería haberla imprimido. Dev ya me advirtió que la gente hace trampas en esas webs. Imaginándome a ese tipo como mi cita, me visualizo a mí misma sosteniendo la foto impresa junto a su cara, señalándolo con furia y gritando: «¡Quiero una explicación!». Las fotos retocadas con Photoshop deberían estar prohibidas, y a aquellos que incumpliesen la prohibición habría que arrojarles huevos podridos. Odio esta situación. ¿Qué estoy haciendo aquí?

—Voy a volver a mi rincón —dice Dev—. Hazme una señal si tienes algún problema.

Ahora Dev tiene toda mi atención.

—¿Qué pasa? ¿Eres mi guardaespaldas?

Parece confundido.

—No. A menos que quieras que lo sea.

Tal vez todavía esté dolida por el hecho de que él quisiera que saliéramos con otras personas después de romperme la cama. Mi respuesta es más agresiva de lo que pretendía.

—Estoy bien. Puedo apañármelas yo sola. Llevo un espray de pimienta. —Doy unas palmaditas en el lateral del bolso con aire de seguridad.

—Deberías llevar una Taser, como tu hermana. Aprendí de primera mano que es muy efectiva.

Antes de que pueda pedirle más detalles, me deja y se va. Estoy sola junto a la barra, y el hombre de la nariz falsa que creía que podría ser mi cita se acerca a un grupo de amigos y toma una cerveza que le ofrece uno de ellos. Todos se ríen de algo que dice.

Si esa es mi cita, ya puede olvidarse del asunto. Yo no me metí en esto para salir con alguien con una nariz falsa o con una reunión de amigos. Mi indignación desaparece al cabo de unos minutos, cuando una chica entra por la puerta, se acerca al hombre y le da un abrazo y un beso. *Game over.*

Capítulo 39

Compruebo de nuevo mi teléfono; han pasado otros quince minutos. En cuanto veo la hora, me doy cuenta de que no tengo ningún interés en salir con un tipo que se presenta quince minutos tarde en nuestra primera cita. Respeto el tiempo de otras personas, por lo que es justo que hagan lo mismo por mí.

Dev está ocupado mirando su propio teléfono, así que no me molesto en hacerle ninguna señal para avisarlo. Voy a visitar el baño antes de irme. Mi noche es un fracaso oficial. Haré un pis primero, y luego me iré a casa. Probablemente todavía tenga tiempo para hacer palomitas y encontrar una buena peli romántica en la tele. La noche aún es joven, y yo también. O algo así.

Me miro en el espejo del baño y frunzo el ceño. Qué lástima que me haya vestido para nada. Esto de las citas es una mierda. Creo que cuando era más joven era diferente. Los tiempos han cambiado, y no para mejor. Hoy los hombres plantan a las chicas y se retocan la cara con Photoshop, para fingir ser alguien que no son. Imbéciles.

Salgo del baño y vuelvo al bar, examinando a la multitud una vez más para poder localizar a Dev y despedirme. Pero no está aquí. Se ha ido. Siento que se me abre una grieta en el corazón, y no es nada agradable. ¿Se ha ido sin decir adiós? Y yo que creía que mi noche no podía ir a peor... ¡Me equivocaba de nuevo!

La tristeza que siento ahora es completamente desproporcionada con respecto a lo que ha ocurrido. Dev ya es mayorcito, y estaba aquí para conocer a su propia cita. El hecho de que se haya ido no tiene nada que ver conmigo. Debería alegrarme por él. Joder, tal vez su chica apareció al fin y están en el aparcamiento montándoselo en su coche. O tal vez ha habido mucha chispa entre ellos y están haciendo algo más que eso.

Sé que mi reacción es ridícula, pero no puedo evitarlo. Solo estuve en el baño cinco minutos, y me da pena que se fuera sin despedirse. En realidad, ha sido increíble verlo aquí. Parece que nunca me canso de ver a este hombre.

Salgo hacia mi vehículo, pero cuando estoy a un par de metros me detengo. Hay alguien esperándome. Sufro un ataque cardíaco momentáneo hasta que me doy cuenta de que es un hombre muy alto con una camisa azul. Dev. Mi corazón sale volando disparado, como si tuviese alas, como si fuera un cohete y alguien hubiera encendido la mecha para lanzarlo. Me dan ganas de cantar como Maria en *Sonrisas y lágrimas*. «¡El dulce cantaaar!».

Intento recuperar mi movimiento sexy contoneando las caderas, pero termino torciéndome el tobillo con mis estúpidos zapatos nuevos. Dev extiende los brazos como si quisiera intentar ayudarme, pero todavía está a un metro de distancia. Me recupero sin caerme de espaldas, por suerte, y recorro cojeando el resto del camino. Saco las llaves del bolso para que no haga ningún comentario sobre mi lamentable tropiezo.

—Pensé que te habías ido —dice Dev.

—Yo también pensé que te habías ido.

Nos miramos el uno al otro mientras las cigarras cantan a nuestro alrededor, marcando el ritmo de la noche, algo exclusivo de Nueva Orleans.

—¿Me esperabas? —le pregunto.

Se encoge de hombros.

—Cuando creí que te habías ido, pensé en irme a casa. Pero luego salí y vi tu coche, así que me preocupé. Pensé que te esperaría un rato y, si no aparecías, pondría en marcha un dispositivo de búsqueda.

No puedo evitar sonreír.

—¿Un dispositivo de búsqueda? Eso suena a algo serio.

Asiente despacio.

—Lo es.

Quiero creer que su respuesta encierra mucho más que esas dos simples palabras, pero antes de que pueda pararme a pensar en eso más detenidamente, me arranca de mis pensamientos.

—¿Ha aparecido tu chico?

Niego con la cabeza.

—No. Supongo que son cosas que pasan.

En realidad, ahora que estoy aquí con Dev, no me parece algo tan malo, después de todo.

—¿Estás segura de que no estaba allí? Había muchos hombres que parecían estar solos.

Me encojo de hombros.

—Me dijo que llevaría una camisa azul, y los únicos con camisas azules erais tú, un vejestorio y otro hombre, pero iba acompañado de una chica.

Dev abre más los ojos.

—¿Una camisa azul?

Asiento con la cabeza.

—Sí, una camisa azul. Así es como se suponía que debía identificarlo. Y yo puse mi foto en mi perfil, por lo que debería haber podido reconocerme fácilmente. No la retoqué con Photoshop, y tampoco usé una de hace diez años.

Dev sonríe y luego apoya el puño en la frente y echa la cabeza hacia atrás, riendo como si estuviera en una comedia.

—¡Ay, Dios! —exclama, incorporándose de nuevo.

—¿Qué pasa? ¿Te parece gracioso? ¿Te hace gracia que me hayan dado plantón?

—Ay, Dios mío... —repite, mirándome de nuevo—. No. No es eso. No me lo puedo creer.

Estoy empezando a enfadarme, porque no tengo ni idea de qué está hablando. Sin embargo, parece como si se estuviera riendo de mí. Me cruzo de brazos.

—¿Qué? ¿Qué es lo que no te puedes creer?

Aparta el puño de la frente, se agarra la parte delantera de la camisa y me la enseña.

—Llevo una camisa azul.

Me encojo de hombros.

—Sí. ¿Y qué?

Niega con la cabeza.

—Yo soy tu cita.

Lo miro como si estuviera loco. Creo que con toda esta historia de las citas ha perdido algún tornillo por el camino.

—¿Qué? No. No eres mi cita. Él se llamaba Brian no sé qué.

La web solo ofrece los nombres de pila, pero eso me parecía suficiente en su momento.

—Escogiste al hombre que dijiste que era mi gemelo, ¿verdad?

Ahora vuelvo a sentirme avergonzada. ¡Lo sabe! ¡Sabe que estoy loquita por él! Necesito manejar esto.

—¿De qué estás hablando? —Sí, ese es mi plan: voy a hacerme la tonta y ver hasta dónde me lleva.

—Escogiste al hombre que dijiste que era mi gemelo, para salir con él. Ese era yo.

Se señala el pecho.

La imagen que está tratando de describir comienza a tener sentido.

—¿Qué estás diciendo? ¿Tienes dos perfiles en ese sitio web?

Ahora le toca a Dev pasar vergüenza.

—Sí —confiesa a regañadientes.

En este momento no solo estoy confundida, también me siento molesta.

—¿Por qué? ¿Por qué lo has hecho?

Intento averiguar si me ha tendido una elaborada trampa para atraparme y hacerme quedar como una tonta, pero tal como ese pensamiento entra en mi mente, se va. En primer lugar, nadie es tan inteligente, y en segundo lugar, él no es tan malo.

Mira hacia el cielo nocturno y luego a sus pies. Se balancea hacia delante y hacia atrás desde los talones hasta los dedos de los pies y al fin responde.

—Tal vez me preocupaba que nadie quisiera salir con un tipo calvo y tan alto que parece que debería trabajar en un circo.

Si me hubiera dado cualquier otra excusa, o tal vez si yo fuera una persona diferente con menos cicatrices en el alma, podría enfadarme por el engaño; pero mi corazón está con él. Siempre parece tan seguro de sí mismo que no se me pasó por la cabeza, ni por un segundo, que pudiese avergonzarse de su físico.

Lo miro a los ojos para que vea que hablo con el corazón en la mano.

—Eso es ridículo. ¿Por qué iba a importarle eso a alguien?

Me mira levantando una ceja invisible.

—¿Hablas en serio? ¿Tú has estado en el mundo últimamente?

Dejo escapar un largo suspiro. Tiene razón. En nuestro mundo, las personas son completamente superficiales y se fijan sobre todo en el físico. Maldita sea, si hasta yo miré las fotos en la web y elegí a un hombre basándome no solo en su personalidad, sino en lo guapo que era en la foto.

—¿De dónde sacaste la imagen que pusiste en el perfil? —pregunto.

—Es una foto de mi primo. Pero me dio su permiso, así que no fui un canalla integral... Quiero decir que no le robé la identidad a nadie. —Mira las estrellas con aire reflexivo—. Aunque todavía puedo ser un canalla, ahora que lo pienso. —Dirige su atención hacia mí—. Siento mucho haberlo hecho y que te hayas visto involucrada. —Trata de quitar hierro al asunto, pero no acaba de conseguirlo—. De todas formas, tú eres la primera que me ha pedido una cita, así que solo hay una víctima de mi estupidez.

—No lo entiendo. ¿Por qué tanto misterio? ¿Por qué no ser simplemente tú mismo?

Mira al suelo.

—Llámalo falta de confianza en uno mismo. Esa es probablemente la manera más precisa de describir mi forma de enfocar este asunto.

—¿Cómo puede un hombre como tú carecer de confianza en sí mismo? Eres alto, guapo, encantador, inteligente, un gran padre... Lo tienes todo.

Su sonrisa es tan seductora que casi no puedo respirar.

—¿Es que te has olvidado de ponerte las lentes de contacto hoy? —pregunta.

Le doy un empujoncito.

—Cállate. Y también tienes un gran sentido del humor.

Se encoge de hombros.

—Tú ves lo que ves, pero créeme, la mayoría de las mujeres no tienen la misma impresión cuando me miran.

Lanzo un suspiro.

—Bueno, pues permíteme disculparme en nombre de todas las mujeres por ese puñado de bobas que son sordas, tontas y ciegas. Créeme, no representan a la mayoría.

—Gracias por decirme eso.

Patea la gravilla del suelo, moviéndola con el pie, y por primera vez veo de verdad su parte vulnerable. Eso solo lo hace aún más atractivo a mis ojos, sabiendo que no es un engreído, sino una persona humilde y sincera consigo misma. Prefiero este tipo de hombre a un individuo que crea que es un regalo del cielo para las mujeres.

Me quedo callada, asimilando todo lo que me ha dicho. Aquí estamos, dos personas solas, ambos en busca de amor. Hicimos un pacto para encontrarlo con otras personas, pero el destino nos ha unido de nuevo. Eso solo puede significar una cosa, y no soy tan tonta como para ignorarlo esta vez.

—Y ahora ¿qué hacemos?

Me muerdo el labio después de formular la pregunta para evitar dejar escapar algo que todavía no se debe decir en voz alta.

Él se inclina y me toma de las manos. El bolso se me cae a los pies, pero no hago caso.

—Creo que eso significa que deberíamos salir en una cita de verdad y ver qué pasa.

Intento no emocionarme demasiado con la idea de que él está pensando lo mismo que yo.

—Pero es un riesgo. Uno podría romperle el corazón al otro.

Se encoge de hombros.

—El que no arriesga, no gana. Estoy dispuesto a correr ese peligro si tú también lo estás.

Me muerdo el labio otra vez. Es una persona tan bella... Bueno de verdad por dentro. No me importa que haya puesto un perfil falso en una web de citas. Lo entiendo. Quiero decir, lo entiendo de verdad. Entiendo lo que es sentirse solo, sin seguridad en uno mismo, volverse paranoico y preocuparse por que a la gente no le gustes por lo que eres. Cuando Miles me dejó, perdí la esperanza de encontrar a alguien que quisiera volver a estar conmigo. Habría que ser muy estúpido para desaprovechar esta oportunidad...

—Está bien, yo también voy a correr el riesgo. —Siento que voy a vomitar, y estoy asustada y feliz al mismo tiempo.

Dev sonríe y luego esa expresión vuelve a aflorar a su rostro: su hoyuelo precioso y seductor aparece y transforma al guerrero en un osito de peluche. Calvo. Un oso de peluche grande y calvo que me hace sentir segura, feliz y lista para comerme el mundo.

—Bien... ya hemos cenado —dice—. ¿Qué harías en una cita de verdad después de la cena?

Me siento sexy, así que me arriesgo y le doy la respuesta que aguarda en mi corazón.

—Te preguntaría si quieres tomar una copa en mi casa.

—¿Están tus hijos en casa? —pregunta, con un brillo travieso en los ojos.

Hago una mueca.

—Voy a ser muy mala madre y decir que, por desgracia, sí, lo están. En una cita de verdad probablemente me habría asegurado de que estuvieran en otro sitio. Lo siento. He perdido toda la práctica.

Frunce el ceño.

—Mi hijo también está en casa. —Me aprieta las manos y me mira apesadumbrado—. Es una lástima que seas una mujer con tanta clase.

Lo miro arqueando las cejas.

—¿Y por qué es una lástima?

—Porque... si te dejaras llevar por tu lado más salvaje, te diría lo grande que es el asiento trasero de mi coche...

No puedo evitar reírme.

—¿Por qué te ríes?

Se acerca y me estrecha en sus brazos, y su cuerpo duro me envía una descarga de placer que me recorre de arriba abajo. La risa cesa de inmediato.

Lo miro, con los ojos ardientes por el calor que se acumula en el interior de mi cuerpo.

—Porque... En el fondo, me gusta el lado salvaje...

Capítulo 40

No puedo dejar de reírme. Llevo el vestido subido hasta la cintura, y estamos apretujados en el asiento trasero de su coche, tratando de usarlo como nuestra plataforma de lanzamiento para esto que acabamos de empezar, sea lo que sea. No voy a ponerle ninguna etiqueta ni a preguntarme cuánto va a durar. Quiero disfrutarlo mientras pueda.

—Soy demasiado alto —dice con frustración mientras se golpea la cabeza en la ventanilla trasera. Lo atraigo hacia abajo para que me bese de nuevo. Tengo los labios hinchados después de todo lo que hemos estado haciendo.

—No eres demasiado alto; eres perfecto.

Sonríe y se zambulle en mi boca. Nuestras lenguas se enredan y nuestra respiración nos templa la cara mientras avanzamos y profundizamos el contacto. Desliza la mano entre mis piernas, acariciándome con los dedos sobre las bragas, haciéndome retorcerme de pura excitación. El sudor le gotea de la frente y aterriza en mi cuello mientras mira hacia abajo, al espacio que hay entre nosotros.

—Lo que daría por una cama en este momento... —gruñe.

—Podríamos hacerlo sentados —sugiero.

Él se detiene y se queda mirándome.

—¿De verdad?

Asiento con la cabeza, mordiéndome el labio para no reírme. No es que esto sea gracioso; es que lo estoy pasando tan bien que quiero reírme y dar rienda suelta a mi lado loco y salvaje al mismo tiempo. Nunca he experimentado algo así. Estoy en un aparcamiento, montándomelo prácticamente con un extraño en un Pontiac, ¡por el amor de Dios! Entonces se me ocurre algo, pienso en la parte poética de mi vida sexual en este momento. Está, literalmente, resurgiendo de las cenizas en el interior de un modelo Phoenix. No puedo dejar de reírme.

Dev intenta levantarse y no solo se hace un nuevo moretón en el proceso, sino que arranca de cuajo el reposacabezas directamente de la parte superior del asiento.

—¡Oh, Dios mío! —grito mientras gruñe y lo arroja al suelo de la zona delantera del coche.

—Ven aquí —dice, mientras ocupa el asiento trasero, estirando las piernas todo lo posible.

Presiona el respaldo con las rodillas y un bulto sobresale en su entrepierna. Le abulta tanto que la cremallera le tira. Estoy de rodillas junto a él y no puedo evitar mirarlo.

—Uau —exclamo. Antes, cuando estaba encima de mí, percibí el tamaño de su paquete, pero creo que no llegué a apreciar lo grande que era.

Él también lo mira y luego me mira a mí.

—Estoy a tu merced.

Con una sonrisa maliciosa, alargo el brazo y le desabrocho el cinturón, el botón y la cremallera, liberándolo de la parte superior de sus bóxers con cuidadosas maniobras.

—Madre mía... —susurro—. Lo tuyo sí es proporcionado...

Apoya la cabeza en el asiento y suspira.

—¿Es que quieres que me vuelva loco antes incluso de que me toques?

Alargo la mano y me aparto un mechón de pelo de la cara, metiéndomelo por detrás de la oreja.

Él gira la cabeza para observarme.

—¿Qué pasa? —pregunto con timidez.

—No me mires así —dice—. ¿Sabes lo que me estás haciendo?

Me siento como una campeona del sexo, como una diosa a la que debe adorar. Olvido por un momento que no había hecho algo así en mucho tiempo. Tomando su miembro duro en la mano, comienzo a acariciarlo hacia arriba y hacia abajo. Él cierra los ojos y suspira, y empieza a arrugar la frente y a gemir mientras encuentro el ritmo.

Me relamo los labios. Estoy completamente excitada, tanto por sus caricias de antes como por verlo ahora. No estoy segura de qué hacer a continuación, pero siento que voy a explotar de deseo e impaciencia. Él abre los ojos.

—¿Vas a subirte encima o qué?

No pierdo el tiempo. Después de quitarme mis bragas nuevas y sexys, me subo el vestido alrededor de las caderas y hago todo lo posible por montarme a horcajadas sobre él sin golpear ninguna parte sensible. Es más fácil si me quito los zapatos.

Me arrodillo con una pierna a cada lado de las suyas. Su erección se yergue entre nosotros, más de un palmo que apunta hacia el techo del coche. Se coloca lo que debe de ser un condón de tamaño especial, y ambos miramos fijamente hacia abajo, a lo que ahora sé que es imposible. ¡Madre mía! ¡Pero si es del tamaño de una porra! ¿Qué se supone que debo hacer con eso?

—¿Y si no cabe? —digo en un susurro, sin aliento.

—Iremos muy despacio —contesta, alargando la mano por debajo de mi vestido y tocándome entre las piernas.

Cierro los ojos y disfruto de las sensaciones durante unos segundos antes de hacer mi próximo movimiento. Ya basta de juegos;

tengo un reto ante mí. Ojalá hubiese ido a más clases de gimnasia cuando era más joven.

Me incorporo sobre las rodillas y me doy cuenta enseguida de que eso no es suficiente. Pongo el pie izquierdo en el asiento al lado de Dev y levanto aún más el cuerpo. Por fin puedo colocarme encima de él, y la punta dura de su erección aguarda justo a mi entrada. Parezco una loca, pero me da absoluta y completamente igual. Podría llegar la mismísima policía ahora mismo y eso no me detendría.

Levanta el pulgar y lo frota sobre mi punto más sensible.

—Sin prisa —dice, observando la expresión de mi rostro.

Lo miro mientras me deslizo sobre él, muy despacio. Nunca había odiado tanto los condones como en este momento. Por suerte, gracias a todas las atenciones de Dev, podemos frotarnos el uno contra el otro sin demasiada fricción. Él se desliza dentro de mí prácticamente sin hallar resistencia.

—Oh, Dios... —exclamo con una voz a medio camino entre un susurro y un gemido.

Apoya la mano que tiene libre en mi cadera, ayudándome, guiándome hacia abajo. Al final puedo volver a colocarme de rodillas, pero tengo que parar antes de que se haya hincado por completo dentro de mí. Es demasiado.

Cierro los ojos y espero.

—¿Estás bien? —pregunta.

Asiento con la cabeza.

—Es... increíble. —Sonrío, sintiendo cómo el calor me invade todo el cuerpo mientras su dedo se mueve en pequeños círculos. Intento levantarme y luego vuelvo a bajar, disfrutando de la sensación de la cercanía de nuestros cuerpos, de tener a esta bestia de hombre dentro de mí. Las ventanillas se han empañado por completo, es imposible ver desde dentro o desde fuera, y me he convencido de que estamos a millones de kilómetros de cualquier otra persona.

—Qué bueno es estar dentro de ti... —dice, con la respiración entrecortada.

Apoyo las manos sobre sus hombros, aferrándome con todas mis fuerzas. Me da miedo que se rompa algo dentro de mí si empiezo a montarlo como realmente quiero. Me dijo que me lo tomara con calma y eso es lo que voy a hacer. ¡Maldita sea! ¡Quiero ir más rápido!

Trato de controlarme, con la respiración cada vez más entrecortada.

—Suéltate —susurra, como si me estuviera leyendo la mente—. Déjate ir. Haz lo que necesitas hacer.

Muevo las caderas en círculos pequeños mientras me desplazo hacia arriba y luego hacia abajo otra vez.

—Rápido, sí, así está mejor —me digo sobre todo a mí misma. Tengo los ojos cerrados. La oscuridad se cierne a mi alrededor y me dejo invadir por el cúmulo de sensaciones.

Con cada segundo que pasa, siento cada vez más la necesidad de desahogarme por fin, y eso me arrastra a un lugar cada vez más profundo. Relajo la presión y me hundo un poco más en él.

—Sí, sigue así, nena. Eso es —dice, levantando las caderas para acudir a mi encuentro.

El asiento empieza a chirriar al ritmo de nuestros movimientos, y estoy segura de que el coche también se mueve, ¡pero no me importa! ¡Que sepa todo el mundo lo que estamos haciendo! ¡Estoy en plena sesión de sexo en el interior de un Phoenix con un pedazo de hombre que lo tiene todo muy proporcionado...! ¡Y es increíble! ¡Yuju!

Mi boca empieza a emitir unos sonidos sobre los que no ejerzo ningún tipo de control. Aunque no me importa, porque solo los oigo de lejos. Estoy cerca... tan cerca. Solo unas pocas embestidas más, algunas más...

—¡Oh, Dios mío! —grito, riendo y llorando al tiempo que me abrazo a Dev con todas mis fuerzas.

¡Ya está aquí! ¡Fuegos artificiales! ¡Explosiones! ¡Alegría apoteósica! Oigo todo eso en mi cabeza cuando llega al fin y el orgasmo se apodera de todo mi cuerpo. Grito como una posesa mientras mi cuerpo se convulsiona con la liberación y Dev ruge como un león sexy y muy complacido. Me aferro a él, como una mujer a punto de ahogarse que encuentra en él su chaleco salvavidas. Lo siento palpitar dentro de mí cuando encuentra su propia liberación.

Unos segundos más tarde, bajando de mi posición poderosa y sexy, me doy cuenta de lo sudorosa que estoy. Mi cara resbala de la suya, literalmente, cuando me aparto. Observo su cara pálida mientras las perlas de agua salada le ruedan por las sienes.

—Uau —exclamo, preguntándome cómo voy a salir de este lío del que yo misma soy responsable. ¿Sexo en su coche? ¿En el aparcamiento? Debo de ir colocada. ¿Llegué a beber alcohol, ahora que lo pienso? No lo creo. No hay excusa para mi comportamiento, salvo que estar con Dev me hace perder la cabeza. Aunque en el buen sentido. No me arrepiento de nada de lo que ha pasado. De nada.

Él se inclina y me da un beso justo en los labios. Es un beso casto, pero lento. Dulce. Delicado. Mi corazón se encoge y luego explota. Oh, mierda... Estoy loca por sus huesos...

—Me haces feliz —dice. Luego me da una palmada en el trasero—. ¿Lista para salir de aquí?

Asiento con la cabeza y luego ejecuto unos movimientos casi acrobáticos necesarios para desencajarme de su erección —aún semidura—, y poder ocupar el asiento junto a él para ponerme las bragas.

No estoy segura de si debería sentir vergüenza u orgullo en este momento. Menos mal que no me está mirando justo ahora, porque probablemente me echaría a llorar. No es que esté triste; simplemente, me siento confusa. Flotando en el éter. Preguntándome qué demonios va a pasar ahora con mi vida. Es como si hubiera entrado en una dimensión desconocida o algo así. Tal vez sí tengo la crisis de los cuarenta. Tal vez debería comprarme un Corvette mañana.

—Me gustaría quedarme más tiempo contigo —dice—, pero me temo que mi madre no estaba preparada para que alargara tanto mi cita.

Lo miro.

—¿Es que solo ibas a tomar algo y ya está?

Tarda unos segundos en responder.

—Sí. Yo solo... Me parecía lo correcto.

Me detengo mientras me estoy poniendo los zapatos y lo miro.

—¿Lo correcto?

¿Qué quiere decir con eso? Mira por la ventanilla unos segundos antes de volverse hacia mí.

—Lo pasé muy bien contigo anoche. No me parecía bien salir con otra mujer en una cita romántica después de eso.

Tengo que morderme el interior de los carrillos para no sonreír como una loca. Asiento con la cabeza.

—Claro. Lo entiendo. —Mi voz me delata. Quería aparentar indiferencia, pero me es imposible. Completamente.

—No pretendía ponerte presión —dice.

Niego con la cabeza.

—No, si estoy muy contenta. —Intento sonreír, pero me flaquea la sonrisa.

—¿Qué pasa? —pregunta, mirándome tan serio, tan expectante, que hace que se me salten las lágrimas.

—Nada. Es solo que soy una tonta, eso es todo. Yo soy así.

Me toma la mano y la aprieta.

—He hecho algo mal.

—No. —Pongo mi otra mano sobre la suya—. Lo has hecho todo bien. Me gustas de verdad. Solo me preocupa que estemos yendo demasiado deprisa y esto parece tan increíble... Me preocupa estropearlo todo.

Esboza una sonrisa triste.

—Tú también, ¿eh?

Asiento con la cabeza.

—No soy normal.

Alarga la mano y me acaricia la mejilla con ternura con un dedo.

—Odio lo normal. Es muy aburrido. Muy predecible.

Miro hacia abajo, tratando de controlar mis emociones. Sin embargo, nada puede borrarme la sonrisa de la cara.

—Menos mal.

Pasan unos minutos que se hacen eternos antes de que alguno de los dos vuelva a hablar.

—¿Sigue en pie lo de Halloween? —pregunta.

Miro hacia arriba y asiento. Ese es un terreno seguro. Nuestros hijos y disfraces, puedo manejarlo.

—Sí.

—Estupendo. Entonces, ¿nos vemos la semana que viene? ¿En tu casa?

Asiento, preguntándome si eso significa que no lo veré en el trabajo.

—Por supuesto.

—Vendré sobre las cinco para asegurarnos de que no hay fallos de última hora en el vestuario.

—Sí. Buena idea.

Me bajo el vestido con naturalidad y me aseguro de que todos los botones están en su sitio y de que no queda nada donde no debería estar. Dev apoya la mano en mi pierna cuando estoy a punto de abrir la puerta.

—Prométeme una cosa.

Miro hacia abajo a su mano y luego a su cara. Su expresión es ilegible.

—¿El qué?

—Prométeme que siempre serás sincera conmigo. Siempre me dirás exactamente lo que sientes cuando te lo pregunte.

Asiento, feliz de hacer esa promesa. No quiero más mentiras ni juegos en mi vida, en especial con un hombre como Dev. No puedo permitirme que me destrocen emocionalmente en este momento. Tengo hijos, un trabajo recién estrenado y una hipoteca, por no hablar de un corazón herido.

—Yo lo haré si tú lo haces.

—Trato hecho. —Se inclina y me da un beso muy prolongado antes de incorporarse—. Quédate ahí —dice, abriendo su puerta y bajándose de la parte de atrás. Es sorprendentemente ágil teniendo en cuenta su tamaño y el hecho de que aún lleva los pantalones medio bajados.

Rodea el coche y me abre la puerta, ofreciéndome su mano. Vuelve a tener un aspecto impoluto, con los pantalones abrochados y la camisa metida por dentro, y salvo por el sudor, nadie diría que acaba de mantener unas apasionadas relaciones sexuales en el asiento trasero. Acepto su mano extendida y salgo como si fuera una princesa a punto de ser presentada a sus súbditos. Una princesa que acaba de darse un buen revolcón en la parte de atrás de un Phoenix, sí, señor...

De pie, delante de él, ya recompuesta pero oliendo a cuerpos sudorosos y acalorados, miro hacia arriba y sonrío.

—Gracias por el sexo.

Él sonríe despacio, haciendo que me derrita de nuevo con ese hoyuelo.

—De nada. Y gracias a ti por el sexo, también.

—De nada. ¿Nos vemos en el trabajo?

Me alejo despacio, dejando mi incómoda despedida ahí entre los dos. No sé comportarme con normalidad cuando me estoy enamorando, y me da un poco de miedo lo que podría significar esto para mi vida y para mis hijos, pero estoy dispuesta a correr el riesgo pese a todo. Quien no arriesga, no gana, y hay mucho que ganar con este hombre guapísimo que acaba de tener conmigo una increíble sesión de sexo en la parte trasera de su Pontiac.

—Sí. Nos vemos muy pronto.

Me pregunto si va a tenderme la mano y estrecharme de nuevo entre sus brazos, pero no lo hace. Deja que me vaya, y eso está bien. Estoy feliz, satisfecha, todavía medio aturdida. Echo a andar hacia el coche, con la cabeza bien alta. Mi cuerpo agradece el aire freso de la tarde, a pesar de que es húmedo y cálido, y mis pensamientos flotan perezosamente. Siento que me envuelve un halo muy agradable. Tal vez sea amor verdadero, real, capaz de sacudir los cimientos de mi vida. Sea lo que sea, me gusta, y no voy a estropearlo parándome a analizarlo en este momento.

Capítulo 41

No me puedo creer que haya llegado Halloween. Ayer terminé de recopilar todas las piezas de los disfraces, y aquí estamos, esperando a que Dev y Jacob lleguen a nuestra casa.

—¿Cuándo van a llegar? —pregunta Sammy con impaciencia. Empieza a llevarse el dedo meñique hacia la cara.

Le agarro la mano, deteniéndolo antes de que pueda emborronarse el maquillaje. No quería ponerse la máscara, así que he tenido que improvisar una cara de Spiderman con mucho delineador de ojos y sombra de ojos oscura. Tendremos suerte si sale por la puerta sin estropeárselo todo.

—Estarán aquí pronto, tranquilo. Todavía tengo que ponerme mi disfraz.

Ayer estuve media hora en la sección de Halloween de la tienda de disfraces local, tratando de decidir si iba a ir de bruja normal y corriente o quería ir un paso más allá. Había un traje de doncella francesa particularmente sugerente, pero al final, decidí que era mejor ser un poco más sutil. Sophie ya parece bastante suspicaz con respecto a mis verdaderas motivaciones con Dev. Creo que el hecho de que su padre tenga novia ha sido un verdadero problema para ella. Otro problema para mí también.

Por suerte, a pesar de que Sophie está de los nervios, he encontrado una nueva guardería para Sammy que creo que nos va a gustar más que la última, así que al menos, me he quitado eso de encima. Solo puedo manejar una crisis a la vez.

Suena el timbre y comienza la estampida. Sammy desaparece en un instante.

—¡Abro yo! —grita Sophie mientras corre desordenadamente por las escaleras. Imagino que irá a la cabeza de la manada, con Melody y Sammy pisándole los talones.

—¡No! Ya voy yo. ¡Tú todavía tienes que ponerte la capa!

Sí, esa es Melody, la primera en ir vestida para Halloween, como de costumbre. Ella es la última en bajar las escaleras cualquier otro día del año, pero hoy no. Va disfrazada de princesa, por tercer año consecutivo. Siempre puedo contar con mi hija mediana para hacer mi vida más fácil. Oigo voces en la puerta principal, pero no estoy lista para bajar.

—¡Voy enseguida! —grito. Me acerco más al espejo, poniéndome otra capa de máscara de pestañas. Que no vaya disfrazada de doncella francesa no quiere decir que no pueda hacer algo interesante con este disfraz de bruja.

El vestido de nailon negro que venía con el kit me queda sorprendentemente bien, teniendo en cuenta que lo compré en la tienda de al lado. Lo aliso sobre mis caderas y me pongo recta, admirando mi reflejo. Desde la aventura con Dev en el coche, estoy mucho más contenta con mi aspecto. No es que estuviera demasiado acomplejada ni deprimida antes, pero ahora ya no me preocupa mi cuerpo de madre de tres hijos. Porque resulta que esta madre de tres hijos puede hacerlo en el asiento trasero de un coche y volver loco un hombre.

Creo que Dev me ha sometido a una auténtica sesión de terapia sexual o algo así. Es una locura, lo sé, pero ¿y qué? Me he pasado casi toda la vida dudando de mí misma, así que es agradable tener confianza y estar relajada, para variar. Creo que mi semana en Bourbon Street Boys también ha ayudado. Son un gran equipo de estupendos profesionales, y también es divertido estar en su compañía. He pasado por la oficina en algún momento casi todos los días de la semana, aunque la mayor parte de mi trabajo lo he hecho en casa. Entre los momentos robados en la nave industrial para estar con Dev y las llamadas nocturnas después de que los niños se fueran a la cama, he encontrado un espacio íntimo con él. Cada noche pasamos horas riéndonos de bromas compartidas y preparando nuestra próxima cita, cuando ambos podamos contar con niñeras. Nuestros planes convierten nuestra relación incipiente en algo emocionante y fresco, algo que esperamos con ilusión. Tenemos que tomarnos las cosas con calma debido a nuestra situación con los niños y el trabajo, pero a veces, ir más despacio es mejor: crea expectativas.

El hecho de que el encargo de Blue Marine haya terminado no significa que mi labor también lo haya hecho, por suerte. Ya tengo listo otro caso para empezar el lunes. Este debería ser interesante; se trata de un robo de identidad que nos ha derivado el departamento de policía local.

—¿Bajas o subo?

Dev está en la parte inferior de las escaleras. Su voz hace que un estremecimiento me recorra todo el cuerpo. Solo lo he visto unas cuantas veces en el trabajo porque ha estado ocupado con Jacob, pero cuando nos encontramos, las miradas entre nosotros son algo más que tórridas. No puedo evitar sonreír y casi se me escapa la risa cada vez que está a menos de tres metros de mí. Estoy segura de que todos los del equipo se han dado cuenta. May dice que Dev también se comporta de forma diferente. Nunca lo había visto sonreír tanto. Hago un pequeño paso de chachachá frente al espejo para celebrar mi increíble suerte.

—Ya bajo. Solo me estoy dando los últimos retoques.

Sin embargo, hay algo que todavía me inquieta. Es la segunda vez que nuestros hijos coinciden, y me preocupa que uno de mis pequeños monstruos le diga algo desagradable a Jacob. Esta semana hemos hablado largo y tendido sobre él y su enfermedad, pero la curiosidad natural de los niños acabará imponiéndose, estoy segura. Es el no saber cuándo y cómo lo hará lo que me pone nerviosa. Lo último que querría es que Jacob se sintiera mal cuando esté con mis hijos.

Me aparto del espejo. Imposible mejorar el resultado. Ha llegado la hora de la verdad, tengo que bajar de una vez y ver al hombre del que estoy locamente enamorada.

Desciendo las escaleras y llego a un recibidor vacío. Ahora las voces vienen de la cocina. Sigo los sonidos y me detengo en la entrada. Los niños están reunidos alrededor del bol gigante de golosinas que tengo sobre la mesa, hurgando en él, eligiendo cuál de ellas les gusta más. Jacob está en la cabecera de la mesa, como si fuera el líder del grupo.

Dev levanta la vista y me sorprende mirándolos. Me sonríe.

—Aquí estás. ¡Por fin! —Exagera su impaciencia para que los niños se den cuenta de mi presencia. Y vaya si se dan cuenta...

—Por fin —dice Sammy, poniendo los ojos en blanco—. Haz tardado una eternidad.

—Nunca habías tardado tanto para arreglarte para Halloween —señala Sophie.

Me ha pillado.

—Estás muy guapa, mamá —dice Melody.

—Gracias, cariño.

Le lanzo un beso y le saco la lengua a Dev.

Este me guiña un ojo. Niego con la cabeza. Es imposible para una madre mantener la calma cuando sus hijos se ponen a airear todos sus secretos.

—¿Quién está listo para ir a buscar golosinas por el barrio? —pregunto. Un coro de voces responde tan alto que hace que me zumben los oídos.

Mis hijos ya están disfrazados, pero cuando miro a Jacob, solo veo un pijama verde pintado con garabatos de rotulador negro. Un único calcetín verde relleno cuelga de cada una de las cuatro esquinas de su silla de ruedas. Sonrío al pequeño con una expresión que espero que resulte alentadora.

—¡Uau, mírate!

—Soy un cocodrilo —dice.

Asiento con la cabeza.

—Los cocodrilos son increíbles. Un cocodrilo puede derrotar a un tiburón sarda. ¿Lo sabías?

Asiente.

—Sí. Papá me lo dijo, y luego vimos un vídeo en el ordenador.

—El resto de su disfraz está en el porche —explica Dev—. Era demasiado grande para meterlo en la casa.

—Ah. Qué interesante... ¿Demasiado grande? Vamos a verlo, ¿de acuerdo?

Sophie sale corriendo de la habitación, gritando.

—¡Quiero verlo primero!

—¡No, yo! —Melody es la siguiente en salir.

Miro hacia Sammy, esperando que eche a correr mientras grita como un salvaje. Asombrosamente, no se mueve, sino que pone la mano en la silla de ruedas de Jacob y mira a su nuevo amigo.

—Puedez zalir antez que yo. —Señala hacia el pasillo—. Ez por allí.

Tengo que volver la cabeza un momento para serenarme. Mi dulce angelito... Lo quiero con locura. Verlo comportarse de una forma tan amable y gentil hace que me entren ganas de llamar a esa estúpida directora de guardería y decirle unas cuantas verdades. Es imposible que mi hijo estuviera causando problemas con los otros niños. Seguro que eran los demás los que lo intimidaban a él, lo sé. Uno de estos días, cuando sepa que puedo conservar la calma y comportarme como una madre civilizada, la llamaré y le preguntaré qué cree que pasó. Pero aún no estoy en ese punto.

Dev se acerca y apoya la mano en mi espalda, atrayéndome hacia él mientras caminamos por el pasillo detrás de los chicos. Sostengo el bol con las golosinas debajo del brazo contrario.

—¿Estás lista para pasar un buen rato? ¿Una sobredosis de azúcar?

Lo miro, impresionada aún por lo increíblemente alto que es.

—Estoy lista desde que nací. ¿Y tú?

Estira la mano y me agarra el trasero.

—Yo ya tengo suficiente azúcar aquí.

Lo golpeo en el estómago con la palma de la mano, fingiendo que es un bárbaro por hacer eso, pero los dos sabemos que no lo es. Por supuesto, no ha habido tiempo esta semana para tener más relaciones sexuales, con los niños en casa por la noche y los estrictos horarios de la vida diaria, pero eso no significa que no haya estado pensando en ello dieciocho horas al día. Se acabó eso de plantearse comprar un vibrador: a partir de ahora solo me conformo con el sexo de verdad.

Todavía no me puedo creer que lo hiciéramos en la parte trasera de su coche. Ha despertado algo dentro de mí que ni siquiera sabía que estaba allí. Me siento joven, salvaje y libre. Más incluso que cuando acabé la universidad. Y eso es un gran problema para una madre separada con tres hijos. Voy a saborearlo todo el tiempo que dure.

Los niños están reunidos en el recibidor, esperándonos a nosotros, los rezagados.

—Sophie, ¿puedes abrir la puerta? —le pide Dev.

Ella asiente muy seria, como si le hubieran encomendado una misión muy importante. Se detiene allí, sujetando la puerta para que podamos salir todos delante de ella. Beso su delicada mejilla por el camino. Me siento muy orgullosa de mi hija.

En el porche hay dos bultos gigantes; parecen dos piñatas en forma de cono diseñadas para que parezcan... pepinillos.

—Son geniales —dice Sophie. Estoy segura de que no tiene ni idea de lo que está viendo.

Cierro la puerta detrás de ella y dejo el bol de golosinas en una silla en el porche junto con el letrero que Sophie ha hecho dando instrucciones a la gente para que tomen todas las que quieran.

—¿Eso qué es? —pregunta Melody.

Sammy corre hacia la figura más cercana.

—¡Ezo sí que ez un cocodrilo! ¡Uno grande! ¡Increíble! —Me mira—. ¡Mamá, quiero cer un cocodrilo!

Cómo envidio la imaginación de mi hijo. A mí nunca se me habría ocurrido relacionar estas dos monstruosidades de papel maché con las partes de un cocodrilo.

—Este año no. Eres Spiderman, ¿recuerdas?

Me alegré tanto que no me lo creía cuando me dijo que quería volver a disfrazarse de su amigo Spiderman. Y, por suerte, su disfraz del año pasado aún le va bien, prácticamente. ¡Viva el Spandex!

Jacob habla.

—Puedo ser el cocodrilo mascota de Spiderman. Podemos formar un equipo.

Sammy piensa en eso unos segundos y luego asiente.

—Bueno, cí. Creo que Zpiderman podría tener un cocodrilo como mazcota.

Dev se inclina y me habla al oído.

—Acabamos de evitar el desastre.

—¿Me lo dices o me lo cuentas? —le respondo en un murmullo.

Dev baja a Jacob en la silla por las escaleras hacia el camino de entrada, y luego dedica unos minutos a ensamblar la cola del cocodrilo y la cabeza con la silla de ruedas. Cuando termina, tenemos una bestia reptiliana de un metro de largo rodando por la acera, rodeada de Spiderman, una princesa y un pequeño y precioso vampiro, con capa y todo. Miro a Dev.

—¿Y tú qué se supone que eres?

Va vestido todo de verde. Ahora que tengo tiempo para centrarme en él, me doy cuenta de que va totalmente cubierto de un solo color. No puedo dejar de reír.

Hace una pausa y extiende los brazos.

—¿No es evidente? Soy una judía verde.

Sacudo la cabeza, sonriendo hasta que me da un calambre en la mejilla.

—Eres demasiado.

Él no dice nada, se limita a extender la mano y tomar la mía. Caminamos juntos por la calle, la bruja y la judía verde, dejando que los niños vayan ellos solos a las puertas de los vecinos. Es todo un acontecimiento, porque normalmente insisto en acompañarlos hasta el final.

Al cabo de dos casas, ya se establece una rutina: las chicas van delante, pero miran atrás cuando se acercan a la puerta para asegurarse de que los chicos están cerca. Sammy camina al lado de Jacob, por el césped si es necesario. Se ha tomado muy en serio su papel de dueño de un cocodrilo como mascota; no lo pierde de vista.

—¡Truco o trato!

Sus voces resuenan por todo el vecindario junto con el centenar de niños cargados con sus botines rebosantes de azúcar. Varios de los padres que pasean por la calle se detienen a saludar. Son personas que normalmente pasarían de largo y me saludarían simplemente con la mano, pero cuando ven a Dev, se ven obligados a ser más sociables. Seguro que creen que es un jugador de la NBA que se ha venido a vivir al barrio.

Me siento la chica más popular de toda la calle, algo que nunca experimenté mientras estuve casada con Miles. Y Dev es increíblemente encantador. A pesar de que va vestido como una judía verde gigante, logra entablar conversaciones inteligentes con todo el mundo y hacerles reír. Incluso lo invitan a tomar una cerveza en algún momento. Cuando los niños terminan con su ronda de visitas a las casas, me siento aún más enamorada de él. Eso casi hace que me preocupe.

—¿Por qué pareces tan triste de repente? —pregunta Dev mientras caminamos por la acera delante de mi casa.

Esbozo una sonrisa.

—No es eso. Solo pensaba en lo bien que lo estamos pasando.

—¿Y eso te hace fruncir el ceño?

Niego con la cabeza.

—No. Es que tengo algún que otro momento de melancolía a veces, y me preocupo por cuánto pueden durar las cosas buenas. No me hagas caso.

Me sujeta y me atrae hacia sí.

—No te preocupes por eso. Nos estamos divirtiendo, ¿verdad?

Asiento con la cabeza y froto mi mejilla contra su pecho verde de judía.

—Sí.

De pronto miro la puerta de mi casa, que se abre mientras mis hijas suben los escalones de la entrada. ¿Quién se ha colado en mi hogar?

—¡Parad! —les grito a los niños.

Todos se detienen y se vuelven para mirarme. Jacob y Sammy se vuelven más despacio, y mi hijo se aparta del camino de la silla de ruedas en movimiento antes de que lo atropelle.

—Parece que hay alguien —dice Dev, irguiéndose y echando a andar sobre el césped.

Por un momento, creí que había un intruso en mi casa, pero ahora ya veo quién es. Con la luz encendida detrás de él, distingo la silueta de mi exmarido en la entrada. Y no está solo. ¿Qué demonios...?

Capítulo 42

Dev da unos pasos más antes de darse cuenta de que ya no estoy con él. Se da la vuelta y me mira con aire interrogador.

—No me lo puedo creer —exclamo en voz baja para que nadie me oiga.

Dev mira hacia la puerta principal y luego hacia mí.

—¿Hay algún problema?

—Es mi exmarido. —Hago rechinar los dientes antes de seguir hablando—. Y apuesto a que ha venido con su nueva novia.

Dev mira una vez más la entrada de la casa antes de volverse hacia mí.

—¿Por qué han venido?

Echo a andar, dando grandes zancadas.

—Esa es una excelente pregunta a la que voy a encontrar respuesta.

Mientras me muevo para pasar junto a Dev, él se acerca y me toma de la mano. Dudo y lo miro.

—Sé que quieres entrar ahí y arrancarles la cabeza. Te entiendo, créeme. Pero no lo olvides: tienes público.

Le aprieto la mano.

—Tienes razón. No te preocupes. Nunca mataría a mi ex delante de tantos testigos.

Se ríe.

—Esa es mi chica.

Sus palabras ejercen un efecto sumamente tranquilizador sobre mí. ¡Me ha llamado «su chica»! Así que mi marido es un imbécil. ¿Y qué? Mi nuevo novio es increíble. Estoy mucho mejor en mi nueva vida con Dev a mi lado y los Bourbon Street Boys como mis jefes que con Miles y la desastrosa existencia que tuvimos juntos. Había demasiada tristeza. Demasiada falta de respeto. Dev nunca me trataría como lo hizo Miles, y me enorgullece saber que, en este momento de mi vida, nunca dejaría que un hombre me volviese a tratar de esa forma. Ahora soy más fuerte, más inteligente, menos ingenua, y tengo las ideas muy claras sobre lo que quiero en la vida y con quién quiero vivirla.

A medida que me acerco, veo mejor a la mujer de la que han estado hablando mis hijos, la que tiene tan molesta a Sophie. No puede tener más de veinte años. Dios, no me extrañaría que todavía fuera una adolescente... Joder, ¿se puede saber a qué juega mi ex? A eso lo llamo yo una buena crisis de los cuarenta...

—¡Hola, chicos!

Miles es todo sonrisas y derrocha falso encanto.

—¡Papi!

Sophie es la primera en plantarse a su lado, por supuesto, arrojándose a su cintura y abrazándolo con fuerza. Jacob se detiene al final de la escalera, esperando que su padre lo suba. Me prometo a mí misma que usaré mi próximo cheque para colocar una rampa allí y que no tenga que esperar nunca más.

La atención de Miles se desplaza de sus hijos a las otras personas en el grupo.

—¿Quién es este?

Se desprende del abrazo de las niñas y echa a andar hacia nosotros. Al llegar al pie de las escaleras, se detiene junto a Jacob y extiende la mano.

—Encantado de conocerte. Me llamo Miles.

Al menos no está siendo un completo idiota. Llegamos justo cuando Jacob le ofrece su manita.

—Yo soy Jacob. Soy el cocodrilo mascota de Spiderman.

—¿En serio? ¡Qué bien!

—Hola, Miles —le digo, tratando de aparentar cordialidad sin conseguirlo del todo—. ¿Qué haces aquí?

—¿Es que no puedo ver a mis hijos en Halloween?

Me encojo de hombros.

—Por supuesto que sí, pero avisarme con una llamada o un mensaje de texto habría estado bien. —Miro a su novia un segundo antes de dirigirme a él otra vez—. Aunque tal vez eso habría interferido en tus planes de entrar en mi casa cuando yo no estaba.

Su gesto se ensombrece.

—No empieces, Jenny...

Dev extiende la mano, interviniendo en la conversación.

—Hola, soy Dev. Me alegro de conocerte.

Miles echa la cabeza hacia atrás para mirar a Dev a los ojos. Le da la mano, tal vez un poco impresionado, si interpreto bien su expresión.

—Miles. Un placer conocerte también. —Entrecierra los ojos—. Aunque me parece que tu nombre no me suena...

Dev le suelta la mano y sonríe.

—No. Probablemente no. Soy nuevo en el barrio.

—¿De qué se supone que vas disfrazado? —pregunta Miles, mirando a Dev de arriba abajo—. ¿Del Gigante Verde? —Se ríe de su propia broma.

Dev también se ríe afablemente.

—Casi. De judía verde, en realidad.

Miles niega con la cabeza, pero, en un alarde de cordura, no dice nada. Tiene suerte, porque me estoy planteando muy en serio abofetearlo ahora mismo. Solo necesito una razón más. «Solo dame un motivo, Miles. Solo uno».

Miles se vuelve y mira hacia su novia, que sigue en la puerta de casa.

—Chastity, ¿por qué no bajas y dices hola?

La chica —que, por lo visto, aún tiene que aprender modales para comportarse en sociedad— baja los escalones tambaleándose sobre unos tacones altísimos. Tengo que apretar los dientes para evitar murmurar algo desagradable. Es muy joven. Tarde o temprano aprenderá a comportarse, espero. Bueno, siempre y cuando no se quede con Miles mucho tiempo.

—Hola —dice—, encantada de conocerte.

Me tiende la mano, pero solo me roza con los dedos. Son tan flácidos como un montón de gusanos.

—Un placer. —Quiero decirle que he oído hablar mucho de ella, que a mis hijos no les gusta, y que creo que es demasiado joven para salir con un viejo como Miles, pero, naturalmente, no lo hago. Solo sonrío, sonrío y vuelvo a sonreír. Es más fácil hacerlo con Dev a mi lado.

—Voy a llevar a Jacob adentro, si te parece bien —me dice él.

—Claro, entra. Yo iré enseguida.

Dev se pone manos a la obra y levanta la silla de su hijo hasta el porche, caminando de espaldas. Admiro la manera en que sus músculos se tensan bajo el peso, y sonrío para mis adentros mientras lo imagino debajo de mí en el asiento trasero de ese estúpido Pontiac. Es un hombre tan bueno... Verlo aquí junto a Miles lo hace mucho más evidente. Me parece increíble que fuese tan ciega. Pasé diez años con este pedazo de imbécil.

Concentro mi atención en mi exmarido, hablando en voz baja para que solo él me oiga.

—Bueno, ¿y para qué has venido en realidad, Miles? Porque sé que no es para visitar a los niños. —Ahora están dentro de la casa, rebuscando entre sus golosinas, así que puedo ser sincera.

Miles lanza un suspiro de enojo.

—No quiero volver a pelearme contigo.

Me encojo de hombros con indiferencia.

—Yo tampoco. Solo quiero que seas sincero. Puedes hacerlo, ¿verdad?

Miro a su novia, que tiene la mirada clavada en el suelo. Bien. Está incómoda. Debería estarlo.

—Ay, vaya... Espera, resulta que ese no es tu fuerte, ¿verdad? Lo de ser sincero...

—Cállate, Jenny. Estoy aquí por el reloj.

Lo miro frunciendo el ceño. Vaya, esto sí que no me lo esperaba.

—¿El reloj? ¿Qué reloj?

—El reloj que te di. Es mío. Quiero que me lo devuelvas.

Me quedo boquiabierta.

—¿Hablas en serio?

—Sí, hablo en serio.

Tiene el detalle de parecer incómodo, al menos.

Me pongo a gritar y a susurrar a la vez.

—¿En serio te has colado en mi casa para robarme el reloj que me regalaste para mi cumpleaños hace dos años?

Su mandíbula se tensa.

—No me he colado en la casa, Jenny. Yo vivía aquí. Todavía tengo una llave.

Niego con la cabeza.

—Bueno, pues no deberías tenerla. Voy a cambiar las cerraduras. No vuelvas a entrar aquí sin mi permiso.

Me alejo, porque no respondo de mí con este hombre. Obviamente, le falta un tornillo y no se da cuenta de que está a punto de enfrentarse con una tigresa de Bengala en el jardín delantero de la casa. En mi territorio, nada menos. Le clavaré las garras en su patético trasero.

Cambia el tono de voz. Ahora trata de darme lástima.

—Voy un poco justo de dinero, Jenny. Necesito ese reloj.

Me río con amargura.

—¿Y por qué no te buscas un trabajo de verdad, Miles? Así no tendrás que preocuparte por robarle las joyas a tu exmujer.

Seguro que, como siempre, decidió que con las comisiones de su única semana de ventas tendría bastante para pasar todo el mes, se ha relajado y se ha gastado hasta el último centavo que ganó esa semana. Dios, cuánto me alegro de no seguir casada con ese holgazán.

Los niños están dentro, pero la puerta ha quedado entreabierta. Camino hasta el porche y la cierro antes de darme media vuelta para mirar de frente a la pareja. Ambos me miran.

—Chastity, no te conozco de nada, pero déjame darte un pequeño consejo: si eres igual de inteligente que guapa, no deberías conformarte con un tipo como Miles. Créeme. Estás mejor sin él.

—Vete a la mierda, Jenny —escupe Miles.

Sonrío y asiento con la cabeza, mirándolo.

—Muy bonito. Tú siempre tan elegante. Justo lo que esperaría de un tipejo como tú.

Entro en casa y cierro la puerta detrás de mí, echando el cerrojo por si acaso. Saco el teléfono del bolsillo y me envío un correo electrónico.

> Querida yo: Tienes que cambiar las cerraduras inmediatamente.

Aunque no es que vaya a poder olvidar algo así. Este incidente me dará vueltas en la cabeza por lo menos todo el próximo mes. ¡No puedo creer que se haya colado en mi casa para robarme el reloj! Espera a que se lo cuente a May. Se va a poner hecha una furia.

Encuentro a Dev en el recibidor, esperándome.

—¿Estás bien?

Asiento, pero no confío en poder hablar con serenidad. Es tan vergonzoso que haya sido testigo de eso... ¿Pensará que soy una idiota por haberme casado con alguien así?

Me toma en sus brazos y me estrecha, porque sabe exactamente que me hace falta. Su amabilidad, su delicadeza y su comprensión, el hecho de que sepa que solo necesito un poco de espacio para solucionar mis propios problemas... me impresionan.

—¿Cómo he tenido tanta suerte? —pregunto.

—¿Suerte?

—Sí. La suerte de tenerte en mi vida.

Me besa en lo alto de la cabeza.

—Ambos hemos tenido suerte. Y creo que podemos agradecérselo a tu hermana.

A mi hermana y al destino. El destino es lo que me encerró en esa habitación del pánico con Dev hace dos semanas. Pensé que estaba en el lugar equivocado en el momento justo, pero no fue así. Definitivamente, era el lugar ideal y yo me encontraba allí en el momento idóneo.

Los niños están en la cocina, sin duda con las golosinas desparramadas por toda la mesa. Los oigo hacer comentarios y admirar los dulces tan ricos que han recogido por todo el barrio.

Me aparto un poco de Dev y lo miro.

—Gracias por ser tan increíble.

Él sonríe, señalando su cuerpo.

—Pues sí, señora. Soy una judía verde. No hay nada más increíble que eso.

Incluso con ese estúpido disfraz verde, veo sus músculos por debajo. Eso me inspira algunas ideas...

—Creo que estoy lista para comenzar mi entrenamiento.

Sus cejas invisibles se arquean mientras se le ilumina la cara.

—¿De verdad? Eso es genial. Podemos empezar el lunes.

Camino por el pasillo con él hacia la cocina para reunirme con nuestros hijos.

—¿Debería tener miedo? —pregunto.

—Sí. Ten mucho miedo.

Me detengo en la entrada de la habitación admirando a los niños y la feliz camaradería que se respira entre ellos. Cuando me separé de Miles, anhelaba la simplicidad de la vida de un niño. No quería estrés, no quería preocuparme, no quería todas estas responsabilidades. Pero ahora que estoy con Dev, mi perspectiva es diferente. Me gustan las complicaciones. Me gusta la emoción. Me gustan las ventanillas empañadas y el sexo salvaje en un aparcamiento. Me gusta estar con un hombre que mide más de dos metros y que es lo bastante audaz como para salir en Halloween disfrazado de judía verde.

Dev se coloca detrás de mí y apoya el pecho en mi coronilla.

—¿Contenta? —pregunta.

Asiento con la cabeza.

—Sí. Mucho.

Capítulo 43

La vida no podría ser mejor. Esta ya es mi segunda semana de trabajo en Bourbon Street Boys, tengo un nuevo novio que es mucho mejor que cualquier otro que haya tenido en toda mi vida y mis hijos son felices. ¿Qué más podría necesitar?

Antes, cuando conducía a la zona del puerto, me sentía incómoda. Sentía que no era mi sitio. Sin embargo, esta vez, en este momento, una mañana de lunes radiante, la sensación es completamente diferente.

Estoy lista para darlo todo en este nuevo trabajo y para empezar con otro caso, ahora como parte oficial del equipo. Estoy lista para desterrar el miedo que ha estado gobernando mi vida demasiado tiempo.

Hoy he llegado temprano a propósito. He podido dejar a mis hijos antes en el colegio, y Ozzie siempre está aquí, así que he pensado que podía dejarme entrar y así sentarme en uno de los cubículos a revisar el archivo preliminar que Lucky me envió por correo electrónico durante el fin de semana. Quiero estar lista para dejarlos boquiabiertos a todos en la reunión, para demostrarles lo profesional que soy y cuánto me entrego a mi trabajo. Tengo poco menos de noventa días para enseñarles quién soy, y estoy lista para mostrar además que nadie puede hacer este trabajo mejor que yo.

Me detengo en la parte delantera de la nave industrial y dejo el motor en marcha unos segundos. ¿Debería sentirme mal por llamar al timbre de Ozzie a las siete en punto de la mañana? No parece el tipo de persona que duerma hasta tarde, pero si ha tenido otra noche loca con mi hermana, creo que es posible.

Me muerdo el labio inferior mientras sopeso mi siguiente paso. Tal vez debería esperar un poco más. Siempre puedo abrir el ordenador portátil y adelantar trabajo en el coche. Lo llamaré a las siete y media. O tal vez...

Interrumpo mis pensamientos distraída por un sonido a mi izquierda. Tengo la ventanilla a medio bajar, para que entre el aire fresco de la mañana. Oigo el ruido de unos pasos.

Me vuelvo justo cuando algo destella en mi visión periférica.

—No te muevas —dice la voz gutural de un hombre.

Se me salen los ojos de las órbitas mientras mi cerebro procesa lo que están viendo. En mi visión de cerca aparece el cañón de un arma. Parece mucho más grande de lo que creía después de verlas en la televisión.

Entonces se me ilumina el cerebro: esta arma es de verdad. Esto no es la televisión. ¡Un delincuente te está apuntando con una pistola con la que podría matarte en menos de un segundo! Nunca había visto a este hombre en mi vida. Es grueso, va desaliñado, necesita un afeitado y no es nada atractivo. Sorpresa, sorpresa: los criminales de la vida real no se parecen a Colin Farrell.

Abro la mandíbula, pero parece que soy incapaz de articular palabra.

—¿Dónde está Toni? —pregunta.

Parpadeo un par de veces, con la esperanza de que mi corazón vuelva a funcionar muy pronto. Estoy a punto de desmayarme de puro terror y también por una grave falta de oxígeno.

Él agita el arma.

—¿Eres sorda? Te he hecho una pregunta. ¿Dónde está Toni?

—Mmm..., ¿en la cama?

El hombre se acerca un poco más, ofreciéndome una mejor vista de su rostro desaseado y una generosa dosis de su aliento a café de la mañana. Maldita sea. Mi mano se levanta sola y mueve lentamente el espacio que queda delante de mi nariz, tratando de despejar un poco el aire.

—Te parece gracioso, ¿eh? ¿Sabes qué es esto?

Empuja el arma por la ventanilla, deteniéndose justo al lado de mi ojo izquierdo. Parpadeo un par de veces. Mis pestañas literalmente rozan el metal.

—Es un arma. Estoy bastante segura de que es un arma. Aunque es difícil verlo si la tengo apoyada en mi globo ocular. —Mi aliento sale en pequeños jadeos. Lo miro con ojos suplicantes—. Por favor, dime que no hay balas.

Su acento sureño es muy marcado.

—¿Y por qué demonios iba a apuntarte con un arma descargada?

—¿Porque no quieres ir a la cárcel por dispararme? —Soñar es gratis...

—Quita el seguro de las puertas. —Aparta la pistola de mi ojo y señala la esquina de la portezuela.

—¿Quieres el coche?

Mis dedos se mueven muy lentamente hacia el botón de desbloqueo de la puerta, como si no tuvieran más remedio que obedecer. En un rincón de mi cerebro pienso que, si estuviera viendo esta escena en un programa de televisión, sabría lo que hay que hacer. Probablemente estaría gritándole a la chica: «¡No abras la puerta, idiota! ¡Te va a matar!».

Pero no estoy viendo la televisión. Estoy aquí sentada, soy la estrella del espectáculo, y es una escena realmente mala. Descubro que cuando se está aterrorizada, la sensación va acompañada de una buena dosis de parálisis. Mi cuerpo no quiere escuchar a mi cerebro ahora mismo. Tal vez sea el arma. Quizás ese sea el verdadero problema. Cuando me apuntan con una pistola a la cara, descubro que estoy muy motivada para hacer exactamente lo que se me ordena. Resulta mucho más fácil ignorar a un criminal armado desde la comodidad del salón. Es una lástima.

Quito los seguros de las puertas. Espero que me diga que me baje, pero rodea el vehículo por la parte delantera, sin dejar de apuntarme con el arma. A continuación, veo que se sube al asiento del copiloto.

Tira mi ordenador al suelo para hacer espacio para su gordo trasero. Eso me parece muy ofensivo. Tan ofensivo, de hecho, que por un momento me olvido de estar aterrorizada.

—Por favor, no trates así mi ordenador... Se va a romper.

Se acomoda en el asiento, volviéndose para mirarme, pero el grosor de su cintura le hace difícil hacerlo cómodamente.

—Me parece que no entiendes lo que está pasando aquí, guapa. No tienes que preocuparte por tu portátil: tienes que preocuparte de que no te dispare.

Las lágrimas me humedecen los ojos. Ahora en lo único que pienso es en lo tristes que estarían mis niños si nunca volviera a casa.

—Por favor, no me dispares. Tengo tres hijos. Y mi ex es un imbécil integral, así que, si muero, crecerán solos con él, y eso les destrozará la vida, te lo prometo. Trató de robarme un reloj, un regalo que me hizo por mi cumpleaños. ¿Qué tipo de hombre hace eso?

—Puedes llorar todo lo que quieras. Me importan una mierda tus hijos o tu ex.

Obviamente, este hombre es un criminal. O ya ha matado a alguien o está a punto de hacerlo y no le importa. Su respuesta no es ninguna sorpresa, claro, pero me parece inaceptable. Eso me irrita. ¿Espero acaso que tenga modales y buena educación? Aparentemente, sí. No cabe duda de que estoy loca. Que me amenacen a punta de pistola no saca a la heroína que hay en mí, sino a la loca que llevo dentro. No soporto sus malos modos. Me devoran hasta que no puedo permanecer callada más tiempo.

—No digas eso sobre mis hijos.

Abre un poco la boca.

—Oye, pero ¿tú estás chalada?

Aprieto el volante con ambas manos y miro por el parabrisas. Me hierve la sangre y el cerebro. No puedo pensar con claridad. Lo único que sé es que a este tipo no le importa una mierda nada, y está amenazando mi vida y, por tanto, amenaza con dejar a mis hijos sin madre.

—Sí, puede que esté loca. Tú sigue diciendo cosas malas sobre mis hijos y a ver qué pasa.

No tengo ni idea de dónde ha salido tanto coraje o tanta imprudencia. Me doy cuenta de que es muy posible que mis palabras cabreen tanto a este tipo que me mate solo para que me calle, pero por lo visto, no puedo contenerme. Es como si una extraña corriente de adrenalina circulara por mis venas, controlando mi cerebro, controlando mi boca, controlando todo lo que sucede a mi alrededor. Y parece que la única forma de deshacerse de esta energía nerviosa sea hablando. Así que eso es lo que hago, hablar.

—Ya he tenido que aguantar que suficiente gente hable mal de mis hijos, ¿entiendes? Expulsaron a mi pequeño de la guardería porque la estúpida directora tiene un problema con los niños con trastornos del habla. ¿Cómo se puede ser tan cruel, joder?

Miro al hombre, pero él se limita a observarme fijamente.

—Eso no se hace. Nunca hay que ser desagradable con un niño solo porque tiene una discapacidad. Hay que intentar entender de dónde viene, ponerse en su piel. Y si tienes algo que decir al respecto, no se lo puedes decir al niño. Puedes marcarlo de por vida por culpa de eso. Se lo comentas a los padres. A solas. Las discapacidades no se eligen. Nunca debes hacer que un niño se sienta mal por haber nacido así.

El hombre no tiene nada que responder a eso. Se ha quedado boquiabierto, como si lo hubiera hipnotizado. Niego con la cabeza, disgustada. No estoy llegando a ninguna parte con este tipo, y ahora, en lugar de asustarme, estoy enfadada. Esta reacción mía debe de ser algún tipo de mecanismo de supervivencia o algo así, porque no tiene sentido. Lo sé, y aun así, no puedo cambiar lo que siento.

—¿Y ahora qué? ¿Se supone que debo llevarte a algún lado? La verdad es que preferiría no hacerlo, si es que tengo voz en el asunto, pero te diré algo: no me importa dejarte mi automóvil. Pero tendrás que venir aquí y ocupar el asiento del conductor.

Acerco la mano al tirador de la puerta con la esperanza de que me deje ir. Saltaré y echaré a correr más rápido de lo que he corrido en mi vida. Él ni siquiera me verá, de lo rápido que saldré volando de aquí. Como The Flash. ¡Zas! ¡Desaparecí!

—Quiero que me lleves con Toni —dice con un gruñido. Pongo las manos sobre el volante y lanzo un suspiro de irritación. Lo fulmino con la mirada.

—¿Has hecho los deberes?

—¿Hacer los deberes? ¿De qué rayos estás hablando?

Suena aún más frustrado que antes.

Es el colmo. Como si tuviera tiempo para delincuentes que no hacen la más mínima búsqueda en Google antes de perpetrar sus crímenes.

—Los deberes. Es algo básico. Antes de ir a un sitio y apuntar a alguien con un arma y además tomar a un rehén en un vehículo, ¿no crees que tendría sentido averiguar si realmente sé algo sobre esa tal Toni? ¡Eh! ¡Se me acaba de ocurrir una idea! ¡Tal vez podrías haber esperado a que apareciera!

—Trabajas con ella. No finjas que no la conoces. Y ella nunca está aquí. Ya he esperado otras veces. Solo la he visto una vez, y entró en esa nave industrial. Está protegida como si fuera una maldita fortaleza. He pensado que contigo aquí fuera, ella tendrá que salir y vérselas conmigo. Hacer frente a lo que le espera.

—Oye, sé quién es. Pero ¿la conozco? No. No es una persona muy abierta, por si no lo sabes. Es muy reservada; no comparte información personal con nadie. —Levanto la voz con frustración—. ¡No tengo ni idea de dónde vive, no tengo ni idea de qué días viene a trabajar, y no tengo ni idea de qué horario tiene!

—¿Esperas que crea que trabajas con ella y no sabes nada de eso?

Me encojo de hombros.

—Créetelo o no, no me importa. Es la verdad. —Señalo el cristal delantero—. ¿Ves a alguien ahí? ¿Me ves abriendo la puerta grande? No, no me ves. Porque no tengo el código de acceso. No soy una empleada fija de este lugar.

No sé de dónde saco todo eso. Solo estoy soltando lo primero que se me ocurre. Rezo para que el universo esté al mando y mi ángel de la guarda lleve el volante, porque si solo soy yo quien conduce este autobús, estoy metida en un lío. En un buen lío. Este hombre está perdiendo la paciencia conmigo.

Golpea el salpicadero para dar más énfasis a sus palabras.

—¿Qué haces aquí si no eres una empleada, eh? Ya he visto tu coche aquí antes, ¿sabes? Estás mintiendo. ¡Y eso no me gusta!

Respiro hondo para tratar de calmarme. No puedo permitirme que este tipo se enfade más de lo que ya lo está.

—No te miento. Solo he hecho algún encargo como *freelance* para ellos, eso es todo. ¿Pero sabes qué? Después de esta mierda, se acabó. No vale la pena. Estoy tan harta de que me retengan en contra de mi voluntad...

—No estás retenida.

Lo miro, con muchas ganas de abofetearlo.

—Ah, ¿en serio? ¿Y cómo llamas a esto? —Señalo a nuestro alrededor—. ¿Quiero estar aquí? ¡No! ¿Tengo un cartel en la frente que dice «Secuéstrame»? No creo. ¿Por qué me pasa esto una y otra vez? ¿Qué dice eso sobre mí?

Él se encoge de hombros, confundido.

—No lo sé. ¿Que estás en el lugar equivocado en el momento justo?

Golpeo el volante, lanzándoles una mirada asesina a él y a la malvada fuerza que parece disfrutar permitiéndome ser feliz durante aproximadamente veinticuatro horas antes de arrebatarme de las manos esa misma felicidad.

—En efecto. Lugar equivocado, momento justo. —Me callo, pensando en eso por un momento—. O tal vez es el lugar equivocado en el momento equivocado.

Agita el arma en mi dirección.

—Por lo que a mí respecta, es el momento adecuado. Llama a Toni. Dile que salga o que mueva el trasero hasta aquí. Dile que tienes algo importante que enseñarle, que es muy urgente. Pero no le digas que soy yo, o lo lamentarás.

Me empuja en el hombro con la pistola.

—¿Llamarla? ¿Con qué? —Gracias a Dios, me metí el teléfono en el bolsillo trasero cuando salí de casa. Miro alrededor y me hago la tonta.

—Con el teléfono.

Sus ojos escanean el interior del vehículo y se fijan en mi bolso, en el asiento trasero. Se desplaza para agarrarlo y vuelca el contenido en su regazo.

—Tiene que estar aquí en alguna parte.

Mis ojos aterrizan en el bote de espray de pimienta que cae sobre su pierna. Si pudiera distraerlo con algo... Levanta el bote de espray de pimienta y le da la vuelta para leer la etiqueta. Suelta un resoplido.

—Supongo que no necesitarás esto. —Baja la ventanilla y arroja el bote fuera, al aparcamiento. Me mira—. ¿De verdad que no tienes teléfono?

—Creo que eso ya lo he dicho. —Miro por la ventanilla para que no pueda verme los ojos mientras me invento una historia que espero que me saque de este lío—. Tengo problemas con los mensajes de texto. No soporto el corrector automático. Convierte todas mis frases en palabrotas. Así que lo he llevado a la tienda. Lo están arreglando. —Sí. El equipo de soporte técnico de los correctores automáticos antipalabrotas me va a solucionar el problema. Espero que sea tan tonto como para creerse mi historia. Si me encierra en el maletero o me mantiene prisionera en alguna parte, como pasa siempre en las películas, podré pedir ayuda por teléfono. Dev estaría orgulloso de mí.

Se ríe.

—Está bien. Eso lo hará más fácil. —Se da media vuelta—. Conduce.

Mi corazón deja de latir durante varios segundos angustiosos. Trago un poco de aire, tratando de forzar el reinicio de mi sistema. ¿Por qué facilita su plan el hecho de que no tenga teléfono? ¿Se supone que debo conducir? ¿Voy a morir? ¿Va a obligarme a llevarme a mí misma a una fosa común perdida? Me parece increíblemente injusto, sobre todo teniendo en cuenta que acabo de descubrir el mejor sexo de mi vida. ¡No puedo dejar que mi vida sexual termine aquí!

—¿Conducir adónde? —pregunto, esperando que aparezca alguien del equipo y me salve mientras intento ganar tiempo.

—Fuera de aquí. Te daré indicaciones cuando salgamos del puerto. Podemos llamar a tus amigos desde otra ubicación. Haz que Toni venga hasta nosotros en un lugar donde podamos estar solos y ninguno de esos imbéciles tenga la sartén por el mango, escondidos detrás de sus puertas de acero. —Mira hacia la nave industrial y da un resoplido burlón.

Tardo tres segundos en decidir lo que he de hacer. Este tipo es un completo idiota. No tiene ningún plan. Se guía únicamente por odio puro, tal vez aderezado con una pequeña dosis de venganza, cambiando de opinión sobre lo que quiere hacer conforme sopla el viento. Y no sé cómo, me he visto atrapada en medio de esto. No soy ninguna guerrillera, no he recibido ningún tipo de entrenamiento. No puedo negociar con un secuestrador ni doblegar su voluntad con una llave de yudo. Hoy se suponía que iba a ser mi primer día de entrenamiento con Dev. Si hubiera tenido al menos un día de entrenamiento, aunque fuese solo uno, tal vez habría contado con más herramientas para decidir cómo manejar esta situación. Pero no ha sido así. Solo cuento con mi intuición de madre, la que me dice que debo correr un pequño riesgo para evitar otro más grande. No puedo dejar a mis hijos sin madre.

—¡Conduce! —grita, golpeándome en el hombro con el arma lo bastante fuerte como para dejar un hematoma.

—¡Muy bien! ¡Ya conduzco!

Estoy temblando. Aterrorizada. Cabreada más allá de las palabras. Si pudiera ponerle la mano encima a esa arma, le dispararía con ella en la entrepierna. Doy marcha atrás y agarro el volante, mirando la puerta que tengo delante, a diez metros de mí.

—¿A qué esperas? Vámonos.

Mira detrás de nosotros. Espera que dé marcha atrás para irnos. Para ir a un lugar donde pueda pegarme un tiro y enterrarme en alguna zanja. Lástima que no me guste el plan.

No. No lo acepto. No moriré hoy. Tengo tres hijos increíbles y un novio que también tiene un hijo increíble. Me queda mucho que hacer aquí abajo antes de morder el polvo: más noches de Halloween, más casos con los Bourbon Street Boys, y más sexo con Dev.

Ha llegado la hora. La hora de transformarse en el Increíble Hulk.

Pongo primera, piso a fondo el acelerador y levanto el pie del embrague.

Un rugido digno del episodio más impactante de *El increíble Hulk* sale de mi boca, inundando el interior del coche con el eco de mi rabia.

La puerta de la nave industrial se acerca volando hacia mí, tan rápido que es como si hubiera abandonado su sitio en el edificio para reunirse conmigo en la misión de destrozar mi coche para obtener mi libertad.

—Pero ¡¿qué...?! —grita mi captor, justo en el momento del impacto.

Lo último que recuerdo es un fuerte ¡¡bum!!... y luego solo la oscuridad.

Capítulo 44

—¿Dev?

Espero. No pasa nada.

—Dev, ¿dónde estás?

Tengo una sensación muy extraña. No noto mi cuerpo exactamente, pero sí siento un hormigueo. Y no sé dónde me encuentro, pero está muy oscuro. Creo que Dev está aquí, o debería estarlo, pero no lo veo. No veo a nadie. ¿Dónde estoy? ¿Por qué está tan oscuro? ¡Aaargh! Por favor, ¡que no sea el infierno!

Algo me aprieta la mano y me brinda un alivio instantáneo. Que no cunda el pánico. No estoy muerta y no voy a conocer a Belcebú en persona. Dev está aquí. Nadie tiene las manos tan increíblemente grandes.

Noto que estoy sonriendo. Aunque el movimiento me produce dolor. La nariz y la cabeza me están matando.

—Estás ahí —susurro. Es lo único que puedo hacer.

Algo me hace cosquillas en la oreja, y luego oigo su voz, insuflándome bocanadas de aire cálido en el cuello.

—Estoy aquí. No te dejaré.

—¿Por qué está tan oscuro? —Trato de abrir los ojos. Cuando lo consigo, a medias, la luz es tan intensa que vuelvo a cerrar los párpados—. ¿Qué...?

—Tómate tu tiempo —dice una voz femenina más suave.

Inclino la cabeza en su dirección.

—¿May? —Alguien me aprieta la mano izquierda.

—Sí, cariño. Soy yo. Estoy aquí con Dev.

Intento abrir los ojos otra vez y tengo un poco más de suerte. Logro ver un instante la cara de preocupación de mi hermana, antes de tener que darme por vencida de nuevo. Esta vez no cedo a la oscuridad por culpa de la luz cegadora; lo hago porque abrir los ojos requiere demasiado esfuerzo y, por alguna razón, me siento agotada.

—¿Dónde estoy? —pregunto.

—En el hospital —responde Dev.

—¿Y mis hijos?

—Están bien.

Mi cerebro desconecta un momento, no estoy segura de por cuánto tiempo. Pero luego recuerdo algo que ha dicho Dev y me preocupo.

—¿Has dicho hospital?

Me obligo a abrir los ojos. Dev se inclina sobre mí, la preocupación le ensombrece el rostro. Lo miro y luego vuelvo la vista hacia May. Ha estado llorando; tiene los bordes de los ojos enrojecidos e hinchados.

—¿Te encuentras bien? —le pregunto. Se ríe con algo que parece alivio.

—¿Me estás preguntando si me encuentro bien? Estás loca.

Se inclina y me besa en la mejilla. Luego trata de abrazarme, pero me estremezco de dolor. Me duele todo, pero sobre todo la cara.

—Ay. —Alargo el brazo y me toco la frente. Palpo un tejido donde debería haber piel. Trato de mirar hacia arriba para intentar verme la cara, y alcanzo a ver algo blanco—. ¿Qué llevo en la cabeza?

May me toma la mano y me la retira para que deje de tratar de tocarme las heridas. Veo con el rabillo del ojo que llevo una vía intravenosa pinchada en el dorso de la mano.

—Tuviste un accidente. Te golpeaste la cabeza con el volante. El airbag no se activó.

Arrugo la frente.

—Vaya. Pues menuda mierda. Eso no formaba parte de mi plan.

Dev sonríe.

—Tuviste suerte. Te escapaste solo con una conmoción cerebral, algunas costillas magulladas y la nariz rota. A tu pasajero no le fue tan bien.

Rebusco en mi memoria un pasajero, pero me quedo en blanco. Casi pregunto si mis hijos eran los pasajeros, pero sé que eso no puede ser. No estaba con mis hijos cuando esto sucedió. Entonces, ¿con quién estaba?

—¿Pasajero?

Dev y May intercambian una mirada. El silencio se alarga entre nosotros. Entonces me viene un destello en la memoria. Esto tiene algo que ver con doña Golpes Certeros.

—¿Está bien Toni?

—¿Por qué lo preguntas? —dice May. Mi memoria está llena de lagunas, pero recuerdo algunas cosas. Frunzo el ceño, tratando de recordar los detalles más vivos.

—Había un hombre... Preguntaba por Toni. —Mi hermana mira a Dev.

—Creo que merece saber lo que sucedió.

—Estoy de acuerdo —dice él, encogiéndose de hombros—. ¿Quieres decírselo tú o lo hago yo?

May me mira con su expresión más tierna.

—¿Recuerdas que fuiste a trabajar el lunes?

—¿El lunes? Sí, claro. Hoy es lunes, ¿verdad?

—No. —Niega con la cabeza—. Es miércoles. Has estado un poco fuera de juego un par de días.

—¿En coma? —digo con profundo asombro. Esto es como estar en una película ahora mismo.

Ella sonríe.

—No. Por los fármacos.

No sé por qué, pero eso me decepciona. Tal vez porque contar una historia sobre quedarse en coma es mucho más interesante que contar una historia sobre estar tan drogada por culpa de los fármacos que no te acuerdas de nada durante dos días. He pasado de heroína a nada de nada en dos segundos. Menudo chasco.

—¿Qué pasó? —pregunto, ya sin estar segura siquiera de querer escuchar la historia.

—Viniste a trabajar temprano el lunes, y había un tipo un tanto desagradable esperando a Toni. Sin embargo, cuando te vio, creo que decidió que iba a tratar de obtener información para ayudarlo a encontrarla.

—¿Por qué estaba esperando a Toni?

May tuerce la boca durante un par de segundos antes de responder al fin.

—Es el hermano de un hombre al que mató. En defensa propia. Bueno, sobre todo en defensa propia. Buscaba venganza.

Por poco se me salen los ojos de las órbitas.

—¿Lo mató? ¿En serio?

Miro a Dev para confirmarlo. Él asiente y luego se inclina hacia delante.

—Es la misma persona que hizo una abolladura en la puerta el primer día que viniste. ¿Lo recuerdas?

Lo miro y sonrío.

—¿Cómo podría olvidarlo? Me tuviste encerrada horas y horas en ese cuchitril de la habitación del pánico del Hotel California.

Dev mira a May.

—Me parece que no tiene recuerdos muy nítidos de lo que pasó. Creo que la lesión en la cabeza le ha causado un daño permanente.

Intento alargar el brazo para pegarle, pero mi visión no está en su mejor momento. Su apuesto rostro se difumina y se aleja. Me toma la mano y me besa los dedos, y su cara deja de estar desenfocada.

—Nada de pegar —dice—. No va a haber más violencia en tu vida. Hoy voy a poner fin a todo eso.

Retiro la mano.

—¿Qué significa eso?

May interviene en la conversación.

—Podemos hablar del tema más tarde.

Dev niega con la cabeza.

—No. Ya está decidido. Ella no volverá.

Lo miro con furia.

—¿Tratas de decirme que ya no trabajo en Bourbon Street Boys? —Miro a mi hermana—. ¿Puede hacer eso? ¿Me puede despedir?

Empieza a invadirme el pánico. ¿Despedida? ¿Otra vez? Pero ¿y el equipo? ¿Y Ozzie? ¿Y doña Golpes Certeros, que necesita contarme la historia de cómo mató a alguien? ¿Y Thibault y Lucky y Sunny, su pez de colores? Siento que estoy perdiendo a toda mi familia de golpe. May niega con la cabeza.

—No, él no puede despedirte. De todos modos, no creo que eso sea lo que intenta hacer. —Mira a Dev y luego arquea las cejas y asiente. Lo está animando a hacer algo, pero no sé el qué. Dirijo mi atención a Dev.

—¿Qué ocurre?

Suspira y mira a la cama. Luego levanta la cabeza y me mira a los ojos.

—Te preocupaba trabajar con nosotros por culpa de los riesgos que entrañaba el trabajo. En tu primer día, te encerramos en la habitación del pánico. En tu segunda semana, te tomaron como rehén delante de la puerta principal. Parece que siempre estás en el lugar equivocado en el momento justo. No creo que pueda soportar esa clase de estrés. He estado muy preocupado por ti.

No puedo evitar sonreír. Es tan tierno... Y adorable por pensar que puede darme órdenes. Alargo la mano y le acaricio la mejilla.

—Eres un amor, pero tienes mucho que aprender sobre las mujeres.

Mi hermana me señala.

—Sobre esta mujer en particular. —Baja la voz para hablar en un susurro, pero todavía se la oye—. Es una cabezota.

La ignoro.

—Sé que he tenido mala suerte en la nave industrial, pero eso no implica que ya no quiera trabajar con vosotros. Antes estaba asustada, pero ya no. Solo significa que debería hacer mi trabajo desde casa. Creo que estar en la nave industrial conlleva ciertos riesgos que preferiría evitar. Así que, si queréis reuniros conmigo, puedo usar Skype.

Tomo la mano de Dev y la sujeto con firmeza, para que sepa lo decidida que estoy.

—Es muy sencillo. Me encanta el trabajo, me encanta formar parte del equipo y no voy a ir a ningún lado. —Miro a mi hermana—. A menos que Ozzie no quiera que trabaje allí nunca más. Sé que no puedo obligar a nadie a contratarme.

May me da una palmadita en la pierna.

—No te preocupes por Ozzie. Él piensa que eres increíble. Quiere que te quedes, pero por supuesto, lo entenderá sea cual sea tu decisión.

Miro a Dev. Parece enfadado, y realmente quiero que lo entienda, para que no siga molesto conmigo. Le hago una seña con el dedo.

—Acércate. —Se inclina hacia delante—. Estoy un poco cansada, así que antes de quedarme dormida, solo quiero que sepas que cuando me quedé encerrada en esa habitación del pánico contigo, me enfadé. Sin embargo, esa ira solo duró unos dos minutos, porque después de eso, empecé a conocerte. Y me di cuenta de lo divertido e inteligente que eres, y de lo mucho que me gusta estar contigo. Por favor, no te enojes, porque quiero pasar contigo tanto tiempo como pueda.

—¿Estás tratando de decirme que disfrutaste cuando te retuvimos contra tu voluntad?

Algunas de las arrugas de preocupación han desaparecido de su rostro y su hoyuelo asoma en la mejilla.

—Sí. Es justo lo que estoy diciendo... Aunque ten en cuenta que estoy bajo los efectos de los fármacos y que, por tanto, no puedes usar estas palabras en mi contra en el futuro.

Se inclina y me besa con ternura en los labios. Trato de no hacer una mueca de dolor cuando me golpea la nariz sin querer.

—Recupérate y ya hablaremos.

—Sí, ya hablaremos. —Miro a mi hermana—. ¿Cómo tengo la nariz?

—Bueeeno... ¿Te acuerdas de ese bulto que nunca te gustó?

Se refiere al puente de mi nariz, el único rasgo de mi rostro que detesto, no importa las veces que May me haya dicho que le imprime carácter a mi cara.

—¿Sí?

—Pues ya no está. Cuando el cirujano plástico intervino para operarte, no pudo salvarlo.

No puedo dejar de sonreír.

—Hablando de estar en el lugar equivocado en el momento justo. —Miro a Dev—. Mírame. Ahora soy guapa.

—Para mí siempre has sido guapa, desde el momento en que te vi. Eres la chica más guapa que he conocido en mi vida.

—Voy a dejaros un rato a solas —dice mi hermana. Sale de la habitación y sus pasos se desvanecen en la distancia. Miro al hombre que tengo al lado y sonrío.

—Gracias por venir a visitarme. ¿Cómo están mis hijos? ¿Cómo está Jacob?

—Todos están bien. Miles está con tus hijos, y se está portando muy bien. Hemos llegado a un acuerdo.

Arqueo las cejas al oír eso.

—¿Ah, sí? No me digas.

Dev se encoge de hombros.

—Simplemente fui muy directo con él. Tiene mi número de teléfono. Cada vez que tenga un problema, sabe que puede llamarme, sea de día o de noche. Tus hijos estuvieron en mi casa anoche. Se quedaron a dormir con Jacob.

Agarro la mano de Dev.

—¿Y fue bien?

Me da mucha pena habérmelo perdido. También me preocupa no haber estado allí para hacer de árbitro. Mis hijos lo necesitan más a menudo de lo que me gustaría admitir. Me acaricia la mano.

—Fue perfecto. Para Jacob era la primera vez que unos niños se quedaban a dormir en casa, y cuando se fueron, no podía parar de hablar, entusiasmado. Todo va a ir bien. Absolutamente todo.

Cuando dice «todo» de esa manera, sé con precisión a qué se refiere. No solo está hablando de mi conmoción cerebral o de mi nariz rota, o de esta extraña situación con los Bourbon Street Boys, o de nosotros o de nuestros hijos. Él se refiere a todo. Nuestro mundo. El que estamos creando juntos. Todo va a ir bien. Solo hay una cosa más que necesito aclarar.

—Tengo que hablar con Miles —digo, tratando de incorporarme. Dev me empuja el hombro con suavidad.

—Tranquila. Ya habrá tiempo para eso.

—No, tengo que hacerlo ahora. —Levanto la mano—. ¿Me puedes prestar tu teléfono?

Dev me da el aparato sin decir otra palabra. Marco el número de Miles y empiezo a hablar en cuanto responde.

—Hola, soy yo.

—¿Jenny? Oye, ¿cómo estás?

—Bien. Gracias por preguntar. Escucha, tenemos que hablar.

—¿Sobre qué?

—Tú solo... escucha y ya está, ¿de acuerdo? —Respiro hondo y dejo escapar el aire lentamente antes de continuar—. Sobre la otra noche, cuando entraste en la casa...

—Sí, yo...

—Ya no puedes hacer eso. Nunca más. Es mi casa y las cosas que hay dentro son mías, y ya está, punto final.

—Lo sé. Lo entiendo. Solo estaba... actué sin pensar. —Parece avergonzado, cosa que me complace.

—Bueno. Me alegra que lo admitas. De todos modos, también quería decir que creo que deberías esforzarte más en tu papel como padre de nuestros hijos. —Él no responde, así que sigo adelante. Estoy lanzada y no puedo callarme ahora. Es necesario decir estas cosas, no solo por nuestros hijos, sino por mi propia salud mental—. Todos los fines de semana que te saltas o cuando acortas el tiempo que te toca estar con ellos: tiene que parar. Estás haciendo daño a los niños y vas a arruinar tu relación con ellos. Necesitan a su padre.

—Ahora tienes novio. —Parece de mal humor. Herido, tal vez. Eso es bueno. Puedo gestionarlo.

—¿Y qué? Él no es su padre, y no deberías esperar que lo sea.

—No, yo no... No he querido decir eso. Yo solo... —Lanza un suspiro de frustración—. Estoy pasando por un mal momento. No soy feliz. —Baja la voz—. Lamento algunas de las decisiones que tomé.

Me dan ganas de ponerme a dar saltos de alegría.

—No me sorprende. Has tomado algunas bastante terribles. —Como romperme el corazón, por ejemplo. Sin embargo, ahora me alegro de que lo hiciera, porque de no ser así, este hombre alto y guapo y su adorable hijo no habrían entrado en mi vida. Extiendo el brazo y apoyo la mano en el brazo de Dev. Él cubre mis dedos con los suyos.

—¿Puedo hacerte una pregunta muy loca? —dice Miles.

—Por supuesto.

—¿Crees que alguna vez querrás volver a estar conmigo? Es un caso hipotético, claro.

—No. —Lo digo con firmeza en mi corazón, mi mente y mi alma—. Nunca. Fuimos muy mala pareja, Miles. Tenemos unos hijos maravillosos, pero generamos demasiado sufrimiento a nuestro alrededor cuando permanecemos juntos en la misma habitación mucho tiempo. Me gusta cómo están las cosas, con la diferencia de que, a partir de ahora, vas a estar a la altura.

—Voy a estar a la altura, ¿eh?

—Sí. Vas a asistir a las fiestas de cumpleaños, a llevarte a los niños de vacaciones alternas, a quedártelos el fin de semana completo. A alimentarlos como un padre, no como un adolescente. Las chucherías no son uno de los cuatro grupos de alimentos.

Se ríe en voz baja.

—Ya estaba empezando a cansarme de los dolores de estómago. —Hace una pausa—. Pero...

No termina la frase.

—Pero ¿qué? —pregunto.

—Es una estupidez. No importa.

—No, nada es una estupidez cuando se trata de nuestros hijos. ¿Qué es? Dímelo.

—¿Qué pasa si no les gusto? ¿Qué pasa si no les doy más dulces y no hacemos más visitas a la pizzería, y me dicen que ya no quieren venir conmigo?

—Miles, tienes que dejar de tratar de ser su amigo y empezar a ser su padre. Tienen suficientes amigos, pero solo un padre. Ellos te quieren. Simplemente desean estar contigo. No tienes que ser un padre de Disneylandia. Solo sé tú mismo.

Puede que sea un idiota integral como marido, pero es una persona decente cuando se esfuerza. De lo contrario, nunca me habría casado con él. Hay un largo silencio antes de que alguno de los dos vuelva a hablar.

—Gracias por llamar. Me alegra que estés bien. Me tenías preocupado. Fui a verte al hospital, pero estabas inconsciente. Eso me hizo pensar en... Bueno, digamos que no fue nada bueno, así que dejémoslo ahí.

—De nada. —Miro a Dev y él asiente—. Pero no te preocupes, estoy bien. ¿Cuándo vendrás a buscar a los niños?

—Este fin de semana. Me los quedaré hasta el domingo a las ocho.

—Estupendo. Gracias. Hasta pronto.

—Sí. Hasta pronto. Y para que conste, me alegra que seas feliz. Dev parece un buen tipo.

No puedo dejar de sonreír.

—Sí. Es muy buen tipo.

Dev se señala a sí mismo y asiento, poniendo fin a la llamada. Nos miramos el uno al otro durante mucho tiempo. Estoy más que encantada de saber que este hombre forma parte oficialmente de mi vida, pero un pequeño pedazo de mí no puede evitar preocuparse por toda esta felicidad. ¿Y si solo es una fase pasajera? ¿Y si resulta ser un idiota, como pasó con Miles?

—¿Quién sabe cuánto durará esto? —susurro.

Dev se encoge de hombros.

—Ninguno de los dos puede ver el futuro. No hay garantías. Pero si no aprovechamos esta oportunidad y corremos el riesgo que conlleva, nunca sabremos lo bueno que podría haber sido lo nuestro.

—Me alegro de que me encerraras en la habitación del pánico y no pudieras dejarme salir. Para mí fue una bendición que se te den tan mal los códigos de las puertas. Que olvidases usar el código correcto.

Se inclina muy cerca, me besa suavemente en los labios y dice:

—¿Quién dice que olvidé algo?

Sonríe y su hoyuelo aparece de nuevo mientras saborea su victoria sobre mí.

Es entonces cuando lo veo todo con una claridad meridiana, a pesar de que tengo suficiente morfina corriendo por mis venas como para matar a una cría de rinoceronte. En mi corazón, sé con certeza que Dev es el hombre de mi vida. ¿Y el día que lo conocí? Tal vez estuviera en el lugar equivocado, pero, definitivamente, era el momento justo.